PETTERSSON

Morden im Norden

bisher erschienen:

1. Isaksen, Mild ist die färöische Sommernacht
2. Christensen, Der Joker sticht
3. Turèll, Mord in Rodby
4. Dahl, Tödliche Investitionen
5. Mäki, Die Strumpfbandnatter
6. Hovland, Nebengleise
7. Rygg, Der Schmetterlingsschmuck

Reijo Mäki

Die Strumpfbandnatter

Kriminalroman

aus dem Finnischen
von Andreas Ludden

PETTERSSON

Titel der Originalausgabe
Sukkanauhakäärme

CIP-Einheitsaufnahme - Deutsche Bibliothek

Mäki, Reijo:

Die Strumpfbandnatter : Kriminalroman / Reijo Mäki. Aus dem Finn. von Ludden, Andreas. - 1. Aufl. -
Münster : Pettersson, 1997
(Morden im Norden; 5)
ISBN 3-930704-04-8
NE: GT

1. Auflage

Printed in Finnland 1997
Umschlagillustration: Bengt Lindberg
Druck: WSOY, Helsinki

ISBN 3-930704-04-8

Erster Teil

„Ich halte immer, was ich verspreche.“

Torsten Rapp,
Häftling Nr. 283/86, Kakola

1

KAKOLA: Häftling 283/86

Torsten Rapp kehrte langsam und allmählich in die Wirklichkeit zurück, so wie jeden Morgen. Sein Bewußtsein hätte sich noch gern in der Freiheit aufgehalten, in einer Traumwelt, in der es keine Mauern und Schließanlagen gab, aber irgendwo in seinem Körper schrillte die biologische Uhr. Brutal zwang sie ihn in den Alltag zurück, zu dem er verurteilt, in dem er eingeschlossen war - und das laut Gerichtsurteil für fast zehn Jahre.

Reingelegt! Verpfiffen! Diese zwei Wörter kamen ihm jeden Morgen als erstes in den Sinn, wenn er die Grenze zum Bewußtsein überschritt. Mit diesen Wörtern nährte er seine Existenz. In ihnen fand er den Sinn seines Lebens.

Schweiß rann ihm den Nacken hinab.

Trotz der frühen Tageszeit war es schon warm in der Zelle. Es war Ende Juni, und der ganze Monat war eine einzige, ununterbrochene Hitzeperiode gewesen. Das hatte man in diesen Breitengraden seit Jahrzehnten nicht mehr erlebt.

Die dicken Steinmauern der Justizvollzugsanstalt Kakola speicherten die brütende Tageshitze und hielten sie über Nacht fest. Noch am Morgen lag die Temperatur in den Zellen bei fast dreißig Grad, und die von Torsten Rapp befand sich an der Südseite des großen Steingebäudes, auf die die Sonne ihre Strahlen mit erbarmungsloser Intensität über das trübe Wasser der Aura hin sandte. Tagsüber herrschten in diesen Zellen im dritten Stock Temperaturen wie in einer schlechten Sauna.

Reingelegt! Rapp wischte sich einen Schweißtropfen von der Nasenspitze. *Verpfiffen!* Er sprach es laut aus und ließ das Wort auf der Zunge zergehen. Es schmeckte ekelig süß, wie verdorbene Erdbeermarmelade, und hinterließ einen üblen Geschmack. Er fluchte leise, stieß sich von seiner Pritsche ab und ließ sich vornüber auf den Fußboden direkt in Liegestützposition fallen. Geschmeidig wie ein Panther machte er das, mit elastischer Körperbeherrschung, mit einer in Hunderten morgendlicher Stunden erworbenen automatisierten Routine.

Zuerst ließ er die Liegestützen langsam angehen, um seinen vom Schlaf noch widerspenstigen Motor in Gang zu bringen, dann legte er an Geschwindigkeit zu. Tief preßte er seinen Körper hinunter, so daß Stirn und Nasenspitze den rauhen Zementfußboden berührten. Dann hob er sich, bis die Arme ganz durchgedrückt waren, mit gestreckten Beinen, nur auf den Zehen ruhend, den Rücken steif und gerade wie eine Eisenstange. Gemogelt wurde nicht, jeden Liegestütz führte er so exakt aus, als geschähe dies alles unter dem strengen Blick eines Schiedsrichters. Und er wurde immer schneller.

Seit vielen Hunderten Morgen hatte Rapp seine Liegestütze nicht mehr gezählt und auch nicht mehr die Zeit genommen. Er hob und senkte sich nur, in immer schnellerem Tempo, so daß der Zementfußboden glitschig wurde vom Schweiß seiner Hände und sein gestreiftes Hemd erst mit Flecken überzogen und dann klitschnaß wurde. Die Wände der Zelle schienen sich vor seinen Augen zu drehen, der Atem zischte in seinem Hals wie ein Wasserfall, die Lungen schienen ihm fast den Dienst zu versagen. Salzige Ströme flossen juckend in seine Augen und nahmen die Sicht. Das Brennen begann gewöhnlich im Streckmuskel des linken Arms, breitete sich dann in den rechten aus und danach in die Waden, oft auch bis in die Rückenmuskulatur. Manchmal, wenn er sich völlig verausgabte, hörte er erst auf, wenn er irgendwo einen Muskelkrampf bekam.

Jetzt hatte Rapp sein höchstes Tempo erreicht. In der Zelle herrschte nun ein stechender Geruch von Schweiß, zu hören war nur ein rhythmisch klatschendes Stampfen und stoßweises Keuchen. In beiden Armen brannte es immer stärker. Der Herzschlag dröhnte in seinen Ohren. Wieder kam ihm ein Gedanke in den Sinn. Wenn es ihm gelänge, noch ein paar Minuten ohne Muskelkrampf durchzuhalten, würde es ihm kommen. Ein Wahnsinnsabgang wäre das. Dann aber verscheuchte er rasch den Gedanken daran.

An so etwas durfte er jetzt nicht denken, denn er hatte auf dieser Welt noch eine wichtige Sache zu erledigen.

Nachdem Rapp mit den Liegestützen aufgehört hatte, lag er eine ganze Weile still auf dem fleckenübersäten harten Fußboden. Er hielt die Augen geschlossen und versuchte, den Atem ruhig werden zu lassen. Er fühlte, wie sein Herz allmählich wieder zu seinem normalen Rhythmus zurückfand. Die Muskeln entspannten sich wie von selbst, zurück blieb nur ein kaum spürbares, beinahe angenehmes Gefühl. Dann öffnete er langsam die Augen. Ein paar schwarze Ameisen krabbelten dicht vor seinem Gesicht in einer Reihe über den Fußboden. Angelockt vom Scheißkübel, zog eine dicke Fliege eifrig brummend ihre Kreise darüber. Die einzige Spinne in der Zelle schlief noch in ihrem Winkel; ihr dünnes graues Netz hing leer an der Decke. Bald würde sie die ersten, noch schlaftrunkenen Schritte über ihr klebriges Gewebe tun.

Die Insassen der Zelle 91 waren bereit, einen neuen Tag zu beginnen.

Rapp erhob sich langsam, brachte seine Glieder aus der Horizontalen und setzte sich auf die Pritsche. Fern im Gang waren erste Geräusche zu hören, der diensthabende Wärter war schon auf seinem Rundgang.

Rapp sprang auf und machte kurze Schattenboxbewegungen quer durch die enge Zelle. Dann holte er tief Atem und horchte

in sich hinein. Er war jetzt ruhig und gelassen. Gut so. Er hatte festgestellt, daß das harte morgendliche Training immer denselben Effekt hatte. Es verscheuchte wirkungsvoll den unausweichlichen, durch das Erwachen hervorgerufenen Frust, die Niedergeschlagenheit und Nervosität. Jetzt hatte er den Morgen überstanden; der Rest des Tages war dagegen stets leichter. Weil es ja unaufhörlich wieder auf die Nacht zuging.
Rapp wußte, daß die meisten Auseinandersetzungen, Gewalttätigkeiten und Wutausbrüche unter den Gefangenen in den frühen Morgenstunden stattfanden. Da hatten alle ein äußerst empfindliches Nervenkostüm. Und er hatte beschlossen, sich nicht durch irgendwelche Schlägereien seine jetzige Position zu vermasseln, diesen Job, um den er sich die letzten zwei Jahre bemüht hatte. Das war ein geringer Preis für den ersten Schritt auf das Ziel hin, das er sich gesetzt hatte.
Rapp wußte, daß er mit Hilfe dieses Jobs in fünf, sechs Jahren seine Strafe abgesessen und die Gefängnismauern hinter sich gelassen haben würde. Doch paßte dieser Zeitplan nicht zu dem, was er sich vorgenommen hatte. Seit dem Frühjahr hatte er seinen eigenen Zeitplan.

Immer näher kam das Schlagen von Türen, das Knirschen der Riegel und Bolzen, das bei der Reibung von Metall gegen Stein entstand. Der Morgenwächter ließ die Putzhäftlinge auf den Flur. Die Türen der anderen würden noch eine halbe Stunde verschlossen bleiben.
Mit Engelsgeduld hatte Rapp seine Arbeit verrichtet, ohne jede Unregelmäßigkeiten. Stets war er den Aufsehern gegenüber höflich und zuvorkommend. Und so hatte er es vor zwei Monaten zum Putzer gebracht. Dieses Zwischenstadium war jetzt also erreicht.
Der Putzjob war an und für sich nicht besonders appetitlich. Die Arbeit war hart, und es machte auch nicht gerade Spaß, die nächtlichen Hinterlassenschaften der Gefangenen zu beseitigen.
Aber einen Vorteil hatte dieser Job, und das machte ihn so begehrenswert: die Putzer konnten sich tagsüber innerhalb der

Abteilungen relativ frei bewegen. Darum wurden sie von den anderen Häftlinge beneidet, die ihre Tage streng bewacht in den Zellen oder an ihren Arbeitsplätzen verbringen mußten, Hofgänge und Essenspausen einmal ausgenommen. Und Rapp schätzte diese neue Bewegungsfreiheit sehr.
Endlich drehte sich der Schlüssel im Schloß von Zelle 91, die Bolzen klickten, und die Tür sprang auf.
„Guten Morgen, Kulmala!"
Der Wärter namens Kulmala nickte mürrisch, ohne ihn anzusehen und trat mit klirrendem Schlüsselbund an die nächste Tür.
Rapp erhob sich von seiner Pritsche, trat auf den Gang hinaus und schloß sich einigen müde daherschlurfenden Gestalten in gestreiften Hemden an. Kurz darauf ging es die Treppen hinunter in Richtung Küche.
Eine Viertelstunde später kamen die Putzer die Treppe wieder herauf, schwer beladen mit Warmhaltegefäßen, Teewasser, Zwiebackbeuteln, Stapeln von Tellern, Bechern, Knäckebrot und plastikverpackten Essensrationen.
Mit routinierter Geschwindigkeit machten sich die Putzer an die Verteilung. Auf den Teller auf dem Steinsockel vor jeder Zelle kam eine Portion kleisterähnlichen Haferbreis, in die Metallbecher Tee, den man wer weiß wie lange hatte ziehen lassen, neben den Becher ein Zwieback und zwei Scheiben Knäckebrot, darauf ein Butterflocke und zwei dünne Scheiben Jagdwurst. Sobald die Essensausteilung beendet war und alles bereitstand, begann von beiden Enden des Ganges aus je ein Wärter mit dem Aufschließen der restlichen Zellen.
Und so wie jeden Morgen, folgte jeder Gefangene seiner eigenen altbekannten Routine.
Kuisma kam nicht einmal aus seiner Zelle heraus. Jedesmal konnte man das Frühstück wieder abräumen, ohne daß er es auch nur angerührt hätte.
Der Mann aus Sotkamo stellte jeden Morgen aus lauter Bosheit seinen Scheißkübel auf den Gang hinaus, worauf sich in der ganzen Abteilung ein süßlicher Duft ausbreitete. Der Bursche hatte chronische Verdauungsbeschwerden, er schluckte Medikamente und war ständig mit seinen eigenen Exkrementen

beschmutzt.
Nyström begann wieder einmal lauthals über die winzigen Portionen zu schimpfen, verschlang im Nu den dampfenden Haferbrei und forderte fluchend mehr. Und so wie stets wies der diensthabende Wärter einen Putzer an, ihm noch „eine halbe Portion“ zu geben.
Nachdem das Frühstück ausgeteilt war, wurden die Scheißkübel aus den Zellen geholt und in einen großen Bottich geleert, und nun war der Gestank auf dem Gang kaum noch auszuhalten. Die Ausscheidungen hatten während der langen und schweißtreibenden Nacht in der drückenden Hitze der Zellen einen Gärungsprozeß durchgemacht. Mit den Filtern für seine selbstgedrehten Zigaretten in der Nase machte sich einer der Putzer daran, die stinkende Ladung zur Leerung zu bringen. Die übrigen begannen, sobald ihre Mithäftlinge mit dem Essen fertig waren, das Geschirr einzusammeln.
Ein neuer Tag hatte im Zentralgefängnis von Turku begonnen, in einem Sommer, der als einer der heißesten und sonnenreichsten des Jahrhunderts in die Geschichte eingehen sollte.

Eine halbe Stunde später stand Torsten Rapp bereits mit vier anderen Putzern in der Küche inmitten riesiger Berge von Geschirr. Rapp nahm vier bis fünf Teller auf einmal und tauchte sie in das lauwarme und schaumbedeckte Wasser eines Bottichs. Er ließ die Bürste ein paar Mal darüber kreisen und gab das Geschirr an den Tatterich weiter, der mit gebeugtem Rükken neben ihm stand. Das war Hiltunen, der hier nur „Riegel“ genannt wurde. Riegel hatte die Aufgabe, das Geschirr abzuspülen und es ins Trockengestell zu räumen.
„Wie läuft's denn so?“ fragte Rapp, wobei er kaum die Lippen bewegte. Dabei griff er mit seiner Pranke nach ein paar weiteren Tellern.
„Mäßig, mäßig. Wären diese Hände erst mal zur Ruhe gebracht, könnte ich auch mit der Sache schneller fertig werden.“ Riegel hob seine rötlichen, dünnen und von Adern durchzogenen Finger aus dem Becken, und aus dem Augenwinkel konnte Rapp sehen, daß sie wie Espenlaub zitterten.

„Hast wohl ’nen Kater, wie?“
„Nein, das ist noch von früher.“
„Willst du Nachschub?“
„Ja, das würde die Sache beschleunigen...“
Rapp war eine Zeitlang still. Wut stieg in ihm auf. Dieses alte stinkende Wrack hatte die Sache schon lange genug verzögert. Das machte er absichtlich und preßte ihm damit immer mehr ab. Dieser Scheißkerl wußte, daß er der einzige unter den Gefangenen war, der die nötige Fingerfertigkeit besaß. „Na gut. Wieviel?“ Rapp schluckte langsam, und es gelang ihm, seine Stimme ruhig klingen zu lassen.
„Kannst mir ’n ganzes Glas D. organisieren. Dann komm ich schon klar. Ich versprech’s dir für Anfang nächster Woche.“
„Du kriegst es bei der Abendfütterung. Aber eins kannst du dir merken!“ Rapp schob seine Hände ins Spülbecken und suchte nach den zerbrechlichen Fingern des Alten, bis er sie in seine sehnige Faust bekam. Unter Wasser hielt er sie fest umschlossen und drückte einmal so kräftig zu, daß er das Knacken der Gelenke zu hören glaubte. Riegel öffnete seinen Mund zu lautlosem Stöhnen.
„Also merk dir eins! Die nächste Verzögerung betrachte ich als Betrug. Und du weißt, was das heißt!“
„Du kriegst es wirklich gleich am Montag! Versprochen!“ Eingeschüchtert zischelte Riegel etwas vor sich hin und konzentrierte sich mit hängenden Schultern darauf, einen Teller abzuspülen, der auch nach der Behandlung durch Rapp noch einen dicken Fettrand aufwies.
Rapp ließ das Geschirr durch seine Hände gleiten, ohne weiter auf seine Arbeit zu achten. Er war dabei, einige Berechnungen anzustellen.
Bei sich „zu Hause“ hatte er noch vier Glas Diapam und einige lose Tabletten. Es konnte sein, daß das nicht für alles ausreichte, was er kaufen und organisieren mußte. Aber andererseits wollte er auch nichts mehr mit Kivitalo zu tun haben. Er hatte kein Vertrauen zu diesem Typen.
Rapp selbst nahm keine Tabletten. Er verachtete die Wracks, die auf so was hereingefallen waren. Aber er war ins Tabletten-

geschäft eingestiegen, weil Tabletten in diesen dunklen Korridoren und engen Zellen als gängige Währung fungierten. Sie bedeuteten Macht, Einflußmöglichkeiten und Chancen, ganz so wie Wertpapiere und Kreditkarten außerhalb dieser Mauern. Aber man mußte auch höllisch aufpassen. An dem Tag, an dem ein Putzer mit einem Glas Diapam in der Tasche aufflog, war das allmorgendliche Scheißeeinsammeln vorbei, und man war wieder dazu verurteilt, hinter doppeltem Schloß und Riegel in der Zelle zu sitzen.

Und zu diesen alten Zeiten wollte Torsten Rapp nie wieder zurückkehren.

Die letzten Teller glitten ins bereits fast kalt gewordene Wasser, und nachdem Rapp mit der Bürste zweimal darübergefahren war, ließ er sie als sauber gelten. Riegel nahm die letzten paar in seine zitternden Finger, spülte sie sorgfältig ab und stellte sie dann mit einer Vorsicht ins Trockengestell, als handelte es sich um wertvollstes Porzellan.

„Ich warte dann nach dem Abendessen. Ich fühl' mich mal wieder so beschissen, daß ich ohne nichts zustande bringe", sagte der Alte und wagte ihm nicht in die Augen zu schauen.

Rapp sagte nichts, sondern begann, seine großen Fäuste und mächtigen Arme von Wasser und Spülmittelschaum zu trocknen.

Am linken Arm, gleich oberhalb des Handgelenks, wurde unter dem Schaum eine gewundene, plump und unbeholfen tätowierte Schlange sichtbar. Rapp fuhr mit seinem rechten Daumen darüber, so als wollte er sie ertasten. Das war seine einzige Tätowierung. Er hatte sie sich während seines ersten Monats im Gefängnis machen lassen.

Sie war das bleibende Zeichen eines Betruges. Damit er nie vergessen würde...

„Was zum Teufel reitest du noch auf der Sache herum", zischte er Riegel an. „Ich halte immer, was ich verspreche."

2

Lange schüttelte Jussi Vares die Würfel in seinem Becher. Dies war der entscheidende Wurf. Er hatte noch eine geringe Chance. Dreier mußte er kriegen, drei Dreier. Ein letztes Mal wedelte er mit dem Handgelenk hoch über der Schulter und ließ die Würfel aus dem Becher auf den Tisch purzeln, der aus dem Stumpf einer riesigen Kiefer gehauen war.
„War wohl nichts."
„Der Herr hat's gegeben, der Herr hat's genommen. Diesmal ein großes Bier. Mein Glas ist gerade rechtzeitig leer geworden." Der Pastor, der die Ergebnisse der Knobelrunde aufgeschrieben hatte, legte den Stift hin und goß sich die letzten Tropfen aus dem Glaskrug in seinen breiten Mund.
Jussi Vares erhob sich ächzend von der Bank und langte nach den beiden Gläsern. Vorbei an dem Schrank mit den Trophäen der Darts-Meisterschaften und den Ritterbüchern, die das Siegel der Ritterschaft vom Goldenen Glase trugen, schob er sich zur Theke vor. Kurz darauf kehrte er mit schaumgekrönten Gläsern zurück. Der Pastor bot ihm noch eine Revanche an, aber Vares verzichtete; er äußerte die Meinung, er habe heute abend in der Liebe mehr Glück als im Spiel. Wenn überhaupt.
Es war früh am Mittwochabend, und die beiden Männer saßen in der traditionsreichen Turkuer Bierkneipe namens *Hasse's Pub* in der Uudenmaankatu. Vares war hier Stammgast geworden, nachdem die Konsumgenossenschaft in ihrer großen Weisheit beschlossen hatte, die altbekannte Kneipe *Hämeenportti* in eine Pizzeria umzuwandeln, und dergleichen gab es in der Stadt sowieso schon an jeder zweiten Straßenecke.
Mit Wehmut hatte Vares am *Hämeenportti*-Leichenschmaus teilgenommen. Die Kunden hatten bis zum frühen Morgen die Alkoholvorräte leergetrunken, und jeder durfte den letzten Krug oder das letzte Glas behalten, das er eben gerade in Händen hielt, als der Morgen dämmerte.
Die Wahl war zwangsläufig auf *Hasse's Pub* gefallen, als sich Jussi Vares nach einer neuen Stammkneipe umsah. Sie lag ganz

in der Nähe, und man brauchte nicht so genau darauf achtzugeben, wo man sein Glas hinstellte. Alle möglichen Spiele wurden hier gespielt: Darts, Billard, Backgammon, Knobeln, Schach und wer weiß was sonst noch alles. In den ungeschriebenen Regeln des Pubs waren nur zwei Sportarten verboten: russisches Roulette und Pferdepolo. Vares spielte nur selten Darts, dafür war er um so eifriger beim Knobeln.

Der Mann, der ihm am Tisch gegenübersaß, war einer neuer Bekannter, einer von denen, die er in *Hasse's Pub* beim Würfeln kennengelernt hatte. Der Typ, der „Pastor" genannt wurde, war etwa fünf Jahre älter als Vares - also um die Mitte dreißig. Trotz der warmen Witterung trug er ein helles, hochgeschlossenes Polohemd, das den Hals ganz bedeckte. Das hätte ihn zweifellos ein wenig klerikal aussehen lassen, wären da nicht seine geröteten Augen, die stets im Mundwinkel hängende Camel und die sich in flottem Tempo leerenden Bierkrüge gewesen, die auf eher weltliche Interessen wiesen.

Johannes Alanen war ausgebildeter, vom Bischof geweihter Priester, aber er hatte es geschafft, sich in nur zwei Jahren um Amt und Würden zu trinken. Das Domkapitel hatte beschlossen, ihm das Beffchen wieder wegzunehmen, als Alanen nach zwei ernsten Verwarnungen eines Sonntags sternhagelvoll die Kanzel erklomm und die fünf oder sechs zum Gottesdienst erschienenen ältlichen Witwen als „den Fleischeslüsten ergebenes sündiges Hurenpack" beschimpft hatte. Den Entlassungsbrief hatte der Priester auf dem Krankenlager erhalten, denn als er von der Kanzel herabstieg, war er ausgerutscht und hatte sich das Schlüsselbein gebrochen.

Heute lebte der Pastor von einem etwas schmuddeligen Antiquariat, das er in der Sirkkalankatu betrieb, und wo es außer alten Büchern auch abgenudelte rauschende Schallplatten und unanständige Zeitschriften gab. Und hinter dem Verkaufstisch noch unanständigere Videokassetten.

Jussi Vares fühlte eine Art Seelenverwandtschaft mit dem Pastor. Auch er hatte einmal die Chance gehabt, einen sicheren und geachteten akademischen Beruf zu ergreifen. Aber Alanen hatte, anders als Vares, seine Ausbildung abgeschlossen. Vares war fünf Jahre lang an der rechtswissenschaftlichen Fakultät der Universität Turku eingeschrieben gewesen, jedoch ohne erwähnenswerten Erfolg. Die Freuden des Studentenlebens hatten den vom Lande, aus Merikarvia stammenden Burschen so in Anspruch genommen, daß er die Füße nie ganz auf die Erde kriegte.

Wenn es Alanen ziemlich weit von seinem ursprünglichen Beruf weg verschlagen hatte, so hatte sich Vares doch eine gewisse Fühlung zu seinem eigenen Gebiet bewahrt. Er verdiente sich seinen Lebensunterhalt, indem er im „Büro für Rechtssachen Jussi Vares" verschiedene Papiere und Dokumente aufsetzte: Eheverträge, Kaufverträge, Testamente und alles mögliche auf A4-Format, was der Durchschnittsbürger in seinem täglichen Leben eben braucht, um die von Recht und Gesetz geforderte Ordnung einzuhalten. Außerdem hieß es in seiner Anzeige in den Gelben Seiten noch, daß seine Firma auch „vertrauliche Ermittlungen" übernehme. Zur Zeit machten sie sogar den größten Teil von Jussi Vares' wöchentlicher Arbeit aus.

„Wie läuft das Geschäft? Genug zu tun?" fragte der Pastor und drückte seine Zigarette aus.

„Danke der Nachfrage. Es läuft ganz gut. So ein heißer Sommer bringt den Leuten die Hormone ganz schön durcheinander, und dann werden eben vertrauliche Ermittlungen nötig", sagte Vares und ließ die Würfel in einen Beutel gleiten.

„Darin besteht also hauptsächlich dein Job als Detektiv?"

„Zu achtzig Prozent. Jedenfalls zur Zeit."

„So eine Schnüffelei ist wohl eine ganz schöne Arbeit?"

„Unbestreitbar. Und es ist nicht immer ein Zuckerschlecken, den Bericht abliefern zu müssen, wenn die Sache klar ist. Ich hab' dabei schon gestandene Männer mit Tränen in den Augen gesehen."

Vares warf einen Blick über die Schultern des Pastors. Eine ältere magere Frau in roter Bluse tauchte von der Garderobe her in die Rauchschwaden des Pubs ein. Sie hatte einen stieren Blick und grinste mehr als sie lächelte. Sie begann an dem Tisch, wo Vares und der Pastor saßen. Zuerst tätschelte sie dem Pastor mit ihrer vogelklauenartigen Hand die Schulter und

sagte in merkwürdigem Singsang:
„Sei gesegnet, du Kind Gottes!“
Als nächster war Vares an der Reihe: wieder Betätscheln und die gleiche Litanei. Dann ging sie den ganzen Pub durch und wiederholte bei jedem Gast ihr Ritual. Zuletzt trat sie an die Theke und griff nach der Hand des Bierzapfers, desgleichen beim Türsteher, als sie hinausging.
„Jetzt begreifst du wohl, warum ich meinen Job nicht mit klarem Kopf ausgehalten habe,“ sagte der Pastor. „In religiösen Kreisen gehört die Hälfte der Leute zu solchen glückseligen Frömmlern, und aus was für Typen der Rest besteht, kannst du dir ja denken.“
„Genauso wie auch sonst in der Gesellschaft“, pflichtete Vares bei.
Sie nahmen einige Schluck aus ihren Gläsern und verfolgten den spannenden Kampf an der 501-er Dartscheibe nebenan.
„Also, was die Arbeit betrifft, läuft alles ganz gut, aber trotzdem habe ich ein Problem“, nahm Vares nach einer Weile den Faden wieder auf.
„Laß hören. Ärger mit einer Frau vielleicht?“
Das stritt Vares energisch ab. Statt dessen berichtete er von seinen Wohnungsproblemen. Die Eigentümerin seiner Zweizimmer-Mietwohnung, die ihm auch als Büro diente und am Kurjenkaivonkenttä lag, eine Witwe, war Anfang Sommer gestorben, und die Erbengemeinschaft hatten die Wohnung verkauft. Einen Monat lang hatte Vares nach einer neuen Bleibe gesucht, und schließlich war seine Suche von Erfolg gekrönt. Nur einige Ecken weiter, in der Kellonsoittajankatu, hatte sich eine passende Wohnung gefunden. Und nun mußte er noch in dieser Woche umziehen.
„Dann ist ja alles in Ordnung. Du hast wieder ein Dach über'm Kopf“, resümierte der Pastor.
„Aber es gibt noch eine Menge zu tun. Du glaubst gar nicht, wieviel Papierkram man so zu bewältigen hat, wenn man auch nur ins Nachbarhaus umziehen will. Und dann muß man sich noch um einen Umzugswagen kümmern, die Sachen zusammenpacken und das alles.“

„Wieso denn Umzugswagen? Du wirst doch sicher einen Kumpel finden, der dir damit hilft."
„Mir ist jedenfalls noch keiner eingefallen."
„Hier ist doch schon jemand. Du kennst doch Moilanen? He, Moilanen, komm doch mal her!"

Manchmal klappt alles wie am Schnürchen. Der Umzug wurde für Samstag festgesetzt. Der Pastor stand pünktlich bei Vares vor der Tür. Kaum war er eingetreten, machte er die Runde durch beide Zimmer und besah sich die abgenutzten Tapeten, den Korkfußboden und die altmodische Küche.
„Sehr wirst du dich nicht hierher zurücksehnen, oder?" stellte er ohne Umschweife fest.
„Wohl kaum", sagte Vares und kratzte sich am Nacken, wobei er sich umblickte.
Der Pastor warf einen kurzen Blick auf Jussis Sachen, die zum größten Teil in Pappkartons verpackt waren. Er ließ verlauten, eine ordentliche Verpackung beschleunige einen Umzug mindestens um die Hälfte. Die Bücherregale interessierten ihn am meisten. Er ließ sich auf dem Fußboden nieder und ging den Inhalt eines der Bücherregale durch.
„Sammlung finnischer Gesetzte, Band I und II, Wie verfasse ich einen Vertrag?, Mobilienkauf von A bis Z, Zivilprozeßordnung... Hast du keine richtigen Bücher?"
„Im Karton daneben."
„Peltonens *Salomo und Ursula,* Veijo Meris gesammelte Werke, Sariola, hmm... Chandler, Waltari, Millers *Wendekreis des Krebses*, ach, andere erotische Sachen hast du auch... dann schwedische und englische Taschenbücher ... also nicht ganz so hoffnungslos". Der Pastor sprach mehr zu sich.
„Im Vergleich zu was?"
„Zum Beispiel verglichen mit einem von Hyttinens Bücherregalen. Da hat Taisto unglaublich viel Plunder drauf stehen, aber nur ein Buch."
„Laß mich raten, welches."
„Das rätst du nie: *Siebzig Jahre Ringersport in Finnland.*"
„Hätt' ich nicht gedacht."

„Du mußt mal in meinem Laden vorbeikommen. Ich hab da eine ganz passable Auswahl recht guter Literatur. Zum Beispiel sehe ich hier keinen einzigen Titel von Charles Bukowski. Und dabei bist du genau der Typ, der einen Henry Chinaski sicher schätzen würde. Also, du mußt mal vorbeikommen."
„Mach' ich. Allerdings lese ich fast nur im Herbst und Winter. Wo bleibt eigentlich Moilanen?"
„Also im allgemeinen ist er sehr pünktlich. Das liegt an seinem Job." Der Pastor packte die Bücher zurück in den Karton, ohne zu Vares hinzusehen.
Im gleichen Augenblick hörte man durch das offene Fenster, wie ein Auto in den kiesbedeckten Hof des Hauses einbog.
„Vielleicht ist er das schon." Vares eilte ans Fenster. „Nein, verdammt. Da kommt ein Leichenwagen in den Hof. Wer mag hier wohl gestorben sein?"
„Das ist Moilanen."
„Was??"
„Moilanen ist Fahrer beim Bestattungsinstitut Perttala. Er kommt wahrscheinlich direkt von einer seiner Touren. Gewöhnlich hat er gegen Mittag zu tun, während der kirchlichen Riten."
„Ja, natürlich." Vares wandte sich wieder zum Fenster. Moilanen verließ den Fahrersitz des Leichenwagens und stieg aus. Er hatte einen dunklen Anzug an.
Sie machten sich sofort an die Arbeit
Vares' neue Wohnung lag in einem großen mehrstöckigen Haus mit Innenhof. Da die kritische Betrachtung und Bewertung des Umzugsgutes zu den bevorzugten Interessen von Frauen gehört, die ein bestimmtes Alter erreicht haben, war die Operation mit dem seltsamen Umzugswagen in besagtem Haus das Ereignis der Woche.
An den Fenstern erschienen graue Haarschöpfe, Brillen und Lockenwickler. In einigen Küchenfenstern in den oberen Stockwerken glaubte Vares sogar Ferngläser zu erkennen. Die ganz Dreisten hatten keine Scheu, sich über den Rand ihrer Balkone zu lehnen.
Mit unbewegter Miene und zusammengebissenen Zähnen schleppte Vares Kisten und Tüten, Tische und Stühle, so als

hätte er kein Publikum. Der Pastor dagegen grinste immer mal wieder vor sich hin, so als würde er die Situation ausgesprochen genießen.

Mit der fünften Fuhre hatten sie fast das ganze Zeug zur neuen Wohnung geschafft. Beim sechsten Mal war nur noch das eine oder andere aus der Küche übrig, das Telefon und ein paar Kisten Kleidung.

Sie holten diese allerletzte Fuhre gerade ab. Es war bloßer Zufall, daß Vares die Telefonschnur noch nicht ausgestöpselt hatte. Er hatte sich gerade an die Küchenschränke gemacht, als der Apparat klingelte.

Eine höfliche und kultivierte Männerstimme, die von sicherem Auftreten zeugte, verlangte nach Privatdetektiv Vares.

„Am Apparat", sagte Jussi.

Der Anrufer wollte Vares möglichst bald treffen. Es gehe um einen vertraulichen Auftrag. Vares erklärte, gerade mit einem Umzug beschäftigt zu sein, Anfang nächster Woche passe es ihm allerdings ausgezeichnet. Der Anrufer wandte jedoch ein, er sei dann schon auf Reisen, und schließlich einigte man sich auf den Sonntag. Vares gab ihm seine neue Adresse, und sie verabredeten sich für drei Uhr nachmittags.

Nach Beendigung des Gesprächs zog Jussi die Stecker aus der Wand. Moilanen, in Hemdsärmeln, und der stark schwitzende Pastor trugen bereits die letzten Kartons aus der Wohnung.

Vares nahm das Telefon unter den einen Arm, unter den anderen klemmte er zwei Kartons mit Schuhen. Er folgte seinen beiden Helfern, schloß die Tür hinter sich und warf den Schlüssel durch den Briefschlitz. Adieu, altes Nest. Obwohl er über drei Jahre in diesem Haus gewohnt hatte, empfand er doch keine besondere Nostalgie. Jetzt hörte er, wie Moilanen den Wagen unten im Hof anließ. Er betrat den Aufzug und drückte den Knopf ins Erdgeschoß.

Als der lange schwarze Wagen ein letztes Mal in den Hof in der Kellonsoittajankatu einbog, zählte Vares an den Fenstern nur noch etwas über zehn Köpfe. Tja, selbst die besten Vorstellungen büßen an Effekt ein, wenn sie ständig wiederholt werden.

Sie brachten die letzten Sachen hinauf in die Wohnung im

vierten Stock. Sie sah nun aus wie ein Zigeunerlager kurz vor dem Abbruch.
„Die Herrschaften suchen sich bitte irgendwo einen Sitzplatz. Wie wäre es mit einer Erfrischung?“ Vares rieb sich die Hände.
„Danke, für mich nur ein Bier“, sagte Moilanen. „Ich muß den Wagen heute noch in die Garage bringen.“
„Du kommst aber auf ein Bier in *Hasse's Pub*.“
„Gewiß doch.“
Vares hatte den Kühlschrank schon gleich früh am Morgen angeschlossen. Er enthielt Weinbrand, Wodka, Bier, Erfrischungsgetränke und Eis. Zu den wichtigsten Regeln der Nachbarschaftshilfe gehört ja, daß immer genug zu trinken bereitsteht.
Moilanen löschte seinen Durst schnell mit einer Flasche Bier, warf sich sein Jackett über die Schultern und verschwand. Jussi konnte ihm gerade noch für die wertvollen Fahrerdienste danken.
Der Pastor ließ schon das Eis in seinem Glas klirren. Der Hausherr füllte eiligst das Glas. Dann wanderten die beiden mit ihren Drinks in den Händen durch die Wohnung.
Dieses Zweizimmerappartement war bedeutend geräumiger und besser in Schuß als sein bisheriges am Kurjenkaivonkenttä. Besonders zufrieden war Jussi mit der Aussicht, die sich ihm aus den Fenstern des Wohn- und Schlafzimmers bot. Direkt unter ihnen war ein Felsabhang, der mit dichten, grünen Laubbäumen bewachsen war, fast ein kleiner Park. Die Vögel in den Bäumen sangen aus voller Kehle. Jetzt schien ihm der Wohnungswechsel gar nicht mehr so übel und stressig.
„Guck mal da!“ rief der Pastor aus der Küche. „Der Domturm, da vorne steht er! Er scheint nur einen Steinwurf entfernt. So eine Aussicht schätzt man hier in Turku.“
„Tatsächlich, nicht übel. Wenn ich jetzt noch wüßte, in welcher Richtung was liegt...“
„Weißt du was - das alte Turku hat sich dort vom Dom bis zum Fuß dieser Felsen hier ausgedehnt. Dieses Haus ist nämlich auf dem Kerttulinkallio, dem Gertrudenfelsen gebaut“, redete der Pastor sich allmählich in Begeisterung

„Ach ja?“ Vares war nicht sonderlich an Geschichte interessiert.
„Dort zur Rechten, irgendwo an der Vähä-Hämeenkatu gab es mal einen Tümpel, der Mätäjärvi hieß. Diese Felsen hier hinter dem Tümpel hatten vor mehreren hundert Jahren einmal eine wichtige Funktion. Weißt du, welche?“
„Nein.“
„Dies war mal der Galgenberg von Turku. Genau hier haben die Leichen am Seil gebaumelt, bis die Raben kamen und solange an ihnen herumhackten, bis nur noch die abgenagten Skelette übrig waren.“
„Darauf Prost!“ Vares trank mit einem Schluck sein Glas aus. Glücklicherweise wollte der Pastor nicht noch mehr mit seinen geschichtlichen Kenntnissen glänzen. Er trank noch zwei Glas auf das Haus und beschloß dann, dem neuen Hausherrn das Einrichten der Wohnung zu überlassen.
„Mein Segen für dein neues Heim... tja, und Gottes Segen auch“, konnte er sich nicht enthalten, ihm noch in der Tür zuzurufen. Vares dankte ihm herzlich und lud ihn auf einen Besuch ein, wenn es in der Wohnung etwas besser aussähe.
Nachdem die Wohnungstür hinter dem amtsenthobenen Priester ins Schloß gefallen war, setzte sich Vares auf die erstbeste Kiste und blickte sich um.
Das fing ja gut an mit seinem neuen Heim! Das Umzugsgut wurde im Leichenwagen hergebracht, als Helfer hatte er einen Priester dabei, und nun hatte er auch noch erfahren, daß er auf den historischen Galgenberg gezogen war.
Doch ein gutes Omen gab es: schon morgen würde der erste Kunde in sein neues Büro kommen.

3

KAKOLA: Häftling 283/86

Rapp war auf das obere Ende seines Metallbettes geklettert, so daß er zwischen den dicken rostroten Gitterstäben seines Fensters hindurchschauen konnte. Aus dem vierten Stock des Hauptgebäudes von Kakola, ganz oben auf dem gleichnamigen Berg gelegen, bot sich ein herrlicher Ausblick über die sommerliche Stadt, den träge dahinfließenden Fluß und die zahlreichen Ausflugsschiffe, die auf ihm fuhren. Auf ihren Decks und am gegenüberliegenden Flußufer, da wo das Segelschiff *Suomen Joutsen* lag, sah man in helle Sommerfarben gekleidete Gestalten, die in der Sonne saßen oder lässig dahinschlenderten. Einige allein für sich, einige Hand in Hand, andere in größeren Gruppen. Sie alle waren mit ihren Plänen, Vorhaben und sonstigen Angelegenheiten beschäftigt, heute und morgen und in nächster Zukunft. Sie alle waren vollkommen frei, das zu tun, was ihnen in den Sinn kam.

Rapp preßte seine Fäuste so fest um die Gitterstäbe, daß die Adern an seinen muskulösen Armen hervortraten wie die Benzinschläuche eines Zweitaktmotors. Die sommerliche Aussicht, die sich ihm an diesem Fenster bot, war eine Qual und Salz auf seine Wunden. Aber er ertrug diesen Blick regelmäßig, denn seine Entschlossenheit nahm dadurch nur zu. Es gab nur den einen Weg. Länger würde er nicht mehr warten.

Torsten Rapp wußte: auch da draußen wäre er so lange ein Gefangener, bis er eine gewisse Angelegenheit erledigt hätte. Erst danach würde er die Chance haben, frei zu entscheiden, was er tun und was er lassen wollte.

Diesen Sommer würde ein Fest, das schon viel zu lange gedauert hatte, seinen verdienten Abschluß finden.

Lange starrte Rapp hinab auf den Fluß und über die in der Hitze brütende Stadt, so lange, bis seine Augen von dem grellen Sonnenlicht zu schmerzen begannen. Dann sprang er vom Bett hinunter, lief ein paar Mal schnell in der Zelle hin und her und

warf sich dann auf seine Pritsche.
Er öffnete den Schlitz seiner gestreiften Hose, zog seinen Apparat hervor und begann, die rechte Hand auf und ab zu bewegen, wobei er mit starrem Blick und ohne mit der Wimper zu zucken das an der Decke hängende Spinngewebe fixierte. Das Biest war gerade dabei, einer jämmerlich zappelnden Fliege die Säfte auszusaugen.
Er dachte intensiv an eine ganz bestimmte Person, an eine ganz bestimmte Sache, wie immer in diesem Augenblick. Nicht Lust oder Begehren verspürte er, sondern bloß kalten Haß. Kein einziges Mal blinzelte er mit den Augen, sondern starrte glasigen Blickes auf einen einzigen Punkt und führte mit seiner rechten Faust mechanisch die Bewegung aus. Und ab und zu verstärkte er den Druck, so daß es ihm schließlich fast Schmerzen bereitete.
Endlich - ihm schien schon allzu viel Zeit verflossen zu sein - begann es ihm zu kommen. Er schnellte von seiner Pritsche hoch, trat die drei Schritte zum Latrinenkübel, bog den Nacken zurück, stöhnte leise auf und ließ es kommen.
Als er den Schlitz seiner Hose schloß, dachte er wieder einmal: jetzt hast du also noch einen gekriegt. Hoffentlich bist du zufrieden.

Am Nachmittag ging Rapp in den Fitneßraum.
Mit dieser Art Freizeitbeschäftigung hatte er erst im Gefängnis begonnen, und in knapp zwei Jahren hatte sich aus dem langen schmächtigen Mann ein breitschultriger, muskelbepackter Typ entwickelt. Denn auch diese Beschäftigung war er so angegangen wie alles, was er einmal anpackte: ernsthaft und entschlossen.
Das Gewichtheben diente zwei verschiedenen Zwecken. Einerseits stattete es ihn mit den Fähigkeiten aus, die er brauchte, wenn der Tag des Abschieds anbrach - und danach, wenn gewisse Rechnungen zu begleichen sein würden.
Andererseits half ihm das harte Training genauso wie die allmorgendlichen Liegestütze oder daß er sich alle zwei, drei Tage einen runterholte. Es half ihm, sein empfindliches und verletz-

bares Nervenkostüm unter Kontrolle zu halten und mit diesen beschissenen Wärtern und den im Grunde genommen noch unangenehmeren Mithäftlingen zurechtzukommen. Nach einem harten Training konnte er jede Beleidigung oder Demütigung mit einem Lächeln beiseite schieben.

Im Fitneßraum wurde gerade hart trainiert und heftig gestöhnt, wie immer während der Trainingsstunden. Für viele Häftlinge bestand der Höhepunkt des Tages darin, sich mit den Eisenplatten und dem schweißnassem Gestänge einen Zweikampf liefern zu können. Und immer, wenn man ein paar Kilo mehr hochstemmen konnte, hatte man das Gefühl, wirklich etwas geleistet zu haben - man hatte etwas ganz Konkretes zustande gebracht.

Der Raum wies keinerlei raffinierte technische Gerätschaften auf, es gab nur fünf Stemmbänke samt Gestänge nebeneinander und an der hinteren Wand einige lose Gewichte für das Hand- und Armtraining. Die Luft im Raum war muffig und schwül, die Klimaanlage hatte ihren Geist aufgegeben. Es stank nach Schweiß und Scheiße.

Rapp fand ganz rechts eine freie Bank. Er legte sich auf den Rücken, suchte Halt an der Langhantel, auf der gerade das passendes Gewicht von fünfzig Kilo lag und begann mit einer langen Serie Bankdrücken zum Aufwärmen. Dabei ließ er den Blick in die Runde schweifen. Es war immer lohnend, sich zu vergewissern, was für Typen hier versammelt waren und was möglicherweise zu erwarten war.

Die meisten, die hier gerade ihr Training absolvierten, waren kleine Fische. An ihren nackten und verschwitzten Oberkörpern war abzulesen, daß sie diesen Raum eifrig und mit Hingabe nutzten. Niemand unterhielt sich oder wandte einem anderen das Gesicht zu. Die einzigen Geräusche waren das Klicken der Stangen und das beständige Ächzen und Stöhnen sowie dann und wann ein Fluch, wenn ein neues Höchstgewicht sich nicht hochstemmen lassen wollte.

Wirklich schwere Jungs gab es nur zwei im Raum. Kivitalo trainierte weiter hinten mit Hanteln seinen Bizeps, und obwohl er Rapp bei dessen Eintreten nicht begrüßt hatte, hatten sich die beiden doch kurz einen Blick zugeworfen. Kivitalo war der bedeutendste Drogendealer in Kakola, und Rapp hatte hier und da mit ihm zu tun, ob er nun wollte oder nicht. Sein Instinkt sagte ihm aber, daß er Kivitalo nicht für einen Pfifferling trauen konnte.

Der andere Typ, Kurjenlahti, stemmte das Eisen auf der Bank nebenan. Er stammte aus Mittel-Österbotten, und er gehörte zu jener Sorte von Österbottnern, die schwarz sind wie die Nacht. Außerdem war sein einsneunzig langer Körper fast durchgängig dicht und schwarz behaart.

Die Behaarung begann mit dicken Borsten im Nacken und erstreckte sich über Brust und Arme bis zu den Handgelenken und Handrücken. Kurjenlahti war massig gebaut, aber unter den schlaffen Schichten Fleisch ahnte man seine eisernen Muskeln. Er stemmte schwere Gewichte, langsam und geduldig, und schnaufte wie eine Dampflock. Bei jedem Stoß überzog sich seine behaarte Haut mit einer neuen Schicht von Schweiß, der so stechend roch, daß Rapp davon fast übel wurde.

Kurjenlahti gehörte zu den härtesten Typen innerhalb dieser Mauern. Im letzten Jahr hatte er sich einmal mit Rapp angelegt, aber der hatte nur wortlos nach einer Gabel gegriffen und eine Haltung eingenommen, die keinen Zweifel aufkommen ließ, mit wem er es zu tun hatte. So war es gekommen, daß sie sich, wenn auch widerwillig, gegenseitig respektierten. Ebensowenig wie die anderen harten Typen versuchte Kurjenlahti jetzt nicht mehr, Torsten Rapp gegenüber den Macker rauszuspielen. Das brauchten sie auch nicht, denn innerhalb dieser Mauern gab es dafür eine Menge kleinere und leichtgewichtigere Männer, schwächere Naturen eben.

Kurjenlahti führte mit seinen Gewichten noch drei langsame Stemmzüge aus und ließ sie dann in die Halterung fallen. Nun lag er da, eine gewaltige keuchende Masse, wie ein Walroß, das auf einer Klippe gestrandet ist. Dann winkte er einladend mit seiner schaufelgroßen rechten Hand.

Von einem Plastikstuhl, der in einer Ecke stand, erhob sich sofort ein schmächtiger Jüngling, der dort gesessen hatte, ohne auch nur eine Hantel anzurühren. Die Häftlingskleidung, die

ihm zu groß war, hing von ihm wie ein formloser Sack herab. Als er durch die Geräte hindurch zu Kurjenlahtis Bank kam, ging sein ausdrucksloser Blick von Mann zu Mann, so als hätte er die ganze Zeit Angst. Mit seinem hellen struppigen Haar und dem schüchternen Gesichtsausdruck sah Vaunonen aus wie ein Junge aus einem Konfirmandenlager, den man beim Rauchen ertappt hat. Er war einundzwanzig und saß eine zehnjährige Gefängnisstrafe ab, weil er eine Kioskbesitzerin überfallen hatte. Fünfzehn Mal hatte er auf die um Gnade flehende alte Frau eingestochen und 140 Mark inklusive Kleingeld in Münzen erbeutet. Nun war er Kurjenlahtis Laufbursche.
„Setz noch zwanzig auf beide“, sagte Kurjenlahti. Vaunonen nickte bereitwillig und hob vier Zehnkilogewichte auf die Stange. „Das ist mein neues Höchstgewicht“, stellte Kurjenlahti fest, als spräche er nur zu sich selbst, aber so laut, daß es alle hören konnten.
Er spuckte in die Hände und suchte dann tief und langsam atmend Halt an der Stange.
„Rapp, kannst du mal sichern?“
Kurjenlahti sprach es ohne befehlenden Nebenton; es klang wie eine höfliche Bitte. So erhob Rapp sich von seiner Bank und stellte sich hinter das Gerät in Bereitschaft.
Kurjenlahti atmetet noch dreimal tief durch. Dann konnte man sehen, wie die Muskeln sich spannten und unter der Fettschicht hervortraten. Die Adern an den Schläfen schwollen an, die Augen traten fast aus den Höhlen. Und dann hob sich das Eisen. Langsam, unter gewaltigem Geächze wurde die Last von den sich streckenden Armen in die Höhe bewegt. Kurjenlahti hielt sie so fast fünf Sekunden lang, und Rapp half ihm ein wenig, als er sie aufs Gerät zurückbrachte.
„Das klappte ja ganz gut. Und es wird noch besser werden. Aber für heute soll's genug sein“, sagte der Koloß zufrieden.
„Nicht schlecht“, mußte Rapp zugeben, als er sich auf seine Bank zurückzog. Kurjenlahti schwang sich auf den Rand seiner Bank und begann, sich sein Fell mit einem Handtuch abzutrocknen, das ihm Vaunonen dienstbeflissen gereicht hatte. Während er sich seinen Stiernacken abrubbelte, sagte er keu-

chend in Rapps Richtung:
„Da ist wieder ein Putzerjob freigeworden."
„Ach, hat jemand aufgehört?"
„Riegel."
„Ich hör' wohl nicht recht?" entfuhr es Rapp.
„Der Typ hat sich die Zeit mit Starkbierbrauen vertrieben. Mehrere Liter Saft aus der Kantine mit geschmuggelter Hefe versetzt. Dieser Dummkopf hat sich im Reinigungsmagazin 'nen Scheißkübel besorgt und das ganze darin angesetzt. Und als heute morgen der Boß von der Abteilung die Zelle aufschloß, ist er fast drüber gestolpert. Starkbier mit Medikamenten vermischt. Jetzt sitzt er im Loch, hat wohl 'nen ganz schönen Brummschädel, der Kerl."
Rapp saß in einer anderen Abteilung als Riegel, und heute hatten sie nicht in der gleichen Schicht geputzt. Diese Nachricht kam für ihn wie ein Blitz aus heiterem Himmel. Mit zusammengebissenen Zähnen versuchte Rapp, sich seine Gefühle nicht ansehen zu lassen. Dieses verdammte Arschloch! Und ausgerechnet jetzt, wo er ihm seine Bestellung hätte liefern sollen!
Wutentbrannt und zähneknirschend stemmte Rapp die Hantel zehnmal und ließ zum Schluß die Gewichte aufs Gerät zurückkrachen. Diese neue Wendung schien alle seine Pläne über den Haufen zu werfen. Aber auch Riegel würde nicht so leicht aus der Scheiße kommen, die er da angerichtet hatte. Niemand wird bis in alle Ewigkeit in der Sicherheit des Lochs gehalten.
„Sag mal, Vaunonen macht doch den Putzer im Stockwerk, wo das Loch ist, oder?" Rapp sprach zu Kurjenlahti, obwohl der Kioskmörder direkt daneben stand.
„Ja, wieso?"
„Ich dachte bloß, wenn er da was für mich erledigen könnte..."
„Wenn's keine allzu krummen Dinger sind..." Kurjenlahti sah Rapp mißtrauisch an. „Ich dulde nicht, daß Kari da in irgendwas reingezogen wird."
„Es ist nichts Schlimmes. Nur, wenn Vaunonen ihm das Essen bringt, dann braucht die Gabel nicht besonders gut abgewaschen zu sein. Da könnte zum Beispiel etwas Ketchup dran

kleben geblieben sein. Und dann könnte er Riegel noch sagen, Rapp läßt grüßen."
„Ja, das geht in Ordnung. Was hast du denn mit Riegel?"
„Der Typ hat mich mal ganz böse versetzt. Er soll sich die Gabel ordentlich angucken und darüber nachdenken, was passiert, wenn er aus dem Loch rauskommt."
„Kari macht das schon."
Kurjenlahti erhob sich schwerfällig von der Bank und schritt auf die Tür zu. Vaunonen folgte ihm in einem Meter Abstand und trug das Handtuch, als wäre er der Ringassistent mit dem Umhang des neuen Meisters im Schwergewicht.
In dumpfer Verbitterung legte Rapp neue Gewichte auf und begann sie mit wutgeladener Kraft zu stemmen.

4

Punkt drei schellte es an der Tür, nicht eine Minute früher oder später, sondern auf den Schlag genau.
Vares hatte inzwischen seine Möbel einigermaßen arrangiert, und es standen keine Kisten mehr auf dem Fußboden herum. Aber es hatte noch viel zu tun: vor den Fenstern fehlten noch Gardinen, Bilder und Poster waren noch nicht aufgehängt, und erst vor einer Stunde war er dazu gekommen, an der Haustür das Schild zu befestigen, das die Aufschrift trug:

BÜRO FÜR RECHTSSACHEN JUSSI VARES
VERTRAULICHE ERMITTLUNGEN

Vares warf einen kurzen Blick um sich und stellte fest, daß die Wohnung noch nicht sehr einladend war. Aber das dürfte den Klienten kaum interessieren. Gewöhnlich waren diese Leute so von ihren eigenen Sorgen beansprucht, verwirrt oder gar furchtsam, daß Vares den Verlauf des Gesprächs immer fest im Griff hatte.
Er öffnete die Tür und sah sofort, daß es sich diesmal um einen Klienten ganz anderer Art handelte.
Im Hausflur stand ein Mann von knapp vierzig, hochgewachsen

und gebräunt, bekleidet mit einem leichten blaugrauen zweireihigen Sommeranzug. Business Class. Die schwarzen Lederschuhe glänzten. Allein das perlgraue Hemd hatte sicherlich so viel gekostet wie Vares' normale Ausgehkleidung insgesamt. Die Nadel an der Seidenkrawatte war natürlich aus Gold, darin war aber auch noch ein kleiner Diamant eingearbeitet, und die Rolex war sicher keine Fälschung.

Die tiefe Bräune stammte nicht aus dem Freibad Samppalinna, sondern vom Deck der eigenen Yacht. Der breite, etwas schmallippige Mund war zu einem höflichen und selbstsicheren Lächeln geöffnet. Vares nahm den Duft eines teuren Aftershaves wahr. Instinktiv empfand er bereits auf den ersten Blick Abneigung gegen seinen Besucher.

„Schön, daß Sie gleich hergefunden haben, obwohl der Eingang im Hof liegt. Treten Sie ein."

Im Flur gaben sie sich die Hand. Die Hand des Besuchers war weich und glatt. Vares geleitete ihn zum Sofa und erklärte dabei, daß er noch mitten im Umzug stecke. Sein Gehirn forschte dabei nach dem Namen, der ihm während des Händeschüttelns genannt worden war: Pauli Kontio. Pauli Kontio?

Natürlich!

Der Typ gehörte zu den Spitzenjuristen der Stadt, ein echter Insider der gehobenen Kreise. Sondergebiet: große Konkurse, Konkursverwaltung und -überwachung. So etwas brachte viel Geld, wenn nur die Beziehungen stimmten und die Schuldner die nötigen Vollmachten erst einmal erteilt hatten.

Unwillkürlich mußte Vares daran denken, daß der Mann, der da auf seinem abgewetzten Stoffsofa saß, eigentlich ein Kollege war. Sie hatten beide in denselben Hörsälen gesessen, waren über dieselben Universitätskorridore gegangen und hatten auf den Lex-Feten Mädchen angemacht. Dennoch waren ihre Stellung und Möglichkeiten gelinde gesagt unterschiedlich.

Vares merkte, daß er den Typen immer weniger mochte. So als wäre Pauli Kontio daran schuld, daß er, Vares, es nicht länger als bis zum ersten Herbst in den Hörsälen ausgehalten hatte. Oder daß das *Lex* oder andere Insiderkneipen ihm dafür um so vertrauter geworden waren.

„Deine Zeit ist sicherlich wertvoll, und ich habe auch noch verschiedenes vor, also komme ich gleich zur Sache."
Kontios Gesicht hatte etwas Besonderes. Sein Lächeln schien darin wie festgegossen. Vares war sicher, daß es selbst auf einer Beerdigung nicht verschwinden würde; vielleicht nicht mal auf seiner eigenen.
„In Ordnung. Kaffee?"
„Nein danke. Ich hab gerade einen getrunken. Es geht um die Untreue meiner Frau."
Also die gewöhnliche Geschichte. Vares lehnte sich auf seinem Stuhl zurück. Wenn Klienten kamen und ihm so etwas erzählten, saßen sie gewöhnlich vornübergebeugt auf dem Sofa, kneteten sich die Hände und blickten nervös um sich, mit Scham oder Wut im Blick. Kontio aber war die Ruhe selbst. Er saß locker da, mit dem Rücken an der Rückenlehne des Sofas. Das rechte Bein hatte er über das linke Knie geschlagen, und die gut gepflegte rechte Hand ruhte auf dem Fußgelenk. Das selbstsichere Lächeln verharrte unbewegt wie auf einer Goldmaske aus einem antiken Königsgrab.
Kontio begann, schlicht und ruhig seine Geschichte zu erzählen. So, als ginge es um etwas, was irgendein anderer erlebt hatte.
Der Spitzenjurist hatte eine recht junge Frau. Annika Kontio war knapp über dreißig. Laut Kontio war sie eine echte Schönheit. Vares war sicher, daß sein Gegenüber in demselben Ton auch von seinem Boot, seinem Auto und seiner Wohnung sprach, letztere wahrscheinlich mit Ausblick auf die *Suomen Joutsen.*
Sie waren seit vier Jahren verheiratet. Kinder hatten sie keine; beiden war zur Zeit noch ihr Beruf wichtiger. Annika betrieb eine Kunstgalerie in der Läntinen Rantakatu.
Kontio hielt es für wahrscheinlich, daß gerade ihre anspruchsvollen und viel Zeit fordernden beruflichen Pflichten der Grund dafür waren, daß es so gekommen war. Eine andere Erklärung gebe es nicht - denn ein Paar, das glücklicher wäre als sie, sei nur schwer zu finden.
Während der letzten Monate waren Kontio im Verhalten seiner Frau mehrere Anzeichen aufgefallen, die im einzelnen auf-

zuzählen er hier nicht für notwendig halte. Jedenfalls war ein Verdacht aufgekommen.
Kontio wollte in dieser Sache Gewißheit. Er war auf eine zweitägige Geschäftsreise nach Hanko gefahren, um dort eine in Konkurs gegangene Schiffsfirma zu betreuen. Annika hatte er erzählt, er übernachte im *Regata*.
Er war allerdings am Abend in die Stadt zurückgekehrt, hatte die Wohnung leer vorgefunden und entdeckt, daß die Schlüssel seiner Sommervilla weg waren. Danach war er nach Parainen gefahren, hatte den Wagen in einiger Entfernung von der Villa stehengelassen und war am Ufer entlang gegangen, um die Lage näher zu erkunden.
Annika war mit einem fremden Mann in der Sauna der Sommervilla gewesen. Kontio hatte die beiden lange genug beobachtet; Zweifel darüber, was hier vor sich ging, waren ausgeschlossen. Dann war er auf der Stelle nach Hanko zurückgefahren und hatte später Stück um Stück herausbekommen, wie der Mann hieß, wo er arbeitete und wohnte. Annika hatte er zu keiner Zeit darüber aufgeklärt, daß er über alles im Bilde war.
Kontio beendete seinen gewandt und schlüssig vorgetragenen Bericht und zündete sich, ohne nach Erlaubnis zu fragen, mit einem Ronson ein langes dünnes Zigarillo an. Vares mußte eine Weile nachdenken, ehe er sich entsann, wo der Aschenbecher wohl sein konnte. Er holte ihn aus der Küche und fragte:
„Du willst dich also scheiden lassen?“
„Nein.“
„Was denn dann?“
„Zunächst eines. Ich liebe meine Frau sehr. Ich will auf keinen Fall, daß meine Ehe wegen dieses einmaligen traurigen ... Fehltrittes in die Brüche geht. Ich will, daß unser Leben genauso wie bisher weitergeht, bevor sie diesem Mann begegnet ist.“
Zweifelnd blickte Vares Kontio an. Er hatte seine Schwierigkeiten, sich vorzustellen, daß dieser Mann irgendjemanden außer sich selbst liebte.
„Wie kann ich dir dann helfen?“
Kontio zog einen Briefumschlag aus seiner Brusttasche und entnahm ihm einen Zeitungsausschnitt, den er vor Vares auf

den Tisch legte. Es war die Anzeige eines Restaurants, aus einer Zeitung ausgeschnitten. Die *Pianobar* in der Humalistonkatu annoncierte darin, daß den ganzen Sommer über der populäre spanische Pianist Jesús María Lobo dort sang und spielte. Unter dem Text war ein Foto, auf dem ein dunkler, strahlend lächelnder etwa dreißigjähriger Mann in einem weiß gekalkten Patio vor einem weißen Piano saß. Der Mann hatte viel gemein mit Julio Iglesias, nur war sein Haar dichter, und die Nase hatte einen leichten Linksdrall.

„Das ist Annikas Liebhaber." Kontio zog ein paar Mal tief an seinem Zigarillo. Seine Kinnladen zuckten leicht.

„Ich verstehe noch immer nicht, worin meine Aufgabe bestehen soll."

„Ganz einfach. Sorg dafür, daß der Mann das Land verläßt. Im selben Augenblick wird er aus Annikas Leben verschwinden."

Vares saß da, ohne ein Wort zu sagen, und betrachtete Jesús María Lobos lächelndes, ein wenig klobiges Gesicht.

Kontio drückte das zur Hälfte gerauchte Zigarillo im Aschenbecher aus und fuhr fort:

„Dieser Typ ist nun den dritten Sommer in Finnland und in Turku. Er pflegt hier auf die gleiche Art zu erscheinen wie die Fliegen. Dieser Gastarbeiter hat jahrelang in Stockholm gelebt und kam plötzlich auf die Idee, er könne hier auf der anderen Seite des Bottnischen Meerbusens seine Sommer angenehmer verbringen, indem er singt, auf seinem Klavier klimpert und in das hiesige Leben eintaucht. So jemand wird hier doch nicht leben, wenn er nicht irgendwelchen Dreck am Stecken hat. Da findet sich immer was. Die Turkuer Kripo hat ganze Aktenberge, die von den Umtrieben solcher Casanovas zeugen. Wenn man jede Nacht in einer anderen Wohnung verbringt, dann kann man nur noch schlecht auseinanderhalten, was einem selbst gehört oder was der Wohnungsbesitzerin. Es gibt da so Fälle von Betrug und Schwindelei... Manchmal geht einem auch das südländische Temperament durch, und Gewalttätigkeiten sind dann nicht ausgeschlossen. Alles mögliche kann da vorkommen. Man muß nur gründlich genug schnüffeln, dann wird sich sicher was finden." Kontio ereiferte sich immer mehr.

„Und wenn sich etwas derartiges findet, dann..."
„Dann erfahren die Behörden davon, Señor Lobo ist seine Arbeitserlaubnis los und handelt sich ein Aufenthaltsverbot ein, und dann steckt man ihn in die erste Fähre, die nach Schweden geht."
„Und euer kleines Eheproblem ist auf diese Weise gelöst." Vares wußte, daß in seiner Stimme Unglaube mitschwang.
„Genau."
„Ich bin zwar kein Ehepsychologe, aber..."
„Auf derartige Ratschläge bin ich auch gar nicht aus. Mir reicht, wenn du diesen Typ festnagelst, egal für was..." Kontios Stimme klang nun einen Grad schärfer.
„Ist dir eigentlich gar nicht die Idee gekommen, daß er vielleicht auch die sprichwörtliche Unschuld vom Lande sein könnte?"
„Diese marginale Möglichkeit habe ich durchaus berücksichtigt. In dem Fall würde ich zu anderen Mitteln greifen. Zum Beispiel zum Scheckheft. Ich bin mir sicher, Señor Lobo weiß eine Geldsumme in bestimmter Höhe wohl zu schätzen und fände sich dann bereit, in seine spanische Heimat zurückzukehren. Aber zu dieser Taktik würde ich erst im äußersten Notfall greifen."
„Du versuchst ja, deine Frau mit allen Mitteln zu halten."
„Wie gesagt: ich liebe sie."
Ein neuer Gedanke kam Vares in den Sinn. Er sagte leichthin:
„Ihr habt wohl einen Ehevertrag abgeschlossen?"
„Mein lieber Freund, vergiß nicht, daß ich Jurist bin", lachte Kontio selbstzufrieden auf. Vares erinnerte sich nicht, je zuvor einen so von sich selbst überzeugten Gockel gesehen zu haben. Hier saß ein Mann, der glaubte, ihm würde alles gelingen - außer, seine Frau von ausländischen Kneipenpianisten fernzuhalten. Und das schien sein Selbstwertgefühl in keiner Weise zu untergraben. Irgendetwas stank hier unter dem Aroma des superteuren Aftershaves.
„Mit so einem Fall hat es unsereiner noch nicht zu tun gehabt, auch wenn ich schon seit langem meine, alles gesehen zu haben, was es in diesem Job zu sehen gibt." Vares wußte nicht so recht, wie er sich zu dem angebotenen Auftrag stellen sollte.

„Das glaub' ich wohl. Jetzt interessierte mich nur eines. Übernimmst du den Job?"
„Das scheint mir ein bißchen kompliziert..."
„Ich bin selbst nicht ganz billig. Mir ist klar, daß Spitzenleistung nach Spitzenlohn verlangt. Ich gebe dir zwei Wochen Zeit und zahle gut dafür. Und wenn das Ergebnis meinen Annahmen und Wünschen entspricht, wird das Entgeld um so besser sein."
„Gut." Vares erkannte, daß sich ihm gerade die Möglichkeit bot, einen gewinnbringenden Auftrag an Land zu ziehen. In seiner Branche konnte man nicht wählerisch sein. „Ich übernehme den Job. Zwei Wochen reichen bestimmt aus, um die Sache abzuschließen."
„Das glaube ich auch. Kannst du gleich morgen anfangen?"
„Am Montag beginnt ja für gewöhnlich die Arbeitswoche", räumte Vares ein. Irgendetwas in seinem Innern sträubte sich noch gegen diese Geschichte.
„Abgemacht. Noch etwas: an eines mußt du dich unbedingt halten." Kontio blickte Vares scharf in die Augen. „Annika darf unter keinen Umständen von dieser Sache erfahren."
„Nicht, soweit das von mir abhängt."
„Dann ist jetzt, soweit ich sehe, alles klar von meiner Seite. Hier in dem Briefumschlag sind einige Fakten, die dir für den Anfang helfen werden." Kontio legte einen braunen A5-Umschlag auf den Tisch und stand auf.
Vares begleitete den Spitzenjuristen in den Flur. Kontio drehte sich an der Tür noch einmal um und ließ sein strahlendstes Lächeln aufblitzen. Er reichte schwungvoll seine Hand, und sein Händedruck war irgendwie auf gekünstelte Weise kräftig und fest, ganz so, als hätte er ihn sich für seinen Schlußauftritt antrainiert.
Wie eine aus teuren Bestandteilen bestehende Plastikpuppe mit angelernten Gesten, dachte Vares. Ein Wunder, wenn seine Annika nicht schon gleich nach der Hochzeitsreise zum Beispiel ihrem Hausmeister erlegen war.
„Waidmanns Heil, Vares", grüßte Kontio ihn von der Tür. Dann wischte er sich ein nicht existierendes Haar von der

Schulter seines Jacketts, wandte sich um und verschwand mit schnellen Schritten im Treppenhaus.
Vares schloß die Tür.
Erst als er aus dem Badezimmer kam, wurde ihm bewußt, daß er sich die Hände gewaschen hatte.

5

Den ganzen Sonntagabend war Vares mit dem Einräumen seiner Habe beschäftigt. Das Wetter war ganz wie in den Sommern der guten alten Zeit: die Sonne brannte vom wolkenlosen Himmel auf Asphalt und Beton. Obgleich an der Hauswand dicht gedrängt Laubbäume standen, boten sie im vierten Stock nicht mehr viel Schatten. Die Wand und die großen sich gen Westen öffnenden Fenster sogen die Wärme der Abendsonne förmlich ein, und in der Wohnung herrschte eine Hitze wie in einem Einsternehotel auf Mallorca. Jussi schwitzte und fluchte und schleppte seine Sachen von einem Zimmer ins andere, schlug Nägel und Haken in die Wände und räumte seine Bücher in die Regale ein.
Gegen acht hatte Jussi schließlich genug von der Schufterei, obwohl seine Wohnung durchaus noch nicht in Ordnung war. Er holte sich eine Flasche Bier aus dem Kühlschrank, ließ sich, die Kühle der Bierflasche auf der Handfläche genießend, auf dem Sofa nieder und dachte, daß Umziehen doch so ziemlich das Widerlichste war, was er sich vorstellen konnte. Und dies war schon das dritte Mal in knapp vier Jahren. Sollte er vielleicht einmal bei der Postbank in der Hämeenkatu vorbeischauen und dort einen Bausparvertrag abschließen? Das wäre eine ganz schöne Überraschung für die Schaltermäuschen. Im allgemeinen war er dort an den Einzahlungsschaltern eine seltene Erscheinung.
Beim zweiten Bier nahm sich Jussi den Briefumschlag vor, den Pauli Kontio ihm dagelassen hatte. Morgen stand ihm harte und anstrengende Laufarbeit bevor, und die würde ihm desto besser

von der Hand gehen, je sorgfältiger er sich vorbereitete.
Vares war froh, daß sein Käfer letzte Woche zur Inspektion gewesen war und er nicht wie gewöhnlich bis auf den letzten Drücker damit gewartet hatte. Jetzt hätte er es sich nicht mehr leisten können, den Wagen zum Auswechseln der Bremsklötze und -zylinder in der Werkstatt stehen zu haben. Jesús María Lobo konnte man sicher nicht nur in Tennisschuhen auf der Spur bleiben.
Außer dem, was Kontio schon mündlich berichtet hatte, enthielt der Briefumschlag noch einen Zeitungsausschnitt, in dem Lobo in der Werbeanzeige eines Hotels in Tampere prangte. Dort hatte er laut Anzeige zwei Wochen im Mai gespielt. Trotz möglicher Reisespesen beschloß Vares, seine Untersuchungen ganz auf Turku zu beschränken.
Neben dem Zeitungsausschnitt fand sich in dem Umschlag ein gefalteter A4-Bogen, auf dem Kontio die Ergebnisse seiner vorläufigen Ermittlungen tabellarisch aufgelistet hatte. Vares nickte zufrieden; er mußte zugeben, daß Kontio ganz gute Arbeit geleistet hatte oder auch hatte machen lassen. So konnte er die Sache viel leichter angehen, als wenn er bei Punkt Null hätte beginnen müssen.
Das Papier enthielt die folgenden Daten:
— *Name: LOBO, Jesús María, Geburtsort: Cádiz, Spanien, Geburtsdatum: 4. 7. 1955*
— *gemeldet in Stockholm, Adresse: Ringvägen 33, 2 A 15, Södermalm, wohnhaft in Schweden seit 1979*
— *ständiger Beruf laut Amtsschreiber: „brevbärarbiträdes vikariat“* (Kontio hatte die Berufsbezeichnung mit roter Tusche dick unterstrichen)
— *unverheiratet, aber geschieden, die Exfrau heißt Agnetha Nilsson, keine Kinder*
— *kein Strafregister, wurde aber einmal bei einer Razzia festgenommen, die in einem Sommerhaus abgehalten wurde. Man fahndete nach Drogen, die sich aber in dem Objekt nicht fanden*
— *jetzt den dritten Sommer in Finnland und in Turku, in mehreren Hotels im Zentrum angeheuert; kurze Auftritte auch anderswo in Finnland*

— hat während der zwei vergangenen Sommer im Domus Academica gewohnt, lebt zur Zeit aber in einer privaten Unterkunft. Adresse: Multavierunkatu 3, der Vermieter heißt S. Kaunispää
— fährt einen roten Honda Civic mit dem Kennzeichen TUC-256, der Wagen ist auf den Namen Kaunispää registriert
— Arbeitsvertrag für den ganzen Sommer mit der Pianobar in der Humalistonkatu
— Freizeitbeschäftigungen: schwimmt in Freibädern, sitzt auf Terrassen, macht Bodybuilding, fährt regelmäßig nach Stockholm

Vares ließ einen langen Pfiff ertönen. Es war schwer verständlich, warum Kontio beschlossen hatte, ihn zu engagieren. Der Mann war ja selber ein vollkommener Schnüffler. Und es schien, daß er auch in besonders vertrauensvoller Beziehung zu irgendeinem schwedischen Kollegen stand.
Noch nie hatte Vares von einem Klienten so eine Liste bekommen. Irgendwie sprach daraus der den Juristen eingehämmerte Glaube an das gedruckte Wort und weißes Papier.
Vares las sich das Blatt noch einmal schnell durch.
Er ließ den Blick auf der von Kontio unterstrichenen schwedischen Berufsbezeichnung innehalten. *Brevbärarbiträdes vikariat.* Das sah auf dem Papier sehr bedeutend aus, sofern man kein Schwedisch verstand. Briefzusteller-Urlaubsvertretung dagegen klang nicht ganz so großartig.
Ja, hier ist es wohl wieder einmal so, daß ein großes künstlerisches Talent in Erwartung seines Durchbruchs zu einem Leben in Mangel und Not verurteilt war. Und zum Glück taten sich ganz in der Nachbarschaft Arbeitsmöglichkeiten auf. Da war es für den Stockholmer Briefträger sicher eine angenehme Abwechslung, mit dem Schiff nach Finnland herüberzufahren und dort zu einem „populären und beim Publikum beliebten Pianisten“ zu werden. Dann hatte man sicher das Gefühl, daß die Fingerübungen während des langen und dunklen Winters sich vielfach bezahlt machen würden.
Vares griff nach der Fernbedienung und stellte den Fernseher

an. Bis zu den Abendnachrichten schien es noch einige Minuten zu dauern. Was sollte er sich für morgen als erstes vornehmen? Es blieb nichts anderes übrig, als sich dem Herrn Pianisten an die Fersen zu heften und seine täglichen Beschäftigungen zu notieren. Einen bequemeren Weg gab es da nicht.
In den normalen Fällen von Ehegattenbeschattung war ein ergebnisloses Resultat für den Auftraggeber ein genauso gutes Ergebnis wie die andere Alternative - manchmal war es sogar das bessere. Aber es war schwer vorstellbar, daß jemand wie Pauli Kontio sich mit so einer Lösung abspeisen lassen würde. Nun, dann soll er in diesem Fall eben die Ärmel seines fünfhundert Mark teuren Seidenhemdes aufkrempeln und dem Musikanten wie ein Mann eins in die Fresse hauen, dachte Vares. Doch dann mußte er an Kontios sorgfältig zurechtgemachte Frisur und an seine mit Babypuder gepflegten weichen Hände denken. Während die Nachrichten mit einer Meldung über irgendeine Regierungserklärung begannen, merkte Jussi plötzlich, daß er vor sich hinlächelte.

6

KAKOLA: Häftling 283/86

Nachdem er mit Kurjenlahti abgesprochen hatte, daß Vaunonen Riegel außer dem Essen auch warnende Grüße überbringen sollte, konzentrierte Rapp sich ganz darauf, gegen das kalte, feindliche und spöttisch glänzende Eisen anzukämpfen.
Mit den schwersten Gewichten machte er lange Stemm- und Hebeübungen, ohne jemanden darum zu bitten, zur Sicherung hinter das Gerät zu kommen. Vor Anstrengung knirschte er mit den Zähnen, und die Gelenke knackten in seinen breiten, sehnigen Schultern. Im Takt der Stöße trat eine Ader auf seinem Arm so hervor, daß die darauf tätowierte Schlange sich wie lebendig zu winden schien. Ein paar von denen, die in seiner Nähe mit dem Training beschäftigt waren, warfen ihm verwunderte Blik-

ke zu.
Torsten Rapp rebellierte mit jedem Stoß gegen die ihn umgebenden Steinmauern und gegen sein Schicksal. Durch die verdammte Starkbierbrauerei dieses Saufkopps war alles, was er geplant hatte, zunicht gemacht worden. Er mußte die ganze Arbeit von vorn beginnen.
Schließlich kam es so, wie es kommen mußte.
Ein jäher Schmerz durchfuhr den linken Oberarm, und das Wasser schoß ihm in die Augen. Die Gewichte lagen ihm auf der Brust, und die linke Hand fühlte sich für einen Augenblick völlig kraftlos an. Rapp biß die Zähne noch mehr zusammen, aber er bat nicht um Hilfe. Er wußte, daß er in dieser Stimmung so etwas nie und nimmer tun würde.
Er schloß die Augen, straffte den Rücken und begann zu stemmen.
Unwillkürlich rannen ihm die Tränen über die schmalen Wangen, und der Mund verzog sich zu einem schmerzhaftem Grinsen. Aber langsam hob sich das Eisen, Zentimeter um Zentimeter.
Noch ein kleines Stück. Die Gewichte blieben stehen und schienen unheilsschwanger in der Luft zu hängen. Sein Rücken krümmte sich wie bei einem sterbenden Tier. Noch ein letztes Rucken, und die Gewichte klickten in die Halterung ein.
Ganz allmählich brachte Rapp sich in sitzende Stellung, und tief atmend begann er seine linke Hand zu befühlen. Vorsichtig bewegte er sie hin und her. Sie funktionierte wie bisher, und an den Fingern waren auch keine ungewöhnlichen Schwellungen festzustellen. Offensichtlich war es nur ein besonders starker Krampf gewesen. Nirgends schien irgend etwas gebrochen zu sein. Trotzdem schwitze der Körper immer noch kalten Schweiß aus.
Rapp atmete ein weiteres Mal tief durch und erhob sich dann. Er hatte ein Gefühl, als wäre er im Inneren völlig leer. Genauso fühlte er sich, wenn er sich gerade einen runtergeholt hatte oder früher, wenn er aus dem Bett einer heruntergekommenen, betrunkenen Hure stieg. Mit langsamen Schritten ging er in den Duschraum.

Er stellte die Dusche so kalt wie möglich ein. Das Wasser wurde zwar nicht richtig kühl bei dieser Hitze, aber es verursachte doch ein angenehmes Kribbeln auf der Haut.
Im Waschraum gab es drei einfache Duschen nebeneinander, und alle waren in Gebrauch. Rapp hatte die anderen beiden Männer sofort registriert und richtig eingeordnet: zwei alterfahrene Knastbrüder, die er nicht einmal zu kennen brauchte. Dem einen hatte er wohl einmal einen Satz Tabletten verkauft.
Aus dem Plastikspender ließ Rapp sich stechend riechende Waschlotion auf die Handfläche laufen und rieb sie sich ins Haar ein. Der Schaum lief ihm in die Augen und hinterließ auf den Lippen einen widerlichen Geschmack. Ihm war, als hörte er nasse tapsende Schritte - vielleicht hatten die Duschenden rechts und links von ihm gewechselt.
„Wasch dir auch den Arsch!"
Irgendwo von der Tür her, hinter ihm, hörte er eine tiefe Bruststimme. Das war Kivitalo, einer der Oberbosse und der größte Tablettendealer innerhalb dieser Mauern. Er war auch für Rapp der wichtigste Lieferant. Und deshalb auch sein größter Gläubiger.
Rapp erstarrte, während Gesicht und Haar noch mit Schaum bedeckt waren. Auf einmal kam ihm der feuchte, seifige Fußboden unter seinen nackten Füßen sehr, sehr glitschig vor.
„Hast du nicht gehört! Ich hab gesagt, du sollst dir auch dein Freudenloch waschen!" Kivitalo hatte seine Stimme etwas angehoben.
Rapp wollte sich schon rühren, da wurden seine beiden Arme mit eisernem Griff festgehalten, und man gab ihm einen Stoß, daß er mit dem Gesicht gegen die kalte Kachelwand stieß. Zwei unbekannte, rücksichtslose Typen drückten ihn so hart gegen die Wand, daß ihm das Atmen allmählich schwerfiel. Die Arme wurden ihm brutal auf den Rücken gedreht, und der rasende Schmerz von vorhin kehrte in den linken Oberarm zurück. Rapp spuckte aus, um den widerwärtigen Schaum aus dem Mund zu bekommen und fluchte.
„Was zum Teufel soll denn das heißen, Kivitalo?"
„Ach, so dies und das. Oder was meint ihr, Jungs?" Kivitalo

klang ganz harmlos. „Vielleicht hat Kurjenlahti uns an dich weiterverwiesen. Vaunonens Hämorrhoiden sind entzündet oder so."

Abwartende Stille. Nur die Dusche rauschte weiter, und die Männer atmeten schwer.

„Oder wir wollen uns mit dir über dein Konto unterhalten. Vielleicht ist es ein wenig überzogen..."

„Was willst du damit sagen!"

„Daß du mit einigen Tausendern in der Kreide stehst, und seit Wochen sieht man nichts von Abzahlungen."

„Das Geschäft läuft eben gerade etwas ruhiger."

„Erzähl doch keinen Scheiß! Hier gibt's genauso viel Typen wie früher auch. Und meines Wissens ist in letzter Zeit niemand zum Abstinenzler bekehrt worden. Willst du mich verarschen?"

Rapp wußte, daß er sich in der letzten Zeit so total auf seinen Plan und dessen Ausführung konzentriert hatte, daß sein Handel ziemlich ins Hintertreffen geraten war. Andererseits hatte er bestimmt Hunderte von Tabletten für seine eigenen Vorbereitungen verbraucht. Hatte mit ihnen dieses und jenes gekauft. Jetzt ließ sich die Abrechnung kaum noch aufschieben.

„Es sieht aus, als kämst du in arge Verlegenheit. Die Frist läuft ab, Rapp. Damit du's weißt."

„Stell dich nicht an, Mann! Du weißt doch, daß ich meine Rechnungen immer bezahlt habe." Rapp versuchte, wieder hochzukommen, aber vier erbarmungslose Arme preßten ihn gegen die Wand. „Das hast du. Aber jetzt wollen wir die Zahlungen ein wenig beschleunigen. Dies ist eine Zwangsvollstreckung. Zieh deine Arschbacken auseinander, damit ich deinen Kassenschrank untersuchen kann!"

„Verdammt noch mal, da hab' ich doch nichts!" Rapp lief es kalt den Rücken hinunter, bis nach ganz unten.

„Auf den Boden mit ihm!" kommandierte Kivitalo seelenruhig. Einer der beiden, die Rapp im Griff hatten, schlug ihm die Füße unter dem Körper weg, und fünf Sekunden später lag er mit schmerzenden Knien auf dem glitschigen Kachelboden, den Mund auf den kalten Stein gepreßt. Auf jedem seiner Arme kniete ein schwergewichtiger Mann, und als er merkte, daß

Kivitalo auf ihn zutrat, wehrte er sich nicht mehr, sondern schloß die Augen und versuchte, seine Muskeln zu entspannen und sich die Situation möglichst zu erleichtern.
Kivitalo war nicht zimperlich mit seiner „Untersuchung". Sein dicker Zeigefinger drang tief in Rapp ein und bewegte sich abtastend hin und her.
„Nun?" ertönte links von Rapp ein fragendes Brummen.
„Nur 'n paar alte Scheißreste." Kivitalos Stimme klang enttäuscht.
„Hör mal gut zu, Rapp. Vielleicht geb' ich dir doch noch 'ne kleine Chance..."
„Wieviel?"
„In genau zwei Wochen zehntausend. Und ab dann fünftausend pro Woche."
„Ja, kriegst du."
„Worauf du dich verlassen kannst. Und das nächste Mal stochern wir mit einer Gabel in deinem Arsch herum. Damit du's nur weißt!"
Rapp sagte nichts; er spuckte nur Seife aus dem Mund. Im selben Augenblick kamen seine Arme und Hände frei. Ein paar klatschende nasse Schritte, und der Waschraum war wieder völlig still, abgesehen von der rauschenden Dusche, der in voller Stärke kaltes Wasser entströmte.
Langsam kroch Rapp über den Fußboden unter die Dusche und ließ sich unter dem Wasserstrahl den Schaum aus den Augen und vom ganzen Körper spülen.
Er wußte: jetzt war die Situation noch aussichtsloser, als sie ihm eine halbe Stunde zuvor im Fitneßraum erschienen war. Er hatte nicht die geringste Ahnung, wie er in zwei Wochen an zehntausend Mark kommen sollte.

7

Am nächsten Morgen zeigte das Thermometer bereits gegen acht Uhr 22 Grad. Der Tat würde heiß und schweißtreibend werden. Jussi seufzte schwer. Unter solchen Bedingungen war es kein Vergnügen, im brühheißen Käfer zu hocken oder auf glühenden Bürgersteigen herumzulungern.

Jesús María Lobos letzte Schicht an seinem Klavier war am Sonntagabend gewesen, somit war er wohl kaum heute früh auf den Beinen - sofern das Barmusiker überhaupt je sind. Vares beschloß, in aller Ruhe die Zeitung zu lesen und ein gediegenes Frühstück zu sich zu nehmen. Er frühstückte auf seinem neuen kleinen Balkon und genoß den Kaffee, das Toastbrot, den Käse und Joghurt sowie das lauthalse Konzert der Vögel im Hof. Er mußte daran denken, daß ein solcher Morgen, ein richtig schöner Sommermorgen wie in guter alter Zeit, doch für ganz andere Dinge geschaffen war. Zum Beispiel für einen Radausflug auf die Insel Ruissalo mit anschließendem Besuch des Sandstrandes und der Felsen von Saaronniemi.

Aber ein selbständiger Gewerbetreibender wie Vares konnte sich keinen Sommerurlaub leisten, wenn Arbeit angesagt war.

Gegen halb zehn hatte Jussi Vares seinen Wagen auf dem Tervatori geparkt und stand in der stinkenden Telefonzelle unweit der Multavierunkatu 3. Er hatte gerade die Nummer von Seija Kaunispää gewählt.

Beim dritten Läuten wurde abgehoben.

„Kaunispää, Lobo am Apparat", antwortete eine noch schlaftrunkene Männerstimme in nicht ganz akzentfreiem Schwedisch.

„Falsch verbunden, Entschuldigung." Vares hängte ein. Der Vogel war also noch im Nest. Jetzt blieb nichts anderes übrig, als zu warten.

Um 10.35 Uhr trat ein dunkler, schmächtiger, etwa 1,70 großer Mann aus dem Haus Multavierunkatu 3. Er sah aus wie auf dem Foto. Das Haar war dicht und blauschwarz, pomadiert und wellenförmig nach hinten gekämmt. Die leicht gekrümmte

Nase saß einen Deut schief im Gesicht. Vielleicht hatte ein Ehemann mit etwas mehr Temperament als Pauli Kontio sie in diese Stellung gebracht. Die Augenbrauen waren dichte schwarze Büsche, und die Augen darunter wie zwei braune Nüsse. Das einzige, was von den Reklamefotos abwich, war der Gesichtsausdruck. Das einnehmende Zahnpastareklamelächeln war verschwunden; statt dessen sah der Spanier drein, als wäre er gereizter Stimmung und ein wenig mürrisch.
Ziemlich langsamen Schrittes machte Lobo sich in Richtung Stadtzentrum auf, wobei er die Hände tief in den Taschen seiner hellen Sommerhose vergraben hatte. Vares folgte ihm in etwa dreißig Metern Abstand. Die Arbeit hatte begonnen.
Auf der in brütender Hitze daliegenden und in Abgasen erstikkenden Yliopistonkatu erreichten sie die Ecke des Marktplatzes, warteten fast Schulter an Schulter an der Ampel und gingen weiter auf den Markt. Lobo zeigte einen Moment lang Interesse an den Gemüseständen, verlor es dann aber wieder und wandte sich der Theke des *Marktcafés* zu.
Dann wählte er sich einen Tisch, an dem zwei junge Frauen gerade Mürbegebäck mit Kaffee verzehrten - der Kinderwagen der einen Frau wartete direkt am Eingang des Cafés. Nachdem er den beiden Gelegenheit gegeben hatte, ihm einige kaum verhohlene, neugierige Blicke zuzuwerfen, begann er lebhaft gestikulierend ein Gespräch, was sogleich beider Interesse zu finden schien.
Vares setzte sich an einen einsamen Tisch auf der anderen Hälfte des Cafés und kramte seinen Notizblock hervor. Auf die erste Seite schrieb er:
FALL JESUS MARIA LOBO: MONTAG
Erstaunlicherweise verließ Lobo jedoch den Tisch allein, nachdem er sich vor den Frauen höflich verbeugt hatte, und verschwand in Richtung Fluß. Vares mußte seine Notizen unterbrechen.
Unweit der Aurabrücke in Richtung Hafen befand sich die Galerie *Impression*, wo der Pianist wohl kaum seinen Hunger nach Kunst stillen wollte.
Wie zu erwarten, fand sich auf einem Tisch im Eingangsbereich

der Galerie ein Namensschild mit der Aufschrift ANNIKA KONTIO.
Zuerst war Jussi nicht klar, wohin der Spanier verschwunden war und wo sich die Galeristin aufhielt. Dann aber vernahm er ein leises Gespräch hinter der „Privat"-Tür. So blieb ihm nichts anderes übrig, als sich der Ausstellung zuzuwenden.
Auf dem Blatt zur Ausstellung hieß es, der Künstler sei einer der bedeutendsten „naivistischen Informalisten" des Jahrhunderts, doch Vares hatte den Namen nie zuvor gehört. Noch vor ein paar Minuten hätte er wetten können, hinter dieser Bezeichnung verberge sich eine neue und gerade entdeckte unheilbare Krankheit.
Bei den meisten Bildern fühlte sich Vares an die farbige Karte mit den Bahnlinien auf dem Bahnhof Tikkurila erinnert, die ein Gewitter ramponiert hatte. Nirgends fand er auch nur den geringsten Sinn. Und bei den Preisen schien das gleiche Prinzip zu herrschen. Zwecklos, hier eine Arbeit unter hunderttausend Mark zu finden.
In einem zweiten Raum fiel Jussi jedoch Interessanteres in die Augen. Mitten im Raum standen auf kleinen Tischchen große Keramikschalen mit flachem Rand. Die Schalen waren mit schreienden, wirr durcheinandergemischten und dick verklumpten Farben bemalt. Vorsichtig schielte Vares nach den Preisschildern. Die Preise der Schalen bewegten sich zwischen 45.000 und 60.000 Mark. Nun bekam Jussi fast schon gute Laune. Gar kein so übler Preis für nicht abgewaschene Pizzateller.
Außer Vares wanderte noch ein stark schwitzender übergewichtiger Herr mittleren Alters durch die Räume. Seine Kleidung bestand aus einer Jacke mit längst aus der Mode gekommenem Zuschnitt und einer viel zu weiten Hose. Jussi fand, er würde viel besser vor die Fensterscheiben eines Billigladens passen, wo er sich am Anblick von Hackfleisch im Sonderangebot erfreuen könnte.
Vares war bereits wieder in den größeren Ausstellungsraum zurückgekommen, als die Tür zu den Privaträumen aufging und eine große bebrillte Frau heraustrat: hohe klappernde Absätze, helles Haar mit frech wippendem Pferdeschwanz und unter

dem hautfarbenen Leinenkostüm eine erstklassige Figur. Das sommerliche Kostüm war recht knapp bemessen, und die Beine waren sicherlich das einzige Kunstwerk in der ganzen Galerie. Pauli Kontio hatte nicht übertrieben, als er die äußerlichen Vorzüge seiner Frau pries.

Jesús María Lobo, der nach Annika Kontio aus den Privaträumen trat, reichte der Schönheit bis in Nasenhöhe, aber natürlich waren die hohen Absätze daran nicht ganz unschuldig.

Das Paar wechselte noch ein paar leise Worte am Tisch der Galeristin, und da Vares das Glas vor einem Bild als Spiegel benutzte, blieb es ihm nicht verborgen, daß Annika ihren Mund anmutig zu einem angedeuteten Kuß verzog, als Lobo die Galerie verließ. Er sagte noch ein paar Worte auf schwedisch, dann schloß sich die Tür hinter ihm.

Ohne Eile trat Vares an das Besucherbuch, kritzelte etwas hinein, beantwortete Annika Kontios mühsam beflissenes Lächeln mit einem Nicken und trat hinaus in die brüllende Hitze der Läntinen Rantakatu.

Der Spanier schlug den Weg zum *Marina Palace* ein. Vares kaufte sich an einem Kiosk ein Eis und trottete ihm langsam hinterher.

Im *Calamare-Seerestaurant* des *Marina Palace* ließ sich Lobo Seezunge mit Weißwein schmecken. Ihm gegenüber saß eine braunhaarige, etwa 45-jährige Frau, deren Kleidung aus einem streng geschnittenen Hosenanzug und Schuhen mit niedrigen Absätzen bestand. Beide schienen sich in der Gesellschaft des jeweils anderen wohlzufühlen, und die Frau kicherte einige Male wie ein Teenager, obgleich sie zum Essen nur Mineralwasser trank.

Vares fiel auf, daß die Rechnung durch eine goldfarbene Kreditkarte aus der Tasche der Frau beglichen wurde. Lobo half ihr zuvorkommend vom Stuhl und führte sie an seinem Arm zum Ausgang.

Vares verfolgte, wie der Spanier seine Begleiterin zu einem roten Honda Civic auf dem Parkplatz des Hotels begleitete.

Dort bekam sie einen flüchtigen Kuß auf die Wange und fuhr los. Vares notierte sich das Kennzeichen, obwohl er wußte, daß es das gleiche war wie in Pauli Kontios Dossier. Offensichtlich pflegte die Zahnärztin Seija Kaunispää ihr Mittagessen in Begleitung ihres Mieters einzunehmen und übernahm auch noch die Kosten. Das war sicher kein Fall für den Mieterbund.
Die folgenden Nachmittagsstunden verbrachte Lobo, indem er herumspazierte und sich ab und zu eine Pause auf den Bänken am Flußufer gönnte. Er beobachtete die Menschen, ließ sich in kurze Plaudereien ein und blätterte im schwedischen *Expressen*, den er sich am Zeitungskiosk beim Kaufhaus *Wiklund* gekauft hatte. Alles in allem verhielt er sich genauso, wie jemand sich verhalten mußte, der einen schönen Sommertag frei hatte, weil die Arbeit erst am Abend begann. Vares mußte sich eingestehen, daß ihm allmählich langweilig wurde.
Schließlich, als der Nachmittag schon fast vorbei war, geriet der Spanier wieder in Bewegung. Er überquerte den Fluß auf der Aurabrücke, ging ohne Eile den Kaskenmäki hoch, schien kurz unschlüssig zu sein, ob er auf den Vartiovuori steigen sollte, ging dann aber auf der Kaskenkatu weiter. An der nächsten Ecke bog er nach links ab; das Handwerksmuseum schien ihn jedoch nicht zu interessieren, denn er ging nicht weiter geradeaus, sondern wandte sich nach rechts und war damit auf der Sirkkalankatu. Pastor Alanens *Sirkkalan Antikvariaatti* lag in dieser Gegend.
Lobo bog ein weiteres mal ab, genau in Richtung Antiquariat. Vares wischte sich den Schweiß von der Stirn und folgte ihm wie ein ziellos umherwandernder Passant.
Dann geschah etwas Überraschendes.
Der Spanier blieb vor dem schmuddeligen Schaufenster des Antiquariats stehen, besah sich aber nicht die ausgestellten Bücher und Zeitschriften, sondern griff nach der Türklinke, so als wäre er die ganze lange Strecke nur deshalb marschiert, um hier und nirgendwo sonst anzukommen. So trat er in den schattigen Laden. Vares war baß erstaunt. Was wollte der spanische Pianist in Pastor Alanens Geschäft? Vares beschloß, in einem nahen Hofeingang zu warten. Er schloß Wetten mit

sich ab, mit was unter dem Arm Lobo den Laden verlassen würde. Vielleicht mit einem Packen bunter Magazine, in denen es immer nur um das eine ging?
Lobo blieb lange in dem Laden. Vares wurde die Wartezeit lang, zumal keine weiteren Kunden das Antiquariat betraten. Die Geschäfte des Pastors gingen wohl nicht so recht.
In einiger Entfernung vom Laden hielt ein dunkelroter, angerosteter alter Mercedes Diesel. Dem Wagen entstieg eine dicke, sich etwas steif bewegendende männliche Gestalt. Eine lederne Schirmmütze saß ihm verkehrt herum auf dem Kopf, und er trat mit ungelenken Schritten auf das Schaufenster des Ladens zu. Der Mann besah sich lange die Auslagen, wobei seine Nase fast das staubige Fensterglas berührte. Jedoch schien ihn das, was er sah, nicht dazu bewegen zu können, auch in den Laden hineinzugehen. Er fuhr sich mit einem gestreiften Taschentuch über das breite Gesicht und kehrte zum Wagen zurück, zwängte sich ächzend hinein und fuhr wieder weg. Jussi wechselte das Standbein. Er hatte Lust, einen Blick ins Ladeninnere zu werfen. Aber die Beschattung würde kaum noch Sinn haben, wenn Alanen ihn am Fenster sähe und ihm grüßend zuwinkte.
Endlich öffnete sich die Ladentür, und Lobo trat auf die Straße heraus. Vares warf einen Blick auf die Uhr und stellte fest, daß er fünfunddreißig Minuten im Laden gewesen war. Und seine Hände waren genauso leer wie beim Hereingehen. Wirklich sonderbar.
Mit einem Abstand von dreißig bis vierzig Metern gingen sie ins Zentrum zurück. Lobo kaufte sich auf dem Markt eine Plastiktüte voll Gemüse und schlug dann die Richtung zur Multavierunkatu ein. Vares ging direkt zum Tervatori, setzte sich ins Auto und fuhr nach Hause. Er beschloß, einen kurzen Nachmittagsschlaf zu halten, denn er würde erst später am Abend wieder zu tun haben. Laut Zeitungsanzeige würde Jesús María Lobo ab neun Uhr die Gäste der *Pianobar* unterhalten.

Die *Pianobar*, die zu einem Hotel in der Humalistonkatu gehör-

te, war in diesem Sommer das einzige Lokal der Stadt, das seinen Gästen abends Sologesang mit Klavierbegleitung bot und wo man auch Wunschtitel bestellen konnte. Das herrliche Sommerwetter hielt die Menschen bis spät in den Abend im Freien, aber so gegen elf begann das Nachtleben, und die Gäste strömten herein, einzeln, in Paaren oder auch in größeren Gruppen. In der Regel war die Stimmung um diese Zeit bereits gut, und sie wurde immer noch besser.
Vares war bereits gegen zehn im Lokal erschienen. Er verspürte Hunger und hatte sich einen Rauchschinkensalat und ein Bier bestellt. Gegen elf stand schon das dritte Bier vor ihm, und er fand, daß ein Schnaps jetzt das richtige wäre, um etwas Stimmung in den allmählich langweilig werdenden Abend zu bringen. Er hatte einen Tisch ganz in der Nähe des Klaviers gewählt, und er saß so, daß er einen unverstellten Blick sowohl zum Tresen als auch zum Gang hatte, der quer durch die Bar führte.
Gerade hatte er seinen ersten Weinbrand-Cola bestellt, als Lobo an sein Instrument zurückkehrte und mit der nächsten Gesangseinlage begann. Er begrüßte die neu hinzugekommenen Gäste in gebrochenem Englisch und forderte das Publikum auf, Musikwünsche zu äußern. Dann begann er mit dem Titel *Whiter Shade of Pale*.
Vares mußte zugeben, daß der Spanier überraschend gut sang. Eine kräftige dunkle Stimme mit weichem melodiösem Sound. Manchmal war die falsche Aussprache des einen oder anderen Wortes ein wenig störend, und über seine Fähigkeit als Klavierspieler konnte und wollte sich Vares kein Urteil erlauben. Jedenfalls verdiente Lobo den spärlichen Applaus, den er nach Ende des Stücks erhielt. Auch Vares klatschte ein paar Mal höflich mit. Aufgrund mangelnder beruflicher Fähigkeiten würde Pauli Kontio ihn jedenfalls nicht des Landes verweisen können, denn ein kriminell schlechter Restaurantmusiker war dieser Jesús María Lobo nicht.
Der Abend rückte voran, und Lobo sang nach und nach die jedermann bekannten Evergreens. Wann sich wohl jemand trauen würde, einen Musikwunsch zu äußern?

Lobo hatte vielleicht vier oder fünf Titel geklimpert, als von der Theke her ein knapp dreißigjähriger Mann in engen Jeans, Lederweste und mit glänzenden, spitz zulaufenden Schuhen an den Füßen ans Klavier trat. Lobo schien ihn zu kennen. Sie wechselten ein paar kurze Sätze und lachten über irgend etwas. Der Typ in Lederweste stützte sich mit dem linken Ellenbogen aufs Klavier und zupfte mit seiner Rechten an dem kleinen golden Ring in seinem rechten Ohr. Neugierig verfolgte Vares diese Szene. Dies paßte irgendwie nicht zu Lobos Macho-Bild, aber andererseits hatte er in diesen drei Sommern in Turku sicher allerlei Bekanntschaften geschlossen. Schließlich glitt der Jeans- und Westenmann katzenartig zurück an die Theke, und Lobo stimmte den nächsten Titel an, eine Version des neuesten Disco-Hits *It's a sin*. Vielleicht hatte sich das der Typ von eben gewünscht.

Kurz nach zwölf bekam Vares Gesellschaft an seinem Tisch. Zuerst kam ein o-beiniges Männchen hereingestampft, das nicht einmal 1,30 Meter groß war. Sein Alter war schwer zu schätzen, vielleicht so zwischen dreißig und vierzig. Er trug gekürzte Markenjeans und ein helles T-Shirt, unter dem die höckerigen Auswüchse an Armen und Schultern klar hervortraten. Auf dem Hemd prangte in großen Lettern *Victor's Gym*. Er hatte dunkles dichtes Haar mit Igelschnitt und kleine, blitzende Augen. Er schien bereits ziemlich betrunken zu sein.

Vares hatte den Zwerg im Laufe der Jahre recht oft auf den Straßen der Stadt und auch im Turkuer Nachtleben gesehen. Er pflegte in Gesellschaft von Bodybuildern oder anderen Typen unterwegs zu sein, die meist das Format von Kleiderschränken hatten. Irgendwie meinte Vares sich auch zu erinnern, daß der Kleine Voitto genannt wurde.

Direkt in Voittos Kielwasser folgte eine blonde, stark geschminkte junge Frau im wohl kürzesten Minirock des Abends. Sie brauchte sich ihrer Beine gewiß nicht zu schämen, und dessen war sie sich ganz bestimmt bewußt. Aus ihren von Lidschatten und Kajal umrandeten Augen warf sie hochmütige Blicke nach links und rechts, während sie an der Theke vorbeiging. Für eine Frau dieses Typs war es wichtig, daß alle Anwesenden bemerkten, welche Sehenswürdigkeit den Schauplatz des Abends betreten hatte.

Voitto und die Frau hatten gerade am Tisch Platz genommen, als ein weiterer Gast aus der Mitte des Restaurantsaales herangestapft kam. Es war ein wahrer Kleiderschrank von Mann: sicherlich 1,90 groß, und locker über hundert Kilo schwer. Und man sah, daß nicht etwa schlaffe Fleischmassen dieses Gewicht verursachten, auch wenn sein Sweatshirt mindestens von Größe XXXL war. Auch ihm prangte die Aufschrift *Victor's Gym* auf der Brust.

Lauthals begrüßten die drei den Klavierspieler mit Namen, und dieser antwortete ihnen mitten in seiner Darbietung mit einem lächelnden Nicken. Dann ließ der Zwerg die Bedienung kommen und bestellte mit so lauter Stimme eine Runde *Chivas Regal,* daß man dies auch noch an den Nachbartischen hören konnte.

Das Mädchen wollte ihren Whiskey mit Cola, und der Zwerg forderte seinen mit viel Soda. Der Große konnte sich auf die Schnelle nicht für einen Mix entscheiden und verlangte ihn pur. Vares seufzte bei sich über so viel Verschwendung. Die einen verwässerten das edle Getränk mit schnöder Plörre, und der andere, der einzige, der es pur trank, war wohl kaum imstande, es von billigem Fusel zu unterscheiden.

Der Abend schritt voran, und der Zwerg bestellte zügig. Er war eindeutig auch derjenige, der die Zeche zahlte, und auch sonst machte er viel Radau. Die ganze Zeit mußte er darauf aufmerksam machen, daß es ihn gab, auch wenn seine Füße nicht bis zum Erdboden reichten.

Und außerdem machte er allen klar, daß das ihre Beine großzügig zur Schau stellende Mädchen zu ihm und nur zu ihm gehörte. Das Paar küßte sich am Tisch offen ab und konnte auch sonst die Hände nicht voneinander lassen, wie das unter Verliebten so üblich ist. Das Mädchen gab sich diesem Spiel eifrig hin und stieß hin und wieder mit besäuselter Stimme ein geseufztes „Wodde“ aus. Der Hüne nippte vorsichtig an seinem unverwässerten Whisky, war meistenteils still und zog nach jedem Schluck eine Grimasse. Es schien, daß es zu bitter war

und ihm nicht schmeckte.
Kurz vor eins sprang Voitto von seinem Stuhl, daß es in den O-Beinen nur so knackte. Er trippelte zu Lobo, der gerade einen Song beendet hatte. Der Spanier schüttelte ihm vertraut die Hand, und die Herren begannen eine kleine Plauderei. Wie es aussah, hatten sie einander eine Menge zu erzählen.
Dann sah Vares von seinem Beobachtungsposten aus etwas Interessantes. Der Zwerg kramte mit großem Gehabe sein Portemonnaie aus der Tasche, entnahm ihm mindestens ein Dutzend Scheine und legte sie auf die Tasten des Klaviers. Rasch verschwand das Geld in der Jackentasche des Spaniers. Besonders bemerkenswert war dessen schneller vorsichtiger Blick, mit dem er kurz den ganzen Saal abschätzte, so als läge in dem, was er gerade tat, etwas Ungehöriges.
Noch ein weiterer gegenseitiger Händedruck, und der Zwerg kehrte, schon etwas schwankend, an seinen Tisch zurück.
„Ich habe Lobo einen kleinen Vorschuß gezahlt", sagte er mit der lauten und prahlerischen Gehabe eines Betrunkenen. „Außerdem hat er mir versprochen, gleich einen Wunschtitel zu spielen. Hab' ich für dich bestellt, Viivi." Das Männchen spitzte ihr die Lippen entgegen und wurde gleich mit einem langen feuchten Schmatzer belohnt.
„Du hast so tolle Ideen, Wodde!"
Lobo begann mit tiefer, gefühlvoller Stimme den Titel aus „Der Pate" zu singen, in dem von Liebe die Rede war.
Die ganze Tischgesellschaft verstummte und hörte dem Stück zu. Als die letzten Akkorde verklungen waren, bedachten die drei Lobo mit stürmischem Applaus. Viivi drückte aufs neue ihren rot geschminkten Mund auf die Wange des Zwerges: „Ach, Wodde! Das war so schön, danke!"
Ein paar Minuten später vermeldete der Hüne einsilbig, er müsse mal eben pinkeln gehen. Der Zwerg schloß sich ihm an, und so verschwanden die beiden im Gedränge des Saales.
Die junge Frau nahm schnell ein paar kräftige Schluck, obwohl sie schon längst ziemlich betrunken war. Sie schien sich etwas zu überlegen, konnte sich aber wohl nicht so recht entscheiden. Dann schüttelte sie entschlossen ihr kurzgeschnittenes blondes

Haar, stand auf, wankte erst ein wenig, ging dann aber fast geradewegs auf den Pianisten zu.
Sie blieb ziemlich dicht vor dem Spanier stehen und beugte ihr Gesicht zu ihm hinunter. Lobo warf ein paar schnelle Blicke nach rechts und links und schien dann dem Mädchen rasch einige Worte aus den Mundwinkeln zuzuflüstern. Sie schüttelte nur den Kopf, und Lobo wiederholte seine Worte.
Sie ließ von ihm ab, bemühte sich, ihr Gleichgewicht zu finden und kam an den Tisch zurück, den Mund mürrisch verzogen, wie bei einem Kleinkind, dem man gerade gesagt hatte, daß es heute keine Süßigkeiten gebe.
Lobo zog das Mikrofon zu sich heran und verkündete eine Pause von zehn Minuten. Nachdenklich führte Vares sein Glas an die Lippen und dachte, wenn man in einem Restaurant sitzt und die Menschen beobachtet, sieht man an einem Abend mehr Schicksale, Intrigen und Emotionen als bei „Dallas“ in einem halben Jahr.
Bald nach der Rückkehr der beiden Männer verschwand die Gesellschaft in der Turkuer Nacht. Viivi, wie die Frau genannt worden war, hielt zärtlich Woddes kleine Hand.
In Vares' Glas war nur noch Eis und was davon zu Wasser geschmolzen war. Also beschloß er, für heute abend habe er genug getan. Er wollte gerade aufstehen, als eine an der Bar sitzende Gestalt seine Aufmerksamkeit auf sich zog. Der Mann, der dort saß, unterschied sich völlig von den übrigen Gästen.
Er war deutlich älter als die anderen, die bis zu dieser späten Stunde durchgehalten hatten. Sein eigensinnig abstehendes, borstiges Nackenhaar und der braune abgetragene Anzug, der bereits bessere Tage gesehen hatte, paßten überhaupt nicht zu den hier verkehrenden Typen in modischem Outfit mit gelgestylten und sorgfältig gefönten oder gefärbten Haarkreationen. Es war kaum zu übersehen, daß der Mann sich in dieser Umgebung nicht wohlfühlte. Sein dicker Nacken war gerötet, und er warf verstohlene Blicke um sich. Auch schien er in seinem unbequemen Anzug stark zu schwitzen. Er zog ein großes gestreiftes Taschentuch hervor und wischte sich damit Oberlippe und Hals ab.

Da bist du wohl an einen gänzlich unpassenden Ort geraten, dachte Jussi bei sich. Er schüttete sich die Eiskugeln in den Mund und begann auf ihnen zu herumzukauen. Plötzlich hielten seine Kinnbacken in der Bewegung inne. Dieses gestreifte Taschentuch! Der Mercedesfahrer, der ihm vor dem Schaufenster des Antiquariats in der Sirkkalankatu aufgefallen war, hatte ebenfalls ein solches Taschentuch gehabt.
Jetzt sah Vares erneut und mit geschärften Blick zum Tresen hin. Tatsächlich, die Ähnlichkeit war offensichtlich.
Dann fiel ihm der Mann mittleren Alters ein, der in der Galerie die Gemälde bewundert hatte. Das mußte doch derselbe Typ sein!
Er begann wieder auf seinem Eis zu kauen. Das waren ja bemerkenswerte Zufälle.

8

Am Dienstagmorgen ging die Arbeit weiter.
Obgleich Vares nie mit einem Lied auf der Zunge an die Arbeit zu gehen pflegte, verspürte er doch, im Vergleich zum Vortag, viel mehr Lust und Interesse, als er sich aufmachte, um in der Multavierunkatu Posten zu beziehen. Der Abend in der *Pianobar* in der Humalistonkatu hatte gewissermaßen den Verdacht bestärkt, den Pauli Kontio hegte. Entweder war irgendetwas an Jesús María Lobos Geschäften faul, oder er hatte zumindest eine Reihe höchst merkwürdiger Bekanntschaften geschlossen. Und dann war da auch noch diese verschwitzte Gestalt, die an allen möglichen Orten aufzutauchen schien.
Vares steuerte seinen Käfer bis kurz vor Lobos Wohnung auf die schattige Straßenseite, machte es sich mit einer Morgenzeitung bequem und schaute mit einem Auge zur Haustür, während er mit dem anderen den Sportteil überflog. Wieder einmal begann der langweiligste und beschwerlichste Teil seines Jobs: das Warten.
An diesem Morgen war Lobo noch weniger Frühaufsteher, als

am Montag. Es war schon nach elf, als er das Haus verließ. Er blinzelte in die Sonne und gähnte ungeniert. Dann nahm er seine Wanderung Richtung Zentrum und Marktplatz auf, genauso wie gestern. Vares ließ den Käfer am Straßenrand stehen und heftete sich ihm an die Fersen. Beim staatlichen Schnapsladen in der Yliopistonkatu mußten sie beide die Straße überqueren. Vor dem Laden herrschte lautes Gezeter unter fünf oder sechs Herren, die ganzjährig ein Leben unter freiem Himmel vorzogen.

Wieder machte Lobo einen Abstecher auf den Markt und gönnte sich eine große Tasse Kaffee. Das war wohl seine Art, bei Tagesbeginn in Gang zu kommen. Diesmal hatte er einen schmutzigen Kerl mit ruckhafter Gestik als Tischgenossen, und so hielt er es nicht sehr lange am Tisch aus.

Vom Markt lenkte der Spanier seine Schritte in Richtung Busbahnhof. Er marschierte flott und zielstrebig, ohne einen Blick an irgendwelche Schaufenster zu verschwenden. Vares trottete ihm hinterher und spürte, wie sich am Hemd unter den Achseln Schweißflecken bildeten.

Lobo folgte der Kauppiaskatu hinauf bis zur Tuureporinkatu und bog dann nach links ab. Vares kam gerade um die Ecke, als er sah, wie der Spanier durch eine Hofeinfahrt in einen Innenhof verschwand. Vares machte ein paar Laufschritte, um ihm auf der Spur bleiben zu können. Im Hof konnte es wer weiß wie viele Eingänge geben, und er mußte sehen, in welchem Lobo verschwand.

Aber es war schon zu spät. Im Hof standen nur vier Autos und ein Ständer voller Fahrräder. Rasch ließ Vares den Blick über Türen und Fenster schweifen. Dann bemerkte er ein Schild und wußte, daß er die Spur nicht verloren hatte.

In einer Hofecke war eine Metalltür, angelehnt, darüber Neonleuchtröhren in verschiedenen Farben. Sie bildeten die Worte *Victor's Gym.* Jetzt gab es keinen Zweifel mehr, wo es Lobo hingezogen hatte. Offen blieb nur die Frage: warum?

Jesús María Lobo machte wahrhaftig nicht den Eindruck, ein Fan von Bodybuilding zu sein, und eine Tasche mit Trainingszeug hatte er auch nicht dabei. Und war das Hantieren mit

Eisenstangen und Hanteln etwa die passende Freizeitbeschäftigung für einen zartfingrigen Pianisten? Andererseits schien er, wie sich gestern gezeigt hatte, ein alter Bekannter in diesem Milieu zu sein.

Vares nahm sich keine zwei Sekunden Zeit zum Nachdenken, sondern schritt auf die Tür zu. Er wollte mit eigenen Augen sehen, ob bei dieser Hitze wirklich jemand in einem stickigen Raum an Eisengestängen ächzte.

Hinter der Metalltür führten mehrere Zementstufen ins Kellergeschoß hinab. Mit nur wenigen Änderungen hatte man die Räume zu gefälliger und einträglicher Verwendung umgewandelt.

Am Treppenende war eine weitere angelehnte Metalltür und dahinter ein großer Saal mit niedriger Decke, der von Leuchtröhren erhellt war. In Türnähe standen ein Empfangs- und Verkaufstresen, ein paar Gartentische, Stühle sowie ein großer Automat für Kaffee und Erfrischungsgetränke.

Ansonsten war der Saal proppenvoll mit kompliziertesten technischen Gerätschaften. Die Drahtseile, die glänzenden Metallteile und allerlei Gestänge erinnerten eher an eine Transformatorenstation als an ein Fitneßstudio. Ein knappes halbes Dutzend tapferer Sportsfreunde ächzte und stöhnte mit glutroten Gesichtern und zusammengebissenen Zähnen.

Vares erblickte Lobo gleich beim Eintreten. Er saß in einer Ecke an einem kleinen Cafétisch, ihm gegenüber der Zwerg mit dem Igelschnitt. Über dampfende Tassen gebeugt, führten sie ein Gespräch, das einen recht vertraulichen Eindruck machte. Um überflüssiges Aufsehen zu vermeiden, wandte sich Vares gleich an den Tresen, hinter dem ein großes Schild prangte: „Unser Sommerangebot: Monatskarte nur 300 Mark“.

Hinter dem Tresen saß, in ein *Regina*-Romanheft vertieft, dieselbe Frau, die gestern mit dem Zwerg in der *Pianobar* erschienen war.

Ihre Kleidung bestand aus einem dünnen, freizügig geschnittenen Topmodel-Kleid, das der Phantasie nicht gerade viel Raum ließ. Sie war mutig genug gewesen, ihren BH im Kleiderschrank zu lassen. Offensichtlich trainierte sie auch selbst recht fleißig,

denn Vares konnte aus seiner Perspektive schräg von oben erkennen, daß ihre Brustwarzen gleichsam wie kleine Fuchsschnauzen die Welt mit forscher Neugier beschnupperten.
Der breite, reichlich mit Lippenstift bearbeitete rote Mund öffnete sich zu einem etwas müden Lächeln. In den Augen fehlte jedes Aufblitzen, das auf ein mögliches Wiedererkennen gedeutet hätte. Anscheinend saß ihr die letzte Nacht noch in den Gliedern, beziehungsweise unter der Schädeldecke.
„Guten Tag." Vares stütze sich auf den Tresen, wobei er dem Doppelgespann am Cafétisch halbwegs den Rücken zuwandte. Bei Beschattungen bestand immer die Gefahr, daß das Opfer vorschnell mit dem Gesicht des Verfolgers Bekanntschaft schloß. „Ich wäre da an dieser Fitneßsache interessiert und wollte mal vorbeischauen."
„Das freut mich. Wir sind mit den modernsten Geräten ausgestattet, die zur Zeit auf dem Markt sind. Und dann die zentrale Lage... Und außerdem sind jetzt im Sommer die Preise auch sehr günstig." Das Lächeln gelang ihr mit einer Beharrlichkeit, als wäre es aufgemalt, und die Litanei, die sie losließ, klang auswendig gelernt.
„An Geräten scheint ja alles dazusein. Sieht alles ganz schön kompliziert aus. Ich bin nämlich sozusagen blutiger Anfänger."
Sie maß ihn mit schnellem abschätzendem Blick und zweifelte sicher nicht an dieser Behauptung. Jedoch ging sie aus Höflichkeit nicht weiter darauf ein, sondern wies in den Saal.
„Das ist kein Problem. Wir haben hier fachmännisches Personal. Voitto Fjäder leitet den Betrieb, und er ist meistens anwesend. Und dann haben wir hier noch Leevi Rönkkö als Trainer..." Sie sprach den Namen mit besonderer Betonung aus, so als müßte er Vares bestimmt etwas sagen.
„Ahaa ..."
„Ja, Leevi hat im Frühjahr die Silbermedaille bei den Finnischen Gewichthebermeisterschaften gewonnen. Er ist bei der Zusammenstellung des Trainingsprogramms behilflich, je nach Ausgangslage und individuellen Wünschen, und er zeigt natürlich auch, wie die Geräte zu benutzen sind."
Ihren hellrot lackierten Fingernagel vorstreckend, wies sie mit

dem Zeigefinger zur Rückwand des Saales, wo der mundfaule Hüne von gestern abend in einem schweißfleckenverzierten Trainingsanzug auf einer Bank saß. Er konzentrierte sich gerade darauf, sich mit seinem dicken Zeigefinger etwas aus dem linken Nasenloch zu pulen. Er schien kaum genug Grips zu haben, irgendjemandem ein vielseitiges Trainingsprogramm zusammenzustellen. Eher machte er den Eindruck, als warte er darauf, daß jemand kommt und ihm beibringt, wie er sich die Schnürsenkel an seinen Turnschuhen zubinden muß.

„Klingt gut, und der Saal hier gefällt mir auch. Ich komme dann mal die Tage in entsprechender Ausrüstung vorbei, zum Probetraining", sagte Vares und nickte mit dem Kopf.

„Jederzeit. Wir haben jeden Abend bis neun auf."

Vares warf noch einen schnellen Blick auf Lobo und den Zwerg. Beide waren nach wie vor in ihre Beratung vertieft. Er nickte der Frau noch einmal zu und stieg dann wieder ans Tageslicht hinauf. Die Sonne schien jetzt direkt in den Hof, in dem vier kleine Mädchen Himmel und Hölle spielten, daß ihre Pferdeschwänze nur so flogen.

Aus einem spontanen Einfall heraus sah sich Vares noch den Parkplatz des Hauses an. An jedem Einstellplatz wies ein Metallschild auf den Parkberechtigten. Auf dem Schild vor dem funkelnagelneuen metallicfarbenen BMW stand *Victor´s Gym.*

Ehrerbietig drehte Vares eine Runde um den Wagen und merkte sich dabei das Nummernschild. Gar kein so übles Fahrzeug. Und bestimmt war eine Reihe teurer Extrafinessen eingebaut, um dem kleinen Mann die Bedienung so bequem wie möglich zu machen.

Wieder begann ein qualvolles Warten.

Vares verließ den Hof und trat auf die Straße, wo er sich jedoch nie soweit entfernte, daß er die Tür zum Fitneßstudio aus den Augen verlor.

Nur selten gingen Kunden dort ein oder aus. Meist waren es junge Männer mit typisch breitem Oberkörper, die mitsamt ihren Taschen zu Fuß oder per Rad eintrafen. Allerdings sah er unter der Neonbeleuchtung auch zwei nicht mehr ganz so junge Frauen hervorkommen, die allem Anschein nach fleißig trai-

niert hatten.
Nicht ganz so gut ins Bild paßten die drei mageren Männer in dunkler Kleidung und mit spitzen Schuhen, die von der Läntinen Rantakatu herangeschlendert kamen. Eine Zeitlang standen sie vor der Metalltür und schienen sich zu beratschlagen, während sie auf den Kiesbelag spuckten und sich immer wieder über ihr langes fettiges Nackenhaar strichen. Dann stieg einer von ihnen die Treppe hinab, während die andern beiden den Mädchen beim Himmel-und-Hölle-Spiel zuguckten, wobei sie sich ausgiebig kratzten. Wie zu erwarten war, kam ihr Kumpel postwendend zurück. Die Typen hatten es eilig damit, in derselben Richtung zu verschwinden, aus der sie gekommen waren.
Eine Viertelstunde später kehrte Lobo wieder ins Freie zurück. Er nahm Kurs auf den Puutori und betrat eine nahen Imbißstube. Offensichtlich war er ein eifriger Kaffeetrinker, denn Vares sah durch das Fenster, daß er sich bei der Kaffeetheke anstellte. Das wäre bereits die dritte Tasse in einer guten Stunde.
Vares wollte nichts riskieren und vermied, die Imbißstube zu betreten. Es war klüger, die Zeit draußen totzuschlagen.
Es war etwa eine halbe Stunde vergangen, da fiel Vares bereits in der Ferne eine Frau in freizügig bemessenem Minirock auf, die sich mit eiligen Schritten vom Bahnhof her näherte. Erst nachdem sie ein ganzes Stück nähergekommen war, erkannte er Viivi, die Frau vom Tresen des Fitneßstudios.
Vares wandte ihr den Rücken zu und betrachtete die neue Canon, die im Schaufenster eines Fotoladens ausgestellt war. Voitto Fjäders Freundin rauschte so nah an ihm vorbei, daß sie ihn fast streifte und betrat dann das Café nebenan. Vares wandte den Blick zum staubigen Fenster und sah, wie Jesús María Lobo aufstand und ihr entgegenkam. Ohne ein Wort gewechselt zu haben, kam das Paar zur Tür hinaus.
Jetzt gingen sie direkt zur Multavierunkatu. Lobo und die Frau gingen im Abstand von zwei Metern hintereinander, so als gehörten sie gar nicht zusammen. Lobo betrat das Haus kurz vor ihr - keine Spur davon, daß er ihr, wie es sich für einen Gentleman ziemt, die Tür aufgehalten hätte. Das Mädchen schlüpfte mit gesenktem Kopf hinein, so als flüchtete sie vor

etwas. Vares zog sich in seinen direkt am Straßenrand stehenden Käfer zurück, schaute auf die Uhr und kurbelte die Fenster herunter. Im Wagen war es so heiß wie in einem Backofen. Er stellte das Radio an und hielt seine halb geöffneten Augen auf den Hauseingang gerichtet.
Fünfundzwanzig Minuten später kam Viivi zurück auf die Straße. Vares schaute auf die Uhr. Das war ja recht schnell gegangen, einschließlich Ausziehen, Vorspiel und Waschen. Aber die Mittagspause setzte ja auch gewisse zeitliche Grenzen. In schnellem Takt klapperten die hohen Absätze auf dem Straßenpflaster. Sie hatte es vermutlich eilig, wieder zum Fitneßcenter zu kommen. Die Männer, die den Alko-Laden an der Straßenecke belagerten, kommentierten Viivis Beine in wohlwollenden Tönen.
Lobo hatte keine Eile, wieder auf die Straße zu kommen. Eine kleine Siesta, nach heimatlicher Weise begangen, kam ihm zur heißesten Zeit des Tages sicher ganz zupaß.
Vares saß in seinem Wagen und gähnte. Allmählich bekam er Hunger, aber es war zu riskant, jetzt essen zu gehen. Hoffentlich würde der Hunger auch den Spanier auf Trab bringen - dann könnte er als sein Beschatter ebenfalls in den Genuß eines verspäteten Mittagessens kommen. Vorerst aber sorgte die Truppe vor dem Alko-Laden für unterhaltsames Straßentheater.
Vares verfolgte gerade einen heftigen Wortwechsel, als ein ziemlich alter rostroter - und verrosteter - Mercedes, der um die Ecke in der Nahkurinkatu geparkt hatte, losfuhr. Zwar hatte Vares ihn ganz mechanisch registriert, als er sich mit seinem Käfer hier hinstellte, hätte ihn jedoch nicht weiter beachtet, wenn dieser nicht ganz langsam die Multavierunkatu hinabgeglitten, um nicht zu sagen, hinabgekrochen wäre. Erst nach Hausnummer 3 nahm er richtig Fahrt auf.
Vares konnte gerade noch einen Blick auf den dicken Stiernakken des Fahrers werfen und sich das Nummernschild einprägen. Der Mercedes bog rechts in die Yliopistonkatu ein und spuckte eine dicke Dieselwolke aus, als er um die Ecke verschwand. Vares griff nach seinem Notizbuch und schrieb sich

die Nummer auf.
Ganz in der Nähe war eine Telefonzelle, von der aus man besagten Hauseingang im Augen behalten konnte. Nach kurzem Warten bekam Vares einen freundlichen Beamten des Straßenverkehrsamtes an den Hörer. Er nannte ihm das Autokennzeichen und erhielt nach wenigen Sekunden die Auskunft, der Fahrzeughalter sei ein gewisser Mauno Vasenius, wohnhaft in Turku. Bei dem Namen klingelte es irgendwo in Vares' Hirn, aber warum, das wollte ihm trotz angestrengten Nachdenkens nicht einfallen. Statt dessen fiel ihm ein, er könnte bei dieser Gelegenheit auch gleich mal nachfragen, wem denn die Edelkarosse auf dem Parkplatz von *Victor's Gym* gehörte. Er wählte nochmals die Nummer der Behörde und nannte das Kennzeichen. Er wäre jede Wette eingegangen, der Wagen gehörte irgendeiner Finanzierungsgesellschaft in Helsinki. In neun von zehn Fällen stand ein geleaster Wagen auf dem Hof eines solchen Unternehmens.
So erfuhr er nun mit gelindem Staunen, was man ihm freundlich mitteilte: der BMW, allerletzter Jahrgang, gehörte dem Geschäftsführer Voitto Fjäder. Als er zu seinem Käfer zurückkehrte, mußte sich Vares eingestehen, daß er die Rentabilität des Fitneßunternehmens völlig falsch eingeschätzt haben mußte.
Wieder vergingen lange ermüdende Minuten auf glühend heißem Wagensitz. Selbst die Pennbrüder hatten die Belagerung des Alko-Ladens aufgegeben, um sich zu einem Nickerchen ans schattige Flußufer zurückzuziehen. Vares knurrte schon der Magen, und jetzt begann ihn auch noch der Durst zu quälen.
Schließlich aber erlöste Jesús María Lobo ihn von seinen Qualen und meldete sich mit dunkler Sonnenbrille vor den Augen auf der Straße zurück. Hemd und Hose hatte er gewechselt, und soweit Vares sich erinnerte, waren auch seine Socken am Morgen von anderer Farbe gewesen. Der Spanier blickte ein paar Mal nach rechts und links, wandte sich dann nach rechts auf die Straße und an der nächsten Kreuzung wieder nach rechts. Jetzt nahm er Kurs auf die ehemalige Tuchfabrik, in deren Gemäuern sich nun ganz unterschiedliche Unternehmen

niedergelassen hatten.

Lobos Ziel war das Tanzstudio Mari Mattson, das sich im ersten Stock des großen Ziegelbaus befand. Wieder durfte Vares draußen warten. Sich am Empfangstresen des Tanzstudios zu einem Kurs „Jazzballett für Anfänger" anzumelden, konnte er sich nun doch nicht vorstellen.

Aber diesmal brauchte er nicht lange zu warten. Er stand draußen herum und las gerade die Sonderangebote eines Supermarkts, als Lobo wieder auftauchte, diesmal in Begleitung einer etwa 35-jährigen schlanken Blondine, die ihr strohblondes Haar am Hinterkopf zu einem straffen Knoten verflochten hatte. Figur und Haltung ließen klar erkennen, daß es sich um eine Tänzerin handelte.

Die beiden gingen dicht nebeneinander, wenn auch nicht Hand in Hand, überquerten den asphaltierten Hof und betraten einen Schnellimbiß, der zu einer Tankstelle gehörte. Dort bestellten sie sich an der Theke ein Mittagessen. Als Vares ein paar Minuten später eintrat, um sich die erste Mahlzeit des Tages zu gönnen, saß das Paar bereits an einem Ecktisch. Vares schüttelte den Kopf und fragte sich, wie ein einzelner Mann das alles schaffen konnte. Ihm dagegen pflegte die Beziehung zu nur einer Frau schon reichlich Streß zu bereiten.

Nach dem prosaischen Mittagessen begleitete Lobo die Frau zurück zur Tuchfabrik und kehrte dann sofort in die Multavierunkatu zurück. Vares kannte das Programm der *Pianobar* und wußte, daß Lobo heute frei hatte. Er konnte sich vorstellen, daß das für sie beide sicher nicht einfach sein würde. So verließ er sich darauf, daß der Spanier die letzten Stunden des Nachmittags in seiner Mietwohnung ruhen würde und setzte sich nach Hause ab, um dort Kräfte für den Abend und die Nacht zu sammeln.

Als er in seiner Wohnung war, fiel ihm allerdings ein, er könnte da noch eine Sache überprüfen. Er holte das Telefonbuch hervor und suchte nach dem Namen *Vasenius, Mauno.*

Und siehe da: der Mann war Privatdetektiv.

Zweiter Teil

„Dich, und nur dich."

Jesús María Lobo,
spanischer Pianist

9

KAKOLA: Häftling 283/86

Rapp lag auf seiner Pritsche und starrte auf das Spinnennetz, in dem nur noch die bloße Hülle einer vor kurzem ausgesaugten Fliege baumelte. Seine Gedanken kreisten immer in denselben Bahnen. Jetzt, da ihm Riegel in seiner Blödheit den einzigen Weg nach draußen verbaut hatte, fragte er sich: Und wenn es doch noch einen anderen gäbe?

Aber aus einer geschlossenen Zelle gab es kein Entweichen. Und selbst wenn, so stünde er danach wieder vor allzu vielen Türen und Schlössern. Und die konnte er nicht überwinden, solange er nicht das hatte, was zu beschaffen ihm Riegel versprochen hatte.

Der einzige Weg war also der, den er schon unzählige Male in seiner Vorstellung gegangen war. Frech und bei hellichtem Tage. Direkt aus seiner Abteilung oder der Küche oder dem Putzmittellager, jedenfalls von einem Ort aus, wo es — anders als in der Zelle — an beiden Seiten der Tür Schlüssellöcher gab. Und dann auf den Hof, und zwar in einem Moment, in dem die

Wächter mit anderen Dingen beschäftigt waren. Direkt zum Tor und dann erbarmungslos weiter!
Das war der einzige Weg. Rapp schloß die Augen und sah vor sich nur Finsternis.

Am Abend gab es Leberauflauf mit Preiselbeerkompott, als Nachtisch dünnflüssigen Pudding, der nach nichts schmeckte. Rapp mochte keine Leber, und auch sonst hatte er keinen Appetit. Er stocherte mit der Gabel auf dem Teller herum.
Kurjenlahti hatte sich neben Rapp gesetzt. Auf dessen anderer Seite saß Vaunonen, Ellenbogen an Ellenbogen. Kurjenlahti teilte Vaunonen aus der Schüssel eine reichliche Portion Leberauflauf zu und goß ihm Milch in die Blechtasse. Dann erst füllte er seinen eigenen Teller.
„Kari hat Riegel den Fraß gebracht", sagte der große Mann.
„Und wie hat der Alte auf meine Grüße reagiert?"
„Tja, der war ziemlich durcheinander, aber er hatte auch einen ganz schönen Tatterich und war noch verkatert von seinem Gesöff. Und was er an seiner Gabel sah, hat ihn nicht gerade erfreut. Geheult hat er und rumgestottert, Kari soll dir ausrichten, ihm tut es echt leid."
„So ein alter Hase muß doch verstehen, daß es für verpatzte Lieferungen kein Pardon gibt, da kann es ihm noch so leid tun!"
„Riegel hat aber auch immer wieder versichert, daß alles O.K. ist. Etwas, das du bei ihm bestellt hast, soll fertig sein, du müßtest es nur abholen." Kurjenlahti beobachtete Rapp neugierig aus dem Augenwinkel.
„Ach, wirklich? Und wo soll ich es abholen? Etwa bei ihm im Loch?"
„Nee, er hat gesagt, in seiner Zelle. Quasselte immer so was vom Gitter links. Konnte gar nicht aufhören mit seinem Gequatsche."
„Und hat er nicht gesagt, um was es sich handelt?"
„So bescheuert ist er nun doch nicht. Außerdem interessiert das Kari und mich gar nicht. Das ist allein eure Sache. Das wollte ich dir nur gesagt haben, falls es dich beruhigt." Kurjenlahtis breites Gesicht verzog sich zu einem listigem Lächeln.

„Ich dank' dir. Und richte auch Kari meinen Dank aus."
Rapp hatte keinen Blick mehr für die beiden, sondern machte sich über den Leberauflauf her. Er stopfte so viel in sich rein, wie es nur ging, ohne auf den Geschmack zu achten. Ein kleiner Hoffnungsschimmer begann sich nun abzuzeichnen.
Am nächsten Morgen würde er sich der Gruppe zuteilen lassen, die die leeren Zellen putzte. Dann würde er sehen, ob Riegel wirklich unversehrt aus dem Loch in seine Zelle zurückkommen würde.
Vaunonen dagegen hatte wirklich Hunger. Er bat Kurjenlahti um eine weitere Portion Leberauflauf.

Am nächsten Morgen teilte Rapp Vilenius mit knappen Worten mit, er werde sich heute um das Putzen der leeren Zellen kümmern, und Vilenius könne seine Hände im Abwaschwasser weichspülen. Vilenius war zwanzig Kilo leichter als er und auch sonst nicht der Typ, der viel Aufhebens um diese Sache machen würde. So kam Rapp zu den Zellenputzern.
Er zog mit den Putzwägelchen los, ganz in der gewohnten Reihefolge, obwohl er natürlich auch sofort auf Riegels Zelle hätte losmarschieren können. Irgendwie zwang ihn sein Unterbewußtsein, die Sache vor sich herzuschieben und abzuwarten — sozusagen um die Hoffnung am Leben zu halten. Aber nach anderthalb Stunden stand der entscheidende Moment unausweichlich bevor. Bewaffnet mit Bürste, Kehrblech, Wischlappen und Eimer stand Torsten Rapp vor der angelehnten Tür der Zelle Nummer 66.
Riegels Zelle war überraschend sauber. Auf dem Fußboden ein sauberer, hell gestreifter Flickenteppich, ein paar Abzüge von Landschaftsbildern an den Wänden, und mitten auf dem kleinen Tisch eine Vase mit blauen und gelben Kunstblumen. In einer Ecke waren Dutzende von Büchern sorgfältig gestapelt, Bücher, die nicht in die Plastikumschläge der Gefängnisbibliothek eingeschlagen waren. Auf einem Hocker am Pritschenende stand sogar ein recht neu aussehender tragbarer Fernseher. Alles sprach dafür, daß der alte Saufkopp irgendwo draußen einen Verwandten oder Bekannten hatte, der sich um ihn

kümmerte.
Rapp hatte es noch immer nicht eilig. Er wischte zunächst unter dem Bett und erbeutete dabei eine mittlere Herde Wollmäuse. Dann fegte er Staub und Krümel vom Fußboden aufs Kehrblech, und zum Schluß wischte er mit einem feuchtem Tuch nach. Auf dem Fernseher lag eine dicke Schicht weißen Staubes, genauso wie auf dem Regal, auf dem eine lange Reihe metallischer Kerzenständer stand, die sich Riegel zum Zeitvertreib in der Gefängniswerkstatt geschmiedet hatte.
Rapp blickte um sich und strich mit der Rechten die beinahe die Augen verdeckenden dichten, fast kohlschwarzen Haare zur Seite. Es wäre mal wieder an der Zeit, zum Friseur zu gehen, fuhr es ihm durch den Kopf.
Aber nun war der Augenblick der Wahrheit gekommen.
Er trat an die Tür und sah in beide Richtungen auf den Flur hinaus: alles leer. Dann zog er die Tür zu, daß sie nur noch angelehnt war. Hastig schob er Riegels Pritsche unters Fenster, so daß er auf dem einen Ende hochsteigen konnte, genauso wie er es in seiner eigenen Zelle zu machen pflegte. Rapp spürte, wie nervös und angespannt er war, aber gleichzeitig kam er sich auch lächerlich vor. Was zum Teufel hoffte er am Gitter an der linken Fensterseite zu finden? Etwa, daß es fertig durchgesägt sein würde, oder was?
Die Junisonne blendete ihn zuerst völlig, als er das Fensterloch erreicht hatte. Nachdem er eine kurze Zeitlang die Augen zusammengekniffen und geblinzelt hatte, wurde ihm bewußt, daß er durch Riegels Fenster in Richtung Airisto sah. Da unten lag die Flußmündung, und dann die üppig belaubten grünen Inseln: Hirvensalo, Satava und Kakskerta, und irgendwo hinter ihnen die blau glitzernde offene Ostsee. Die Landschaft, die sich vor ihm auftat, war atemberaubend in ihrer Schönheit. Aber deswegen war er nicht in diese Zelle gekommen.
Er untersuchte das linke Gitter von oben bis unten, bis es ihm heiß vor den Augen flimmerte. Nichts.
Dann ging er so sorgfältig wie möglich auch alle Längs- und Querstäbe durch, für den Fall, daß der alte Saufbold sich nicht richtig erinnert hatte.

Aber auch hier nichts als schmutzige Fingerspuren und Fliegenscheiße.
Ein Fluch, dumpf und drohend, entfuhr Torsten Rapps Kehle. Für diese Verarschung würde er diesem Scheißkerl schon noch die Rechnung präsentieren. Der nächste Zahltag kommt bestimmt!
Enttäuscht, wie nur jemand sein kann, dessen letzte Hoffnung geschwunden ist, lehnte sich Rapp gegen das Gitter und preßte seinen Kopf gegen das rostige Eisen eines Gitterstabes. Der wunderbare Seeblick, der sich bis an den Horizont erstreckte, erschien ihm wie beißender Spott, wie Salz in offener Wunde.
Seine Linke hatte er ganz unten am linken Gitterstab abgestützt. Da kam es ihm vor, als berühre sein kleiner Finger etwas, was sich anders anfühlte als die rauhe Metalloberfläche.
Rapp erstarrte.
Er kniff seine Augen blinzelnd zusammen und quetschte sich an dem unteren Gitterstab fast seine Nase. Da war doch was. Da war tatsächlich etwas!
Da, wo der Gitterstab im Beton verankert war, war eine dünne Schnur aus durchsichtigem und haltbarem Nylon festgebunden. Das andere Schnurende befand sich irgendwo draußen jenseits des Fensters an der Steinmauer. Die Schnur war sehr fein und außerdem so in die Nuten des Gitterstabes eingedrückt, daß es praktisch unmöglich war, sie im durch das Fenster einfallenden Gegenlicht auszumachen, sofern man nicht genau wußte, wonach man zu suchen hatte. Und so war es reines Glück, daß er sie fand.
Rapp verspürte ein Jucken in den Fingerspitzen, als er nach der Schnur griff und sie einzuziehen begann. Er fühlte deutlich, daß am anderen Ende etwas hängen mußte.
Nachdem er die Schnur etwas über einen Meter lang eingezogen hatte, erschien ein dreckiger Stoffbeutel grünlicher Farbe in der Gitteröffnung. Eine ausgezeichnete Tarnfarbe! Rapp wußte, daß an dieser Stelle die Außenmauer des Gefängnisses mit Efeu und Moos überzogen war.
Hastig riß er den Beutel auf.
Da war er. Metallisch glänzend und auch noch sorgfältig geölt.

Ein Dietrich.

10

Um Viertel nach sechs klingelte das Telefon Vares aus tiefem und wohltuendem Schlaf.
„Guten Abend. Kontio hier. Ich rufe aus Helsinki an“, ertönte eine deutlich artikulierende Männerstimme.
„Ach ja, hm, ’n Abend.“ Vares war noch ganz schläfrig und mürrisch.
„Ich wollte mich nach ersten Zwischenergebnissen erkundigen. Was hast du für einen Eindruck von unserem Freund?“
„Tja, was sonst noch so als Papagallo rumläuft, das sind nur Eunuchen und Anfänger im Vergleich zu unserem Jesús.“
„Das wissen wir ja bereits. Aber was hast du außerdem noch herausgefunden?“
„Ich habe gerade erst mit der Arbeit angefangen. Allerdings habe ich schon einige zweifellos interessante Beobachtungen gemacht.“
„Und kannst du mir schon etwas darüber sagen?“
„Nein, noch nicht. Es sind sozusagen noch ungeordnete Mosaiksteine. Aber ein Anfang ist gemacht.“
„Nun gut. Ich warte mit großem Interesse auf deinen Bericht.“
„Den bekommst du spätestens in zwei Wochen. Sollte schon vorher etwas Wichtigeres passieren, rufe ich dich an. Ist das so in Ordnung?“
„Natürlich. Schönen Abend noch und auf Wiederhören!“ Kontio legte auf.
Vares räkelte sich noch eine Zeitlang im Bett. Er verschwendete keinen Gedanken darauf, daß er seinem Auftraggeber gegenüber etwa zu unfreundlich gewesen wäre. Aber er hatte sich den Schlaf geholt, den er brauchte, und nun verlangte es ihn nach einer Dusche. Die Nachtschicht hatte begonnen.

Die zwei ersten Abendstunden verbrachte Lobo damit, müßig

in der Stadt umherschlendern. Sein einziger Abstecher führte ihn auf ein kleines Bier in den Biergarten der *Hamburger Börs*. Um neun traf er sich mit Annika Kontio an der Aurabrücke. Wie es schien, kam sie direkt aus der Galerie. Ohne sich weiter um etwas zu kümmern, blieben sie an der Ecke von Aurakatu und Läntinen Rantakatu stehen. Annika Kontio ließ sich offensichtlich von dem Wissen in Sicherheit wiegen, daß ihr lieber Ehegatte zur Zeit auf einer Geschäftsreise im zwei Fahrtstunden entfernten Helsinki weilte.

Zum Abendessen ging das Paar ins *Bass*. Vares bezog vor dem Amtsgericht Stellung und genoß auf einer Parkbank den schönen Sommerabend, während er die vorbeiströmenden Passanten beobachtete. Die milde Temperatur und das sommerliche Wetter versprachen eine verheißungsvolle Turkuer Nacht.

Etwa eine Stunde später saß Vares im Samppalinna-Sommerrestaurant, und nur einen halben Meter hinter ihm prangte unter einer nicht ganz billigen Seidenjacke der Rücken von Jesús María Lobo. Ihm gegenüber saß Annika. Das Paar hatte sich eine Flasche Weißwein an den Tisch kommen lassen.

Als ihr Gespräch aus irgendeinem Grund lauter wurde, konnte Vares ganze Satzteile aufschnappen und auch verstehen, obwohl die beiden sich auf schwedisch unterhielten.

Störend beim Belauschen der beiden waren zwei finnische Machos, die mit ihm am selben Tisch saßen und sich bei reichlichem Bierkonsum über ihre Erlebnisse während der letzten Nacht ausließen. Was sie erlebt hatten, hatte mindestens die Qualität von Bezirksmeisterschaften, und mit jedem geleerten Glas gewann es an Format. So bekam Vares nur die letzten Worte mit, die Annika gesprochen hatte:

„... nicht gefährlich?“

„Was soll daran gefährlich sein? Außerdem findest du’s ja gut. Du willst doch auch deinen Spaß haben.“ Lobo sprach mit leiser Stimme beruhigend auf sie ein.

„Ja, ich will schon, aber muß es gerade hier sein?“

„Wer sollte es dir hier verbieten? Schließlich merkt’s ja keiner.“

„Wenn du meinst...“

„Ich hab' heut' meinen freien Abend, Liebes."
„Du hast recht. Das kommt so selten vor. Also nutzen wir die Gelegenheit!"
Lobo holte etwas aus seiner Brusttasche, und als Vares sich in Richtung Toilette aufmachte, sah er, daß der Spanier Annika aus einem goldverzierten Etui eine Zigarette anbot.
Als er an den Tisch zurückkam, stellte Vares zufrieden fest, daß die Vorstadt-Casanovas abgezogen waren, wohl neuen Abenteuern entgegen.
Hinter seinem Rücken kicherte Annika Kontio leise quiekend und ließ sich von Lobo ein weiteres Glas einschenken.
„Weißt du, das macht mich ganz närrisch. Man kommt auf ganz irre und komische Gedanken dabei." Ihre Stimme wurde etwas lauter.
„Du bringst mich auch immer auf solche Gedanken", antwortete er sanft.
„Liebst du mich wirklich?" Jetzt klang in ihrer Stimme Leidenschaft mit, aber auch ein wenig Kummer.
„Dich lieb' ich, und nur dich." Lobo klang so überzeugend, daß sogar Vares ihm glauben mußte.
„Laß mich noch ein paar Züge von dir nehmen!" Sie sog den Rauch tief in ihre Lungen ein. „Das ist herrlich! Du bist herrlich! Weißt du, was ich jetzt will?"
„Ja..."
„Ich will so bald wie möglich ..."
„Gehen wir!"
Hand in Hand stiegen Lobo und Annika die Treppe von Samppalinna auf die Straße hinab. Vares verfolgte von seinem Tisch aus ihren Abgang und sah, wie sie gleich unterhalb des Sommerrestaurants in ein freies Taxi stiegen. Er hatte nicht vor, ihnen zu folgen. Für diesen Tag war seine Arbeit getan. Lobos weiteres Abendprogramm war ja leicht vorherzusagen. Dafür würde sie schon sorgen, sie, die Pauli Kontio so sehr liebte, daß er sie nicht einmal dadurch kompromittieren wollte, daß er ihr gegenüber zugab, von dem Barmusikanten zu wissen. Vares bestellte sich beim vorbeieilenden Kellner einen Weinbrand-Cola. Es war an der Zeit, auf die große Liebe zu trinken.

Und dann würde er den Abend nutzen, um sich nach einer feinen, halbderben oder vielleicht auch derben Liebe auf die Suche zu machen. Und wenn es auch nur für eine Nacht wäre.

Als Vares am nächsten Morgen um halb zehn aufwachte, stellte er fest, daß ein mittelprächtiger Kater das einzige war, was ihm der vorausgegangene Abend eingebracht hatte. Im Kühlschrank gab es noch ein paar Flaschen Bier, deren kalt-feuchtes Glas ihm lockend zuzuzwinkern schien. Aber jetzt war keine Zeit für einen solchen Luxus. Außerdem begann der Fall Jesús María Lobo ihn zunehmend zu interessieren.

Als Vares in die Multavierunkatu einbog, fand er den feuerroten Honda der Zahnärztin Seija Kaunispää direkt vor dem Hauseingang geparkt. Sorgfältig spähte er in alle Richtungen, aber der alte verrostete Mercedes war nirgends zu sehen.

Aber bald belohnte Lobo sein Warten. Mit dem Wagenschlüssel in Hand kam er aus dem Haus geeilt, warf rasch einen Blick in beide Richtungen der Straße und setzte sich ans Steuer des Honda. Seine Vermieterin hatte ihm den Wagen heute wohl freundlicherweise überlassen.

Lobo fuhr routiniert, ohne sich von Kreuzungen und Spurwechseln irritieren zu lassen. Auf der Yliopistonkatu zur Humalistonkatu, an der *Pianobar* vorbei bis in Bahnhofsnähe. Dann fuhr er ein Stück am Bahnhof vorbei, parkte und ging zurück in Richtung Bahnhof. Vares mußte noch ein gutes Stück weiterfahren, um keinen Verdacht zu erregen. Er wechselte auf die andere Straßenseite und ließ einen Abstand von über fünfzig Metern. Lobos Verhalten wies deutlich darauf hin, daß er irgendwie auf der Hut war. Immer wieder blickte er sich mit schnellen kurzen Blicken um. Wenn Vares ihn weiter beschatten wollte, durfte er kein Risiko eingehen.

Lobo ging geradewegs zu den Schließfächern für Reisegepäck, holte einen Schlüssel aus seiner Brusttasche und öffnete ein Fach. Wieder ein paar hastige, forschende Blicke hinüber zu den sich im Bahnhofsgebäude aufhaltenden Reisenden, dann entnahm er dem Fach einen Rucksack. Es war ein gewöhnliches Fjällräven-Modell, grün, an den Nähten mit Leder verstärkt.

Der Rucksack schien recht voll zu sein. Noch ein Blick über die ganze Bahnhofshalle hinweg, dann hievte Lobo sich den Rucksack auf die Schulter und kehrte mit hastigen Schritten zu seinem Wagen zurück.
Wieder mußte Vares eine beträchtliche Entfernung zu Lobo einhalten. Und so kam es, wie er befürchtet hatte: der rote Honda startete abrupt, machte eine Kehrtwendung und brauste mit hoher Geschwindigkeit zurück ins Stadtzentrum. Obwohl Vares die letzten Meter zu seinem Käfer im Laufschritt zurücklegte, wußte er, daß ihm der Vogel diesmal entwischt war. Das war wirklich ärgerlich, denn es wäre schon recht interessant gewesen zu sehen, wo dieser geheimnisvolle Rucksack schließlich landen würde, oder ob er für Lobo selbst bestimmt war. Über den Inhalt des Rucksacks zu spekulieren, war nutzlos — jedenfalls würde er wohl keine schmutzige Unterwäsche enthalten.
Vares fuhr auf kürzestem Weg zur Multavierunkatu, aber dort war von dem Honda keine Spur. Wütend fuhr er weiter zur Brahenkatu, ging ins *Café Noir* und stärkte sich mit einer Portion Bratkartoffeln mit Speck. Dazu trank er eine Flasche Bier und dachte über die nächsten Schritte nach. Schließlich entschloß er sich, sicherheitshalber noch einmal bei *Victor's Gym* vorbeizufahren.
Und da fand sich dann das entlaufene Schaf. Der Honda war auf der Straßenseite gegenüber geparkt, fast vor dem Innenhof des Fitneßstudios. Vares ließ den Käfer kurz vor der Kreuzung stehen und umkreiste die japanische Karosse einmal. Von dem grünen Rucksack war weder auf den Sitzen noch im Kofferraum etwas zu sehen. Wo mochte er geblieben sein während dieser verlorenen Stunde? Wirklich unangenehm. Ein flinker Bursche schafft viel in einer Stunde. Und Jesús María Lobo hatte bewiesen, daß er schnell genug in seinen Winkelzügen war.
Kaum war Vares aus seinem Wagen gestiegen, als Lobo auch schon aus dem Fitneßstudio zurückkam. Allerdings setzte er sich nicht wieder ans Steuer, sondern ging zu Fuß in Richtung Marktplatz. Vares kam es vor, als sei die Gangart des Spaniers

bedeutend ruhiger und entspannter als vor anderthalb Stunden. Auch schaute er sich nicht mehr dauernd um, es sei denn, ein weibliches Wesen überdurchschnittlicher Attraktivität kreuzte seinen Weg.

Lobo nahm direkten Kurs auf die Postbank am Marktplatz. Dort ging er aber nicht zur Kasse, um Rechnungen zu bezahlen oder Geld abzuheben. Er trat an den Informationsschalter, von wo aus ihn eine Angestellte ins Untergeschoß begleitete. Ein Schild wies darauf hin, daß sich dort die Schließfächer befanden.

Vares ließ sich auf einem Ledersofa nieder, verbarg sich hinter einem Prospekt über Wohnungskredite und dachte angestrengt nach. Was konnte ein Barmusiker, der gerade zwei Monate im Lande war, so Wertvolles besitzen, daß er sich dafür ein Bankschließfach mietete? An Jesús María Lobo gab es jeden Tag neue Seiten zu entdecken.

Am Abend erschien Vares wieder nach halb zehn in der *Pianobar* und setzte sich an denselben Tisch wie das letztemal.

Routiniert trug Lobo wieder seine Songs vor, und besonders die zwei an Vares' Tisch sitzenden Frauen waren ganz hingerissen. Je leerer ihre Gläser wurden, desto höher fielen die Lobeshymnen aus, die in den Ausruf gipfelten: „Echt wie Barry Manilow, aber sieht er nicht sogar noch besser aus?"

Heute abend ließ sich niemand an Lobos Piano blicken, den er näher zu kennen schien, ausgenommen hier und da jemand, der sich einen Musikwunsch erfüllen wollte. Der einzige, den Vares kannte, war jener dünne junge Mann in Lederweste, der schon am Montagabend kurz mit dem Spanier geredet hatte.

Diesmal erschien er gegen elf, verweilte am Bartresen, bis Lobo sein Lied zuende gesungen hatte, und trat dann direkt ans Piano.

Die beiden unterhielten sich zwei oder drei Minuten, dann winkte der Mann mit der Lederweste Lobo zu und verschwand; offenbar hatte er es eilig. Lobo stimmte nun Melodien aus seiner Heimat an, die an Vares Tisch von tiefen Seufzern begleitet wurde, als die ersten Takte von *Granada* erklangen.

Vares trank sein Glas aus und machte sich leise davon, hinaus auf die von der warmen Nacht liebkosten Straßen, auf denen, mehr oder weniger eng umschlungen, lauter Paare wandelten.
Vares fühlte sich plötzlich sehr einsam, als wäre er eine alte, oder wenigstens eine alternde Krähe.

11

Am nächsten Morgen stellte Vares enttäuscht fest, daß der rote Honda wieder vor der Haustür stand, ganz offensichtlich zum Gebrauch des Untermieters. Das war doppelt unangenehm. Erstens bedeutete dies, daß er den ganzen langen Tag in seinem Verschlag aus Metall, Glas und Gummiverkleidung hart und konzentriert arbeiten mußte. Zweitens war dies bedeutend riskanter und schwieriger als zu Fuß. Aber diese Umstände mußte er so nehmen, wie sie kamen.
Dann erschien Lobo in Shorts, T-Shirt und mit einer aus Schilf geflochtenen Strandtasche in der Hand. Diese Aufmachung wich erheblich von seiner sonstigen Straßeneleganz ab. Vares atmete auf. Vielleicht brauchte er den Tag ja doch nicht in abgasverpesteten Straßenschluchten zu verbringen.
Lobo reagierte auf Vares' unausgesprochene Bitte, indem er Kurs in Richtung Hafen nahm. Dann ging es auf der Brücke hinüber zur Insel Ruissalo.
Auf dem Parkplatz bei der Landzunge Saaronniemi traf sich der Spanier mit einer blonden Frau, die ihr Fahrrad vor sich herschob und, nachdem sie sich kurz umgeblickt hatte, es auch riskierte, ihm einen Kuß auf die Wange zu drücken. Dann spazierten sie, immer nebeneinander hergehend, bis zur äußersten Felsspitze, wo es ruhige und gemütliche Mulden gab. Vares suchte sich auf halbem Wege ein passendes Plätzchen auf dem Rasen, zog sich Jeans und T-Shirt aus und legte sich lang hin, Hose und Hemd als Kopfkissen nutzend. Von seinem Platz aus ließ sich der einzige Pfad gut überblicken, der von dieser Landzunge wegführte. Es war gar nicht nötig, den beiden Ver-

liebten näher auf den Pelz zu rücken, nur um ihre verbotenen Spiele zu beobachten.
Fast vier Stunden verbrachten Lobo und seine Freundin in ihrer Liebesgrotte. Auf dem Rückweg machten sie in dem Café am Campingplatz Rast, das in einer prächtigen hölzernen Villa eingerichtet war. Während die beiden Kaffee tranken, nutze Vares die Gelegenheit, die Frau etwas näher zu betrachten. Ihr Gesicht war ihm völlig fremd. Diese Frau tauchte im Fall Lobo zum ersten Mal auf. Daß es sich um eine verheiratete Frau handelte, machte ein kurzes Aufglänzen am Ringfinger der linken Hand ersichtlich, ganz abgesehen von den verstohlenen Blicken, mit denen sie ab und zu die nähere Umgebung musterte.
Ganz zwangsläufig mußte Vares daran denken, wie viele weibliche Wesen, ob verheiratet oder ledig, den Weg des Spaniers in diesen drei Sommern gekreuzt haben mußten, die er als Musiker in Turku verbracht hatte. Ihre Anzahl war sicher nicht zu verachten.
Gegen drei hatte Lobo es eilig, in seine Wohnung zu kommen, aber diesmal hatte er keine Zeit für eine Siesta. Schon nach einer halben Stunde kehrte er zum Honda zurück, und nun stand offenbar mehr Geschäftliches auf dem Programm. Seine Kleidung bestand aus einem perlgrauen Sommeranzug, hellen Mokassins und Sonnenbrille. Sein Gesicht zeigte wieder einen Ausdruck, der eher von einem gestreßten und zu schwierigen Verhandlungen eilenden Geschäftsmann zeugte als von einem unbeschwerten Musiker, der den Frauen ein Lächeln aufs Gesicht zauberte.
Lobo fuhr zum Marktplatz und parkte den Honda an der Aurakatu. Ohne auf die Ampeln zu achten, hastete er über die Straße zur Postbank. Vares blieb in seinem Wagen und wartete. Im Autoradio sang eine helle Mädchenstimme, und in einer Ecke am Marktkiosk stützte sich ein älterer Mann mit einer Hand auf den Tresen und kotzte Kartoffeln mit Wurst über die Tauben. Das Thermometer auf dem Dach der Bank gegenüber am anderen Marktplatzende zeigte 28 Grad.
Fünf Minuten später überquerte der Spanier wieder die Straße,

wobei er zwischen den Autos hindurchlaufen mußte. Unter seinem Arm klemmte eine weinrote Aktenmappe mit einem Speichenrad, dem Logo der Postbank. Wahrscheinlich hatte er sie aus dem Bankschließfach geholt.
Der nächste Abstecher führte zum Parkplatz zwischen Linnankatu und dem Fluß nahe der Martinbrücke. Lobo schöpfte kurz etwas frische Luft am Flußufer und ging dann auf die Deckterrasse des Restaurantschiffes *Le Pirate*. Dort bat er die Kellnerin um die Speisekarte. Vares fiel auf, daß Lobo die weinrote Mappe nicht im Wagen zurückgelassen hatte, sondern sie die ganze Zeit bei sich trug. Er selbst ging nicht aufs Schiff, sondern holte sich an einem Kiosk eine *Ilta-Sanomat* und bezog dann hinter der Zeitung auf einer Bank am Ufer Stellung.
Lobo blieb fast bis sechs im Restaurant. Dann betrat er, die Mappe fest im Griff, eine nahe Telefonzelle, wählte eine Nummer und war offensichtlich erleichtert, als am anderen Ende abgehoben wurde. Dann aber wandelte sich sein Verhalten. Er fuchtelte mit der Hand heftig in der Luft herum, und seine Miene zeigte deutlich, daß er verärgert war. Mehrmals schaute er auf die Uhr und schien immer wieder irgend etwas eindringlich vorzubringen. Schließlich hatte es den Anschein, daß er sich mit seinem Gesprächspartner einigen konnte, aber als die Unterredung zu Ende war, knallte er den Hörer recht unsanft auf die Gabel.
Wieder ging es im Honda weiter. Nächster Halt war neben der Telekom in der Kauppiaskatu, von wo aus Lobo samt Mappe unter dem Arm direkt zur Kinokasse des *Cinema* hinter dem Hotel *Hamburger Börs* marschierte. Lobos Gesten hatte Vares so gedeutet, daß ein Treffen verabredet worden war, und das sollte nun wohl im *Cinema* stattfinden. Oder das Treffen war verschoben worden, und der Kinobesuch war reiner Zeitvertreib.
Und so sah sich auch Vares den Film *Die unerträgliche Leichtigkeit des Seins* an. Jussi fand, einige der sinnlicheren Szenen seien ganz sehenswert. Es waren nicht viele Zuschauer im Kino, und Lobo saß ganz allein in seiner Reihe. Jedenfalls war

klar, daß er niemanden im Zuschauerraum traf. Und die Mappe hatte er auch dabei, als er wieder auf die Straße trat.
Zu Vares' Überraschung spazierte der Spanier sodann zum Flußufer, saß lange auf einer Bank und sah stirnrunzelnd dem endlosen Lauf des braunen Wassers nach. Zwischendurch schaute er immer wieder gedankenverloren auf seine Uhr, wie um sich zu vergewissern, daß das Rad der Zeit weiterhin seine nie endende Arbeit tat.
Das entnervende Warten begann Vares zu ermüden. Schlaff hing er in einiger Entfernung zu Lobo auf einer anderen Bank, ganz in seine eigenen Gedanken versunken. Als er schließlich wieder zu Lobos Bank hinüberschaute, war die leer. Er hatte den schlimmsten Fehler begangen, den ein Schnüffler machen konnte: er war eingenickt.
Im Laufschritt hastete Vares zu seinem Wagen und sah gerade noch einen Schimmer des roten Honda, der nach links in die Linnankatu einbog. Vares fluchte und hechtete hinter das Steuer seines Käfers. Beim Starten heulte der Motor gequält auf und wollte erst beim dritten Versuch anspringen. Er legte den ersten Gang ein, und der Wagen startete durch, wie einst in seiner Jugendzeit vor zwanzig Jahren.
Vares sah eben noch, wie der Honda an der nächsten Ampel abbog, aber dann hatte die Verfolgung auch schon ein Ende. Die Ampel sprang wieder auf Rot, und die ununterbrochene Autoschlange auf der Aurakatu schnitt ihm den Weg ab.
Vares schlug mit der offenen Hand aufs Steuer und machte seiner Verärgerung mit einigen deftigen Flüchen Luft. Jetzt war ihm Lobo endgültig entwischt. Und das ausgerechnet jetzt, wo er gerade mit irgendeinem wichtigen Projekt beschäftigt war! Jussis Enttäuschung war groß.
Zehn Uhr war schon längst vorbei. Im Kino und auf der Parkbank waren die Abendstunden schnell verstrichen. Jedenfalls stand fest, daß Lobo heute abend nicht zu arbeiten brauchte. Sonst hätte er um diese Zeit bereits seinen ersten Auftritt in der *Pianobar* gehabt. Was um alles in der Welt war das Ziel seiner Fahrten? Und wen hatte er vom Restaurantschiff *Le Pirate* aus angerufen?

Die Ampel sprang auf Grün, und da ihm nichts besseres einfiel, steuerte Vares seinen Käfer über die Aurabrücke und rumpelte den steilen Kaskenmäki hinauf. Aus einer plötzlichen Laune heraus bog er in die Sirkkalankatu ab. Der einzige Ort in dieser Gegend, der irgendwelche Verbindungen zu Lobo aufwies, war des Pastors *Sirkkalan Antikvariaatti*.
Das Schaufenster des Ladens war dunkel und machte einen verlassenen Eindruck. Das war nach zehn Uhr abends auch nicht anders zu erwarten. Wahrscheinlich verließ Pastor Alanen jetzt gerade *Hasse's Pub* als einer der letzten Gäste.
Vares machte eine Kehrtwendung und fuhr langsam zurück. An der Kreuzung bei der Tähtitorninkatu passierte er den Scheitelpunkt des Hügels und warf dabei kurz einen Blick nach rechts in Richtung Vartiovuori.
War da nicht der rote Honda?
Vares hatte nur einen schwachen blaßroten Schimmer gesehen, aber der hatte sich in seine Netzhaut eingebrannt.
Wieder eine Kehrtwendung und mit quietschenden Reifen die Tähtitorninkatu hinauf. Ganz am Ende der Straße, die in einer Sackgasse mündete, stand tatsächlich ein roter Honda Civic, aber stimmte das Nummernschild? Ja!
Von Jesús María Lobo aber keine Spur. Er dürfte etwa zehn Minuten Vorsprung haben. Vares schaute sich um und atmete die Nachtluft in tiefen Zügen ein, so als wollte er versuchen, nach dem süßlichen Rasierwasser seines Opfers Witterung aufzunehmen.
Links hinter dem Plankenzaun lagen die Blockhütten und Holzhäuser des Handwerksmuseums. Direkt vor ihm erhob sich der dicht belaubte, hügelige und von verschlungenen Sandwegen durchzogene Vartiovuori-Berg samt Freilichtbühne und Seefahrtsmuseum. Mit sanften Konturen zeichneten sich in der späten sommerlichen Abenddämmerung Bäume und Büsche ab, schon ganz in den vom Fluß her aufsteigenden Nebeldunst eingehüllt. Ein schöner, ja, märchenhafter Anblick.
Jussi Vares hatte jetzt keine Zeit für Träumereien. Er wußte, daß der Spanier nicht weit gekommen sein konnte. Welche Richtung sollte er jetzt einschlagen?

Ging man die Sache logisch an, gab es nur eine Möglichkeit. War ein besserer Treffpunkt vorstellbar als der Vartiovuori am späten Abend? Wahrscheinlich wartete Lobo dort irgendwo im Gebüsch und schaute immer wieder auf die Uhr. Vielleicht war der, den er treffen wollte, auch schon erschienen.
Aber der Vartiovuori war ein großer, bewaldeter Park, in dem man sich leicht verlaufen konnte. Es dürfte nicht einfach sein, Lobo darin aufzuspüren. Auf einem knirschendem Sandpfad machte sich Jussi auf den Weg, an dem Zaun entlang, der die Freilichtbühne umgab.
Da hörte er von rechts, aus Richtung der Uudenmaankatu, schnelle Schritte und keuchende Atemzüge. Vares erstarrte auf der Stelle, im Schatten einer großen Linde. Nun war im Dunst auch eine Gestalt auszumachen, die flink und leichtfüßig den höchsten Punkt des Pfades erklomm und dann in noch schnellerem Tempo zur Kaskenkatu hinablief. Vares atmete tief durch und schlich weiter, sich dabei vorsichtig umblickend. Die in dämmrigem Zwielicht verlassen daliegende Parklandschaft wirkte anregend auf seine Phantasie, so daß der späte Jogger von eben, der, dem Laufstil nach zu urteilen, eher eine Joggerin gewesen sein dürfte, ihm einen merkwürdigen Schrecken eingejagt hatte.
An einer Wegkreuzung blieb Vares zögernd stehen. Überall schien es gleich ruhig zu sein. Die einzigen Geräusche waren das beruhigende Rauschen des nächtlichen Windes im Laubwerk und das ferne Summen des Verkehrs unten in der Hämeenkatu. Dann blickte er hinauf, zur Silhouette des Seefahrtsmuseums, das nicht nur auf der Spitze des Berges lag, sondern gleichzeitig auch den höchstgelegenen Punkt in Turku markierte. Was wäre natürlicher, als sich dieses Wahrzeichen inmitten des großen Parkgebiets als Treffpunkt auszusuchen?
Vares war gerade einige Schritte auf dem steil bergan führenden Sandpfad gegangen, als oben ein Schuß ertönte. Laut und scharf durchschnitt er die Nacht, wie ein Peitschenschlag.
Vares merkte nicht einmal, wie er in Deckung hechtete – bis er sich halb im Gebüsch wiederfand, Hände und Knie feucht vom Tau des Rasens. Er war mucksmäuschenstill, aber sein Herz

klopfte so laut, daß er nichts anderes zu hören glaubte. Dann drang ein dumpfer Schrei an sein Trommelfell, aber vielleicht hatte er den auch schon gleichzeitig mit dem Schuß gehört.
Zwei oder drei Minuten lag Vares nur so da. Schließlich war er sicher, daß der Schuß nicht ihm gegolten haben konnte. Langsam, die Augen hinauf zur Silhouette des Schiffahrtsmuseums gerichtet, stand er auf und überlegte, was zu tun sei. Die Scheinwerfer an den Ecken des Museums badeten das Gebäude in mildem Glanz, so daß es einer himmlischen Festung glich. Ein einsamer nächtlicher Sänger, vielleicht eine Nachtigall, begann ein klangvolles Lied, und ein Artgenosse jenseits des Museums antwortete mit einer eigenen Arie. Der Nachtwind schien an Stärke zugenommen zu haben, und die Bäume tuschelten wie eine erstaunte oder erschreckte Volksmenge.
Vares spürte, wie es ihm kalt den Rücken hinunterlief, obwohl es sicher noch über 25 Grad war. Er atmete einmal tief durch und stieg dann mit steifen Knien den Pfad weiter hinauf.
Als er die Spitze des Hügels erreicht hatte, war er sich sicher, daß während der letzten Minute keine lebende Seele in der näheren Umgebung unterwegs gewesen war. Schließlich war auf den Kieswegen lautloses Gehen unmöglich. Jussi blickte sich um, sah aber nichts als die Stadt, die sich links und rechts als glitzerndes Lichtermeer erstreckte. Das Flußbett der Aura unter ihm sah in dieser Beleuchtung sehr dunkel, fast schwarz aus.
In einiger Entfernung vom Museumsgebäude, hinter einem grasbewachsenen Erdhöcker, stand auf einem Betonsockel ein 75-Millimeter-Flugabwehrgeschütz von Bofors. Das Denkmal für die Freiwillige Luftabwehr im letzten Krieg war ebenfalls durch einen Scheinwerfer beleuchtet. Vares umrundete das Geschütz, denn im Licht des Scheinwerfers fühlte er sich sicherer. Nichts war zu sehen, was hier nicht hingehört hätte, ausgenommen eine Plastiktüte mit leeren Bierflaschen am Fuße des Denkmals. Vom Geschütz aus ging er weiter auf die der Hämeenkatu zugewandte Seite des Hügels. Direkt gegenüber waren die Fenster des Studentenwohnheims *Kåren*. Die meisten waren dunkel, in einigen brannte eine Tischlampe oder sonstige Licht-

quellen. Nirgends aber neugierige, vom Schuß aufgeschreckte Gesichter.
Vares kam zu der Treppe, die steil und in vielen Windungen hinab auf die Teinikuja und dann zur Uudenmaankatu führt. Er sah hinab.
Er erstarrte auf der Stelle.
Ihm war, als hätte er einen Schlag ins Genick bekommen.
Genau an der Stelle, wo die Treppe in einen Weg einmündete, lag eine erschlaffte männliche Gestalt, bewegungslos und mit dem Mund auf dem Erdboden.
Jussis Mund wurde plötzlich ganz trocken. Er blickte sich um und ging langsam hinunter. Er brauchte nicht weiter zu gehen als bis zu der Metallplatte, die den Meerwasserspiegel 3000 Jahre vor Beginn unserer Zeitrechnung anzeigte. Dann erkannte er den etwa fünfzehn Meter weiter unten liegenden Mann an seiner Kleidung: der Tote war Jesús María Lobo.
Im Rücken seines hellen teuren Sommerjacketts hatte der Spanier zwischen den Schultern einen roten Fleck gerinnenden Blutes.
Vares ging den Rest der Treppe herunter, machte einen weiten Bogen um die Leiche und stieg den Hügel weiter hinab bis auf die Straße und zur nächsten Telefonzelle.

12

Trotz des noch frühen Nachmittags befand sich Jussi Vares in kreativer Stimmung. Niemals zuvor hatte er ausprobiert, wie Buttermilch mit Weinbrand schmeckt. Jetzt war es Zeit für eine Geschmacksprobe.
Den ganzen letzten Abend und einen Teil der Nacht war Vares auf Sauftour gewesen, zuerst in *Hasse's Pub*, dann im *Pinella, Börsin Piha, Foija* ... Danach schwand die Erinnerung; abgesehen von einigen vagen Bildern, wie einer Grillmahlzeit auf dem Puutori oder im *Carrols* und Erinnerungsfetzen an eine Fahrt durch die Stadt, die wohl in Pferdewagen, Rikscha oder auch

einem am Marktplatz angehaltenem Mercedes-Taxi stattgefunden hatte. Vares hatte nur unvollständige Bilder seiner nächtlichen Fortbewegungsmitteln im Hirn gespeichert. Jedenfalls erinnerte er sich noch an ein Haus, in dem ein nicht funktionierender Lift mit Flüchen bedacht worden war und man eine unendlich scheinende Zahl von Treppenstufen hatte ersteigen müssen. Wo dieses Haus gewesen war? Schwer zu sagen, ob in Runosmäki, im Stadtzentrum, in Varissuo, oder wo auch immer. Drinnen in der Wohnung hatte man ihm wieder etwas angeboten. Dann gab es eine vage Erinnerung an puderfarbige weibliche Unterwäsche und braune Nylonstrümpfe, die bis unter die Knie reichten.

Vielleicht hatte Vares diese Einzelheiten behalten, weil er altmodische, puderfarbige Büstenhalter und Höschen nicht ausstehen konnte. Ganz abgesehen von Strümpfen, die das weibliche Bein unterhalb des Knies zu einer formlosen Wurst zusammenquetschten.

An mehr erinnerte sich Jussi nicht. Alles andere war gnädigerweise in Dunkel getaucht. Das heißt, ob gnädigerweise, wußte er nicht zu sagen, vielleicht war es ja doch ...

Vares fluchte mit trockenem Mund und goß drei Fingerbreit Weinbrand in ein langes Glas. Dann brach er aus dem Eisbeutel ein paar Stück Eis ins Glas und goß darüber Buttermilch, die roch, als sei sie etwas alt. Während er den Drink mit einem Kaffeelöffel umrührte, versuchte er sich einzureden, daß es einfach nicht hatte klappen können. Nicht mit einer Frau, die viel zu enge braune Kniestrümpfe trug.

Vares war um elf Uhr vormittags in seiner Wohnung, genauer gesagt: auf seinem Sofa aufgewacht, ohne zu wissen, wie oder woher er dahin zurückgekehrt war. Der Kater war prächtig gewesen, wie es einem echten Mann geziemt, und sein WC-Becken hatte trübe Galle aufnehmen müssen. Dann hatte Jussi sich ins Schlafzimmer geschleppt und sich die Decke über das schmerzende Haupt gezogen.

So war es ihm jeden Morgen während der letzten drei Tage ergangen, seitdem er die Leiche des spanischen Kneipenpianisten am Abhang des Vartiovuori-Berges gefunden hatte. Die Nach-

mittage hatte er im Polizeipräsidium verbracht, verhört von Kommissar Jaakko Hautavainio, dem Leiter der Mordkommission der Turkuer Kriminalpolizei. Wenn er dort schließlich entlassen worden war, hatte er nichts anderes im Sinn, als einen Ort aufzusuchen, wo er sein erstes Bier zu sich nehmen konnte. Und das erste wirkte dann wie ein Sprungbrett, es brachte ihn in die passende Ausgangsposition. Dafür war dann am Morgen nach dem Absprung der Aufprall um so heftiger.
Als er nach ein paar schweißtreibenden Stunden aus dem Bett gekrochen war, hatte er sich hoffnungsvoll auf den Kühlschrank gestürzt. Die furchtbare Wahrheit war ihm gleich beim zweiten Blick, mit dem er sich vergewisserte, klar geworden: es war keine Flasche Bier mehr da.
Dann hatte er sich erinnert, daß vom Umzug noch eine halbe Flasche Weinbrand übrig sein mußte. Die fand sich dann auch im hintersten Winkel des Küchenschranks. Da das Leitungswasser, wie Vares wußte, furchtbar schmeckte und außerdem bei dieser Hitze auch noch warm war, war er auf die Buttermilch als zugegeben etwas ungewohnte Zutat für den Mix gekommen, ungeachtet der Tatsache, daß ihr Verfallsdatum Ende letzter Woche abgelaufen war.
Der Drink war nun sorgfältig gemixt, und Vares hob das Glas an die Lippen. Er wußte, hier kam es nicht darauf an, das Aroma zu genießen oder den Drink langsam auf der Zunge zergehen zu lassen. Die einzige Art ihn zu trinken war ex und hopp. So schüttete sich Jussi das ganze Glas auf einmal rein. Als er den Geschmack spürte, war es schon zu spät. Vielleicht hätte er auch noch länger auf sich warten lassen können. Tränen traten ihm in die Augen und ein heißer Kloß in den Hals, aber jetzt durfte er nicht nachgeben. Wenn er das tat und zum Klo rannte, hätte er mit allem von vorn beginnen müssen. Aber wenn man es fünf Minuten aushielt, würde das Schlimmste vorbei sein — jedenfalls für diesmal.
Zum Zeitvertreib und um seinen Händen etwas zu tun zu geben, mixte sich Jussi einen neuen Drink. Nun wollte er es mit Weinbrand, Buttermilch und Tomatenketchup versuchen. Durch den Ketchup käme möglicherweise ein passender pikanter Zu-

satzgeschmack hinein.
Der Drink sah abschreckend aus. Trotzdem hatte Vares ihn schon an die Lippen erhoben, als das Telefon schellte.
Es war zum Fluchen! Er könnte fast jede Wette eingehen, wer da am Apparat war. Natürlich Totengräber-Jakob, der Kommissar. Der Mann hatte die Angewohnheit, sich pünktlicher zu melden als der telefonische Weckdienst.
Doch diesmal irrte Vares sich. Am anderen Ende war Pauli Kontio.
„Grüß dich, Pauli. Du hast also die Zeitung gelesen. Jetzt stehen die Dinge ja zum besten. Der Pianist ist kalt und der Familienfriede gerettet." Vares fühlte, wie sein Spezialmix zu wirken begann.
„Eine furchtbare Sache, das. Richtig wie in einem Alptraum." Die Stimme des Rechtsanwalts war nicht frei von nervösem Unterton.
„Für dich kommt das doch wie gerufen. Ein echter Joker! Der Schwanzbube endgültig aus dem Spiel ausgeschieden."
„Du solltest die Sache wirklich etwas ernster nehmen!"
Zum ersten Mal hörte Vares, daß Kontios Stimme an Schärfe zunahm. Die selbstsichere Ruhe des Juristen hatte offenbar einen Knacks bekommen.
„Weißt du, daß ich direkt von einem Verhör bei der Polizei komme und man mir vorübergehend meinen Paß abgenommen hat? Außerdem hat man mir verboten, ohne Erlaubnis des Kommissars die Stadt zu verlassen."
„Nun ja, jetzt weiß ich's also."
„Das kommt natürlich alles daher, weil ich aufgrund deiner Aussage einer der Hauptverdächtigen bin."
„Das sind alle, die ein Motiv haben. Du kannst nicht abstreiten, daß du keins hättest."
„Und was sagt die Ethik eines Privatdetektivs zum Beispiel darüber, ob der Name des Klienten ausposaunt und Ermittlungsergebnisse mit Freuden offengelegt werden dürfen?"
„Erstens: es hat mir wahrlich keine Freude gemacht, darüber berichten zu müssen. Ich habe tagelang Verhöre in stickigen finsteren Räumen über mich ergehen lassen, bei Bullen, die

nach Schweiß stanken. Zweitens: hier geht es um Mord, verstehst du? Dann tritt die Ethik in den Hintergrund, und andere Regeln kommen ins Spiel."
„Ich wollte nur sagen, daß ich in eine wirklich unangenehme Lage geraten bin. Bei jemandem in meiner Position ist so etwas besonders ärgerlich."
„Sorry, daß ich nicht in dein Weinen einstimmen kann. Laß uns so verbleiben, daß wir einander nicht mehr anrufen, auch nicht zu Weihnachten. Du überweist mir nur das Honorar für vier Tage, und sollten wir uns mal auf der Straße begegnen, gehen wir ganz einfach aneinander vorbei."
„Ich rufe dich jetzt an, weil ich gerade das nicht vorhabe."
„Ach! Bist du denn mit dem Ausgang der Sache nicht zufrieden? Du hast doch keinen Grund zum Klagen!"
„Das nicht, aber ich werde noch nicht mit dir dein Honorar abrechnen. Ich will, daß du weiterhin für mich tätig bist."
„Ich höre wohl nicht recht?"
„O doch. Die Lage ist doch die: die Polizei werkelt jetzt auf ihre gewohnte Weise an diesem Fall herum. Vielleicht versuchen sie, mich als Schuldigen festzunageln, oder sie suchen den, der den Schuß abgegeben hat, noch nächstes Frühjahr, und ich darf als Verdächtiger das Leben eines Aussätzigen führen. Ich will aber nicht einfach dasitzen und abwarten, was geschieht! Ich habe vor, selbst Einfluß auf die Sache zu nehmen. So habe ich immer gehandelt, jedenfalls bis jetzt. Mit einem Wort: ich engagiere dich, damit du den Mord aufklärst."
„Du scheinst aus noch härterem Holz geschnitzt zu sein als unsereiner."
„Ich mein's ernst."
„Und ich auch. Ich ermittle nicht in Mordfällen. Das ist Sache der Kripo."
„Du hat die Chance, es herauszukriegen. Du hast den Kerl während seiner letzten Tage beschattet. Du kennst seinen Lebenswandel und die Leute, mit denen er Kontakt hatte."
„Noch einmal, klipp und klar: daraus wird nichts."
„Ich zahle dir das dreifache von dem, was wir anfangs ausgemacht hatten. Und bei Lösung des Falls noch eine Extraprämie."

„Und wenn ich herauskriege, daß du der Mörder bist?"
„Das Risiko kann ich eingehen. Ich war's nämlich nicht."
„Hast du ein ordentliches Alibi?"
„Nein ..."
„Jetzt verstehe ich deinen Kummer."
„Also: machst du weiter? Ja oder nein?"
„Meine Entscheidung für diesmal: Stimmenthaltung. Ich rufe dich morgen früh an, falls ich dann wieder einen klaren Kopf habe."
„Den kriegst du schon."
„Da sei dir mal nicht so sicher!"
„Ich erwarte deinen Anruf."
„Auf Wiederhören, Pauli."
Vares legte auf und ging in die Küche zurück. Das Eis im Glas war geschmolzen, und mehr hatte er nicht auf diesen Schrekken. Er stürzte den letzten Rest herunter und nickte zufrieden. Entweder wirkte der Drink von vorhin bereits auf sein Urteilsvermögen und Geschmackssinn, oder er hatte heute wirklich Glück mit der Auswahl seiner Drinks. Wieder schellte das Telefon, jaulend wie der Ruf eines Muezzins auf einem Minarett.
„Hier Hautavainio", ertönte eine Stimme im Hörer, die deutlich an Atembeschwerden litt. Der Kommissar wog 120 Kilo, was nicht nur zu sehen, sondern auch zu hören war.
Vares kannte den Chef der Mordkommission schon von früher. Einmal hatten sie sogar zusammengearbeitet – Hautavainio allerdings äußerst widerwillig. So hielt sich Vares, dem der Alkohol wieder zu Kopf gestiegen war, für berechtigt, einen vertraulichen Ton anzuschlagen.
„Totengräber-Jack, das ist aber 'ne Überraschung! Was gibt's denn jetzt schon wieder?"
„Mein Gott, blau wie ein Veilchen, und das am hellichten Tage!" Die Stimme des Kommissars klang von Wort zu Wort mehr nach Sodbrennen.
„Ist das gesetzlich verboten? Schon wieder? Verdammt, im Bildschirmtext war mit keinem Wort die Rede von einer neuen Prohibition."

„Halt endlich dein nach Schnaps stinkendes Maul und hör mir zu! Du kommst innerhalb einer halben Stunde her aufs Polizeipräsidium zum Verhör!“
„Weswegen denn, verdammt noch mal?“
„Das weißt du ganz gut. Es geht noch um einige Details. Mach dich auf die Socken, jetzt gleich!“
„Ich hab einen sitzen. Die Verkehrspolizei wird mich unterwegs anhalten und in die Ausnüchterungszelle stecken. Komm du doch her! Außerdem war ich schon so oft bei euch.“
„Scheißkerl! Wo wohnst du jetzt überhaupt?“
„Meine Adresse hast du. Jedenfalls habt ihr sie euch irgendwann mal aufgeschrieben. Und wenn du kommst, dann nimm einen Zivilwagen. Mein Ansehen in diesem Haus ist ohnehin schon lädiert.“
„Das wundert mich gar nicht. Daß du unterdessen bloß nicht abhaust! In einer Viertelstunde bin ich da.“
„Gut. Und noch was. Bring mir ’ne Literflasche Cola mit.“
„Warum sollte ich?“
„Mir ist dieser Galgenstrick allmählich zuwider.“
„Was ist dir zuwider?“
„Ein selbstgemixter Cocktail. Ich heb’ ’nen Schluck davon für dich auf.“
„Jetzt schlägt’s aber dreizehn! Nicht nur, daß ich gerade einen Mord im Telefonsexmilieu, den Würgemord in Hepokulta und die Leiche eines spanischen Kneipenpianisten am Hals habe ...“ sprach der Kommissar mit müder Stimme mehr zu sich selbst, „nein, jetzt muß ich auch noch einen alkoholisierten Privatschnüffler ertragen! Verdammt noch mal!“

13

KAKOLA: Häftling 283/86

Während der folgenden Tage nutzte Rapp einen großen Teil seiner Freizeit dazu, sich im Gebrauch des Dietrichs zu üben.

Er trainierte am WC-Schloß, am Schloß zum Kühlraum in der Küche, am Bibliotheksschloß und am Schloß einer Gittertür zwischen zwei Abteilungen. Über Nacht versteckte er das Werkzeug im Luftschacht des Spülraums. Am nächsten Morgen begann er sofort wieder, sich Fingerspitzengefühl anzutrainieren, sobald die Routinearbeiten erledigt waren und die aufmerksamen Augen der Wachmannschaft sich anderen Dingen zuwandten.
Rapp war kein Experte für Schlösser, aber sich neue Fähigkeiten anzueignen, hatte ihm schon immer Spaß gemacht — und vor allem entwickelte er Eifer. Er erinnerte sich an den theoretischen Unterricht, den er bei Riegel genossen hatte, und nun probierte er es auch praktisch aus. Der alte Einbruchexperte hatte einen guten Dietrich fabriziert. Die grundlegenden Arbeiten hatte er in der Gefängniswerkstatt ausführen können, und für den letzten Schliff, der Geduld und hervorragende Fingerfertigkeit erforderte, hatte er die stillen Abend- und Nachtstunden in der Ruhe seiner Zelle genutzt. Die Herstellung eines Dietrichs hatte Riegel beim Absitzen seiner letzten Strafe im Gefängnis von Helsinki gelernt. Er behauptete, zum Hochadel der Schlosser zu gehören, die ihr Handwerk „aufgrund und mit Hilfe eines langjährigen staatlichen Forschungsstipendiums" gelernt hätten. Wie auch immer — Rapp konnte feststellen, daß der alte Gauner sich im Herstellen von Dietrichen auskannte. Allmählich begannen die Zuhaltungen den abstehenden Metallzinken zu gehorchen, und gegen Ende der Woche öffnete sich jedes Schloß innerhalb weniger Minuten. Und Rapp wußte, daß ein Schloß, an dem er einmal geübt hatte, beim zweiten Mal bedeutend schneller aufging, falls es einmal nötig würde.
Am Dienstag der gleichen Woche ging Hevonneva auf Hafturlaub. Er hatte nur noch ein halbes Jahr wegen zweifachen Postraubs zu sitzen, und er war seit geraumer Zeit regelmäßig alle sechs Monate auf Hafturlaub gewesen. Er genoß das Vertrauen der Gefängnisleitung. Und als er diesmal den Hafturlaub antrat, hatte ihm Rapp eine Bestellung mitgegeben.
Rapp wußte, daß Hevonnevas Urlaub vier lange Tage dauern würde. So stand ihm ein nervenaufreibendes Warten bevor,

ihm, dem klar war, daß eine wichtige Angelegenheit sich um ganze fünf oder sechs Jahre verschieben würde, sollte auch nur ein Punkt in seinem Plan schiefgehen. Rapp versuchte seiner Unruhe Herr zu werden, indem er sich verstärkt mit seiner körperlichen Fitneß beschäftigte. Seine allmorgendlichen Liegestütze absolvierte er mit noch größerer Konzentration und in schnelleren Takt. Wenn dann am Abend der Fitneßraum auf dem Programm stand, konnte er feststellen, daß er an zwei Tagen hintereinander seinen Rekord auf der Stemmbank verbessert hatte. Die kitzelnde Spannung im Blut und die flatternden Nerven wirkten sich offensichtlich positiv auf seine Leistungsfähigkeit aus.

Außerdem gelang es Rapp noch, in einer wichtigen Sache seinem Ziel näher zu kommen.

Er deichselte es so, daß er für zwei Tage zu Arbeiten in die Wäscherei abkommandiert wurde, genauer gesagt, in die Wäscheverteilung. Jetzt im Sommer trug das Wachpersonal ein graues kurzärmeliges Hemd, zuweilen mit grauem Schlips, aber nur, wenn es nicht allzu heiß war. Dafür liefen sie fast immer mit einer Schirmmütze herum, und sich eine solche unter den Nagel zu reißen, war schon schwieriger. Rapp schaffte es, indem er zunächst von einer Mütze die Kokarde samt Mützenschirm abtrennte und dann von einer anderen das Schweißband. Den grauen Korbteil wollte er sich aus seiner Decke, die die gleiche Farbe hatte, in den Nachtstunden zusammenflicken. Damit würde er auf der Sommerparade des Gefängniswärterbundes zwar glatt durchfallen, aber er hatte ja auch vor, in dieser Kluft nur einige Dutzend Meter zu marschieren. Nachdem er etwas Hutähnliches zusammengebracht hatte, versteckte er das Hemd, den Schlips und das Mützenabzeichen unter den Scheuerlappen des Putzmitteldepots.

Und dann war auch schon der Augenblick gekommen, als Rapp durch das vergitterte Fenster im Spülraum sah, wie Hevonneva zusammen mit drei anderen Hafturlaubern seinem gewohnten und sicheren Domizil zustrebte. Rapp konnte das Mittagessen kaum erwarten, obgleich er wußte, daß heute gehackte Leber und wäßrige Grütze auf dem Speisezettel standen.

Beim Mittagessen wartete Rapp so lange, bis er sah, wo Hevonneva sich hinsetzte. Dann drängelte er sich hastig durch die Mithäftlinge, die sich zum Essen niederließen, und erwischte einen Platz neben dem heimgekommenen Urlauber. Hevonneva nahm sich gerade eine große Kelle brauner Soße, die er über der Leber verteilte, und Rapp konnte riechen, daß er nach altem Schnaps stank.
„Wie sieht's aus in der sommerlichen Stadt?" Rapp nahm sich nur ein Stück Leber und schüttete Soße darüber.
„Da läßt es sich ganz gut leben. Hätte öfters Lust auf so 'nen Ausflug." Hevonneva fuhrwerkte eifrig auf seinem Teller herum. Er hatte draußen wohl weniger zu essen als vielmehr zu trinken gehabt.
„Und wie ging's sonst so?" fragte Rapp, und seine Stimme klang unwillkürlich gespannt.
„Gut. Und wenn einem in drei Tagen die Pisse nicht auf der Eichel brennt, sind die Huren von Jyrkkälä auch nicht mehr das, was sie mal waren."
Rapp schlürfte Milch aus der Blechtasse und blickte sich um. Er wollte sich jetzt nicht auf so ein dummes Geschwätz einlassen. Das sollte dieser Trottel eigentlich begreifen.
„Ist die Sache gut gelaufen?" Rapp senkte die Stimme, aber der Ton war unmißverständlich. Jetzt interessierten ihn keine Weibergeschichten.
„Natürlich. Ich hab' doch gesagt, das würde in Ordnung gehen."
Rapp ließ die Luft zwischen seinen zusammengepreßten Zähnen mit einem Zischen entweichen. Wieder einen Schritt weiter!
„Wie hast du's hergebracht?"
„Im Arschloch, wie sonst?"
„Und die Wachteln sind nicht auf den Gedanken zu kommen, diese Herrlichkeit zu inspizieren?"
„Natürlich nicht. Ich bin doch ein Häftling ihres Vertrauens. Fast eine Stütze der Gesellschaft. Mich haben die noch nie gefilzt. Ich könnte sogar den ganzen Zirkus Sariola einschmuggeln, und die Wachteln würden erst dann Verdacht schöpfen,

wenn sie auf dem Flur im dritten Stock Elefantenscheiße finden."
„Du bist 'n toller Typ. Deinen Lohn hast du jedenfalls verdient ..."
„Das hat auch die Alte in Jyrkkälä gesagt."
„Und damit ist die ganze Geschichte beiderseits abgehakt und vergessen."
„Da kannst du sicher sein. Ich will davon nichts mehr wissen. In einem halben Jahr bin ich nämlich ein freier Bürger."
„Ausgezeichnet. Eigentlich könntest du's mir jetzt gleich geben."
„Wie, jetzt und hier?"
„Du hast es doch dabei, oder?"
„Ja, aber so mitten beim Essen ...? Ich bin nämlich noch nicht dazu gekommen, es sauberzumachen." Hevonneva lächelte gequält.
„Das macht nichts. Außerdem mag ich keine Leber."
Rapp schob seine offene rechte Hand unter den Tisch vor Hevonnevas Oberschenkel. Der kramte eine Weile unten an seinem linken Hosenbund herum und ließ dann eine einzige Gewehrpatrone auf die wartende Handfläche fallen.
„Vom gröbsten Schrot, den sie im Laden hatten. Genauso wie du dir's gewünscht hast."

14

„Jetzt wollen wir uns mal auf die Mappe konzentrieren." Hautavainio saß vornübergebeugt in Vares' niedrigem Lehnstuhl, und sein großer, schlaffer Bauch schien fast den Korkboden zu berühren. „Die hatte er also den ganzen langen Nachmittag dabei?"
„Ja."
Zufrieden nahm Vares einen Schluck aus seinem Glas. Zwar war der *Galgenstrick* seine ureigenste Schöpfung, aber eine prosaische Cola schmeckte mit Weinbrand eben doch besser.

„Diese Mappe wurde nirgends gefunden. Weder im Honda, noch bei der Spurensicherung am Berghang. Offenbar hat sie sich mit dem Mörder auf und davon gemacht."

„Eine gute Schlußfolgerung."

„Das ändert unsere Vorstellungen von einem Tatmotiv. Lobo war ja ein echter Weiberheld, und ein Mord aus Eifersucht war das erste, woran wir gedacht haben. Aber die verschwundene Mappe verkompliziert die Sache. Geld spielt in solchen Fällen immer eine Rolle, seitdem so ein Phönizier in seiner Dummheit die erste Münze erfunden hat."

„Die sind doch ganz praktisch, zum Beispiel bei Parkuhren und so ..."

„Natürlich können wir nicht wissen, was diese Mappe eigentlich enthielt. Die Postbank-Angestellte konnte nur eine Personenbeschreibung von Lobo geben, aber was im Schließfach war, wußte sie auch nicht."

„Hat man das Schließfach durchsucht?"

„Das war klinisch rein."

„Aha. Ich weiß auch nicht mehr darüber. Ich habe die Mappe nicht. Mit einer Wohnungsdurchsuchung bin ich jederzeit einverstanden."

„Das machen wir hier nicht so gerne. Das kostet nämlich extra. Wir müssen den Jungs für ihre schmutzige Arbeit eine Sondervergütung zahlen." Der Kommissar sah sich um. „Mich interessieren in erster Linie Lobos Kontakte. Die haben wir zwar schon ein paar Mal durchgekaut, aber wenn du sie mir noch einmal konzentriert schildern würdest ..."

Vares stützte seinen Kopf mit der Hand und gähnte dabei demonstrativ.

„Zunächst Annika Kontio. Dann eine Frau, die ihrem Mieter sehr gewogen ist: die Frau Zahnärztin alias Seija Kaunispää. Weiter: die kleine muntere Tanzstudiobetreiberin namens Mattson. Die, mit der er sich in Ruissalo getroffen hat, ist mir weiter nicht bekannt. Aber bei allen diesen Bekanntschaften ging es einzig und allein um das Eine ..."

„Gut. Und die Leute von *Victor's Gym*?"

„Diesen Voitto hat Lobo wohl gut gekannt, und bei Viivi hatte er auch keine Berührungsängste, zumindest nicht, wenn er mit ihr allein war."

„Viivi-Ann Näs. Die kennen wir auch schon von früher."

„Vorstrafen?"

„Das nicht, aber sie hat die Angewohnheit, sich in etwas übel beleumdeter Gesellschaft zu tummeln. Und dieser Voitto Fjäder ist auch kein ganz unbeschriebenes Blatt."

„Laß mich raten: die meisten Schmetterbälle im Volleyballturnier 'In gesunder Runde'."

„Handel mit Hormonen. Das ist bei allen diesen Bodybuilding-Studios mehr oder weniger üblich. Voitto hat einen teuren Rechtsanwalt, und so ist er mit bloßen Geldstrafen davongekommen, auch wenn's für ihn nicht ganz billig war." Hautavainio nahm die Cola-Literflasche in seine Tatzenhand und trank wie ein Flußpferd direkt aus der Flasche. „Hast du vielleicht irgendwelche originellen Ideen?"

„Die hab' ich immer, nur daß sie mit diesem Fall gerade nichts zu tun haben." Vares trank sein Glas leer und zog die Colaflasche über den Tisch zu sich rüber.

„Einer meiner Mitarbeiter wird das Personal der *Pianobar* befragen. Fällt dir sonst noch was ein?"

Vares befingerte nachdenklich sein Glas. Er überlegte, ob er beim jetzigen Stand der Dinge Lobos Besuch im *Sirkkalan Antikvariaatti* erwähnen sollte. Das würde Pastor Alanen allerdings nur Ärger einbringen. So einen Bärendienst sollte man einem Freund nicht erweisen, solange man dazu nicht gezwungen ist.

„Nein, das wäre wohl so das Wichtigste ... Aber was ist eigentlich mit diesem Vasenius? Weshalb war der dem Lobo auf den Fersen?"

„Aus dem gleichen Grunde wie du. Ein Ehemann, der mißtrauisch geworden ist."

„Lobos Tod ist, scheint's, ein großer Verlust für unseren Berufsstand. War denn das Mißtrauen berechtigt?"

„Ja. Wir haben den Mann und seine Frau verhört. Wenn wir an Eifersucht als Motiv festhalten, steht dieser Ehemann genauso unter Verdacht wie dein Klient."

„Kein Alibi?"
„Nicht ganz hieb- und stichfest."
„Und wer ist dieser eifersüchtige Ehemann?"
„Das geht dich nichts an. Außerdem stelle ich hier die Fragen."
„Gut. Besonders, wenn die Fragerei nun zu Ende ist."
„Vorerst fällt mir nichts mehr ein, was ich noch fragen könnte. Aber du bist ja nicht weiter weg als das nächste Telefon. Und wir haben abgemacht, daß du dich nicht ohne mein Wissen aus Turku entfernen darfst."
„Du kannst mich jederzeit anrufen. Und verlier nicht die Nerven, wenn ich gerade nicht da bin. Ich habe nämlich nicht vor, hier mit leeren Händen im Schoß rumzusitzen."
„Oder mit leeren Flaschen. Wenn du die zum Alko-Laden in der Hovioikeudenkatu zurückbringst, kannst du dich von dem Flaschenpfand gleich wieder besaufen." Hautavainio warf einen mißbilligenden Blick auf die leeren Flaschen, die überall in der Wohnung herumstanden.
„Ich hab' jetzt Urlaub. Eine knappe Woche für einen kleinen Privatunternehmer. Nicht alle fahren in ein Sommerlager der Kirchengemeinde oder zum Kammermusikfestival nach Kuhmo", erläuterte Vares. „Wenn der Alltag mich wieder hat, geht's wieder rund."
„Und wann wird das sein?"
„Vielleicht schon morgen früh. Das hängt von der Auftragslage ab."
„Hast du was in Aussicht?"
„Eine Sache vielleicht, die mir zur Zeit im Kopf rumgeht. Das scheint irgendwie ein interessanter Fall zu sein."
Gleichsam als Abschluß trank Vares sein Glas leer und brachte es in die Küche. Das Spülbecken war randvoll mit schmutzigem Geschirr.
„Denk auch an uns." Hautavainio stand auf und wechselte das Standbein, so als wollte er ausprobieren, welches von beiden sein Lebendgewicht besser trägt.
„Das muß ich wohl, wenn auch ungern."
Vares ließ Wasser ins Spülbecken einlaufen. Der Kommissar ging schnaufend zur Tür, und bald war von ihm nichts mehr

übrig als ein ausgeprägter Geruch fettigen Schweißes. Vares gab Spülmittel ins Wasser, lief zur Balkontür und riß sie sperrangelweit auf.

Eine halbe Stunde später hatte Vares den Abwasch dreier Tage erledigt und war wieder durstig. In der Weinbrandflasche war bis auf einen traurigen Tropfen auf dem Boden nichts mehr übrig, und gleichsam automatisch kam ihm der Gedanke an ein kaltes Bier in *Hasse's Pub*.

Vorher wollte er allerdings noch einen Anruf tätigen. Am anderen Ende meldete sich eine amtlich klingende, geschulte Frauenstimme.

„Ich hätte gerne Herrn Rechtsanwalt Kontio gesprochen", sagte Vares der Sekretärin.

„Pauli Kontio." Die bekannte Stimme klang nach Eile. Im Hintergrund hörte man leise Männerstimmen.

„Ich übernehme den Auftrag", sagte Vares. „Ich beginne morgen früh. Acht null null, zur Geschäftszeit."

„Bist du jetzt wieder nüchtern?" frage Kontio mit Zweifel in der Stimme.

„Natürlich nicht. Aber wie gesagt: ich fange erst morgen an."

15

Der nächste Morgen war nicht leicht für Jussi Vares.

Je später der Abend, desto höher war der Alkoholpegel im Blut gewesen, aber trotzdem konnte er sich an jede Minute erinnern, und nichts hatte ihn zu einem romantischen Abenteuer in einer Vorstadtsiedlung verführen können. Dafür zog Jussi den Hut vor sich. Beim Aufwachen stellte er fest, daß er durchaus noch einiges hätte vertragen können. Aber in weiser Voraussicht hatte er im Kühlschrank kein Getränk, das härter gewesen wäre als Orangensaft. Jetzt war der Augenblick gekommen, da er nach vorne blicken und der harten Realität wie ein Mann ins Auge schauen mußte.

Bis zum Mittag hatte er die Kopfschmerzen mit Disperin in den

Griff bekommen. Dann schmierte er sich Butter auf zwei Stück trockenes Baguette und verteilte ein in Scheiben geschnittenes 10-Minuten-Ei darauf. Das Essen blieb gehorsam im Magen, und Vares wußte, daß das Leben sich wieder einmal aus der dunklen Masse derer, die mit der Sense auf der Schulter marschierten, losgestrampelt hatte. Aber die, die behaupteten, Mountainbiking sei die härteste Disziplin der Welt, hatten die seine jedenfalls noch nicht ausprobiert.
Während das Radio den Aphorismus des Tages verkündete, ging Vares das zweite Mal Zähne putzen. Damit beschäftigte er sich so ausdauernd und sorgfältig, daß ihm das Zahnfleisch wie blutiggeschrubbt vorkam. Jussi betrachtete sich im Badezimmerspiegel. Die Spuren der vergangenen Nacht konnte er nicht wegputzen oder -schrubben. Vielleicht würde er sich erst morgen wieder trauen, anderen Menschen in die Augen zu schauen. Aber er konnte jetzt nicht einfach die Vorhänge vors Fenster und die Telefonstecker aus der Wand zu ziehen.
Vares fand, es sei ziemlich egal, wo er anfangen würde, das Knäuel zu entwirren. So wählte er mit etwas zitterndem Finger die Nummer der Zahnärztin, klagte über starke und bohrende Zahnschmerzen und bekam von der freundlichen Sprechstundenhilfe einen Termin noch für denselben Nachmittag.
Die Praxis war in der Yliopistonkatu, gegenüber der Hansapassage. Er fühlte, daß er frische Luft schnappen mußte; außerdem hätte er den Weg mit dem Wagen wohl nicht geschafft. Was, wenn zum Beispiel auf dem Beifahrersitz ein Riesenleguan mit gespaltener Zunge von den Galapagos-Inseln erschiene? Das wäre ihm durchaus nicht unwahrscheinlich vorgekommen.
Die Praxis lag im vierten Stock, und aus Versehen begab sich Vares ohne Aufzug nach oben. Das Herz klopfte ihm dann wie einem elektrischen Spielzeughasen, der einen Kurzschluß erleidet. Bei der Anmeldung schien ihn die Sprechstundenhilfe für einen verirrten Kranzschlagaderpatienten zu halten. Vares wischte sich den Schweiß von der Stirn, schluckte ein paar Mal, um die Zunge im vertrockneten Mund bewegen zu können und gab an, er sei für drei Uhr bestellt.
Die Zahnärztin Seija Kaunispää war eine mittelgroße Frau mit

rundem Gesicht. Sie hatte ziemlich kurzes, schlicht frisiertes Haar erdbrauner Farbe. Der weiße Kittel barg unter sich einen Körper von durchaus normaler, nicht unschöner Figur. Ihre Beine konnte Vares schlecht beurteilen, denn der Kittel war ziemlich lang, und die weißen Holzschuhe, die für Ärzte wohl genauso ein Muß waren wie der hippokratische Eid, haben die Rundungen des weiblichen Fußgelenkes sowieso noch nie zu ihrem Recht kommen lassen.
Seija Kaunispää war keine Frau, der erhitzte Männer auf sommerlichen Straßen einen Blick hinterherzuwerfen pflegten. Direkt Abstoßendes hatte sie allerdings auch nicht an sich.
Vares erzählte etwas von ständigem bohrenden Schmerz, den er allerdings nicht genauer lokalisieren könne. Die Zahnärztin sah sich den Oberkiefer Zahn für Zahn an, ohne etwas zu finden. Dann wandte sich ihr Metallbesteck dem Unterkiefer zu, und sie wurde fündig. Zwei Löcher. Mit der Behandlung könne gleich begonnen werden.
Das hatte Vares nicht erwartet. Die Gehilfin legte der Ärztin das Werkzeug neben den Stuhl. Strahlende Lampen wurden gegen sein Gesicht gerichtet. Die Zahnärztin setzte den Bohrer in Gang, und ein nervenaufreibendes Gekreische versetzte Vares' alkoholgeschädigtes Hirn in schmerzende Vibrationen. Er spürte, wie sich Ströme von Schweiß aus seinen Poren unter den Achseln, an Nacken und Stirn ergossen.
Zwei Löcher zu behandeln, das ist kein Kleinkram. Das bedeutete eine schmerzhafte Minute nach der anderen. Vares preßte die Hände auf die Stuhllehne, bis die Knöchel weiß wurden, und der typische stechende Zahnarztgeruch, dieses Gemisch aus Desinfizierungs- und Zahnfüllungsmitteln, löste bei ihm fast einen Brechreiz aus. Der kleine Bohrer schien ihm tief in den Kiefer einzudringen, und der große brachte ihm den ganzen Schädel zum Zittern.
Er verfluchte den Augenblick, da er auf diese Idee verfallen war.
Nach einer Ewigkeit war alles vorbei, und Vares begann in die Gegenwart zurückzukehren. Zuerst bemerkte er, daß es ganz einfach stank. Mit dem Angstschweiß hatten die Poren auch

Alkohol ausgesondert, und das ergab wahrlich keinen angenehmen Geruch, trotz seines Deodorants. Jussi schämte sich. Ihm wurde klar, daß sein Mund trotz des sorgfältigen Zähneputzens nicht wohlgefälligen Weihrauchduft absonderte. Jetzt wollte er so schnell wie möglich verschwinden. In dieser Situation wäre er wohl nicht gut beraten, so etwas wie ein scharfes Verhör zu beginnen.

Schon hatte er sich bedankt und wollte nur noch schnell seine Rechnung bezahlen, als Seija Kaunispää die Gummihandschuhe abstreifte, ihn ein wenig von der Seite ansah und sagte:

„Was bist du eigentlich für einer?"

„Was?" Vares zeigte sich nicht als Meister der Beredsamkeit.

„Ich wundere mich nur. Es schien mir, als wärest du ganz verdattert gewesen, als ich tatsächlich Löcher fand. Und so kleine Löcher tun gar nicht weh." Sie blickte ihn mit argwöhnisch zusammengekniffenen Augen an.

„Ich gebe zu, das war eine unangenehme Überraschung." Vares räusperte sich. „Ich bin Privatdetektiv."

„Ach, so was gibt's wirklich?"

„Wir sind jedenfalls seltener als Zahnklempner."

„Gut. Ich bin verschiedene Möglichkeiten durchgegangen und zu dem Ergebnis gekommen, daß du jedenfalls kein Polizist bist. Die sind hier nämlich bis zum Überdruß mit gezückter Dienstmarke ein- und ausgegangen. Auf wessen Rechnung arbeitest du?"

„Das kann ich leider nicht sagen, bei uns gibt es da die gleiche Schweigepflicht wie bei Ärzten. Es geht natürlich um das Schicksal von Señor Lobo. Du kannst die Zusammenarbeit ablehnen. Wenn du aber dazu bereit bist, verspreche ich dir, deine Zeit nicht lange in Anspruch zu nehmen."

„Meine Zeit ist nicht rationiert. Wenn ich Feierabend habe, bleibt mir nichts anderes als meine Wohnung und der Fernseher. Ich bin einverstanden. Vielleicht willst du auch Jesús' Zimmer sehen?"

„Das wäre nicht schlecht."

„Du brauchst dir keine Hoffnung zu machen, da etwas zu finden. Die Polizei hat bereits alles abgegrast. Aber in der

Multavierunkatu haben wir vielleicht etwas mehr Ruhe, uns zu unterhalten." Sie wies zum Zimmer nebenan, wo die Sprechstundenhilfe irgendwelche Arbeiten erledigte.

„Wann hörst du hier auf?"

„Du warst der letzte Patient. Wir können von mir aus gleich gehen."

Mit dem bekannten roten Honda fuhren sie durchs Zentrum. Seija Kaunispää parkte den Wagen im Hof, und sie nahmen den Aufzug zum fünften Stock. Das Haus war ein Neubau in bester Lage. Aus den großen Fenstern der Wohnung bot sich eine Aussicht auf Fluß und Dom. Diesem Umstand war es zuzuschreiben, daß als Hausbewohner nur Angehörige bestimmter sozialer Schichten in Frage kamen: erfolgreiche, gut ausgebildete Leute, Leute wie Seija Kaunispää.

Die Wohnungseinrichtung zeugte von viel Geld und hielt sich an die Empfehlungen von Zeitschriften à la „Schöner Wohnen". Viel schwarz und weiß, Glas und Metall. Im Bücherregal mehr Wirkkala als Waltari. Vor den Fenstern standen zwei große Statuen aus glänzendem Metall. Das Parkett glänzte, und die geräumige Barküche allein schien so groß wie Vares' Wohnzimmer zu sein.

Vares streifte die Schuhe im Flur ab und trat auf dem staubfreien Fußboden vorsichtig auf. Seija Kaunispää wies mit der Hand aufs Sofa, und er setzte sich, wobei er bemüht war, mit seinen schwitzenden Händen nicht den feinen Bezug aus Sämischleder zu beschmutzen.

Die Zahnärztin sagte, sie wolle sich erst einmal unter der Dusche vom Staub des Arbeitstages befreien. Sie zeigte Jussi Lobos Zimmertür und sagte ihm, er solle sich hier wie zu Hause fühlen. Im Kühlschrank sei etwas Trinkbares, falls er Bedürfnis danach verspüre. Er dankte und holte sich eine kalte Orangenlimonade.

Lobos Reich enthielt nicht viel Geheimnisse. Ein geräumiges, helles Zimmer mit breitem Bett, Nachttisch, kleinem Bücherregal, einigen Stühlen. An der Wand Schränke, die aber leer waren. Die Polizei hatte sich natürlich alles, was dem Señor gehört hatte, unter den Nagel gerissen. Vares durchschritt das

Zimmer einmal und kehrte dann mit leerer Limonadenflasche in der Hand ins Wohnzimmer zurück.
Seija Kaunispää blieb nicht lange im Badezimmer. Die Tür ging, und Vares hörte, wie sie in ihr Schlafzimmer tapste, um sich anzuziehen. Als sie im Wohnzimmer erschien, trug sie einen langen hellen Morgenmantel, hautfarbene Strümpfe und Holzschuhe, schwarze diesmal. Sich die Wohnung einrichten konnte sie ja vielleicht, aber sich selbst geschmackvoll zu kleiden, davon verstand diese Frau nichts.
„Ist dir irgendwie unwohl?“ Sie schaute Vares prüfend an. „Mir fiel schon in der Praxis auf, daß du wie ein Fieberpatient schwitzt.“
„Das sind bloß Entzugserscheinungen vom Alkohol.“ Vares war der Meinung, drumherumreden nütze hier nichts. „Ich weiß wohl, daß ich zur Zeit alles andere als einen ästhetischen Anblick biete.“
„Zweifellos ging auf meinem Behandlungsstuhl auch ein gewisser Geruch von dir aus.“ Sie sagte ebenfalls geradeheraus, was sie dachte. „Ich bin bei sowas nicht besonders empfindlich. Aber wenn du willst, kannst du meine Dusche benutzen. Vielleicht fühlst du dich dann wohler.“
„Ist das eine ärztliche Anweisung?“
„Wenn du hier mit kaltem Schweiß im Nacken rumsitzen willst, dann bitte sehr.“ Sie lächelte und rümpfte ein wenig die Nase.
„Das war ein Wink mit dem Zaunpfahl.“ Vares stand auf und ging zur Badezimmertür. Er fühlte sich linkisch und verlegen. Aber gleichzeitig genoß er schon im voraus die belebende und erfrischende Dusche. „Das blaue ist das Gästehandtuch“, rief sie ihm aus der Küche nach.
Eine halbe Stunde später fühlte Jussi Vares sich schon bedeutend besser. In ein großes Badetuch gewickelt, saß er auf dem weichen Sofa, in der Hand ein langes Glas mit Bacardi, Cola und zwei Zitronenscheiben. Neben ihm saß die Zahnärztin mit dem gleichen Getränk vor sich. Die Drinks hatten fertiggemixt bereitgestanden, als er aus dem Badezimmer kam, und trotz seiner heiligen Vorsätze hatte er nicht widerstehen können. Jetzt, wo das Glas halb leergetrunken war, fragte er sich,

warum hätte er auch?
Seija Kaunispää erzählte wortreich von sich, ihrem Leben und ihrem dahingegangenen Mieter. Sie lebte allein, die Wohnung war viel zu groß, und so hatte sie im Winter immer ein Zimmer an einen Studenten vermietet — nicht wegen des Geldes, sondern eher, um Gesellschaft zu haben. Dieses Frühjahr hatte sie bei der Zimmervermittlung zum ersten Mal angegeben, sie würde auch im Sommer vermieten, und so war Jesús María Lobo eines Morgens erschienen. Er war direkt vom Schiff aus Stockholm mit zwei Koffern hergekommen.
„Wie ich dich einschätze, bist du ein direkter und offenherziger Typ", sagte Vares. „Ich kann dir also eine ganz offene und unverblümte Frage stellen?"
„Ich bin wohl so was wie ein Naturkind. Sich zieren ist nicht meine Sache. Frag nur, was du auf dem Herzen hast." Seija Kaunispää lehnte sich in der Sofaecke zurück und lächelte erwartungsvoll.
„Hattest du ein Verhältnis mit Lobo?"
„Nein. Aber ich habe im Verlauf des Sommers wohl drei oder vier Mal mit ihm geschlafen." Sie blickte Jussi offen an.
„Und das ist für dich kein Verhältnis?"
„Nein. Verhältnisse, die hatte er in der Stadt. Die vielen Mädchen und Frauen, die glaubten, den schwarzen Prinzen ihrer Träume gefunden zu haben, die davon ganz wirr in ihren kleinen Köpfchen wurden. Mit ihnen spielte Jesús sein Spiel nach den Regeln, die man von ihm erwartete. Anrufe, Blumen, Abendessen an schummrigen Ecktischen... Süßes, sanft plätscherndes Geplauder, wenn die Stimmung es erforderte. Bei mir war er immer ganz direkt und brauchte sich nicht zu verstellen. Und keiner von uns versuchte, den andern mehr auszunutzen, als es unser ungeschriebener Vertrag besagte. Nämlich, daß Jesús fast umsonst eine erstklassige Unterkunft bekam und ich dafür sympathische, humorvolle und höfliche Gesellschaft, manchmal sogar einen fähigen und erfahrenen Mann als Bettgenossen."
„Jesús war also tatsächlich professionell auf seinem Gebiet?"
„Was seine musikalischen Talente betrifft, da kenne ich mich nicht aus, aber sonst: ja. Mich wundert überhaupt nicht, daß es

ihm gelang, hier in kurzer Zeit so viele Bekanntschaften zu schließen. In Gesellschaft war er der perfekte, echte Gentleman, und im Bett ein toller Liebhaber, wirklich..." Sie nahm einen kräftigen Schluck aus ihrem Glas, ihr Blick war leicht verhangen. „Zweifellos könnte sich so mancher finnische Mann von ihm eine Scheibe abschneiden."

„Oh, auch in dieser Beziehung holen wir Finnen auf. Wenn man sich so die junge Generation anschaut, die gibt Anlaß zur Hoffnung. Bei denen sind Gel, künstliche Haartönung und italienische Etiketten in den Klamotten nichts Besonderes, und so mancher fährt Papas Alfa Romeo und hat einen Sprachkurs in Brighton absolviert. So was wie der finnische Durschnittsmann von altem Schrot und Korn, das hat auch keinen Ewigkeitsbestand", gab Vares zu bedenken. „Was weißt du denn sonst so über Lobos Lebensgewohnheiten? Die Frauen haben wir schon abgehakt. Womit hat er sich noch beschäftigt? Hatte er hier in Turku auch noch andere Bekannte?"

„Meines Wissens nicht, nein, keine von Bedeutung. Er hatte sonst nicht viele Interessen, schlief immer lange, spazierte in der Stadt herum, besuchte Cafés. Das ist doch diese mediterrane Lebensart. Manchmal ging er irgendwo in ein Fitneßstudio, aber Bodybuilder war er nicht. Ich glaube, das hatte auch irgendwas mit einer Frau zu tun."

„Was ist deine persönliche Ansicht über das Mordmotiv?"

„Das Normale in so einer Geschichte: Eifersucht. Etwas anderes kann ich mir nicht vorstellen."

„Gut. Und der Täter?"

„Da irgendeinen Verdacht zu haben, überlasse ich der Polizei - oder auch dir. Keine Ahnung. Ich war's nicht, das weiß ich", sagte sie und mußte lachen.

„Fühlst du Trauer darüber, was geschehen ist?"

„Ja. Auf meine eigene Art. Ich hatte vor Jahren einen kleinen Hund. Der wurde ernsthaft krank, und ich mußte ihn von einem Arzt einschläfern lassen. Damals fühlte ich das gleiche wie jetzt." Sie trank ihren Drink aus und wog das Glas in der Hand.

„Wenn du Lobo mit ein paar Adjektiven beschreiben müßtest

...?"
„Hmmm ... liebenswert, beeindruckend ... ein Gauner ..."
„Gauner?"
„Ja. In seinem Wesen war so ein Zug. Ein richtiger Gauner. Er genoß seine Rolle, seine Ausstrahlung auf die Frauen. Er erzählte mir oft von seinen neuen Eroberungen, und wir lachten beide darüber wie zwei gute alte Kameraden. Und weißt du was? Viele Frauen wollen, ohne sich dessen bewußt zu sein, gerade auf so einen Filou hereinfallen, wie Lobo einer war. Das bringt Abenteuer, Spannung ins Leben. So ein Mann ist jedesmal neu und erregend. Er versteht es, die Frauen zu faszinieren, - kurzum, er hatte das gewisse Etwas. Solche charmanten Gauner sind der heimliche Traum der Frauen; nur in Illustrierteninterviews erzählen sie immer, ihr Traummann solle seriös, Sicherheit bietend und vertrauenerweckend sein."
„Jetzt sehe ich klarer. Also ist es meine angeborene Aufrichtigkeit, die mir von Anfang an meine Beziehungen zum anderen Geschlecht verbaut hat", konstatierte Vares mit ernster Miene.
„Ich kenne mich so einigermaßen mit den Menschen aus. Und ich glaube, seit du dich in meinen Behandlungsstuhl gesetzt hast, auch in dir allerhand von einem Filou zu erkennen."
„Es ist also noch nicht alle Hoffnung verloren?"
„Nein. Wirklich nicht." Sie sah ihn eine Sekunde zu lang an und nahm dann beide Gläser, um sie am Bartisch der Küche zu füllen. Das Geklapper ihrer schwarzen Holzschuhe auf dem Parkettboden irritierte ihn. Ein zweiter Drink wäre allerdings auch nicht schlecht.
„Ist denn diesen Sommer irgendetwas passiert, was bei der Aufklärung der Geschichte von Wichtigkeit sein könnte? Irgendeine Kleinigkeit, die dir auffiel oder dich stutzig machte?"
„An eine Sache erinnere ich mich. Das habe ich auch der Polizei erzählt. Jesús hatte ständig ein Messer bei sich, so eins, wo die Klinge versteckt ist. Ohne das ist er nie ausgegangen. Dann hat er oft Anrufe aus Stockholm gekriegt und antwortete dann immer einsilbig, er würde später zurückrufen. Er hat bei diesen Anrufen nie etwas gesagt, wenn ich dabei war, auch wenn der Anrufer spanisch sprach."

„Deiner Meinung nach schien er also vor irgendetwas auf der Hut zu sein?“
„Zuweilen, nicht immer. Manchmal war er ganz locker und schien völlig unbesorgt zu sein, aber dann wieder war er irgendwie nervös oder gar gereizt. Dann war es fast mit Händen zu greifen, daß er unter Spannung stand und vor etwas oder jemandem auf der Hut war.“
Sie kehrte mit zwei Drinks an den Tisch zurück. Diesmal setzte sie sich direkt neben ihn. Ihr vom Bademantel bedecktes Knie berührte Jussis Knie, das unbekleidet war. Hastig nahm er einen kräftigen Schluck. Er hatte offensichtlich genug von einem Filou an sich, um Frau Seija Kaunispääs weibliches Interesse zu erregen.
„Würdest du sagen, daß Lobo irgend etwas mit dunklen Geschäften hat zu tun haben können?“
„Du meinst illegale Geschäfte?“
„Ja.“
„Ich glaube nicht. Meiner Meinung war er ein ehrlicher Gauner.“
„Also ein ganz ehrlicher Gauner?“
„Ja.“
Ihr Knie schien sich noch stärker gegen das seine zu pressen, je mehr der Bacardi-Cola im Glas abnahm.
Und so ging es ganz locker weiter; man warf sich Anspielungen wie Bälle zu. Vares fühlte sich ausgezeichnet. Die morgendliche Beklommenheit war fortgewischt, und immer öfter mußte er denken: warum eigentlich nicht? So eine moderne, erfahrene und reife Frau wie Seija Kaunispää konnte, wenn es erst mal ernst würde, ein ganz schönes Raubtier werden. Jedenfalls wäre es nicht schlecht, sich die Sache noch einen Drink lang zu überlegen.
Nach kurzer Zeit waren die Gläser wieder leer. Seija holte neue und setzte sich dann wieder direkt neben ihn, wenn nicht noch näher als vorhin. Sie schlug ein Knie über das andere, so daß unter dem Bademantel ein Teil des Beines entblößt wurde.
Vares konnte es nicht übersehen. Braune Kniestrümpfe! Gerade von der Art, die die Schenkel zu seltsam geformten Würsten

zusammenpressen. Er wäre jede Wette eingegangen, daß, wenn sie jetzt die Strümpfe auszöge, sich unter beiden Knien ganz deutlich rötliche Druckspuren auf der Haut abzeichnen würden. So eng saßen die Strümpfe.
Jussi war es unbegreiflich, was eine Frau dazu brachte, sich freiwillig solche Strümpfe anzuziehen. Sein Thermometer, eben noch in anregendem Ansteigen begriffen, sank plötzlich auf Gefriergrade hinab.
Entschlossen brachte er das Gespräch wieder auf Berufliches. Er blickte vielsagend auf seine Uhr und erwähnte, ihm stehe noch ein Treffen mit einem vielversprechenden Zeugen bevor. Seija Kaunispää blickte ihn leicht verwundert an.
„Na gut. Meine Adresse weißt du. Mich kennst du. Wenn es mal wieder nötig sein sollte, dann komm vorbei." Der Ton, in dem sie das vorbrachte, war vielsagend.
„Ich werde bestimmt darauf zurückkommen." Eilig zog er sich im Flur die Hose an. „Und wenn dir noch was einfällt, dann ruf mich unbedingt an. Selbst der kleinste Fingerzeig kann entscheidend sein."
„Ich werd's mir merken." War in ihrer Stimme ein Hauch von Kühle? Ja. Vares zog sich das Hemd an. Es roch muffig. Er rief ein knappes „tschüß" und schloß die Tür hinter sich. Die engen braunen Kniestrümpfe standen ihm noch vor Augen. Während er auf den Lift wartete, sagte er sich: Lernen's die Frauen denn nie?

16

An diesem Abend trank Vares nichts mehr, obwohl die gute Grundlage, die er bei der Zahnärztin genossen hatte, ihn eigentlich zum Weitermachen verlockte. Zum Abendessen machte er sich warme Butterbrote, nicht weil er sie besonders gemocht hätte, sondern weil sie beinahe die einzige warme Mahlzeit waren, die er zuzubereiten verstand. Zu dem Brot trank er eine knappe Tüte fettarmer Milch, denn nachdem die Wirkung des Bacardi nachgelassen hatte, kratzte der Durst wieder einmal wie staubiges Sandpapier an seiner Kehle. Nur für einen kurzen Augenblick kam ihm der Gedanke an *Hasse's Pub* und ein gepflegtes großes Bier. Mit der laut eigener Einschätzung bewunderungswürdigen Standhaftigkeit, die ihn charakterisierte, schob er diesen Gedanken entschlossen beiseite.

Gelangweilt sah er fast bis elf Uhr fern und ging dann schlafen. Das war seit Tagen die erste Nacht mit klarem Kopf, und er machte sich darauf gefaßt, daß ihn kaum ein rosiger Schlaf erwarten würde. Und zunächst konnte er natürlich auch gar nicht einschlafen. So gegen eins fiel er endlich in leichten Schlummer. Bis dahin hatte er die Bettlaken schon zu einem ungemütlichen Gewurstel verknäult, und in der warmen Nacht war sein Körper bald mit klebrigem Schweiß überzogen.

Ununterbrochen folgten die Träume aufeinander, wie die Schreckensbilder einer Geisterbahn. Sie hatten weder Anfang noch Ende. Vares lief endlose Treppen in einem Hochhaus hinauf, und um den Hals hatte er einen Strick. Vor ihm lief eine Frau, die sich kein einziges Mal nach ihm umsah. Sie hielt das andere Ende des Stricks um ihren schwarzen Handschuh gewunden. Er wehrte sich mit jedem Schritt, aber die Beine wollten ihm nicht gehorchen. Die Frau hatte einen kurzen Rock an, unter dem enge braune Kniestrümpfe hervorlugten. Dann waren die Hochhaustreppen plötzlich zu den Treppen am Vartiovuori-Berg geworden. An einer ebenen Stelle lag, den Mund in den Sand gepreßt, ein erschossener Mann, über den sie hinüberstiegen, ohne einen Blick an ihn zu verschwenden. Dann waren sie plötzlich wieder ganz woanders. Wo mochte das wohl sein?

Vares lag auf dem Rücken in einer engen schmalen Kiste und konnte nicht einmal den kleinen Finger bewegen. In seinem Innern herrschte ein nie zuvor gefühltes, unbegreifliches Entsetzen. Plötzlich wurde ihm klar, daß er sich in einer Grube befand; von den Rändern her rutschte Erde auf ihn herab. Dann hörte er leisen und leiernden Gesang.

Am Rande der Grube erschienen schwarzgekleidete Frauengestalten. Alle trugen sie schwarze, breitkrempige Hüte und

Trauerschleier, hinter denen er keine Gesichter erkennen konnte. Die Frauen sangen, doch die Worte konnte er nicht verstehen. Dann warf die erste von ihnen eine Blume auf ihn. Es war eine blutrote Rose. Die anderem folgten ihrem Beispiel, von jeder Seite regneten Blumen auf ihn herab. Dazu erklang weiterhin ein monotoner litaneiartiger Gesang mit auf- und absteigender Melodie. Vares versuchte zu schreien, aber sein Mund war leblos wie morsches Holz.

Ein Priester in weitem Meßgewand trat an die Grube. Zuerst lag sein Gesicht im Schatten. Dann klärte der Himmel sich auf, und Vares blickte in Pastor Alanens wäßrige Augen und rötliches Antlitz. Der Pastor leierte mit undeutlicher Stimme Bruchstücke einer Litanei hinunter. Er war stockbesoffen. Das erkannte Vares daran, daß der Pastor zu beiden Seiten von je einer dunklen Frauengestalt gestützt wurde, damit er nicht umfiel.

Vares merkte, daß er plötzlich wütend wurde. Nicht einmal zum Begräbnis eines Freundes konnte dieser Saufsack nüchtern erscheinen!

Zum Begräbnis?! Ja, zum Begräbnis!

Eine neue Panik erfaßte ihn, kalt wie ein eisiger Hauch. „Ich lebe doch!“ pochte es ihm immer wieder im Kopf. Das Gefühl schien in seinen Hals zurückzukehren. Jetzt mußte er Alanen zurufen, daß er dabei war, einen Lebenden zu begraben.

Vares pumpte sich die Lungen voll und öffnete den Mund. Im selben Augenblick nahm Pastor Alanen frische schwarze Erde auf die Schaufel und warf sie herab. Modrig und muffig riechende Erde verstopfte Vares den Rachen.

Alanen schwankte ein wenig und leierte:

„Denn aus der Erde bist du gekommen, zu Erde sollst du ...“

Vares erwachte. Er lag quer im Bett, und das Unterlaken hatte sich zu einem schweißnassen Seil unterhalb der Hüfte verschlungen. Draußen schien hell die Sonne, und in den Linden auf dem Hof hatten die Vögel ihr munteres Konzert schon begonnen. Vares lag unbeweglich auf dem Rücken unbeweglich. Er hörte die Schläge seines Herzens und atmete vorsichtig, in kurzen Zügen zwischen den Zähnen hindurch. Dann setzte er sich auf den Bettrand, erhob sich langsam und ging mit steifen Schritten in die Küche, wo er Wasser direkt aus der Leitung trank.

Ein wesentlicher Bestandteil der Genesung bestand darin, daß er ordentlich aß. Zwar hatte er keinen Appetit, aber trotzdem ging er ins *Café Marinella* an der Ecke und verspeiste zwei große Brötchen, Joghurt und Kaffee zum Frühstück. Als er wieder auf die Straße hinaustrat, stellte er fest, daß die erbarmungslose Sonne diesen Morgen viel zu hell strahlte, und deshalb holte er sich von zu Hause noch die Sonnenbrille.

Wieder machte er sich zu Fuß auf. Er nahm Kurs auf die alte Tuchfabrik. Unter dem protzigen Per Brahe-Denkmal im Dompark, inmitten der gelben Blumenbeete, schlief ein verdreckt aussehender, nicht einmal dreißig Jahre alter Mann seinen Rausch aus. Vares wandte den Blick lieber ab. Auf der Brücke war ein glitzernder Saab - mindestens Baureihe 9000 oder größer -, in dem ein nervöser und äußerst wohlbeleibter Herr saß, auf einen roten Käfer aufgefahren. Der Dickwanst stieß laute Flüche gegen die erschrockene junge Frau im Käfer aus. Unter anderen Umständen hätte Vares sich eingemischt und diesem Wichtigtuer eine Standpauke über die Straßenverkehrsordnung gehalten. Nun aber machte er, daß er weiterkam.

Als er die massiven Mauern der Tuchfabrik durchschritten hatte, atmete er einmal durch und sammelte seine Gedanken. Er hatte vor, sich mit Mari Mattson zu unterhalten, und fragte sich wie sie ihn wohl empfangen würde. Vares wußte, daß er jetzt nicht in der Verfassung war, sich auf ein hartes Wortgefecht einzulassen.

Die großen Metallbuchstaben auf der Tür bildeten die Worte *Tanzstudio Mari Mattson.* Die Tür stand offen, und Vares betrat einen großen Vorraum, von dem aus ein von Türen gesäumter Korridor nach rechts führte, bis zu einer Doppeltür, die angelehnt war. Von dort ertönte rhythmische Musik und gleichmäßiges Getrapse auf dem Fußboden. Entschlossen schritt Vares darauf zu.

Er kam in einen großen Saal mit abgenutztem Parkettfußboden und einem breiten und hohen Spiegel an der Hinterwand. Aus

den Lautsprechern in den Ecken tönte rhythmische Musik, in deren Takt sich etwa fünfzehn Frauen mittleren und auch etwas jüngeren Alters zu bewegen versuchten.
Vares ließ den Blick über die Gruppe schweifen. Es gab hier Frauen jeglichen Typs, und der gemeinsame Nenner schien der große Eifer zu sein, der sich in verschiedenartigen Grimassen und angespannten Mienen ausdrückte. Man tanzte mit Ernst und Konzentration. Die meisten Frauen waren von etwas beleibterer Art, aber es hatten sich auch einige in diese Gruppe verirrt, die aussahen, als würden sie sich mit knapper Diät kasteien. Alle waren mit farbenfrohen, teuer aussehenden Aerobic-, Jazz-, Strech- oder sonstigen Kostümen bekleidet. Schweißbänder an Stirn und Armgelenk gehörten ebenfalls zur Ausrüstung, natürlich farblich passend zum übrigen Outfit. Außerdem hatten die meisten Frauen dicke und weite Stulpen an den Beinen, obwohl jetzt im brütenden Sommer eine solche Hitze im Saal herrschte, daß der Geruch der verschiedenartigen Parfümsorten von stechendem Schweißgestank überdeckt wurde.
Vor der Frauenschar tanzte, Ansporn und Beispiel gebend, eine knapp 35 Jahre alte, schlanke und sehnige Frau. Ihrem Outfit nach war sie im Vergleich zu den anderen ein häßliches junges Entlein. Sie hatte ein hellblaues, von vielen Wäschen ausgebleichtes Tanztrikot an, ohne leuchtende Schweißbänder oder Stulpen in modischem Design.
Sie war nicht geschminkt, aber ihr regelmäßiges, durch den Tanz leicht gerötetes schmales Gesicht zeigte so viel individuelle Persönlichkeit, daß sie überall die Aufmerksamkeit auf sich ziehen würde. Der Mund war breit und füllig, die Nase lang und ein wenig gebogen, die Augen groß und lebhaft. Ihre Figur war natürlich trainiert: kein Gramm schlaffes Fleisch, und kleine feste Brüste.
Hier auf dem Tanzboden vor den plumpen und sich schwerfällig bewegenden Frauengestalten fand Vares Mari Mattson noch viel anziehender als damals bei dem kurzen Mittagessen mit Lobo.
Er war mit den Händen in der Tasche an der Tür stehengeblie-

ben. Ein paar Mal merkte er, wie die eine oder andere Frau aus der Gruppe einen schnellen und vielleicht auch verärgerten Blick zu ihm hin warf. Er fühlte sich zweifellos auf dünnem Eis. Dies war nicht gerade das Milieu, in dem er sich gewandt zu bewegen wußte.

Schließlich klang die Musik aus, und die Frauen beendeten das Training, indem jede für sich noch ein paar Lockerungsübungen machte. Mari Mattson dankte den Frauen für ihren Eifer und gab noch einmal Tag und Uhrzeit der nächsten Stunde bekannt. Unter Lärm und Gekicher verschwand die Schar dann in Richtung der Umkleideräume.

Mari Mattson trat direkt auf Vares zu. Er zog die Hände aus der Hosentasche und nahm instinktiv Haltung an.

„Nun?“ Ihr Blick schätzte ihn kühl ab, und in diesem einen Wort war nicht gerade Wärme zu spüren.

„Vares, Jussi Vares.“ Er streckte ihr seine Hand hin.

„Mari Mattson.“ Ihre Hand blieb nur die kürzestmögliche Zeit in der seinen. „Eigentlich interessiert mich nicht, wer du bist, sondern was du bist.“ Ihre grauen Augen waren direkt auf ihn gerichtet.

„Ich will mich jedenfalls nicht zur Tanzstunde anmelden. Ich bin Privatdetektiv.“

„Gut. Du brauchst nicht zu erklären, warum du hier auftauchst. Ich hatte schon gedacht, da kommt noch ein Polizist nach all den anderen.“

„Ich verstehe durchaus, daß das ärgerlich für dich ist. Aber es würde mir sehr weiterhelfen, wenn ich mich ein paar Minuten mit dir unterhalten könnte.“

„Ob ich weiterhelfen kann, bezweifle ich sehr. Aber ich habe jetzt fünfzehn Minuten Pause, bevor die nächste Stunde beginnt. Da kann ich meinen Kaffee genausogut mir dir zusammen trinken.“

Sie ging in einen Nebenraum, und Vares folgte ihr auf den Fersen. Das verschwitzte, an der Haut festklebende Trikot machte sich gar nicht so schlecht aus der rückwärtigen Perspektive.

Der Pausenraum war ein kleines Kabuff von wenigen Quadratmetern, mit Tisch, vier Stühlen und einer Kaffeemaschine. Sie gossen sich braunen Kaffee, der abgestanden roch, in Plastikbecher und setzten sich. Mari Mattson nahm einen kurzen, vorsichtigen Schluck und schwieg dann erwartungsvoll. Vares fühlte sich noch unwohler als vorhin.

„Ich bin hier, weil Jesús Lobo ein Verhältnis mit dir hatte und ich herausfinden will, wer ihn ermordet hat. Ich hoffe, daß du mir weitere Informationen geben kannst." Er hatte sich entschlossen, gleich zur Sache zu kommen.

„Um dich gleich zu berichtigen: ich hatte mal mit ihm ein Verhältnis *gehabt.*" Sie sagte das mit scharfer Betonung.

„Ihr habt euch doch auch noch in allerletzter Zeit getroffen?"

„Ja. Aber das war nur so, weil wir als zwei gute alte Bekannte in Verbindung bleiben wollten. Im letzten Sommer war es anders. Bis alles mit einem Tripper endete."

„Was, der Tripper hat die Freundschaft nicht beendet?"

„Grüßt du einen Bekannten nicht mehr, von dem du dir mal einen Schnupfen geholt hast?"

„Der Vergleich ist vielleicht gar nicht mal so abwegig."

Vares stellte fest, daß dies nun schon die zweite Frau war, die ein offenes Wort nicht scheute. „Hat Lobo dir je von seinen Schwierigkeiten erzählt? Wirkte er in irgendeiner Weise besorgt oder ängstlich?"

„Ja, er hatte Angst. Zeitweise. Im letzten Sommer haben wir sehr oft die Nacht miteinander verbracht, und ich wachte häufig davon auf, daß er im Schlaf sprach, sich im Bett herumwälzte und wimmerte."

„Du erinnerst dich nicht zufällig, was er im Schlaf gesprochen hat?"

„Nein. Das war auf spanisch, und selbst wenn ich es verstanden hätte, wäre es äußerst unwahrscheinlich, daß ich es dir erzählen würde. Außerdem würde das wohl kaum was nützen."

„Also, eins habe ich in diesem Beruf gelernt: der kleinste Hinweis, wenn er auch noch so unbedeutend erscheint, ist nicht zu verachten. Gerade so etwas führt oft dazu, daß man dem Rätsel auf die Spur kommt."

„Du sprichst wie Ermittler von der Kripo."

„Ich bin ja wohl auch einer — wenn auch nicht von der Kripo."
„Ich dachte immer, daß hierzulande die Detektive in Supermärkten Ladendiebe aufspüren."
„In diesem Beruf gibt es, wie in allen anderen auch, Fachleute unterschiedlicher Qualifikation", warf Vares leichthin ein. „Du bist schließlich auch von ganz anderer Klasse als so eine Tante, die in irgendeinem Gemeindesaal den Konfirmanden Tangoschritte beibringt."
„Darin sehe ich keinen großen Unterschied. In diesem Job gibt's keine Spur von Glanz und Gloria. Tagaus tagein läßt unsereiner die Weiber tanzen, die hier wie auf Rolltreppen direkt aus den Umkleidekabinen der Sportabteilungen in den Warenhäuser hereingeschneit kommen und vom Tanzen nur soviel wissen, daß sowas jetzt „in" ist. Das ist nicht immer leicht. Aber für wen arbeitest du eigentlich? Irgendjemand aus Jesús' Bekanntenschwarm? Jemand, der glaubt, Jesús so etwas schuldig zu sein?"
„Du verstehst sicher, daß ich darüber nichts sagen kann. Was hast du übrigens selbst gedacht, als du von Lobos Tod hörtest?"
„Ich war ... geschockt, ja das war ich wohl. So ein Ende hat er nicht verdient, er nicht und auch kein anderer, den ich kenne. Aber wie ich schon sagte, unser Verhältnis war seit geraumer Zeit beendet."
„Was für ein Verhältnis war es denn eigentlich?"
„Ein fleischliches, so könnte man wohl sagen. Da habe ich mir nie irgendwelche Illusionen gemacht. Allerdings hatte ich mir wohl gewünscht, daß es anderes enden würde als in einer Klinik für Geschlechtskrankheiten."
„Entschuldige meine Indiskretion, aber bist du verheiratet?"
„Nein, geschieden. Mein Exmann wohnt in Helsinki. Bist du verheiratet?"
„Nein."
„Stehst du nicht auf Frauen?"
„Oh oh ..." Vares wurde es allmählich ungemütlich. Diese Frau machte sich die ganze Zeit über ihn lustig.
„Gut, Herr Detektiv. Die Viertelstunde ist um, und meine Audienz ist zu Ende." Mari Mattson blickte kurz auf ihre

goldfarbene Armbanduhr. Ihr Gesicht zeigte wieder eine verschlossene und kühle Miene.
„Ach ja, jetzt kommt eine neue Klasse. Von ferne hört man schon das Gedröhn einer Elefantenherde." Er reichte ihr seine Hand: „Es war nett, dich zu treffen."
„Ja, ja. Viel Erfolg bei deiner schwierigen Arbeit." Ihr Händedruck war kurz, kühl und trocken.
Vares kramte eine Visitenkarte aus seiner Brieftasche, griff nach einem Stift und schrieb seine neue Adresse darauf. Dann gab er ihr die Karte.
„Falls dir noch was einfallen sollte, dann ruf mich bitte an. Oder schreib mir eine Postkarte. Dieses Gekritzel ist meine Adresse."
„Diese Adresse kenne ich." Mari Mattson sie drehte die Visitenkarte in ihren langen schmalen Fingern und lächelte leicht dabei. „Wenn mir was einfällt, wirst du sicher von mir hören."

Dritter Teil

„Entschuldige, daß ich zu so unpassender Stunde störe, aber ich wollte mir gerne deinen Schraubenzieher ausleihen.“

Mari Mattson,
Tanzlehrerin

17

KAKOLA: Häftling 283/86

Nachdem die grobschrötige Gewehrpatrone den Besitzer gewechselt hatte, verlebte Rapp die letzten Abendstunden in einer Stimmung, in der Zufriedenheit mit Unruhe abwechselte. Den Berg schmutzigen Geschirrs abzuarbeiten, hatte, ohne daß er es merkte, drei Viertelstunden gedauert, aber danach war es nicht mehr leicht gewesen, sich die Zeit zu vertreiben.
Lesen gehörte nicht zu Rapps Gewohnheiten, aber um die Zeit totzuschlagen, ging er in die Bibliothek und las eine Stunde lang in Ausgaben der *Turun Sanomat* von vergangener Woche. Draußen ging alles den gewohnten Gang. Die Rekordhitze hatte den Bierkonsum um 25 Prozent angehoben. Noch nie waren so viele Menschen ertrunken, und die Minimode hatte die Zahl der Vergewaltigungen im ganzen Lande ansteigen lassen. Anderswo gingen die gleichen Kriege weiter, die schon damals gewütet hatten, als Rapp hinter schwedische Gardinen kam.
Rapp brachte die Zeitungen zurück in den Ständer. Ihn interes-

sierten weder die Leichen iranischer Revolutionsgardisten noch die Mädchen in Mini, denen ihr Arschwackeln zum Verhängnis geworden war.
Zwei Stunden später begann er mit dem Zusammenbauen des Gewehrs.
Die letzten Minuten vor Beginn der Nachtruhe stand Rapp wieder auf dem Bettpfosten und schaute durch das Gitterfenster hinab auf die Stadt und den Fluß. Ausgerechnet hier ein Gefängnis einzurichten war allerdings ein Zeichen gezielten Psychoterrors. Wo war es wohl schwerer einzusitzen, als am schönsten Aussichtspunkt der Stadt? Das ganze wimmelnde Leben sah man hier schräg unter sich, nur einige hundert Meter weiter. Fast mit Händen zu greifen, aber dennoch so fern wie der Mond am Himmel. Es wäre psychisch bedeutend einfacher zu verkraften, irgendwo draußen in Konnunsuo zu sitzen, wo Mücken durch rauschende Fichtenwälder schwirren.
Rapp wandte den Blick hinab zum steilen Abhang und dem von Laubbäumen bestandenen Park, der sich vom Fuße der Gefängnismauern bis zu den Flußuferstraßen erstreckte. Durch diesen Park würde er am Tag seiner Abreise rennen müssen, und das Gefälle würde ihm Schwung verleihen.
Vor seinem inneren Auge hatte er seine Flucht aus diesem Gemäuer so oft durchlebt, daß es ihn gar nicht mehr mitriß. Nun dachte er an die entscheidenden Minuten, nachdem er das Tor durchschritten haben würde. Dann würden die wahren Probleme erst beginnen.
Draußen würde kein Fluchtauto, keine vorbereitete Unterkunft warten, wo er sich verstecken konnte. Er hatte keinen einzigen Freund jenseits dieser Mauern. Von nirgends konnte er auf Hilfe hoffen. Nur auf die eigenen Beine war Verlaß. Schnell mußte er sein und völlig skrupellos. Der erste Autofahrer, dem er unten auf der Linnankatu über den Weg lief, würde den Bingo seines Lebens erleben.
Rapp war von Anfang an entschlossen, daß man ihn nicht hierher zurückbringen würde. Niemals! Jedenfalls nicht lebend.
Draußen am Ende des Gangs war ein Klirren zu vernehmen.

Ein Wärter verkündete den Beginn der Nachtruhe.
Rapp ließ sich vom Bettpfosten auf die Pritsche hinab und legte sich unter die Decke. Zwei Minuten später glaubte er im Guckloch der Tür ein Auge zu sehen. Die Schritte gingen langsam den Gang weiter. Wieder schlugen irgendwo Riegel gegeneinander. Dann war es ganz still.
Etwa fünfzehn Minuten lag Rapp auf dem Bett. Er wußte, daß der nächste Kontrollgang in diesem Trakt so gegen Mitternacht erfolgen würde. Jetzt hatte er Zeit genug. Er warf die Decke von sich und machte sich ans Werk.
Mit einem aus einem Buttermesser umfunktionierten Schraubenzieher schraubte Rapp drei kleine Schrauben aus dem Metallrahmen der Pritsche. So löste er einen Bettpfosten, ein vierzig Zentimeter langes, braun angestrichenes Metallrohr. Lange wog er das Rohr in seiner Hand, schaute einmal hindurch und beseitigte mit dem Messer einige Rostflecken im Innern des Rohrs.
Dann holte er die Gewehrpatrone aus der Hosentasche, hielt das Rohr in der Linken schräg nach unten und schob mit der rechten Hand die Patrone oben ins Rohr hinein. Die Patrone kollerte ein paar Mal und fiel dann durch das Rohr in seine darunter wartende rechte Hand. Genauso, wie er es erwartet hatte: das Rohr war zwei bis drei Millimeter zu weit. Aber das war ein bloßer Schönheitsfehler, der sich bei der kurzen Entfernung nicht weiter auswirken würde.
Um auf die gewünschte Art zu funktionieren, brauchte das Gewehr am Rücklauf einen ordentlichen Schaft. Den hatte sich Rapp bereits zusammengezimmert und ihn in einem großen Staubbeutel des riesigen Staubsaugers im Putzmittellager versteckt. Er hatte ihn in einer halben Stunde in der Holzwerkstatt zurechtgesägt. Das gute Stück erinnerte in keiner Weise an den Schaft einer Waffe, und das sollte es auch nicht. Aber es erfüllte durchaus den gleichen Zweck.
Er würde das Gewehr schon jetzt in Schußbereitschaft bringen. Nur der Schaft fehlte. Er hatte geplant, ihn ganz schnell und einfach mit zwei großen Schrauben anzubringen, wozu er die ursprünglichen Schraubenlöcher nutzen konnte.

Um mit dem Gewehrbau zu beginnen, holte Rapp aus der Brusttasche seines gestreiften Hemds einen kleinen Stoffbeutel. Er enthielt einige Teile, ohne die es nun einmal nicht ging. Zuerst fischte er sich eine schlichte metallfarbene Pille heraus. Es handelte sich um einen elektrischen Zünder, so wie es ihn in allen gut sortierten Läden der Feuerwerksbranche zu kaufen gibt. Zwischen einem Elektrozünder und einer elektrischen Zündkapsel besteht ein wichtiger Unterschied: die Kapsel explodiert, aber der Zünder entzündet eine Flamme. Letzte Woche hatte Rapp bei einem Hafturlauber drei Zünder gegen eine große Lieferung Vesparax getauscht. An einem Zünder hatte Rapp ausprobiert, nach welchem Prinzip er funktioniert. Jetzt hatte er noch zwei übrig. Einer hätte auch gereicht.
Als nächstes entnahm Rapp dem Beutel ein Stück sorgfältig ausgewählten Klebestreifen und eine Rolle mit dünnem Kupferfaden. Er legte die Gewehrpatrone mit der Kapselseite nach oben und positionierte den Elektrozünder genau auf die Kapsel. Am Zünder befestigte er den Kupferfaden. Patrone, Zünder und Kupferfaden umwickelte er mit großer Sorgfalt mit Klebestreifen, bis das ganze mit der Zeit zu einem festen Paket geworden war.
Rapp ließ die Patrone aus anderthalb Meter Höhe auf den Fußboden fallen, hob sie wieder auf, untersuchte und wendete sie in seiner Hand wie ein Juwelier, der einen ihm vorgelegten Diamanten prüft. Zünder und Kupferfaden waren nicht verschoben. Jetzt konnte er weitermachen.
Rapp legte die Patrone an dasjenige Ende des braunen Bettpfostens, an dem sich die fertigen Schraubenlöcher befanden. Er zog den Kupferfaden durch eines der Löcher und befestigte die Patrone mit einem kleinen Stück Klebeband.
Dann zog er noch mehr Klebestreifen von der Rolle ab und nahm das letzte Bestandteil aus dem Stoffbeutelchen. Es war eine gewöhnliche kleine runde Elektrobatterie. Auch an ihren Kontakten befestigte er ein Stück Kupferdraht. Er schob die Batterie in seine Hosentasche, und zwar so, daß ihm noch ein halber Meter Kupferdraht aus der Tasche heraushing.
Nun war das Gewehr in voller Schußbereitschaft, mit Ausnah-

me des Schaftes. Und das wurde bei dieser Trockenübung noch nicht benötigt.
Rapp nahm das Rohr in die Hand und stellte sich unters Fenster, mit dem Rücken zur Wand und der Brust zur Tür. Er hob das Rohr mit der Linken gegen seine linke Schulter und richtete sie auf das Guckloch in der Tür.
Das Ende des von der Patrone kommenden Kupferfadens hatte er um den Zeigefinger seiner rechten Hand gewickelt und das Fadenende, das von der Batterie herkam, um den Daumen derselben Hand. Wenn er Daumen und Zeigefinger zusammenpreßte, wäre das Ergebnis das gleiche wie beim Drücken eines Abzugshahns.
Denn für den Bruchteil einer Sekunde würde sich der Stromkreis schließen. Der Elektrozünder würde eine Stichflamme erzünden. Die Flamme brächte dann die Kapsel und damit die Ladung in der Gewehrpatrone zur Explosion. Der schwere Holzklotz würde den Rückstoß auffangen. Die groben Schrotkörner würden mit gewaltiger, alles zerfetzender Kraft durch die Rohrmündung auf das Ziel losfliegen.
Dieses Gewehr würde seinen Dienst tun, so gut wie irgendein anderes mit abgesägtem Lauf. Wenn er Glück hatte, würde die Entfernung auch die gleiche sein wie hier vom Fenster zum Guckloch. Drei kurze Meter.
Rapp wußte: er würde nicht daneben schießen.
Er war zufrieden. Jetzt brauchte er das ganze nur wieder auseinanderzunehmen. Rasch löste er die Patrone aus dem Innern des Rohrs, ebenso wie Zünder und Kupferfaden von der Patrone. Dann barg er die kleinen Bestandteile wieder sorgfältig im Stoffbeutel, griff nach dem zweckentfremdeten Buttermesser, das jetzt als Schraubenzieher diente, brachte den Bettpfosten an seiner ursprünglichen Stelle an und schraubte die drei kurzen Schrauben an den vorgesehenen Stellen ein.
Die Gewehrpatrone versteckte er über Nacht in besagtem Bettpfosten. Gleich am Morgen würde er sie in ein sehr viel sicheres Versteck in der Küche bringen.
Hierauf legte er sich ins Bett auf die Seite, zog sich die Decke bis über die Ohren und schlief schon bald mit dem Gedanken

ein, daß, wenn er sein Gewehr das nächste Mal zusammenbauen würde, der Zeitpunkt nicht mehr fern wäre, da er dieses Gemäuer verlassen würde.

18

„Ein Fjällräven-Rucksack."
Jussi Vares wiederholte seine Worte am Telefon so langsam, als spräche er mit einem Kind.
„Ja, ich verstehe schon." Die Stimme von Kommissar Hautavainio krächzte, als käme sie aus der Unterwelt. „Wie kommst du nun plötzlich auf diesen Rucksack?"
„Der ist mir erst jetzt eingefallen. Wie du vielleicht gemerkt hast, war ich die Tage nach dem Mord etwas weggetreten. Aber Lobo hat wenige Tage vor dem Mord einen solchen Rucksack aus einem Schließfach im Bahnhof geholt, und da waren sicher nicht bloß ungewaschene Socken drin. Habt ihr ihn nicht zufällig unter seinem Nachlaß gefunden?"
„Nein. Diesen Gegenstand habe ich nicht auf der Liste. Du warst ihm auf den Fersen. Wo kann dieser Rucksack hingekommen sein?"
„Ich hab' den entscheidenden Zeitpunkt gerade verpaßt. Keine Ahnung."
„Könnte die Aktenmappe aus rötlichem Kunstleder, die auch verschwunden ist, irgendetwas mit diesem geheimnisvollen Rucksack zu tun haben?" Die Stimme des Kommissars zeigte steigendes Interesse an.
„Möglicherweise. Eine verschwundene Mappe plus Rucksack. Das ist nicht gerade wenig."
„Wir können also das Eifersuchtsmotiv vergessen und sollten uns auf etwas ganz anderes konzentrieren?"
„Ich will hervorragend ausgebildeten Staatsbediensteten keine Ratschläge erteilen. Aber es kann für einen Mord ja auch mehr als ein Motiv geben ..."
„Geld und Liebe im Verbund. Das wäre nicht das erste Mal ...

Gut, daß du angerufen hast. Wenn dein Gedächtnis wieder etwas freigibt, dann laß von dir hören."

„Ja, ich rufe an, sobald ich auf die nächste Leiche stoße."

„Sowas solltest du nicht mal im Scherz sagen."

„In Ordnung. Freut mich, geholfen zu haben."

„Gute Nacht."

Vares hatte durchaus nicht so uneigennützig gehandelt, wie Kommissar Hautavainio vielleicht annahm. Ihn interessierte, was mit dem Rucksack geschehen war. Nun wußte er, daß man ihn bei der Untersuchung von Lobos Sachen nicht gefunden hatte.

Nicht, daß er nach dieser Information imstande gewesen wäre, eine Theorie darüber zu entwickeln, wer Jesús María Lobo gern mit einem Loch im Rücken hatte sehen wollen. Durch seinen Lebenswandel hatte der Spanier sich bestimmt mehr als genug Feinde gemacht. Und nicht zu vergessen waren auch seine Verbindungen in Stockholm.

Jussi schaute durch das Fenster nach draußen auf die dunkel belaubten Linden und stellte fest, daß sich allmählich die Dämmerung über die alte Hinrichtungsstätte von Turku gesenkt hatte. Der Wind flüsterte leise im Laub, aber kein Jammern und Wehklagen der verdammten Seelen drang an sein Ohr.

Jussi putzte sich die Zähne, ging zu Bett und starrte noch lange die Zimmerdecke an. Er mußte sich eingestehen, daß er in dem Fall eigentlich noch kein Stück weitergekommen war. Auch am nächsten Morgen würde er wieder in den Startlöchern stehen.

Nachdem er aufgewacht war, entschloß er sich, seinen Kollegen, den Privatdetektiv Mauno Vasenius aufzusuchen.

Auch er hatte einen Auftrag gehabt, der sich auf Lobo bezog. Mit ein wenig Überredung könnte er vielleicht auf etwas kollegiale Hilfe hoffen.

Laut Telefonbuch lag das Detektivbüro Vasenius am Kuuvuori, da wo die Ausfallstraße Hämeentie beginnt. Diese Gegend war keine eigentliche Geschäftsgegend. Vares mußte mit seinem Käfer eine Zeitlang auf schmalen, abschüssigen Wegen kurven, ehe er ans Ziel kam. Für potentielle Kunden lag der Kuuvuori, wie der Name schon sagte, fast auf dem Mond. Und auch sonst lenkte Privatdetektiv Vasenius in den letzten Jahren nicht gerade die Aufmerksamkeit auf seine Person. Alle anderen, die in dieser Branche in Turku tätig waren, kannte Vares zumindest vom Aussehen, aber an Mauno Vasenius hatte er sich erst wieder erinnert, als er den Namen im Telefonbuch fand.

Jetzt kehrte auch die Erinnerung daran zurück, daß er sich vor zwei Jahren einmal mit einem Ladendetektiv vom Südwestfinnischen Detektiv-Dienst an einem Kneipentresen über Vasenius unterhalten hatte. Der Kollege hatte Vasenius damals geschildert als „so einen Typen, der aussieht wie ein Unternehmer und das ganze Jahr in so ’nem braunen knielangen Ledermantel und mit ’ner schwarzen Schirmmütze aus Leder auf’m Kopf rumläuft." Vares mußte daran denken, wie Vasenius am Bartresen der *Pianobar* gehangen hatte, rotnackig und schwergewichtig, in einem alten braunen Anzug, der jegliche Fasson verloren hatte, und mit ehrfurchtgebietendem Hängebauch. Und zweifellos trug auch der verrostete Mercedes-Diesel dazu bei, das Bild von einem finnischen Kleinunternehmer, dem keine Art von Geschäft fremd ist, zu vervollständigen.

Vasenius’ Haus lag fast auf dem wetterwindigen Gipfel des Kuuvuori. Es war ein Einfamilienhaus mit blaßblauem Anstrich, dessen beste Tage lange vorbei waren; so eins, wie man sie nach dem Krieg zur Verhäßlichung Finnlands in Massen gebaut hatte. Das einzig Vorteilhafte an dem Hauses war die Aussicht, die man von dort hatte. Man blickte über den Kuuvuori-Sportplatz auf die alte Steinkirche und auf das Studentendorf rechts und links davon. Falls es im letzteren irgendetwas zu sehen gab.

Vares parkte seinen Käfer am Eingang und warf einen Blick über den morschen Holzzaun auf den Hof, in dem ein paar mickrige Apfelbäume wuchsen. Vor jedem Fenster, das auf den Hof hinausging, hingen Gardinen in einer anderen Farbe.

Vares trat durch die Pforte im Zaun ein und horchte. Ein sandbestreuter Weg führte hinter das Haus. Von dort war ein metallenes Klicken zu hören und ein Geräusch, das wie ein Ächzen klang. Vielleicht war dort irgendwo der Hausherr zu finden.

Der rötliche, an den Rändern rostbraune Mercedes war auf einen Wagenheber aufgebockt, und darunter lag in einer Mulde, ächzend und schwitzend, ein Koloß von Mann, der eine dunkle Brille trug und mit einem Schweißgerät hantierte. Konzentriert, die Zunge zwischen die dicken Lippen geklemmt, zog er eine Naht irgendwo unter dem Fahrersitz. Vares trat langsam näher, hockte sich auf die Zehenspitzen und sah zu. Vasenius war so vertieft in seine Arbeit, daß er den Besucher nicht wahrnahm. Er schweißte, schaute sich das Ergebnis seiner Arbeit kritisch aus mehreren Perspektiven an und ließ wieder die Flamme am Metall lecken. Er schien auf genaue und sorgfältige Arbeit Wert zu legen.
Schließlich kam sich Vares vor wie ein Gaffer. Etwas verlegen mußte er sich anhören, wie Vasenius ein paar Mal lange und wimmernd furzte. Vares räusperte sich, räusperte sich lauter ein zweites Mal und winkte seinem aufgeschreckten Gegenüber fröhlich zu.
„Guten Tag."
„Was zum ... Wie bist du denn ..."
„Ich bin gerade zum Tor reingekommen und hörte etwas hinterm Haus. Ich bin Jussi Vares." Vares hielt ihm seine Hand unter den Wagen, und Vasenius erwiderte etwas zögerlich den Händedruck mit seiner schmutzigen Faust.
„Jahaa, Vares", antwortete er. Es dauerte ein wenig, ehe er den Namen untergebracht hatte. „Aus derselben Branche also. Die Polizei hat dich ein paar Mal erwähnt, in Verbindung mit dem Fall des Spaniers."
„Genau. Wir waren zur selben Zeit demselben Mann auf den Fersen. Ich habe dich einige Male bemerkt."
„Ich dich allerdings nicht. Das war meistens ganz schön viel Arbeit mit dem Spanier. Der war ja andauernd auf den Beinen."
„Die Kugel war allerdings noch schneller als er."
„Tja, so ist das eben. Wer hätte das gedacht?"
„Es passiert schon alles mögliche. Und ich war auch noch ganz nahe dran, als er erschossen wurde. Eigentlich hatte ich Glück, daß ich dem Mörder nicht in die Arme gelaufen bin, damals in der Nacht auf dem Vartiovuori. Schwer zu sagen, wie das

ausgegangen wäre."
„Na ja, bei unserem Job gibt es immer so kleine Risiken. Allerdings gerät man eher selten einem direkt vor den Lauf. Was führt dich zu mir?"
„Ich wollte dir eigentlich nur mal guten Tag sagen. Weil ich mit dem Fall gewissermaßen noch beschäftigt bin. Wenn du mir da einen Tip geben könntest, der mir weiterhilft..." begann Vares vorsichtig. „So eine eigene Autowerkstatt ist übrigens ganz praktisch. Ein älterer Wagen macht immer viel Arbeit. Ich selbst habe einen Käfer aus den 60er Jahren. Und was ist an deinem Mercedes kaputt?"
„Eigentlich ist nichts daran kaputt, nur daß es in der Stadt nur so wimmelt von Halunken, verdammt noch mal. Sieh dir mal die Beifahrerseite an." Vasenius wischte sich mit dem Handrücken über die Stirn, die daraufhin ein dunkler Strich zierte. Vares ging um den Wagen herum. Der rechte Kotflügel und die Seite bis hin zur vorderen Tür sah ziemlich demoliert aus. Das Blech war an einem großflächig eingedrückt, und die rostfarbene Grundfarbe leuchtete an vielen Stellen durch.
„Wo ist denn das passiert?"
„Auf dem Parkplatz. Als ich das sah, wußte ich sofort, daß es keinen Sinn haben würde, unter dem Scheibenwischer nach einem Zettel mit dem Namen des Rowdys zu suchen. Dieses junge Gesocks! Denen ist alles egal, die verstehen nur die Sprache der Faust! Und die hätten sie zu schmecken bekommen, wenn ich dabei gewesen wäre!" In Vasenius' rauher Stimme klang erbitterte Wut.
„Das ist ja 'ne Sauerei. Willst du das selbst in Ordnung bringen?"
„Ich kann ganz gut mit Schweißgerät und Hammer umgehen. Ein Bekannter von mir kann sich dann um die Lackierung kümmern."
„Es tut mir leid, dich so mitten bei der Arbeit zu stören, aber hättest du Zeit, mir ein paar Fragen zu beantworten?"
„Eigentlich wollte ich sowieso gleich eine Pause einlegen. Was hältst du von 'nem Kaffee?"
„Kaffee? Immer!"

Vasenius führte den typischen Haushalt eines in die Jahre gekommenen Junggesellen. Die Teppiche im Wohnzimmer waren bestimmt bei der Evakuierung aus Karelien gerettet worden — und zuletzt im Ladogasee gewaschen. Die Möbel waren achtlos zusammengewürfelt, ebenso wie die Kaffeetassen. Die einzige Grünpflanze im Hause war der Schimmel auf dem Brot. Im Bücherregal befanden sich ein paar leere Vasen und ein großer Stapel Zeitungen. Vares konnte nicht übersehen, daß oben auf dem Stapel alte Westernhefte aus der Serie *Der Mann aus Colorado* lagen, gewürzt mit dem einen oder anderen Pornomagazin wie *Jallu* oder *Ratto*. In keinem gutbürgerlichen Haushalt dürften solche Druckerzeugnisse ausgerechnet im Bücherregal gelagert werden. Statt dessen steht dort gewöhnlich - und ungeöffnet - *Die große Enzyklopädie des Wissens*, Band eins bis achtzehn.
Der Kaffee war so stark, daß schon der bloße Duft Sodbrennen hervorrief. Vares trank ihn wohl oder übel schwarz. Nach Milch wagte er nicht zu fragen.
„Du warst ja auch tagelang hinter Lobo her. Hast du eine Theorie, warum er ermordet wurde?“ kam Vares wieder zur Sache.
„Tja, das wird wohl mit den vielen Weibergeschichten zu tun haben. Irgendeinem Alten ist die Sicherung durchgebrannt, oder vielleicht wurde auch eins von den Weibern eifersüchtig.“
Vasenius steckte sich ein Stück Zucker in den Mund und nahm laut schlürfend einen Schluck Kaffee dazu.
„Ich habe allerdings mit der Zeit eine etwas andere Theorie entwickelt. Ich glaube, daß in dieser Geschichte noch etwas anderes steckt.“
„Ach, und was?“
„Erinnerst du dich, Lobo irgendwann mit einem Rucksack oder einer Aktenmappe gesehen zu haben?“
„Nein. Nicht, daß ich wüßte.“
„Meine Theorie gründet sich nämlich auf das Verschwinden dieser beiden Gegenstände.“
„Aha. Möchtest du noch Kaffee?“
„Nein, danke. Kannst du dich an irgendetwas Besonderes oder

Merkwürdiges während jener Tage erinnern?"
„Er hatte allerdings eine Menge Frauen."
„Das ist wohl nichts besonderes, wenn es Sommer ist und gleichzeitig ein Spanier auftaucht. Sonst nichts?"
„Nichts was mir noch einfiele. Ich habe mich nur um die Sache meines Klienten gekümmert."
„Willst du mir nichts vom ihm erzählen? Das könnte uns vielleicht voranbringen."
„Als Mann vom Fach weißt du, daß das nicht so ganz einfach ist", sagte Vasenius und klemmte sich ein weiteres Stück Zukker zwischen die Schneidezähne. Man sah, daß diese Gewohnheit im Verbund mit dem Rauchen im Laufe der Jahre die beiden Zähne in schwarze Stümpfe verwandelt hatte.
Vares wußte, daß in dieser Situation nur noch ein Mittel hatte. Er nahm einen Hunderter aus seinem Portemonnaie und schob ihn mit einer Ecke unter die Zuckerdose.
„Mein Auftraggeber meint es ernst, und ich kann dies unter den Spesen verbuchen."
Vasenius nahm den Geldschein und steckte sich ihn in seine Brusttasche, so als wäre es ein Stück Zigarettenpapier. Er überlegte ein paar Sekunden lang und sagte dann mit abschätzend zusammengekniffenen Augen:
„Sag du mir deinen Auftraggeber, dann sage ich dir meinen."
Vares drehte den Kaffeebecher in Händen und ließ seinen Blick im Zimmer umherschweifen. Das einzige Bild an der Wand stellte eine Uferlandschaft mit Birken, Sauna und einem See dar, der in viel zu hellem Blau gemalt war.
Er empfand plötzlich eine große Abneigung gegen Mauno Vasenius. Und gleichzeitig war er auch angewidert von diesem verfallenden Haus, dem verrosteten Mercedes, den dreckigen Teppichen, dem schlechten Kaffee, ja sogar von den Kaffeetassen, die nicht zusammenpaßten. Vor allem aber von dem Hausherrn selbst, der ihn aus seinen dummdreisten Augen, ein Geschäft witternd, abschätzend musterte.
„Ich sage dir meinen, und du sagst mir deinen", bekräftigte Vares.
„Genau. Ein fairer Tauschhandel." Vasenius entblößte seine

schlechten Zähne zu einem schwachem Lächeln.
„Mein Auftraggeber ist Pauli Kontio, Rechtsanwalt hier in Turku. Sagt dir der Name etwas?“ Einen kurzen Augenblick lang hatte sich Vares überlegt, ob er Vasenius ein Märchen auftischen sollte. Aber das würde wohl nichts bringen.
„Nein, kenn’ ich nicht. Ich habe keinen Umgang mit Leuten vom Gericht.“ Vasenius schüttelte den Kopf. „Meiner heißt Pelli, Matti Pelli.“
„Und was ist das für ein Typ?“
„Berufssoldat im Marinehafen Pansio. Schiebt Tag und Nacht Schicht auf’m Schiff, und seine Alte sitzt einsam zu Hause an Land. Du weißt schon.“
„Die alte Geschichte. So ein Krieger ist sicher ganz gut im Schießen. Vielleicht hat er sogar beim Wettschießen mit Pistole mitgemacht?“
„Jetzt bist du aber auf dem Holzweg. Die Bullen haben natürlich sein Alibi überprüft und festgestellt, daß er den ganzen Abend seinen Kummer im Suff ertränkt hat, in Gesellschaft seiner Zechkumpane. Niemand weiß genau, wann er aufgebrochen ist. Aber in dem Zustand, in dem er war, hätte er kaum zielen oder gar treffen können.“
„Ach so. Und hast du deinen Auftrag erledigt?“
„Ich hab’ die Beweise zusammengekriegt. Die Scheidung ist schon eingereicht. Leid tut’s mir nur um die beiden kleinen Kinder ...“
Vares hatte gehörige Zweifel, ob Vasenius’ Mitleid echt war. Dieser Mann würde in seiner Rostlaube kaum die Notbremse ziehen, wenn ihm ein Katzenjunges über den Weg liefe.
„Tja, das wär’s dann. Oder hast du noch irgendwas ...“ sagte Vares.
„Nein. Hat mich gefreut, dir helfen zu können.“
„Schön.“
Vares stand auf und ging um den Tisch auf Vasenius zu. Vorsichtig fuhr er ihm mit Zeige- und Mittelfinger in die Brusttasche seines karierten Hemdes und angelte sich den glattgestrichenen Hundertmarkschein heraus.
„Verkaufen heißt Verkaufen, Mauno.“ Vares winkte ihm mit

der Banknote zu. „Bei einem Tauschhandel wird nicht mit Geld bezahlt. Ruf mich an, wenn du mir was verkaufen willst. Auf Wiedersehen."

19

Vom Kuuvuori fuhr Vares ins Zentrum und stellten den Wagen unweit der Aurabrücke ab. Dann entschloß er sich zu einem Kontrollanruf bei Kommissar Hautavainio. Der war guter Laune, denn im Telefonsexmord hatte es eine zu 95 Prozent sichere Verhaftung gegeben, und die Arbeit schien zügig voranzugehen. Hautavainio berichtete, man habe das Ehepaar Kontio diskret verhört, natürlich einzeln. In beiden Verhören sei klar geworden, daß es in der Ehe heftig kriselte. Und Annika Kontio hatte keine Ahnung, daß ihr Mann einen Privatdetektiv auf Lobo angesetzt hatte.

Vares dankte und wünschte Hautavainio weiterhin Erfolg in seinem unermüdlichen Kampf für Recht und Ordnung. In Gedanken vertieft schlenderte er lässig zur Kunstgalerie *Impression*. Annika Kontio war noch ein unbeschriebenes Blatt, und das wollte er nun beschriften.

In der Galerie waren keine Besucher. Vares hatte vollstes Verständnis für die Öffentlichkeit, die es vorzog, an einem Sommertag am Ufer der Aura mit einer Bierflasche in der Hand den Booten und Menschen hinterherzusehen, anstatt sich vom Betrachten schizophrener Dinge ein flaues Gefühl im Magen zu holen.

Annika Kontio saß in einem stilvollen Aalto-Lehnstuhl an einem weißen Aalto-Tisch. Aus einem Aalto-Servierwagen nahm sich Vares einen Ausstellungsprospekt. Die Aalto-Möbel schmeichelten zweifellos dem Auge, aber was sollte man zum Redaktionsgebäude der *Turun Sanomat* sagen, das von diesem Genie Aalto erbaut worden war? Wenn man im Biergarten der *Börs* übers Bierglas hinweg einen Blick auf das Gebäude warf, mußte man wohl oder übel annehmen, Aalto habe es an einem

Montagmorgen entworfen, vielleicht am Montag gleich nach dem 1. Mai.
Annika Kontio sah blaß aus, und unter ihren Augen waren dunkle Schatten. Irgendwie sah die Haut in ihrem schön geformten Gesicht straffer aus als das letzte Mal, und ganz offensichtlich hatte sie abgenommen. Die letzten Tage waren bestimmt nicht ganz leicht gewesen.
Vares versuchte erst gar nicht, den interessierten Ausstellungsbesucher zu spielen, sondern er ging geradewegs durch den Raum auf den Tisch der Galeristin zu.
„Frau Kontio, gestatten Sie, daß ich Ihnen ein paar Fragen stelle?"
„Wer sind Sie?"
Sie blickte von einem Buch mit luxuriösem Einband auf. Ihr Gesicht zeigte einen mitgenommenen, vielleicht auch abwehrenden Ausdruck.
„Ich bin Privatdetektiv. Mein Name ist Jussi Vares." Er reichte ihr die Hand über den Tisch. Sie tat, als sähe sie sie nicht.
„Was wollen Sie von mir?"
„Ich will den Mord an Jesús María Lobo aufklären. Sie haben ihn gekannt, und ich hoffe, daß Sie mir helfen können."
„Was wissen Sie von Lobo und mir?"
„Ich habe ihn in einer anderen Sache beschattet, und dabei sah ich Sie beide zusammen."
„Wieso? Auf wessen Veranlassung? Was für ein Mann sind Sie eigentlich?" Ihre Stimme klang immer aufgeregter.
„Das habe ich doch schon gesagt. Das einzig Wichtige ist jetzt, herauszubekommen, wer sein Mörder ist."
„Das stimmt."
Annika Kontio war auf einmal mit neuem Feuer erfüllt:
„Dieses feige Scheusal muß für seine Tat zur Verantwortung gezogen werden!" Tränen traten ihr in die blauen Augen. „Wie kann es nur soviel Bosheit und Grausamkeit geben? Wer kann das sein? Was für ein Mensch kann das nur sein?"
„Ich werde mein Bestes tun, genauso wie die Polizei mit ihren Mitteln. Der Täter wird sicher gefaßt, aber das erfordert Zeit, Ausdauer und Kooperation. Alle Betroffenen müssen da mithel-

fen.“ Vares sprach so viel Überzeugung wie möglich.
„Das verstehe ich. Entschuldigen Sie, daß ich mich habe gehen lassen. Ich kann mich in letzter Zeit nicht immer so gut beherrschen. Natürlich werde ich mich bemühen, Ihnen zu helfen — fragen Sie nur, und ich werde ihnen sagen, was ich weiß.“
„Um gleich zur Sache zu kommen — in welchem Verhältnis standest du zu Jesús María Lobo?“
„Wir waren verliebt. Er liebte mich und ich ihn“. Sie sagte es mit ungekünstelter Stimme.
„Es war also sozusagen ernst?“
„Wenn zwei Menschen sich lieben, dann ist das immer eine ernste Sache.“
„Hattet ihr Pläne in Bezug auf eine gemeinsame Zukunft?“
„Natürlich redeten wir viel darüber, hatten Vorstellungen und Pläne. Aber darüber will ich jetzt nichts sagen, jetzt, wo er tot ist.“ Ihr versagte die Stimme.
„Was war denn mit deiner Ehe? Ihr wart doch erst ein paar Jahre verheiratet.“
„Als ich Jesús begegnete, wurde mir klar, daß ich den ersten Menschen in meinem Leben gefunden hatte, der mich völlig verstand — als Frau und vor allem als Mensch. Da begriff ich, daß meine Ehe nichts anderes war als ein einziger großer Selbstbetrug und Irrtum.“
„Dein Verhältnis zu Pauli ist also zerrüttet?“
„Ja, obwohl er nichts davon wußte. Dieser selbstsüchtige, habgierige und gefühllose Streber hat ja nichts geahnt, obwohl Jesús und ich schon seit Mai zusammen waren. So wenig hat er sich um mich gekümmert. Aufgewacht ist er erst, als die Polizei kam und ihn wegen dieses Mordes verhörte.
„Das war wohl ein ganz schöner Schreck für ihn.“
„Einen noch größeren Schrecken hätte er bekommen, wenn ihm jemand in seinen neuen Jaguar gefahren wäre. Ich glaube nicht, daß er sich auch nur einen Deut um mich schert. Dagegen liegt ihm sein Ruf in gewissen Kreisen dieser Stadt durchaus am Herzen.“
„Und was wird nun aus eurer Ehe?“
„Das ist vorerst schwer zu sagen. Pauli will trotz allem die Ehe

weiterführen, aber ich weiß nicht recht. Es kommt mir vor, daß nach Jesús niemand mehr kommen kann. Ich habe noch keine Entscheidung getroffen und Pauli gesagt, daß ich noch Zeit brauche. Ich muß mir sehr genau und sorgfältig überlegen, wie es weitergehen soll. Die finanziellen Realitäten halten viele Paare in diesem Land zusammen, auch hier in Turku."

Vares wollte absichtlich etwas Öl ins Feuer gießen: „Sind dir je Zweifel in Bezug auf Lobo gekommen? Als Musiker ist er ja viel in der Welt herumgekommen. Und er war wohl ein sehr lebhafter und lebenslustiger Mensch?"

„Zweifel? Wenn zwei Menschen sich wirklich lieben, gibt es keinen Raum für Zweifel. Das Beste an Jesús war, daß er so echt war. In Pauli steckt genausoviel Wärme und Ehrlichkeit wie in einer gefälschten Kreditkarte. Aber Jesús erzählte alles so offen wie ein Kind. Er konnte und wollte selbst seine tiefsten Gefühle nicht verbergen."

„Ich meinte nur, daß ein Musiker, der viel unterwegs ist, natürlich leicht allerlei Versuchungen ausgesetzt ist", versuchte Vares es noch ein bißchen deutlicher.

„Ja, er hat von seinem früheren Leben erzählt. Er war ein Suchender, und auf seinem Lebensweg hat es natürlich Frauen gegeben. Aber wer von uns hat keine Vergangenheit?"

„Und das alles war dann vergeben und vergessen?"

„Ja, völlig. Wenn wir durch die Straßen liefen oder in Cafés saßen, dann sah er die anderen Frauen nicht einmal. Wir waren irgendwie so abhängig voneinander."

Darauf wußte Vares erst einmal nichts zu sagen. Annika Kontio war im Grunde genommen sicher eine intelligente, rational handelnde moderne Frau, aber wir alle haben anscheinend irgendeinen blinden Punkt. Er wußte nicht, ob er sie bemitleiden oder über sie lachen sollte.

„Könntest du dir irgendjemanden vorstellen, der diese erschütternde Tat hätte begehen können?"

Annika Kontio preßte die Faust auf den Mund und schüttelte den Kopf.

Vares überlegte eine Weile und beschloß dann, einen Schuß ins Blaue zu wagen: „Und Pauli? Eifersucht ist oft schwer zu

schlucken ..."
„Der? Der ist ein gefühlloser Schlappschwanz. Der taugt nicht zu sowas." Sie lächelte fast spöttisch unter ihren Tränen.
„Und fällt dir sonst noch jemand ein?"
„Nein, niemand ..."
„Hast du je Leute getroffen, mit denen Lobo sonst verkehrte?"
„Wir waren immer bemüht, ein ruhiges Plätzchen für uns allein zu finden. Wir hatten keine gesellschaftlichen Kontakte." Annika Kontio wischte sich die Augenwinkel mit einem Papiertuch, von denen eine große Packung vor ihr auf dem Tisch lagen. „Soweit ich mich erinnere, stießen wir ein paar Mal auf diesen widerlichen Typen, diesen Zwerg."
„Voitto Fjäder?"
„Genau. Jesús trainierte dort manchmal. Als sich dieser Typ uns dann einmal anschloß, konnte Jesús ihm als Gentleman natürlich nicht zu verstehen geben, daß er unerwünscht war. Außerdem war dieser Kerl immer betrunken."
„Hattest du den Eindruck, daß Lobo und Fjäder vielleicht engere Bekannte waren?"
„Das war nur so eine Grußbekanntschaft. Jesús hatte das Studio auch schon vorigen Sommer besucht. Dieser Zwerg wollte sich wohl in Gesellschaft eines Künstlers sehen lassen, sonst war da nichts."
„Du weißt nicht mehr, worüber sie sich unterhielten?"
„Nein. Das hat mich auch nicht interessiert. Der Zwerg sprach ein ziemlich schlechtes Schwedisch. Ein primitiver Typ. Und sein großer Freund, der eines Abends in seinem Schlepptau auftauchte, war noch dümmer. Jesús paßte das damals gar nicht und er war peinlich berührt. Er wollte mit mir einen netten und ruhigen Abend nur zu zweit verbringen."
„Dann ist sowas natürlich unangenehm."
Vares wußte nicht mehr, was er noch hätte fragen können. Frauen, die Tränen vergießen, machten ihn immer sehr unsicher.
„Wollen Sie sonst noch was wissen?" Obwohl Vares sie duzte, blieb sie bei der distanzierteren Anrede.
„Im Moment nicht. Aber wenn dir noch etwas einfällt, was mit

der Sache zu tun hat, dann ruf mich unter dieser Nummer an." Vares zog eine Visitenkarte aus dem Portemonnaie und berichtigte die Anschrift.

„Sicher. Die Sache muß aufgeklärt werden. Sonst finde ich keinen Frieden mehr."

„Das wird schon werden. Auf Wiedersehen." Vares ging auf die Tür zu.

Einen Meter vor der Schwelle blieb er stehen und drehte sich um. Etwas wollte er doch noch fragen, bevor er die Galerie verließ — direkt und unvermittelt „Wie oft hast du mit Lobo Drogen genommen?"

„Was?" Ihr Mund öffnete sich, schloß sich aber nicht wieder.

„Ich war dabei, als ihr etwas Selbstgedrehtes geraucht habt, in Samppalinna."

„Das waren keine richtigen Drogen! Das war nichts!" stritt sie hitzig ab.

„Ich glaube, daß die finnischen Gesetze da anderer Meinung sind ..."

„Dieses blöde Land mit seinen dummen Gesetzen! Da, wo Jesús herkommt, ist es kein Verbrechen mehr, Marihuana zu rauchen. Und das ist schließlich ein Land mit Kultur!"

„Ich will mich jetzt nicht auf eine Diskussion über Stierkämpfe und sonstige Kultur einlassen, sondern ich habe dich gefragt: wie oft habt ihr welche Drogen genommen?"

„Raus jetzt und auf Nimmerwiedersehen!"

20

Vares genehmigte sich einen Besuch im Restaurant *Verso,* im zweiten Stock des Seipell-Hauses, um dort eine Tasse aromatisierten Tee mit Honig zu trinken. Das *Verso* war ein ruhiges Restaurant mit Atmosphäre, dort konnte man seine Gedanken ruhen oder sie auch frei auf ihren eigenen Wegen schweifen lassen. Nach der Mittagszeit war es still, und Jussi fand einen gemütlichen Fenstertisch samt postkartenwürdiger Aussicht auf die Aura. An der Anlegebrücke, die für die Kunden des *Pinella* bestimmt war, machte gerade eine große amerikanische Motoryacht fest, so groß, daß das Steuerruder so hoch lag wie der erste Stock eines Einfamilienhauses. Die Sprößlinge der Turkuer Prominenz hatten sich offensichtlich dazu entschlossen, vom Gästehafen in Naantali aus auf ein Bier ins Stadtzentrum zu kommen.

Der Tee schmeckte vorzüglich. Jussis Gedanken schlugen Kapriolen. Er war inzwischen zu der Überzeugung gelangt, daß Voitto Fjäder und sein *Victor's Gym* inzwischen so oft eine Rolle gespielt hatten, daß man sie bei der Untersuchung des Falles keinesfalls mehr außer Acht lassen konnte. Obwohl Jesús María Lobo angeblich seine Einzige, ihm Bestimmte gefunden hatte, hatte ihm trotzdem auch Voitto Fjäders Freundin Viivi-Ann noch etwas Neues bieten können. Also gab es auch in dieser Konstellation Stoff für eine Dreiecksbeziehung. Nun mußte man nur noch überlegen, wie man an Voitto und seine so unterschiedlichen Freunde herankommen konnte. Der Gedanke, mit Bodybuilding anfangen zu müssen, behagte Jussi überhaupt nicht.

Am Nachmittag gegen fünf kehrte er in seine Wohnung zurück. Unter der sonstigen Post fand sich ein brauner Umschlag von der Postbank. Der Kontoauszug enthielt die Mitteilung, daß Pauli Kontio für bisher geleistete Dienste 3000 Finnmark sowie 3000 Mark Vorschuß überwiesen hatte. Das paßte Vares gut, denn die übrige Post bestand aus Rechnungen für die erste Miete der neuen Wohnung, die Kfz-Versicherung und einer Visacard-Abrechnung.

Er zog sich aus, ließ die Wanne halbvoll laufen und goß Schaumbad dazu. Er hatte sich gerade genußvoll ächzend in das angenehm duftende Wasser gesetzt, als es an der Tür Sturm schellte.

„Scheiße“, murmelte er vor sich hin. „Komme gleich!“ rief er lauter, duschte sich den Schaum vom Körper und griff mit der anderen Hand nach dem Bademantel. Zum Glück hatte er noch kein Shampoo im Haar.

Im Hausflur stand Mari Mattson. Sie hatte ein überlanges

kariertes Hemd und Sandalen an.
„Hallo!"
„Hallo?"
„Entschuldige, daß ich zu so unpassender Stunde störe, aber ich würde mir gerne deinen Schraubenzieher ausleihen." Ihre Miene war ernst, nur in den Augen blitzte ein wenig Spott auf.
„Einen Schraubenzieher." Jussi atmete tief durch und zog instinktiv den Bademantel fester um sich.
„Ja. Ich hab' mir ein Bücherregal gekauft. Im Laden sah das toll aus, und jetzt liegt bei mir im Wohnzimmer ein wüster Haufen Böden, Seitenteile, Schrauben und Muttern. Ein Schraubenzieher ist in diesem Durcheinander nicht zu finden, obwohl er eigentlich dabei sein müßte. Und da dachte ich, ich frage mal bei dir nach."
„Fein. Und wo kommst du jetzt her?" Vares spürte, daß er die Situation immer noch nicht im Griff hatte.
„Von nicht sehr weit. Ein Stockwerk tiefer. Ich wohne in Wohnung neunundzwanzig. Als du deine Adresse im Tanzstudio aufschriebst, hab' ich mir gleich gedacht, was für ein Zufall das ist!"
„So ist nun mal das Leben in mehrstöckigen Häusern. Die Leute kennen ihre Nachbarn nicht. Ich versuche, etwas zum Anziehen zu finden, und dann wollen wir mal sehen."
Sie ging ins Wohnzimmer, und Vares blieb im Flur, wo er Jeans und Hemd überstreifte. Aus dem Wohnzimmer waren keine Ausrufe à la „hier ist es aber gemütlich" oder „sieht ja nett aus bei dir" zu hören. Wenigstens war sie ehrlich.
In der Putzkammer in der Küche, in einem mit allerlei Zeug halb gefüllten Schuhkarton fand er dann auch einen Schraubenzieher.
„Hervorragend. Den leih ich mir für diesen Abend, und du kannst zurück in die Badewanne gehen", sagte Mari Mattson.
„Ich bade erst, wenn das Regal zusammengebaut ist. Ich bin ein unpraktischer Typ und werde dabei ganz schön ins Schwitzen kommen", erklärte Vares.
„Du glaubst nicht, daß eine Frau das alleine schafft?"
„Als Kind auf dem Land konnte ich nicht zu den Pfadfindern

gehen, und seitdem versuche ich, eine gute Tat pro Woche zu begehen.“
„Bist du ganz sicher, daß das Soll für diese Woche noch nicht erfüllt ist?“
„Kein Grund zur Beunruhigung. Ich hab’s das ganze Jahr über noch nicht geschafft.“
Mari Mattsons Wohnung lag zufällig genau unter der von Jussi und hatte folglich dieselben Abmessungen. Das war aber auch die einzige Gemeinsamkeit. Das Schlafzimmer war in altem Bauernstil eingerichtet. Anheimelnde Flickenteppiche auf dem Boden, ein Schrank, wunderschön gebeizt, wie es auf der Insel Kustavi üblich war, ein Nachttisch im selben Stil und zwei Stühle. Das auffallendste Möbelstück war allerdings das mit kunstvollen Holzschnitzereien verzierte Doppelbett mit Baldachin, das direkt aus dem Umschlagbild eines *Angelika*-Romanheftes zu stammen schien.
„Ist das eine Leihgabe aus der Turkuer Burg?“ fragte Vares.
„Nein. Ich habe Verwandte in einer Küstenstadt in Österbotten, und ich war zufällig einmal dort, als der Nachlaß einer alten Dame versteigert wurde. Da sah ich dieses Bett und verliebte mich sofort in das Stück. Erst nachdem ich es ersteigert hatte, erfuhr ich, daß auch eine Geschichte dazugehört. Die Verstorbene war nämlich in ihrer Jugend das Freudenmädchen des Städtchens gewesen, und durch dieses Bett ist ein großer Teil der örtlichen russischen Garnison gegangen. Als die Jäger in die Stadt kamen, wurde der Befehl gegeben, das Mädchen kahlzuscheren und zu teeren. Der Dame gelang es jedoch, den Offizier auf einen Tee zu sich zu locken, und, wie auch immer, der Befehl wurde noch am gleichen Tag widerrufen.
„Da hat das Möbelstück ja eine ehrwürdige Geschichte. Hast du diese Tradition auch gebührend gehegt und gepflegt?“
„Im Geiste war ich stets dabei.“
Im Wohnzimmer gab es ein gemütliches modernes Sofa, eine geschmackvolle Eßgruppe und an den Wänden eine Menge Poster mit gestylten Ballettbildern. Auf dem großen Hirtenteppich lagen mehrere Bücherstapel verteilt sowie zur Hälfte ausgepackte Regalteile. Vares seufzte leise und kratzte sich am

Kopf. Jetzt mußte er sich wohl an die Arbeit machen, wo er sich schon einmal aufgedrängt hatte.
Während der folgenden halben Stunde, die angefüllt war mit leisen Fluchen, verwundertem Kopfschütteln, Aufbauen der Regale, Abbauen und erneutem Zusammenschrauben, floß viel Schweiß. Schließlich stand das dreiteilige schwarze Bücherregal. Vares betrachtete es zufrieden wie ein finnischer Einödbauer, nachdem er seine wenigen Hektar Land urbar gemacht hat.
„Ich bin nicht geschickt, aber dafür um so zäher", stellte er fest.
„Doch, das hast du gut hingekriegt. Du hast es genauso flott auseinander- und wieder zusammengebaut wie Rubiks Würfel. Danke."
„Keine Ursache. Wie es so schön heißt: für sowas hat man eben Nachbarn."
„Aber solche Nachbarn verdienen auch einen Lohn nach guter Arbeit. Ich hab' im Kühlschrank noch etwas Weißwein ..."
„Das ist recht und billig nach so einer Plackerei. Ich gehe nur schnell unter die Dusche und bin in zehn Minuten wieder da."
„O.K. Die Zeit läuft!"
Vares machte, daß er unter die Dusche kam. Dann spritzte er sich eine doppelte Dosis Deodorant unter die Achseln, schmierte sich sein teuerstes Aftershave auf die Wangen und zog sich sein neuestes Hemd an. Er wollte sich schon in das Stockwerk darunter begeben, da stieg er noch schnell aus den Jeans und zog sich eine saubere Unterhose an.
Inzwischen hatte Mari Mattson damit begonnen, die Bücher und anderen Krimskrams in die neuen Regalen einzuräumen. Vares ließ sich auf dem Sofa nieder und betrachtete sie dabei. Das glatte blonde Haar hing lose herab, und im Gesicht war keine Spur von Make-up zu sehen. Das überlange karierte Hemd, das ihr als Kleid diente, stand ihr ausgezeichnet. Die ebenmäßigen Tänzerinnenbeine kamen unter dem kurzen Saum fast in ihrer ganzen Länge zum Vorschein, und ihre kleinen, straffen Brüste schienen unter dem weiten Hemd durch nichts beengt zu sein.
Die Regale füllten sich mit Büchern, denen man ansah, daß sie

schon viele Male gelesen oder in Antiquariaten erstanden worden waren. In ein Fach stellte sie bloß ein einzelnes Foto in silbernem Rahmen. Es zeigte einen vielleicht siebenjährigen, ernst dreinblickenden blonden Jungen.
„Wer ist das?“ fragte Vares.
„Mein Sohn.“ Sie wischte mit einem Papiertaschentuch ein paar unsichtbare Staubkörner vom Bild.
„Wo ist er jetzt?“
„Bei seinem Vater in Helsinki. Laut Gerichtsbeschluß. Ich habe ihn zuletzt zu Ostern gesehen.“
„Das ist wohl nicht einfach für dich?“
„Nein. Aber es ist besser so. Sowohl für ihn als auch für mich. Ich liebe ihn sehr, aber ich bin kein Typ, der Kinder erziehen kann.“
„Es gibt genügend Leute, die glauben, das zu können und dann die Früchte ihrer Arbeit ernten, sobald der Sprößling fünfzehn geworden ist.“
„Soviel zu diesem Thema. Einen halbtrockenen ungarischen Weißwein wirst du wohl nicht verschmähen?“
Sie ging zum Kühlschrank und stellte eine grüne Flasche auf den Tisch. Den Korken durfte Vares ziehen.
„Hárslevelü“, sagte sie mit sorgfältiger Aussprache. „Ein guter Wein, und der Name ist ganz praktisch. Wenn man ihn nicht mehr aussprechen kann, sollte man mit dem Trinken aufhören.“
Langsam und genießerisch tranken sie das erste Glas, und dann sah Mari ihn lange mit taxierenden Blicken an. Sie sagte bedächtig:
„Der Schraubenzieher war nicht der einzige Anlaß, warum ich heute bei dir geschellt habe. Ich hatte da im Tanzstudio noch eine Sache... Nicht daß ich da nicht ehrlich gewesen wäre, aber es gibt da noch etwas, was ich dir nicht erzählt habe.“
„Dann hast du jetzt die ausgezeichnete Möglichkeit, es nachzuholen.“
„Es ist eine Sache, die mit dem Mord zu tun haben könnte. Aber du mußt mir versprechen, daß das unter uns bleibt.“
„Versprochen.“

„Der Grund, warum ich Jesús weiterhin ab und zu traf, war, daß er mir bei Bedarf Gras besorgte."
Sie schaute ihm direkt in die Augen, und Vares beantwortete ihren Blick mit nachdenklicher Miene.
„Hat er es dir geschenkt oder verkauft?"
„Verkauft."
„Das könnte wichtig sein."
„Das nehme ich auch an. Du darfst das aber nicht der Polizei erzählen. Das würde bedeuten, daß ich mein Tanzstudio dichtmachen kann. Ich habe sehr viele junge Schüler hier in der Stadt."
„Ich hab's dir ja versprochen. Warum rauchst du Marihuana? Hat dich Jesús auf den Geschmack gebracht?"
„Nein. Du mußt bedenken, daß ich Anfang der siebziger Jahre unter Studenten gelebt und außerdem meine Tanzausbildung in verschiedenen Großstädten im Ausland absolviert habe."
„Aber warum rauchst du das Zeug noch immer?"
„Warum trinken andere Leute Bier oder stärkere Sachen? Ich finde, Marihuana paßt besser zu einer Tänzerin als dickmachender Gerstensaft."
„Aber es hat so seine Gefahren."
„Ja, wie Autofahren, Schwimmen oder von mir aus auch Pilzeessen. Komm mir nicht mit Moral und so."
„Ja, ich hör' auch schon auf. Ich bin dir aber dankbar, daß du's mir erzählt hast. Das eröffnet ganz neue Perspektiven bei der Untersuchung des Falles."
„Und ich fühle mich jetzt auch besser. Schenk dir ruhig etwas Wein nach. Ich hab' noch 'ne zweite Flasche im Kühlschrank."
Sie lächelte Vares an, so daß sich die Sommersprossen auf der Nasenspitze zu bewegen schienen. Dann fuhr sie etwas stokkend fort: „Hast du was dagegen, daß ich mir einen anstecke?"
„Aber nein doch. Ich bin schließlich dein Gast." Vares füllte sein Glas und blickte Mari Mattson hinterher, während sie entschlossen zum Schlafzimmer hinüberging.
Nach einer Weile hing ein mild-süßlicher Geruch in der Luft, der Vares in der Nase kitzelte. Mari saß mit gekreuzten Beinen neben ihm und sog mit vorsichtigen Zügen an dem kurzen

selbstgedrehten Stummel.
„Hast du das auch bei anderen gekauft als bei Lobo?"
„Nicht mehr. Früher gab's da noch einen andern Typen, aber der ist verschwunden."
„Wo kriegst du das Zeug im Winter her?"
„Nirgendwoher. Wenn ich in Urlaub fahre, rauche ich es im Süden, aber hier in Turku brauche ich das Zeug im Winter nicht. Der Sommer ist immer eine viel inspirierendere Zeit."
„Das ist er wohl - gewissermaßen." Er sah sie schräg von der Seite an. Mari Mattson saß mit geschlossenen Augen da, den Rücken gerade, so daß sich ihre Brüste unter dem Hemd klar abhoben. Ihre roten Lippen waren halb geöffnet.
„Na, ich bin aber eine Gastgeberin", zuckte sie zusammen. „Willst du auch einen Zug?"
„Dein Dealer ist tot. Ich will dir nicht deinen letzten Vorrat wegrauchen." Vares war unentschlossen.
„Das hier ist noch nicht das allerletzte. Bedien dich ruhig." Sie reichte ihm den Joint. Er nahm ihn vorsichtig an und rauchte einen ersten Zug.
Zehn Minuten später fühlte er sich leicht und entspannt, und die zweite Weinflasche leerte sich zügig. Ihr Geplauder machte Kapriolen und Wendungen wie der Flug einer Hummel über einem über die Ufer sprudelnden Frühlingsbach. Maris Lachen war eine merkwürdige Mischung aus schelmischem Gekicher und dem rauhen, schicksalsschweren Gelächter einer erfahrenen Frau.
Sie begannen, all die Gefahren aufzuzählen, von denen es, abgesehen vom Marihuanarauchen, auf der Welt nur so wimmelt. Dabei fielen sie sich miteinander wetteifernd ins Wort: „Beim letzten Frühlingseis mit Schiern über den Halinen-Wasserfall jagen. Eine Wurst am Marktgrill essen. Sich sonnen. Oralverkehr. Telefonsex. Organtransplantation. Umstellung auf Sommerzeit. Im Kreml spionieren. Mit einem Tretschlitten den Mount Everest runterfahren. Essen. Vögeln."
„Pfui. Besonders verdächtig und gefährlich."
„Gibt Kindern ein schlechtes Vorbild."
„Schmutzig und abstoßend."

„Wider die protestantische Ethik."
„Macht nicht mal Spaß."
„Garantiert nicht."
Sie glitten, fast ohne es zu merken, vom Sofa auf den dicken Hirtenteppich und stießen den Sofatisch beiseite. Außer einem Slip trug Mari Mattson nichts unter ihrem langen Hemd. Und Vares hatte ganz zufällig eine funkelnagelneue Unterhose an. Aber das alles war jetzt nicht mehr von Bedeutung.
Eine halbe Stunde später saßen sie schweißüberströmt, ihre nackten Körper aneinandergelehnt, auf derselben Stelle, und der Teppich war ziemlich zerzaust. Sie tranken den Rest des Weins direkt aus der Flasche und lauschten ihrem Herzschlag.
„Hast du gemerkt, daß wir genau übereinander wohnen?" fragte sie ihn. Er atmete leise in ihr Ohr.
„Natürlich. Ich bin schließlich Detektiv."
„Gut. Jetzt laß uns ein Zeichen vereinbaren."
„Was für eins?"
„Drei rasche Klopfer unter deinem Fußboden ..."
„Und das bedeutet?"
„Daß sich hier wieder jemand deinen Schraubenzieher ausleihen will."

21

Vares verzichtete darauf, in dem imposanten Erbstück der österbottnischen Kurtisane zu übernachten, sondern begab sich gegen Mitternacht in sein eigenes Etablissement. Wieder hatte er wirre Träume. Zum Teil kam das vom Wein, hauptsächlich aber von dem, was sie beide geraucht hatten. Es waren aber keine bedrückenden Alpträume, sondern eher angenehme, ja sogar aufreizende Träume, was wohl der Person Mari Mattsons zuzuschreiben war. Am Morgen wachte er mit überraschend klarem Kopf auf und fühlte sich voller Tatkraft.
Ihm schien, daß er jetzt den erste lose Ende dieser Geschichte in Händen hielt. Man brauchte ihm nur zu folgen, um den Kern

des Knäuels aufzuspüren. Ein Fitneßstudio, genannt *Victor's Gym*, samt seinem merkwürdigen Personal, das mußte der Ort sein, der die ganze Zeit im Mittelpunkt der Ereignisse gestanden hatte.

Während er Kaffee aufsetzte, ließ sich Vares die Puzzleteile durch den Kopf gehen, die in die entsprechende Richtung wiesen. Von Kommissar Hautavainio hatte er erfahren, was es mit Voitto Fjäder auf sich hatte. Handel mit Pillen. Das war natürlich in Fitneßstudios genauso gang und gäbe wie der Verkauf von Lakritz an Kiosken, aber wenn man dann noch Fjäders Bekanntschaft mit einem ausländischen Musiker, der mit Marihuana dealte, in Betracht zog, begann die ganze Sache bereits etwas zu stinken.

Weiter hatte Hautavainio durchblicken lassen, daß Fjäders Liebste, die auf Miniröcke und besonders großzügige Dekolletés spezialisierte Viivi-Ann Näs, auch eine interessante Vergangenheit hatte. Und da Vares selbst beobachtet hatte, daß Lobo und Viivi-Ann sich ganz offenbar miteinander verstanden, gab es reichlich Gelegenheit zu weiteren Spekulationen.

Der dritte im Bund, Leevi Rönkkö, schien auch kein unbeschriebenes Blatt zu sein. Allerdings dürfte sein Intelligenzquotient nicht höher sein als seine Körpertemperatur in Grad Celsius.

Vares trank eine Tasse Kaffee, vertilgte mit großem Appetit gleich drei Brötchen hintereinander und beschloß, den beginnenden Tag ganz der Körperkultur, sprich: *Victor's Gym* zu widmen. Zunächst einmal wollte er sich die Besitzverhältnisse und finanziellen Verflechtungen vornehmen, wohlwissend, daß diese oft ihre eigene Sprache sprachen.

Vares kannte einen ehemaligen Studienkameraden in der Stadtverwaltung. Durch ihn war er nach einer halben Stunde im Bilde, daß *Victor's Gym* eine Aktiengesellschaft war, deren Aktien zu hundert Prozent im Besitz des Geschäftsführers Voitto Fjäder waren. Vares dankte ihm für diese Information und versprach, sich zu revanchieren, wenn einmal seine Hilfe gebraucht würde. Lachend antwortete ihm sein alter Freund, er hoffe, daß es nie so weit kommen möge.

Als nächstes fuhr Vares zur Tuureporinkatu und ging in einen Hausflur in besagtem Hof. Dort hing eine Tafel mit den Namen der Hausbewohner, auf der auch Name und Telefonnummer des Büros der Hausverwaltungsfirma angegeben waren.
Auf seinen Anruf im Büro antwortete eine muntere Frauenstimme. Gerne könne sie mit Auskünften dienen, schließlich galten die Informationen einem betuchten Geldanleger, der sich mit dem Gedanken trug, mehrere Wohnungen in besagtem Haus zu erwerben und sich außerdem für das Untergeschoß samt Keller- und Nebenräumen sowie ihre sonstigen Nutzungsmöglichkeiten interessierte.
Aus dem Gespräch ergab sich, daß die Kellerräume und ein großer Teil der sonstigen Wohnungen im Haus im Besitz einer Turkuer Immobilieninvestmentgesellschaft waren, an die man sich bei Interesse wenden solle. Vares erkundigte sich diskret nach den Besitzverhältnissen dieser Gesellschaft, und das Mädchen wußte zu berichten, Haupteigentümer sei eine bekannte Rechtsanwaltskanzlei in Turku. Vares bedankte sich höflich und legte auf.
Voitto Fjäder war also offensichtlich nicht selbst Inhaber der von ihm genutzten Räumlichkeiten. Statt dessen war er als Eigentümer eines neuen BMW der Luxusklasse registriert, und im Telefonbuch prangte vor seinem Namen der Titel eines Geschäftsführers. Gar nicht so übel für jemandem, den man vor nur wenigen Jahrzehnten noch wegen seines körperlichen Gebrechens in einer geschlossenen Anstalt verwahrt hätte, wo er Korbstühle hätte anfertigen müssen. Tatsächlich, die Gesellschaft macht Fortschritte hin zum Besseren.
Als nächstes interessierte Jussi Vares, wie Voitto Fjäder wohnte.
Laut Telefonbuch wohnte der Herr Geschäftsführer in Lauttaranta auf Hirvensalo. Das klang nicht schlecht. Vares beschloß, sich das Haus einmal anzusehen.
Etwas später rumpelte sein Käfer über die Brücke nach Hirvensalo. Ein Weg führte geradlinig zur Mitte der Insel. Die Straße war zu beiden Seiten von großzügig gebauten Einfamilienhäusern gesäumt, die sorgfältig gepflegte Rasenflächen und

Blumenbeete umgaben. Fjäders Wohnung lag noch ein Stück weiter die Straße hinauf. Je weiter er fuhr, von desto höherer Preisklasse waren die Häuser, und die Abschnitte mit freier Natur zwischen ihnen wurden immer größer. In so einer maritimen und von der Natur bevorzugten Umgebung dürfte sich wohl auch der Anspruchsvollste wohlfühlen.

Schließlich kam er zu der gesuchten Hausnummer. Fjäders Haus lag auf einem nach Südwesten abschüssigen Grundstück. Das Haus, ein Bau aus weißen Ziegeln, machte einen geräumigen Eindruck. Es war nicht unbedingt der teuerste Bau vor Ort, aber auch keiner der billigeren. Mit dem Verdienst, den sein Büro für Rechtssachen abwarf, hätte Jussi das Geld für ein solches Domizil erst in hundert Jahren zusammengespart.

Vares fuhr zweihundert Meter weiter und kehrte zu Fuß zum Grundstück zurück. Der Hof sah sauber und gepflegt aus. Blumen in allen Ecken, und ein Kiesweg, der vom Tor zur Haustür führte. Irgendwie konnte sich Vares schwer vorstellen, daß Viivi-Ann, die Hände mit Erde beschmutzt, Blumen pflanzte und den Rasen jätete. Wahrscheinlich war die Anlage das Werk eines teuren Gartenbaubetriebs.

Die Garagentür war geschlossen, und nirgends stand ein Fahrzeug am Abhang. Wahrscheinlich war das Paar in der Stadt und das Haus leer. Trotzdem ging Vares nicht das Risiko ein, das Haus noch näher in Augenschein zu nehmen.

Auf dem Weg zurück zu seinem Käfer sah Vares einen Dickwanst in Shorts, der auf der anderen Straßenseite den Rasen mähte. Er wußte, daß Nachbarn immer ein lohnendes Objekt für Auskünfte sind. So grüßte er höflich und nach einer Bemerkung darüber, daß die Hitze der letzten Woche dem Gras wohl ganz schön zugesetzt habe, stellte er sich als Angestellter eines Immobilienmaklerbüros vor, der für einen Kunden ein geräumiges Eigenheim in Lauttaranta suche. Sein Kunde sei Bootsbesitzer, und deshalb suche er unbedingt etwas auf dieser Insel. Vares wies auf Fjäders Haus und sagte, daß gerade so ein etwas schräg nach Süden gelegenes Grundstück am Abhang auf der Wunschliste seines Kunden stehe.

„Und jetzt erkundige ich mich erst mal bei den Nachbarn, ob

der Besitzer wohl an einem Verkauf interessiert sein könnte."
„Das Haus gehört Voitto Fjäder. Der ist da erst vor zwei, drei Jahren eingezogen." Der Mann in Shorts stellte den Rasenmäher aus und wischte sich den Schweiß von der Stirn. „Ob er verkaufen will, müssen Sie ihn schon selber fragen. Aber er wohnt ja noch nicht lange hier. Außerdem hat er selbst ein Boot."
„Ach was. Wo liegt das denn?"
„Soweit ich weiß, in Särkilahti, noch ein Stück weiter in diese Richtung."
„Vielen Dank. Wären Sie übrigens geneigt zu verkaufen?"
„Ich warte erst mal ab und lasse die Preise noch ein bißchen steigen." Ein zufriedenes Lächeln, das vom Stolz des Hausbesitzers zeugte, überzog das Gesicht des Mannes.
Nachdenklich fuhr Vares in die Stadt zurück. Ein BMW, ein prächtiges Haus, und jetzt noch ein Boot. Da konnte sich das Männlein nicht beklagen. Zwar saß heutzutage das Geld recht locker, und die Banken verschleuderten es wie Hackfleisch im Sonderangebot. Trotzdem wurde genau auf Zahlungsfähigkeit, Kreditwürdigkeit und sonstige Sicherheiten geachtet. Es wäre interessant zu wissen, wie groß bei Fjäders Anschaffungen der Finanzierungsanteil war, der in einer Unterschrift unter vielem Kleingedruckten bestand und wieviel mit Banknoten, die den Besitzer wechselten, bezahlt worden war.
Vares kannte einen Bankangestellten, einen Betriebswirt namens Lasse Huitunen, der in der Privatkreditabteilung einer Bankfiliale in der Hämeenkatu beschäftigt war. Huitunen war knapp vierzig - ein verbitterter Mann, der seinen Job satt hatte. Andere Männer mit seiner Ausbildung waren nach fünf Berufsjahren mindestens Filialleiter, aber Huitunen war nach über zehn Jahren immer noch da, wo er angefangen hatte. Eine fünfundzwanzigjährige Betriebswirtin mit einjähriger Bankpraxis war gerade zur Abteilungsleiterin und damit zu seiner nächsten Vorgesetzten ernannt worden.
Vares hatte Huitunen im *Hämeenportti* und im *Goldenen Hirsch* kennengelernt, Lokale, die der Betriebswirt aufzusuchen pflegte, wenn er sich ein paar Glas auf seinen Kummer zur Brust

nehmen wollte. Huitunen hatte Vares' sonderbarer Broterwerb interessiert. Im Gegenzug hatte er sich damit gebrüstet, sehr schnell wichtiges und geheimes Material über jede beliebige Person beibringen zu können; er verfüge über einen direkten Draht zur Kreditkontrolle. Vares hatte ein Bier lang über Huitunens Prahlerei nachgesonnen und dann einen Vorschlag gemacht. Huitunen war sofort einverstanden gewesen.
Seitdem hatte das System gut funktioniert. Vares bekam Kreditauskünfte, Huitunen Spannung in seinen Alltag und fünfzig Mark pro Person. Hauptsächlich war Vares an der Zahlungsfähigkeit seiner Kunden interessiert. Aber auch sonst verraten Unregelmäßigkeiten bei Kreditrückzahlungen allerhand über Charakter und Lebenssituation eines Menschen.
Huitunen meldete sich mit seiner heiseren, etwas nasalen Stimme. Als er Vares' Namen hörte, war er gleich lebhaft interessiert.
„Weißt du die Personenkennziffer?"
„Nein. Der Knabe heißt Fjäder, Voitto. Den findest du sicher im Namenregister. Es gibt nicht viele, die so heißen."
„Was weißt du noch? In groben Zügen?"
„Vielleicht fünfunddreißig. Wohnt in Turku. Brauchst du sonst noch was?"
„Das reicht. Ich ruf' in zehn Minuten zurück."
Fünf Minuten später meldete er sich wieder. Vares griff nach Papier und Bleistift. Erst schrieb er sich Fjäders Personenkennziffer auf und stellte fest, daß er dreiunddreißig war. Gar nicht so schlecht getippt. Dann begann Huitunen die übrigen Angaben aufzuzählen:
„Mehrere Wechsel in den Jahren dreiundachzig bis sechsundachzig. Drei Wechselproteste, der letzte im Jahr fünfundachzig. Dann gibt's da eine Zwangsvollstreckung und ein paar Mahnbescheide. Der Code verrät auch, daß es noch mehr Einträge gibt, wenn ich zeitlich weiter zurückgehe."
„Der Mann hat also nicht gerade eine reine Weste?" stellte Vares nachdenklich fest.
„Nein, wirklich nicht."
„Aber die Unregelmäßigkeiten hören sechsundachzig auf, oder?"

„Im März sechsundachzig, genau gesagt. Danach hat der Knabe seine Geschäfte ohne Beanstandungen abgewickelt."
„Sieh an, die Verhältnisse sind auf einmal in Ordnung."
„Das weiß man nicht, aber jedenfalls hat er seit dem Zeitpunkt seine Rechnungen und Schulden bezahlt."
„Was für Auswirkungen hat so eine Vorgeschichte auf Voittos Kreditwürdigkeit bei Banken?"
„Nun, zweifellos haben die Unregelmäßigkeiten aufgehört. Die Faustregel in diesem Geschäft sagt allerdings auch, daß ein Kredit um so knapper bemessen und teurer ist, je mehr Einträge hier unter dem Namen verzeichnet sind."
Vares bedankte sich, legte auf und ging nachdenklich in die Küche, um den Kaffeeautomaten anzustellen.

22

KAKOLA: Häftling 283/86

Rapp hatte beschlossen, daß der Sonntag sein Tag sein würde. Dann nämlich würde die Wachmannschaft in Kakola von schwächer besetzt sein als werktags, und auch die Polizei wäre aufgrund des Ruhetages nicht in voller Bereitschaftsstärke.
Er hatte nicht vergessen, daß, als er vor ein paar Jahren für das Polizeiregister fotografiert wurde, sein dichtes dunkles Haar ihm die Ohren fast ganz bedeckte und er damals auch die gleichen langen, backenbartähnlichen Koteletten hatte wie jetzt. Es war also ratsam, zum Friseur zu gehen.
Nach dem Mittagsabwasch sprach er Kurjenlahti darauf an. Vaunonen war nämlich der begehrteste Haarschneider im Knast. Die Wärter hatten ihm sogar Spiegel, Stuhl und sonstiges Zubehör besorgt und ihm eine Ecke im Fernsehraum überlassen. Rasiermesser und Schere mußte der Grillkioskmörder allerdings jedesmal mit Unterschrift quittieren und nach getaner Arbeit wieder beim Chef der Abteilung abliefern.
„Ja, sicher kann Kari dich frisieren. Wann soll's denn sein?"

Kurjenlahti war einverstanden.
„Jetzt gleich."
„Wir haben keine anderen Voranmeldungen. Geh in den Fernsehraum und warte da. Wir kommen dann in etwa zehn Minuten."
Rapp nickte und begab sich ein Stockwerk höher. Kurjenlahti wachte so eifersüchtig über seinen Burschen, daß er ihn nicht mal beim Frisieren allein ließ.
Rapp hatte nur kurz in einer alten Zeitschrift geblättert, als Kurjenlahti erschien. Vaunonen folgte ihm auf dem Fuße wie ein dünner Schatten.
Ohne eine Aufforderung abzuwarten, setzte sich Rapp auf den Frisierstuhl, und Vaunonen nahm hinter ihm Aufstellung, lautlos wie ein Scheunengnom. Rapp verfolgte im Spiegel, wie der Junge seine Gerätschaften auf einem Nebentischchen bereitlegte. Vaunonen blickte unruhig hin und her, und auch seine schmalen, vom Tabak gelblichen Finger hielten keine Sekunde lang still.
„Wie willst ..." Vaunonens Stimme klang wie atemloses Gepiepse. Kein Wunder, daß er Kurjenlahti das Reden überließ.
„Ich hab' mir gedacht, ein Igelschnitt wäre das Richtige."
„Ach, Igelschnitt? Was ist denn jetzt los?" ließ sich Kurjenlahti vom Tisch her vernehmen, ohne seinen Blick von den Comics zu heben.
„Das ist wegen dieser Hitze."
„Ach so. Ja, dieser Sommer, der bewirkt so manches." Der alte Knastbruder blätterte langsam weiter. Irgendetwas lag in der Luft.
Vaunonen schnitt zügig und geschickt. Erst benutzte er die Schere für das Gröbste, dann nahm er den Elektroschneider für die eigentliche Feinarbeit. Rapps dunkle, abstehende Strähnen fielen eine nach der anderen zu Boden, und unter ihnen kam ein knochiger, etwas länglich geformter Schädel zum Vorschein. Übrig blieb schließlich ein borstiges Fell, gerade einen halben Zentimeter lang, fast so hart wie Stacheldraht.
Zufrieden besah er sich das Ergebnis im Spiegel. Er kannte sich selbst kaum wieder.

„Die Koteletten müssen auch weg."
„Ach, die Koteletten auch? Du bist wohl mit deinem Aussehen gar nicht mehr zufrieden, was?" warf Kurjenlahti ein.
„Öfter mal was Neues", knurrte Rapp.
Wieder begann Vaunonen mit der Schere und kürzte beide Koteletten zuerst oberflächlich. Dann fuhr er ein paar Mal mit dem Elektroscherer darüber. Den letzten Schliff würde er mit dem Rasiermesser geben.
In einem kleinen flachen Becher schlug er etwas Seifenschaum und verteilte ihn auf Rapps Wangen. Dann begann er, die Haarstoppeln mit dem besonders scharfen Messer abzuschaben. Er fing links an und arbeitete von oben nach unten.
„Du bist ja in letzter Zeit sehr aktiv."
Kurjenlahti sagte das in lockerem Plauderton und wandte den Blick immer noch nicht von der Zeitschrift ab. Vielleicht interessierte ihn ja die Zubereitung von Dip-Soßen im Innern des Blattes.
Rapp sagte nichts. Er hielt die Augen halb geschlossen und folgte den Bewegungen von Vaunonens magerer Hand oben vom Ohr hinab zu den Adern am Hals.
„Vor kurzem hast du mit Riegel irgendwelche Geschäfte gemacht. Und außerdem hört man, daß du in letzter Zeit alle möglichen Putzjobs übernommen hast. Erst bei der Wäsche, dann Zellenputzen mal hier und mal da. Da wird man schon neugierig."
„Es sollte sich lieber jeder um seine eigenen Angelegenheiten kümmern. Damit man keine Kopfschmerzen bekommt."
Rapp sprach mit betont ruhiger Stimme. Langsam ballte er unter der schmutziggrauen Baumwolldecke die Fäuste zusammen. Die blaue Ader an seinem Adamsapfel trat deutlicher hervor, nur wenige Zentimeter von der Stelle entfernt, wo Vaunonen gerade mit seinem Rasiermesser zugange war.
„Ich habe hier eine ganz bestimmte Stellung, wie du weißt. Und diese Stellung beruht darauf, daß ich auf das höre, was hier so geredet wird. Und jetzt frage ich dich, und zwar als Freund, ob du uns nicht etwas zu erzählen hast. Irgendeine interessante Geschichte zum Beispiel."

Jetzt hob Kurjenlahti zum ersten Mal den Blick von der Zeitschrift. Seine schmalen Eberaugen blickten mit unverhohlener Neugier drein.
Rapp gelang es mit zusammengebissenen Zähnen, ein Schluckbedürfnis zu unterdrücken. Vaunonens Hand hatte innegehalten. Das Rasiermesser ruhte leicht über dem Adamsapfel und streifte kaum die Haut. Das fettige Haar des Jungen hing Rapp fast im Gesicht, so daß er dessen Augen nicht sehen konnte.
„Was hast du, Rapp? Beim Friseur ist es doch so üblich, über alles Mögliche zu plaudern ..."
„Was für 'ne Geschichte willst du denn hören?" Es gelang ihm, seine Stimme einigermaßen normal klingen zu lassen.
„Was weiß ich. Du bist hier der Geschichtenerzähler."
„O.K. Habt ihr schon die Geschichte von der Nonne gehört, die per Anhalter mit 'nem Laster von Stockholm nach ..."
Im Raum machte sich Stille breit. In Kurjenlahtis Hand kein Zeitungsrascheln. Das Rasiermesser lag bewegungslos an Rapps Hals.
Kurjenlahtis kleine Augen wurden noch schmaler. Dann öffnete sich sein breiter Mund, und ein dumpf dröhnendes Lachen brach daraus hervor.
„Du bist ganz schön blöd, Rapp. So 'ne Geschichte wollen wir nun wirklich nicht hören von dir. Und andere hast du uns nicht zu erzählen?"
„Nein."
„Nun gut. Trotzdem, alles Gute für dich. Halt die Ohren steif, was immer du auch tust."
Vaunonen hob langsam das Rasiermesser von Rapps Hals und wischte mit einem Handtuch den Schaum davon ab. Rapp sah nun wenigstens eines von Vaunonens blaßblauen Augen, das ihn zwischen den von seiner Stirn herabhängenden Strähnen hindurch anstarrte.
„Was glotzt du so?" fuhr er ihn an. „Mach zu, daß du mit der anderen Kotelette fertig wirst."

23

Während der beiden nächsten Tage geriet Jussi Vares in zwei für ihn völlig neue Situationen.
Die erste war nicht unbedingt unangenehm, aber das lag einzig und allein an seiner Begleitung. Eines späten Nachmittags nämlich, gegen fünf, schellte es an Vares' Tür, und als er öffnete, stand Mari Mattson da. Sie hatte Karten für das Turkuer Stadttheater.
Vares' Theatererfahrung beschränkte sich auf ein einziges Mal, als er nachts in Helsinki hinter einem Paar her war, das auf unerlaubten Pfaden wandelte und beschlossen hatte, sich dabei eine Theateraufführung anzusehen. Darin wurde geflucht, geschrien, über die ganze Bühnenbreite gespuckt und geprügelt, wobei die männlichen Schauspieler auch noch mehrmals im Adamskostüm auftraten. Der Kontrast zu dem würdevoll und in bestem Sonntagsstaat dasitzenden Publikum hätte nicht größer sein können. In der Nacht nach der Vorstellung hatte Vares Alpträume gehabt und am nächsten Morgen als erstes den Preis der Theaterkarte auf die Spesenrechnung gesetzt.
Diesmal würde aber Maris Begleitung ihm helfen, sogar noch Schlimmeres zu ertragen, dachte Jussi.
Das Stück sagte ihm nicht gerade viel. Dafür rechnete er es dem Theater hoch an, daß es in der Pause im Foyer etwas zu trinken gab. Nach ein paar Schluck war der zweite Akt schon besser zu überstehen, nur während der letzten Minuten machte ihm dringender Harndrang zu schaffen.
Mari Mattson trug ein helles enges Kleid, das ihre Figur gut zur Geltung brachte, und sie hatte große Sorgfalt auf Frisur und Make-up verwendet. Sie schien jeden zweiten aus dem Publikum zu kennen und stellte Vares während der Pause ihren Bekannten vor. Jussi kannte keinen von ihnen außer einem Arzt, für dessen Frau er die nötigen Beweise für die Ehescheidung besorgt hatte. Der Arzt kannte ihn nicht und er hätte ihm genauso wenig die Hand schütteln mögen wie den übrigen Anwesenden.

„Dir war wohl jede Minute zuwider, was?“ stellte Mari fest, als sie nach der Vorstellung am Flußufer entlang nach Hause gingen.
„Ohne dich wär's mir zuwider gewesen. Aber das Bier in der Pause war wenigstens einigermaßen kalt.“
„Ich mag diese Foyerlöwen genauso wenig wie du. Nur daß ich nun mal aus beruflichen Gründen mit allzuvielen von ihnen bekannt bin.“
„Aber ins Theater gehst du wirklich gerne?“
„Oh ja. Und zwar nicht nur, um da gesehen zu werden, was für die meisten von denen der einzige Grund ist.“
„Gut. Hauptsache, man heuchelt nichts vor.“
Weil Mari den ersten Teil des Abends bestritten hatte, beschloß Vares, den Schluß zu übernehmen. Er führte sie in sein ureigenstes Milieu, nämlich in *Hasse's Pub*. Schließlich war es Sitte, nach dem Theater irgendwo zusammenzusitzen und das Gesehene zu analysieren.
Mari betrachtete diese Umgebung mit großen Augen. Ihre schön geformte Nase rümpfte sich, entweder aufgrund des dichten Tabakrauches oder einfach so.
„Willst du etwa behaupten, noch nie hier gewesen zu sein, obwohl du fast um die Ecke wohnst?“ wunderte sich Vares.
„Genau.“
Wenn Vares sich im Theater gelangweilt hatte, so verabscheute Mari Mattson den Pub. Sie verstand nichts von Darts, wunderte sich, was für ein Spiel das sei, das die über einen Tisch gebeugten Backgammonisten spielten, und hustete im Tabaksqualm. Auch die Gäste schienen sie stark zu befremden. Ein gut entwickelter Bierbauch bei einem jungen Mann war natürlich kein Anblick, der einer trainierten Tänzerin imponierte.
Mari trank kein Bier, weil sie Bier nicht ausstehen konnte. Vares bestellte ihr einen Kaffee, zahlte dem Betriebswirt Huitunen, der am Tresen lungerte, einen Fünfziger und gab ihm ein großes Bier aus. Pastor Alanen war auch unter den Dartspielern und winkte Vares zu, der aber nicht zu ihm hinging, als er sah, daß er schon Gesellschaft hatte. Als Mari ihren Kaffee in Empfang genommen hatte, erkundigte sie sich nach

den Fortschritten im Mordfall Lobo.
Zu den polizeilichen Ermittlungsergebnissen konnte Vares nichts sagen, und so berichtete er, daß seine eigenen Untersuchungen bereits in eine ganz konkrete Richtung gingen, allerdings müsse er sich erst noch über die nächsten Schritte klar werden. Es gebe da so einiges, was auf ein Etablissement namens *Victor's Gym* hinweise.
„*Victor's*! Die Welt ist doch klein. Da gehe ich nämlich auch zum Training hin." Maris Interesse war offensichtlich geweckt.
„Und was hast du für einen Eindruck von dem Schuppen?" Diese Wendung brachte auch Vares in Schwung.
Mari erzählte, sie trainiere dort, weil der Laden günstig gelegen sei und die Preise auch niedriger als bei entsprechenden Studios im Zentrum in Marktplatznähe. Voito kenne sie auch, und dann fuhr sie fort:
„Der eigentliche Leiter ist so ein lahmarschiger und großer Klotz und heißt Leevi. Im Gewichtheben einer der besten seiner Klasse in Finnland. Ich habe gehört, daß er aus dem hintersten Kainuu stammt, aus so einer richtigen Laestadianer-Familie alter Art. Aber der Junge hatte in seiner Kindheit wohl zu wenig Spielzeug. Er ist nicht gerade eine Intelligenzbestie."
Mari beschrieb die Kundschaft des Fitneßstudios, und Jussi fragte:
„Hast du da irgendwann mal Leute beobachtet, die dir irgendwie seltsam vorkamen oder nicht zum üblichen Publikum zu gehören schienen?"
„Jetzt im Sommer bin ich nicht oft dagewesen, aber warte mal ... ja, in der Caféecke saßen da im Winter manchmal etwas komische Typen. Solche, die sich jedenfalls nicht zum Trainieren gekommen waren."
Von *Hasse's Pub* ging es weiter zu Vares' Wohnung, und wie der Zufall es wollte, standen noch zwei Flaschen Weißwein im Kühlschrank. Sie leerten anderthalb Flaschen und erzählten sich dabei von ihrer Vergangenheit, Jussi von seinem mißglückten Studium und Mari von ihrer mißglückten Ehe.
Am Morgen erwachten sie eng umschlungen auf Vares' ausgeleierten und verbeulten Matratze, und zu seiner Überraschung

stellte Jussi fest, daß er noch in ihr drin war.
So konnte es gleich wieder von neuem losgehen.
Nachdem Mari Jussis Kühlschrank durchforstet hatte, kam sie zu dem Schluß, daß das Frühstück bei ihr vielseitiger sei. Jussi gehörte offensichtlich nicht zu denen, die Wert auf ein umfangreiches Frühstück legen, außerdem wollte er noch ein Stündchen schlafen. Darauf angelte Mari ihren Slip unterm Bett hervor, gab Vares einen Kuß auf seine nackte Hinterbacke und verschwand.
Vares bauschte sich zwei Kissen unterm Kopf zusammen, zog die Decke über den Hals und versank allmählich wieder in süßen, wohligen Schlaf. Doch da läutete die Türklingel Sturm.

Zehn Minuten später saß Jussi Vares, noch ganz schlaftrunken, in einem Polizei-Saab neben der ehrfurchtgebietenden Masse Kommissar Hautavainios. Aus dem Hof ging's mit einem Kavaliersstart auf die Straße. Diesmal waren an den Fenstern nicht ganz so viele Köpfe zu sehen wie bei Vares' Umzug im Leichenwagen, aber mehr als zehn interessierte Augenpaare mochten es schon sein. Wenigstens verzichtete der Fahrer auf den Gebrauch der Sirene, stellte Vares erleichtert fest.
Weit brauchten sie nicht zu fahren. Der Saab bog schon nach dreihundert Metern mit quietschenden Reifen in den Kurjenkaivonkenttä ein. Ein roter Leiterwagen der Feuerwehr stand quer über den Hof, und aus einem zweiten Wagen führten dicke graue Schläuche zur Haustür hinein. Es qualmte nicht mehr, aber der Rauchgeruch lag noch über der ganzen Umgebung. Einige von Vares' ehemaligen Nachbarn standen schweigend im Hof, teils im Morgenmantel, teils erst halb angezogen.
„So eine Sache fällt natürlich nicht in die Kompetenz der Mordkommission, aber als ich die Adresse erfuhr, dachte ich, das sollte ich mir mal ansehen", erläuterte Hautavainio.
Vares sagte nichts. Er stieg hinter dem Kommissar zum dritten Stock hinauf, wobei er es vermied, auf die Schläuche zu treten. Ihm war plötzlich ganz wirr im Kopf. Schwer zu sagen, ob das am Wein von gestern abend lag oder an den stärker werdenden

Rauchschwaden. Oder an was auch immer.
Da standen sie auch schon vor der Tür, hinter der Vares noch vor kurzem gewohnt hatte. Jetzt war sie stark angekohlt und verzogen. Die Hitze hatte die Plastikbuchstaben über dem Briefkastenschlitz zum Schmelzen gebracht, und nur noch mit Mühe ließ sich die Aufschrift entziffern: J. VARES. Der Hausmeister hatte sich nicht beeilt; sein Name war noch nicht abmontiert worden.
Das war möglicherweise ein glücklicher Zufall.
„Die Nachbarn sind vom Rauchgeruch aufgewacht, so um halb vier morgens." Der Kommissar blätterte in seinem zerfledderten Notizbuch.
„Halb vier", wiederholte Vares leise. „Dann war sicher der letzte Nachtschwärmer wieder zu Hause und schlief schon fest."
„Genau. Es scheint, daß irgendjemand die gleichen Überlegungen angestellt hat." Hautavainios Stimme klang ernst. „Die Jungs von der Technik haben festgestellt, daß der Brand vom Fußboden im Flur ausging, direkt vor dem Briefkastenschlitz, und sich dann mit explosionsartiger Geschwindigkeit ausgebreitet hat. An der Tür unterhalb des Briefkastens wurden Reste von Benzin und Streichhölzern gefunden."
„Das heißt, wäre da drinnen jemand durch die lodernden Flammen aufgewacht, dann wäre der einzige Weg nach draußen bereits versperrt gewesen." Vares spürte, wie er leicht erschauerte.
„Sieht so aus. Übrigens kommen bei solchen Bränden die Opfer meistens dadurch um, daß sie in Rauch und Kohlendioxid ersticken, nicht dadurch, daß sie verbrennen."
„Das ist tröstlich zu hören."
„Du scheinst wirklich Glück gehabt zu haben."
„Das kann man wohl sagen."
Vares griff nach der Tür und öffnete sie vorsichtig, ohne jedoch einen Schritt weiterzugehen. Von der Tür aus konnte man sehen, daß die Wohnung schwarz wie eine Kohlengrube war. Die Hitze hatte die Fenster zerborsten, und der Wind wehte die leichte Asche über den Fußboden.

„Muß mir wohl 'nen Feuermelder zulegen", sagte Vares mehr zu sich selbst.
„Da hast du sicher schon für Nutzloseres Geld ausgegeben."
„Gut. Ich habe genug gesehen. Gilt bei diesen Saab-Touren die Fahrt hin und zurück?" Vares stieg langsam die Treppe hinab.
„Ja."
Auf dem Hof blieb er noch einmal stehen, um einen Blick auf die geschwärzten Fenstersimse seiner ehemaligen Wohnung zu werfen.
„Hast du gewußt, daß ich meine Sachen von hier mit einem Leichenwagen weggebracht habe?"
„Jetzt wärst du beinahe selbst in so einem Wagen weggebracht worden."

24

Den Vormittag verbrachte Vares damit, in seiner Wohnung umherzuwandern und sich zu überlegen, was er als nächstes unternehmen sollte und ob er überhaupt etwas unternehmen sollte.
Gegen Mittag kochte er sich einen Haferbrei und aß widerwillig einen halben Teller. Während er den Rest des Haferbreis in der Kloschüssel verschwinden ließ, kam ihm eine Idee. Pastor Alanen war einer der letzten, den Jesús María Lobo getroffen hatte, als Vares ihm auf den Fersen gewesen war. Und mit dem Pastor hatte er sich noch nicht unterhalten.
Das würde ihm wahrscheinlich nicht viel weiterhelfen, aber aus purer Neugier wollte er herausfinden, was der Spanier in dem schäbigen Antiquariat des Pastors damals eigentlich zu suchen hatte.
Und außerdem wäre es natürlich auch seiner psychischen Verfassung zuträglich, etwas anderes zu tun als stets nur daran zu denken, was er diesen Morgen zu sehen bekommen hatte: eine ausgebrannte, schwarze Wohnung.
Vares hatte einen von der Polizei ausgestellten Waffenschein,

der ihn zum Besitz einer Gaspistole ermächtigte. Für gewöhnlich trug er sie nicht bei sich, weil er glaubte, sie nicht zu brauchen. Und besonders im Sommer, ohne Überkleidung, konnte man sie schwer in der Hosentasche mit sich schleppen. Jetzt schien ihm allerdings, daß er die Maze von Smith & Wesson brauchen konnte, ein schwarzer Pistolengriff ohne Lauf, der wie eine Deodorantdose aussah. Von jetzt an schien sein Leben in Gefahr zu sein. Er kramte die Pistole aus der Schublade hervor und steckte sie in die Vordertasche seiner Jeans. Das ergab eine unangenehme Wölbung in der Hose, und das auch noch an etwas unpassender Stelle.

Im *Sirkkalan Antikvariaatti* bediente Pastor Alanen gerade einen Mann mittleren Alters, der sich für Literatur über den finnisch-russischen Fortsetzungskrieg 1941-44 interessierte. Vares ließ sich auf einem Hocker nieder und blätterte in einem *Asterix*-Heft, bis Geld den Besitzer wechselte. Der Kunde verließ mit drei in Packpapier eingewickelten Bänden von Jukka L. Mäkelä den Laden.

„Das Geschäft blüht?"

„Ein wenig, ab und zu." Alanen steckte sich das Geld direkt in die Tasche, ohne den Betrag in die alte Registrierkasse einzutippen. „Du hattest gestern abend ja 'ne tolle Braut im Schlepptau."

„Ich kann mich nicht beklagen."

„Und hat die Nacht die Erwartungen erfüllt?" Der Pastor zwinkerte ihm zu.

„Der Morgen noch mehr."

„Aha. Was führt dich zu mir? Man sieht dich so selten in letzter Zeit. Suchst du etwa nach einem Buch?"

„Als ich umzog, da hast du mir ja verschiedenes empfohlen."

„Stimmt. Die Rede war von Charles Bukowskis *Liebesleben der Hyäne* in schwedischer Übersetzung. Hoffentlich hab' ich's noch nicht verkauft." Der Pastor begann geschäftig zwischen den engen und überladenen Regalen zu suchen.

Vares sah sich um. Regalmeter um Regalmeter Bücher in verschiedener Verfassung und Größe. Zu Hunderten und Aberhunderten. Der für Büchereien und Antiquariate charakteristi-

sche Staub kitzelte in der Nase und machte das Atmen schwer. Da ertönte irgendwo zwischen den Regalen auch schon ein freudiger Ausruf.
„Da ist er ja, der Teufelskerl!“
Der Pastor tauchte wieder auf und hielt ein zerlesenes Taschenbuch mit Eselsohren in Händen.
„Charles Bukowski ist eine Legende. Wenn du nicht seine Gedichte lesen willst, dann empfehle ich dir diesen Roman, die beste Einführung in sein Werk. Sieh mal, der Umschlag! Toll, was? Der sagt einiges über das Buch und den Schriftsteller aus.“
Vares nahm vorsichtig das Buch. Auf dem Umschlag lächelte ein ungepflegter Kerl mit Bierbauch zufrieden in die Kamera. Nach dem Grund für seine Zufriedenheit brauchte man nicht lange zu suchen. An seinem rechten Arm hing ein weibliches Wesen mit blutunterlaufenen Augen. Ihre löchrigen Nylonstrümpfe sahen mitleiderregend aus, wie Wurstpelle, und der karierte BH saß irgendwie schief.
„Der Mann da ist Bukowski, wie er leibt und lebt“, erklärte der Pastor.
„Scheint ein Bierfreund zu sein.“
„Wenn er auf einer Matinee seine Gedichte liest, läßt er sich vertraglich zusichern, daß neben ihm auf der Bühne ein Kühlschrank steht.“
„Das Buch ist ja dreckig!“ Vares wog das Opus zögernd in seiner Hand. Auf dem Umschlag waren Fettflecken, und viele Seiten waren mit Spuren von irgendetwas Gelblichem beklekkert.
„Natürlich ist es dreckig. Bukowskis Bücher sollte man nie in sauberem und druckfrischem Zustand verkaufen. Dieses Buch ist ein in jeder Hinsicht besonderes Exemplar. Vielleicht hat sich der letzte Leser über der einen oder anderen Seite auch einen runtergeholt.“
„Gut, ich nehm's.“
„Du wirst es nicht bereuen. Das macht fünfunddreißig, oder sagen wir dreißig Mark, als Freundschaftspreis.“
Vares holte drei Zehnmarkscheine aus der Tasche und gab sie

dem Pastor. Der steckte sich das Geld direkt in die Tasche und packte das Buch in eine braune Papiertüte von Alko. Dann holte er eine Flasche Koskenkorva mit rötlichem Inhalt unter der Ladentheke hervor.
Vares nahm einen kräftigen Schluck und ächzte. Der Pastor hatte das gute Zeug wirklich nicht mit zuviel Preiselbeersaft verwässert. Alanen goß sich gut drei Fingerbreit hinunter, ohne mit der Wimper zu zucken.
„Du fängst ja früh an heute“, stellte Vares fest.
„Keine Minute vor Mittag. Gentleman bleibt Gentleman.“ Der Pastor kippte noch schnell einen Kurzen und korkte die Flasche zu. „Bücher und Schnaps - was braucht ein Mann mehr, um glücklich zu sein?“
„Die Chinesen sagen, ein Mann sei einen Abend lang glücklich, wenn er eine Flasche getrunken, eine Woche, wenn er eine Frau gefunden habe, und sein ganzes Leben, wenn er einen Garten bestellen könne.“
„Woraus sich der Schluß ziehen läßt, daß man vollkommenes Glück nur als betrunkener Gärtner erlangen kann, der sich jede Woche ein neues Weib anschafft.“ Alanen mußte lachen.
„Hör mal, Johannes. Ich komme nicht nur wegen dieses Buches. Da wäre auch noch was anderes“, begann Vares. „Du weißt noch nicht, daß jemand meine Wohnung, aus der ich neulich ausgezogen bin, in Brand gesteckt hat.“
„Ach du Scheiße!“
„Natürlich in der Absicht, daß ich gleich mit draufgehe. Aber zum Glück hatte es sich noch nicht überall herumgesprochen, daß ich umgezogen bin.“
„Warum sollte dich denn jemand um die Ecke bringen wollen?“
„Ich untersuche zur Zeit den Mord an diesem Spanier am Vartiovuori. Vielleicht ist ja jemand der Meinung, daß ich bereits zu viel herausgekriegt habe.“
„Mmh. Den Lobo hab’ ich übrigens gekannt.“ Der Pastor holte wieder die Flasche hervor, nahm erst selbst einen ordentlichen Schluck und bot sie dann Vares an. „Nimm noch einen. Tut dir sicher gut.“
„Danke.“ Vares goß sich das warme Getränk in den Mund.

„Ich weiß, daß du ihn gekannt hast. Ich habe den Spanier letzte Woche in einer anderen Sache beschattet und sah, wie er hier reinkam. Jetzt möchte ich, daß du mir alles über Lobo und seine Verbindungen erzählst, was du weißt."
„Wir standen miteinander in geschäftlicher Verbindung ..." sagte der Pastor mit reserviertem Gesichtsausdruck.
„Hat Lobo sich etwa für Bukowski interessiert? Oder für den Fortsetzungskrieg?"
Der Pastor bückte sich hinter dem Verkaufstisch nieder und hob schweigend einen Packen Videokassetten hoch. Vares nahm sie einzeln in die Hand und sah sich die schmuddeligen Hüllen an. Es waren Pornos. Nach den Titeln und mehr noch nach den vielsagenden Abbildungen zu urteilen waren es welche von der allerhärtesten und perversesten Sorte.
„Lobo hat sie mir in Stockholm en gros besorgt." Dem Pastor war es offensichtlich peinlich. Wieder nahm er einen kleinen Schluck und reichte Vares die Flasche hin. Der schüttelte mit dem Kopf und befingerte eine Kassette, auf deren schwedischem Cover *Pißfreuden* stand.
„Und für so was gibt es Nachfrage?"
„Na klar. Man glaubt ja gar nicht, in wieviel glücklichen Einfamilienheimen sich der Hausherr so was mit seiner Alten nach der Sauna am Samstagabend reinzieht."
„Es heißt ja auch, daß der Verkauf von Büchern heutzutage nichts mehr einbringt", seufzte Vares.
„So isses. Geh doch nur mal in irgendeine beliebige Buchhandlung. Da mußt du unter den vielen Mikrocomputern, Taschenrechnern, Gameboys und Videokassetten doch nach den Büchern suchen! Wann beginnt wohl die erste Buchhandlung, Wurst im Sonderangebot zu verkaufen? Genauso ist es mit den Antiquariaten. Durch bloßen Kauf und Verkauf von Büchern kann man nicht mehr überleben. Man muß heute braven steuerzahlenden Familienvätern Kinderpornos und gequirlte Scheiße verkaufen." Der Pastor redete sich richtig in Fahrt.
„So ändert sich die Welt. Lobo hat dies Zeugs also ins Land geschmuggelt?"
„Ja, oder er hat den Schmuggel organisiert. Ich weiß nicht, ob

er es selbst rübergebracht hat. Vielleicht hatte er nur die richtigen Verbindungen in Stockholm."
„Und wie lange hat eure Geschäftsbeziehung gedauert?"
„Seit letzten Sommer."
„Wie gut kanntest du Lobo außerhalb dieser Pornogeschäfte?"
„Eigentlich überhaupt nicht. Ich hatte auch kein Interesse daran, ihn näher kennenzulernen. Ich mochte diesen Knaben irgendwie nicht."
„Sagen dir die Namen *Victor's Gym* oder Voitto Fjäder etwas?"
„Noch nie gehört. Tut mir leid, daß ich dir nicht weiterhelfen kann."
„Oh doch, du hast mir sehr geholfen. Das Bild, das ich mir von Jesús María Lobo mache, wird mit der Zeit immer klarer."
„Gut. Aber eins noch, Jussi. Treib deine Schnüffeleien nicht zu weit in diesem Fall. Wenn es schon einen Mord gegeben hat, dann gibt es auch jemanden, der nicht allzu viel zu verlieren hat." Die wässrig blauen Augen des Pastors blitzten besorgt auf.
„Das heute morgen war eine deutliche Warnung. Jedenfalls bin ich jetzt auf der Hut. Bis demnächst dann, Johannes. Vares griff nach der braunen Papiertüte mit dem Buch.
„Bis bald. Hoffentlich gefällt dir der Bukowski."
„Du kannst dir meine Rezension in *Hasse's Pub* anhören."
Vares kehrte in seine Wohnung zurück, legte sich aufs Sofa und begann in dem schmudeligen Buch zu blättern. Nach ein paar Dutzend Seiten wurde er durstig, und die halbe Flasche Weißwein von gestern abend war im Nu geleert. Nach dem Wein ging Jussi an den Biervorrat in seinem Kühlschrank. Irgendwie verlangte der Text danach.
Gegen sieben Uhr abends hatte er 140 Seiten hinter sich, dabei die Bekanntschaft mit einer Menge unterschiedlichster Frauengestalten gemacht und ein paar Liter Bier intus.
Irgendeine der Episoden in dem Buch löste in ihm das Verlangen aus, eine Etage tiefer bei Mari Mattson anzurufen.
Rund zehn Mal ließ er das Telefon schellen, bevor er aufgab und den Hörer auflegte.
Dann ging er ins Bett, zog sich die Decke über den Kopf und war in wenigen Minuten eingeschlafen. In seinen Träumen

vermischten sich Bilder von Mari, einem kleinen muskulösen Zwerg und einem nebelumflorten Felsen, auf dem ein paar Galgen mit von Raben angenagter Last standen. Dann begann eine Volksmenge damit, Holz für einen Scheiterhaufen auf dem höchsten Punkt des Felsens, der direkt neben seiner Hauswand lag, aufzuschichten. Vares schaute sich das ganze vom Balkon im dritten Stock des Hauses an und lachte aus vollem Halse, obgleich er wußte, daß der Scheiterhaufen für keinen andern als für ihn selber bestimmt war.

25

Am nächsten Morgen um zehn rief Pauli Kontio an. Er wollte wissen, wie die Ermittlungen vorankamen.

Kontio wirkte am Telefon wie jemand, der sehr in Eile, aber auch sehr nervös ist. Er berichtete, die Polizei lasse ihn immer noch nicht in Ruhe. So meine er, in der letzten Sitzung der Handelskammer spürbare Zurückhaltung, ja Mißtrauen seiner Kollegen ihm gegenüber bemerkt zu haben. Die Situation beginne ihn psychisch zu belasten, und außerdem wirke sie sich auch schon auf seine geschäftlichen Unternehmungen aus.

Vares konnte kein großes Mitleid empfinden. So fragte er nur kurz, wie es bei ihm an der Ehefront aussehe. Kontio erwiderte, er habe in der letzten Zeit viel und ernsthaft mit Annika gesprochen, und die Vernunft gewinne allmählich Oberhand.

„Und die Liebe?“ warf Vares fragend ein.

„Die natürlich auch. Diese traurige Episode war nur eine vorübergehende Laune“, sagte Kontio.

„Ich bewundere deine Geduld. Und ich rufe dich an, wenn die Sache aufgeklärt ist. Auf Wiederhören.“

Als nächstes rief Vares bei *Victor's Gym* an. Viivi-Ann Näs meldete sich mit geheuchelter Zuckersüße in der Stimme. Sie erklärte, Voitto Fjäder sei ab ein Uhr mittags wieder erreichbar. Vares dankte und legte auf.

Um sich die Zeit zu vertreiben, fuhr er mit seinem Käfer zum

Ziegelkoloß der alten Tuchfabrik. Mari Mattson hatte gerade eine Unterrichtsstunde, und Vares genoß es, aus einiger Entfernung zu verfolgen, mit welcher Leichtigkeit und Anmut sie sich vor ihren schwitzenden und tapsigen Tanzschülern bewegte. Nach Ende der Stunde mußte er die tadelnde Bemerkung einstecken, er mache durch sein Geglotze ihre Kundschaft ganz nervös.
Vares versprach sich zu bessern und bekam im Pausenraum eine Tasse Kaffee.
Er fragte Mari, ob sie von Lobos Handel mit Pornokassetten gewußt habe. Sie verneinte, setzte aber hinzu, so etwas passe ganz gut zu Lobos Stil.
Vares schlug vor, am Abend gemeinsam irgendwo eine Pizza essen zu gehen. Sie küßten sich in dem staubigen, nach abgestandenem Kaffee riechenden Raum, und Vares fuhr ihr mit dem Zeigefinger tief unters Trikot. Mari wand sich in seinen Armen, hatte es aber auch nicht eilig, in den Tanzsaal zurückzukommen.
Eine halbe Stunde später parkte er seinen Käfer auf dem Kundenparkplatz im Hof von *Victor's Gym*. Voitto Fjäders glänzender BMW stand in der Parkbox gleich daneben.
Hinter dem Tresen stand Viivi-Ann Näs. Diesmal hatte sie ein engansitzenden, bunten Gymnastikdreß an, über den sie ein superkurzes Röckchen gezogen hatte. Der Anblick konnte sich sehen lassen.
Im Saal ächzten vier Gestalten an eisernen Geräten, und eine davon war der Geschäftsführer höchstpersönlich. Voitto Fjäder lag auf einer Bank auf dem Rücken, hatte zwei enorme Hanteln in den Händen und hob sie von seitwärts bis über die Brust. Sein Brustumfang war im Vergleich zu seiner Gesamtgröße beträchtlich. Unter seiner Haut traten die Adern wie Knoten festgezurrter Hanfseile hervor.
Vares ging direkt auf Fjäder zu. Der registrierte sein Kommen aus den Augenwinkeln, machte aber konzentriert mit den Hantelübungen weiter.
„Du gehst aber hart ran", meinte Vares anerkennend.
Der Zwerg prustete wie eine Dampflok und ließ sich nicht

stören.
Vares setzte sich auf die Bank daneben. Auf dem Gestell lagen ziemlich schwere Gewichte. Jussi legte sich darunter und legte die Hände an die Stange.
„Wenn du dir nicht deinen Brustkorb zerschmettern willst, dann laß die Gewichte lieber liegen." Voitto Fjäder ließ die Hanteln krachend zu Boden fallen und setzte sich auf. „Das dürfte so 160 Kilo wiegen."
„Das war auch eher als Trockenübung gedacht."
„Auch dafür sollte man sich eine ordentliche Ausrüstung anschaffen. Wie wär's mit Trainingsanzug und Turnschuhen? Wie hätten da ganz preisgünstige Sachen auch für Anfänger."
„Eigentlich bin ich nicht deswegen hergekommen. Ich wollte dich sprechen."
„Und wer bist du?"
Vares sah ihm ein paar Sekunden direkt in die Augen. Fjäders Miene verriet nichts. Entweder war er ein guter Schauspieler, oder er hatte wirklich keine Ahnung, wer Vares war.
Vares erzählte ein weiteres Mal die Geschichte von Lobos Mord und seinen Ermittlungen, die er für einen Klienten in dieser Sache führe.
„Was habe ich oder meine Firma mit diesen Ermittlungen zu tun?" Die Miene des Zwerges zeigte weiterhin keine Regung. Der Schweiß floß ihm unter dem Haar hervor, über Schläfen und Wangen. Seine tonnenförmige Brust hob und senkte sich noch unter dem Eindruck der kürzlichen Anspannung.
„Ich habe von mehreren Seiten gehört, daß du Jesús María Lobo ganz gut gekannt haben sollst."
„Ich kenne furchtbar viele Leute. Das ist eben so auf dem Dienstleistungssektor."
„Wie hast du Lobo kennengelernt?"
„Er kam hier reinmarschiert und kaufte sich eine Dreimonatskarte. Das war, soweit ich mich erinnere, schon im Mai letzten Jahres."
„Wie lange macht ihr das hier schon?"
„In diesen Räumen drei Jahre. Vorher waren wir weiter außerhalb."

„Das liegt hier ja ganz zentral. Da hattet ihr ja wirklich Glück, das hier zu finden, oder?"
„Wir haben einen Mietvertrag mit einer Immobilieninvestmentgesellschaft. Erstreckt sich dein Detektivjob auch auf die Immobilienbranche?"
„Heutzutage muß man auf mehreren Gebieten fit sein, wenn man sich die Butter aufs Brot verdienen will. Wie heißt denn diese Immobilieninvestmentgesellschaft?"
„Ich verstehe nicht recht, worauf du mit deinem Verhör hinauswillst."
„Ich kann auch die Hausverwaltung anrufen, wenn das geheim ist."
„Das ist genauso wenig ein Geheimnis wie die Tatsache, daß du mir auf die Nerven gehst. Wenn ich mich recht erinnere, steht im Mietvertrag der Name *Arcos AG*. Ich habe mit den Leuten nur in Form von Banküberweisungen zu tun. Wir sind über ein Maklerbüro an diese Räumlichkeiten gekommen."
Voitto Fjäders Puls war inzwischen auf sein normales Maß abgesunken, aber seine Gesicht verriet, daß sein Blutdruck stieg.
„Dein Geschäft läuft wohl sehr gut?" Vares ließ sich von der zunehmenden Verärgerung des Zwerges in seiner Fragerei nicht beirren.
„Das geht dich nichts an. Über solche Dinge gebe ich nur dem Finanzamt Auskunft."
„Recht so. Das tut ja jeder ordentliche Steuerzahler — ehrlich, auf Ehre und Gewissen. Und ehrlich bist du ja, Voitto oder?"
„Was willst du damit andeuten? Auf was zum Teufel willst du hinaus?"
Fjäder beugte sich vor, und seine Augen verengten sich zu schmalen Schlitzen. Trotz seiner geringen Größe sah er nun wie jemand aus, der gefährlich ist und vor dem man sich in Acht nehmen muß.
„Ich will hier keine alten Geschichten aufwärmen, aber du kennst dich doch mit Pillen ganz gut aus. Vielleicht besser als mancher Apotheker?"
„Das ist eine uralte Geschichte; ich habe mein Lehrgeld gezahlt

und die Bußgelder sind bezahlt worden. Der ganze Scheiß kommt von den veralteten finnischen Gesetzen. Es handelte sich nur um Medikamente, die jeder Körper, der ein hartes Training absolviert, einfach braucht", begann Fjäder mit der bekannten Leier. „Über so was bin ich einem Privatschnüffler keine Rechenschaft schuldig."

„Hattest du irgendwelche Geschäfte mit Lobo laufen?" Vares war entschlossen, hartnäckig auf dem einmal eingeschlagenen Kurs weiterzumachen. Jetzt mußte er dem Zwerg so lange zusetzen, bis er ihn in die Enge getrieben hatte.

„Nein. Und jetzt kannst du verschwinden. Du vergeudest meine kostbare Zeit." Fjäder machte eine Bewegung mit seiner breiten sehnigen Hand.

„Apropos kostbar. Wertvolles hast du ja genug. Zum Beispiel Wagen und Haus?"

„Ich bin jedenfalls kein Scheißschnüffler. Ich habe ordentlich geschuftet für das, was ich besitze."

„Du meinst ehrliche Arbeit?" hakte Vares nach.

„Ich fordere dich ein letztes Mal auf, hier zu verschwinden."

„Kennst du jemanden, der sich mit Feuerwerkerei beschäftigt?" Wieder wechselte Vares das Thema.

„Du bist ja wohl übergeschnappt. Geh zum Arzt."

Voitto Fjäder sah wirklich verdutzt drein, und seine Verblüffung schien nicht gespielt zu sein. Vielleicht wußte er tatsächlich nichts vom Brand am Kurjenkaivonkenttä. Aber Vares wollte seine Theorie nicht aufgeben, daß zwischen Lobo und *Victor's Gym* irgendetwas im Gange gewesen war. Der Wohlstand Voitto Fjäders ließ sich wohl kaum durch eine reiche Erbtante in Amerika erklären, genauso wenig wie durch diese nach Schweiß stinkende Trainingshöhle.

Fjäder nahm ein grobes Baumwolltuch vom Gestänge und begann sich seinen schweißglänzenden Oberkörper abzureiben. Es schien, als hätte er Vares' Anwesenheit ganz vergessen.

„Fällt dir irgendetwas zu einem grünen Fjällräven-Rucksack ein, Voitto?" Vares ließ einen letzten Versuchsballon steigen.

„Viivi, ruf die Polizei an! Die sollen hier einen Irren abholen."

„Nicht nötig, ich gehe schon. Die Polizei fände hier auch nichts

außer schönen bunten Pillenröhrchen. Aber ich komme wieder."
„Falls ich dich noch einmal in dieser Gegend sehe, könnte das sehr unangenehm für dich enden." Fjäder artikulierte diese Worte langsam und mit besonderer Betonung, ohne zu Vares hinzusehen.

Am Abend erschien Vares mit je einer Flasche Weißwein in beiden Händen vor Maris Tür. Mari bat ihn einzutreten, und ein aromatischer Pizzaduft schlug ihm entgegen.
„Ich habe beschlossen, selbst Pizza zu machen. An denen hat selten jemand etwas auszusetzen gehabt", sagte sie.
„Wieviele haben denn schon welche gegessen?"
„Ziemlich wenige." Mari drückte einen schnellen und feuchten Kuß auf Jussis Mund. „Königsmosel! Das ist einer meiner Lieblingsweine. Du machst mich noch zu einer Weißweinsäuferin."
„Und du mich zu einem Narkomanen. Bald komme ich nicht mehr zurecht ohne meine tägliche Dosis Mari."
Sie aßen gut, tranken gediegen und begannen, sich im Fernsehen einen abendfüllenden amerikanischen Film anzusehen, fanden sich dann aber beim Liebesspiel auf dem Sofa wieder. Danach sahen sie sich weiter den Film an, merkten aber, daß sie den Anschluß verpaßt hatten. Im zweiten Programm lief ein Konzert mit Bruce Springsteen, das anbleiben durfte. Vares berichtete von der Sackgasse, in der seine Ermittlungen steckten, obwohl er eine Theorie hatte, von deren Richtigkeit er nach wie vor überzeugt war. Und die besagte, daß zwischen *Victor's Gym*, Jesús María Lobo und dem Schwarzhandel mit irgendwelchen heißen Waren eine Verbindung bestehen mußte. Wäre diese erst einmal aufgeklärt, ließe sich auch eine Erklärung für den Mord an den Spanier finden.
Mari hörte schweigend zu. Interessierte sie sich mehr für das *Born in the USA,* das aus dem Fernseher klang? Dann wandte sie plötzlich Jussi ihren Blick zu und erklärte mit ernster Miene, sie könne ihm möglicherweise helfen. Jedenfalls wolle sie es versuchen.

Mari war mehrere Male zusammen mit Lobo im Fitneßstudio gewesen. Meistens hatte sie dort mit Leevi Rönkkö zu tun gehabt. Der Muskelprotz hatte ihr ein Trainingsprogramm zusammengestellt und war auch sonst sehr eifrig mit Ratschlägen und Handreichungen gewesen, manchmal bis zum Überdruß.
Ihm könnte sie sich anvertrauen. Sie könnte ihm erzählen, sie habe mit Lobo regelmäßig Gras geraucht, habe sich daran gewöhnt und kenne nun nach dem Tod des Spaniers niemanden, der ihr den Stoff besorgen könnte. Leevi war genau der Typ Mann, der in einer schwachen Minute einem Freund in der Not seine Hilfe nicht versagen würde.
Vares gefiel diese Idee nicht.
Mari Mattson dagegen bestand immer eifriger darauf, je mehr sie sich in die Sache hineinversetzte.
Es endete damit, daß Mari verkündete, gleich am nächsten Abend nach der Arbeit das Training wieder aufzunehmen.
Vares zeigte immer noch keine Begeisterung. Er selbst beschloß, noch eine andere Richtung einzuschlagen. Wenn bei diesem Fall nämlich auch die Unterwelt von Turku tangiert war, dann wüßte Nero sicher etwas davon. Und wenn Nero über irgendwelches Wissen verfügte, war er stets gern bereit, es seinen Freunden zur Verfügung zu stellen. Gegen eine angemessene Entschädigung.

26

KAKOLA: Häftling 283/86

Jetzt im Sommer war die sonnenbeschienene Südmauer der beliebteste Ort während der Ausgangsstunde. Dort saßen die Häftlinge, unterhielten sich in Grüppchen, rauchten und sonnten sich.
Die Männer hatten sich die Hemden ausgezogen und ließen sich die heißen Sonnenstrahlen auf die nackte Haut scheinen. Im Laufe des Sommers hatte so manche tätowierte Brust schon

ordentlich Bräune angesetzt. Der Anblick, den die Männer boten, unterschied sich in nichts von einer Gruppe Arbeiter draußen während einer Pause, wäre da nicht ein paar Dutzend Meter weiter am Lieferantentor ein Wachhäuschen gewesen, in dem ein bewaffneter Uniformierter die Männer keine Sekunde lang aus den Augen ließ.

Torsten Rapp stand etwas abseits von den übrigen auf einem Rasenstück gegen die Mauer gelehnt. Von da aus hatte er zwischen seinen halb geschlossenen Augen alle Mithäftlinge gut im Blick. Am meisten interessierten ihn drei Männer, die gerade neben den Treppenstufen ein Sonnenbad nahmen.

Kivitalo hatte sich seine Häftlingsjacke ausgezogen und sich auf ihr niedergelassen. Auf seiner breiten und dichtbehaarten Brust glänzte Schweiß, und immer wieder wischte er sich die hohe Stirn mit einem schmutzigen Lappen, der wohl einmal ein Taschentuch gewesen war.

Links von ihm, dem Boß, hockte Kunnas, ein schmächtiger Mann mit dunklen Haaren, dessen ganzen Oberkörper phantasievolle blaurote Tätowierungen zierten. Kivitalos zweiter Adjutant, Rakkolainen, stand rechts von ihm gegen die Wand gelehnt. Mit seinen kleinen, stechenden Augen suchte er immer wieder die Umgebung ab, was aussah, als wäre er nervenkrank. Bei Rakkonen hatte man immer den Eindruck, als erwarte er von jeder Seite her einen Überraschungsangriff. Rapp wußte, daß er täglich eine hohe Dosis an Beruhigungsmitteln schluckte. Er war völlig unberechenbar und neurotisch.

Rapp beobachtete die drei mit unbeweglicher Miene. In seinem Innern jedoch jagten einander Gedanken, die den großen Boß, der sich da zufrieden an der Brust kratzte, sicherlich interessiert hätten. Denn Torsten Rapp hatte die kleine Episode im Duschraum nicht vergessen.

Kivitalo war die Sache falsch angegangen. Er hätte ganz sachlich mit ihm reden können. Er hätte Rakkolainen mit einem Brief schicken können. Aber er war über Rapp hergefallen, so als wäre dieser irgendein unbedeutendes Küken oder ein Neuankömmling, dem man die Sitten des Hauses erst noch beibringen mußte. Durch sein Verhalten hatte Kivitalo gewisse Grund-

regeln verletzt. Und Rapp war entschlossen, ihm auf irgendeine Weise einen Denkzettel zu verpassen. Das sollte ihn daran erinnern, sich die Opfer seiner Zwangsmaßnahmen in Zukunft mit etwas mehr Überlegung auszuwählen.
Rapp hatte noch keine Idee, wie dieser Denkzettel aussehen könnte, aber er war sich sicher, daß eine Gelegenheit dazu kommen würde. Allerdings mußte er sich auch beeilen, denn wenn er sich an seinen Zeitplan hielt, würde er nicht mehr lange innerhalb dieser Mauern weilen.
Rapp bemerkte, daß Karisto aus der Hosentasche des Bosses herausgekommen war und sich nun zufrieden auf Herrchens Brust von der Sonne bescheinen ließ. Ab und an nahm sie, schwanzringelnd und mit zitterten Barthaaren, eine neue, bequemere Stellung ein.
Die nach dem Gefängnisdirektor benannte zahme Maus war Kivitalos persönlicher Liebling und Schützling. Sie wohnte in seiner Zelle und war, da er sie in seiner Tasche trug, fast immer bei ihm. Der Speisesaal war der einzige Raum, für den ihr die Gefängniswärter ein Aufenthaltsverbot erteilt hatten.
Kivitalo hatte seine Maus mit einem kleinen, glänzenden Fußring ausgestattet. So war Karisto auch dann zu erkennen, wenn es ihr in den Sinn kam, einmal eigene Wege einzuschlagen. Sie kehrte jedoch stets brav wieder zu ihrem Herrn und Gebieter zurück, spätestens dann, wenn der Hunger ihr zu schaffen machte.
Wenn Kivitalo nicht dabei war, nannte man Karisto „die Verlobte vom Boß". Und das mit gutem Grund. Die kleine zahme Maus war sicherlich das einzige Geschöpf auf dieser Welt, für das der Doppelmörder etwas empfand und das ihm auch selbst Zuneigung zu schenken schien.
Die warme Sonne und Kivitalos schweißbedeckte Brust machten die Maus munter. Sie lief auf ihren flinken Beinchen herum, flitzte ihm unter die Achseln, saß dann plötzlich auf der Schulter, dann wieder auf Kivitalos großem Schädel und sauste zum Nacken hinunter. Ihr Herrchen lachte vor sich hin und stupste das muntere Tierchen vorsichtig mit einem Finger. Kunnas lachte mit, nur Rakkolainen sah mit kaum verhohlener Abscheu

auf das Tier herab. Kleine Nagetiere machten ihn besonders nervös.
Rapp wandte den Blick hin zum Wachhäuschen am Lieferantentor. Seine Gedanken richteten sich jetzt auf den Augenblick, da er von seinem langjährigen Domizil Abschied nehmen würde. Diesen Moment durchlebte er immer wieder intensiv in Gedanken, ähnlich wie ein Skispringer, der sich auf den bevorstehenden Absprung konzentriert.
Einen Augenblick lang stand er in Gedanken versunken da. Dann zuckte er zusammen in dem Gefühl, beobachtet zu werden.
Vorsichtig, als stünde er im Halbschlaf da, wandte er den Kopf so, daß er zwischen den Lidern hindurch wieder die drei Männer an der Wand in sein Blickfeld bekam.
Kivitalo hielt Karisto auf seiner großen Handfläche. Die Maus knabberte mit schnüffelnder Schnauze an einem Stück Käse, das beinahe so groß wie sie selbst war. Ihre winzigen gelblichen Zähne senkten sich wie Nadeln in die etwas vertrocknete Oberfläche. Aber Kivitalo zeigte kein Interesse an der Mahlzeit seines Schützlings. Seine Augen waren starr auf Rapp gerichtet. Mit leiser Stimme sagte er etwas zu Kunnas und Rakkolainen, die daraufhin zustimmend nickten. Überhaupt nickten immer alle zustimmend, wenn Kivitalo etwas sagte.
Dann erhob sich Rakkolainen träge. Er steckte beide Hände tief in die Taschen seiner gestreiften Hose und spähte, getreu seiner Art, mißtrauisch in alle Richtungen aus.
Er spuckte einen braunen Klumpen Rotz auf den sandigen Hofboden und kam dann auf Torsten Rapp zugewankt. Während er sich ihm, vorsichtig auftretend, in seinem etwas schrägen Gang näherte, ließ er für keinen Moment den in der Sonne dösenden Rapp aus den Augen.
Rapps unter den Lidern fast ganz verborgene Augen bekamen einen harten Glanz, und seine Muskeln spannten sich. Er wußte, daß der Wärter in seinem Häuschen die ganze Zeit aufmerksam verfolgte, was geschah, aber andererseits wäre Rakkolainen imstande, auf den kleinsten Wink von Kivitalo zu tun, was immer ihm dieser auftragen mochte.

Drei Meter vor Rapp hielt Rakkolainen an.
„Rapp ..."
„Ja, mein Lieber." Rapp öffnete die Augen nicht. Seine Stimme war gelassen.
„Kivitalo hat mir aufgetragen, dich zu fragen, ob du in letzter Zeit auch in deinen Weihnachtskalender geguckt hast?"
„Jeden Morgen." Nun sah Rapp ihn mit halbgeöffneten Augen an.
„Nach unseren Berechnungen hast du noch vier Tage Zeit. Dann erwarten wir ein Weihnachtsgeschenk." Rakkolainen kratzte sich nervös die Nase.
„Wer ist ‚wir'? Meinst du deine Chefs? Kivitalo ... und Karisto?"
Rakkolainens Turnschuhe machten eine zuckende Bewegung. Der schmallippige Mund verzog sich zu spöttischem Grinsen.
„Ich an deiner Stelle würde mich ordentlich an der Mauer festhalten!"
„Das tue ich doch." Rapp streckte sich und rieb sich den schwitzenden Rücken am groben Verputz. „Du kannst deinem Herrn und Gebieter melden, daß der Weihnachtsmann rechtzeitig kommt ... er muß nur brav warten."
Rakkolainen machte auf der Stelle kehrt und trottete zu den Seinen zurück. Dort blieb er mit dem Rücken zu Rapp stehen, aber nach seinen Handbewegungen zu urteilen, erzählte er irgendetwas.
Karisto hatte sich unterdessen vollgefressen und genehmigte sich auf dem schlaffen und schwabbeligen Bauch ihres Herrchens ein Mittagsschläfchen.
Kurze Zeit später kündigte der Pfiff aus einer Trillerpfeife das Ende der Freistunde an. Die Männer zogen sich ihre Hemden über und bewegten sich langsam zum Eingang. Einige von ihnen kehrten in ihre Zellen zurück, andere trotteten zu den Werkstätten im Hauptgebäude. Bis zum Abendessen dauerte es noch zweieinhalb Stunden.
Torsten Rapp betrat als einer der letzten das Gebäude und kaute dabei nachdenklich auf einem Grashalm im Mundwinkel. Vor dem Essen gäbe es für ihn noch etwas zu erledigen. Ihm war da gerade ein interessanter Gedanke gekommen.

Den Nachmittag verbrachte er zum Teil in seiner Zelle. Dann erschien er, wie es der Tagesplan vorsah, in der Küche, um bei den Vorbereitungen für das Abendessen mitzuhelfen.
Als die Gefangenen unter dem Schrillen der Glocke in den Speisesaal marschierten, nutzte Rapp den Augenblick und verschwand schnell im Zellentrakt. Eine halbe Stunde später saß er still vergnügt vor sich hinlächelnd unter den Putzern, die ihre Mahlzeit später einnahmen — und das, obwohl es heute geschmorte Nierchen gab.
Am nächsten Morgen verrichtete Rapp wieder ganz normal seine Arbeiten, die zu Tagesbeginn in der Haftanstalt anstanden. Er verteilte den Frühstückshaferbrei, goß wie die anderen Putzer seinen Mithäftlingen Tee in die Becher und leerte das Nachtgeschirr in einen großen stinkenden Bottich, der hier nur die „Bowleschüssel" genannt wurde.
An diesem Morgen fiel Rapp die Aufgabe zu, den Bottich zwei Etagen tiefer zum Abfluß zu bringen. Er packte ihn an den Griffen und schleppte ihn routiniert hinunter. War es seiner guten Stimmung zuzuschreiben, daß er ihm diesmal gar nicht so schwer wie sonst zu sein schien?
Rapp spülte gerade im Abflußraum die gröbsten Schmutzrückstände mit heißem Wasser ab, als im Gang Schreie und Flüche ertönten. Kurz darauf dröhnten auch die Schritte und Rufe von immer mehr herbeieilenden Wärtern weithin hallend im Treppenhaus. Harsche Kommandoworte wurden gebrüllt, auf die von weiter oben geantwortet wurde.
Rapp inspizierte sorgfältig den gelblich angelaufenen Grund der Bowleschüssel und kam zu dem Ergebnis, sie brauche noch eine ordentliche Dosis heißer Wasserstrahlen. Heute nahm er es mit seinem Putzjob besonders genau und ließ sich auch von dem aus dem Gang schallenden Gebrüll nicht aus der Ruhe bringen.
Schließlich aber war er mit seiner Arbeit zufrieden und stellte den Bottich auf das Gestell zum Trocknen.
Im Treppenhaus kam ihm Hevonneva entgegen.
„Hat das hier so was wie 'ne Revolte gegeben?" fragte er.
„Das kann man wohl sagen. Kivitalo hatte einen Wutausbruch.

Vier Wachteln hatten ganz schön mit ihren Gummiknüppeln zu tun, um ihn zur Raison zu bringen. Sie haben ihn in die Strafzelle geschleppt, damit er sich beruhigt. Da darf er sicher 'ne schöne Zeitlang meditieren." Hevonneva schüttelte seinen großen Kopf.
„Was hat ihn denn so wild gemacht?"
„Jemand hat ihm einen bösen Streich gespielt. In seinem Haferbrei fand er statt einer Butterflocke den Kopf von Karisto."
„Na so was", entgegnete Rapp kopfschüttelnd und runzelte die Augenbrauen.

27

Vares saß in einem Kunststoffgartenstuhl auf seinem Balkon und hielt eine Flasche Bier in der Hand. Er dachte nach. Die Sonne brannte ihm über die Baumwipfel hinweg heiß aufs Gesicht, und in den Linden auf dem alten Hinrichtungsfelsen von Turku gaben die Krähen ein Konzert.
Charles Bukowskis *Liebesleben der Hyäne* lag auf dem Balkonboden zu Vares' Füßen. Schon über zweihundert Seiten des Buches hatte er durch. Mit besonderem Interesse hatte er die Beschreibung der wahnsinnigen Eifersuchtsszene gelesen, die von einer gewissen Lydia hingelegt worden war. Ihm kamen seine eigenen Erfahrungen in den Sinn. Einmal hatte es ein Mädchen unter Alkoholeinfluß fertiggebracht, aus Rache auf seine Strümpfe und Unterhosen zu pinkeln, die zum Einweichen im Waschbecken lagen. Er hatte sich gefragt, wie das wohl technisch möglich war, denn das Mädchen war recht klein. Das Rätsel hatte sich erst aufgelöst, als er sich am gleichen Abend die Zähne putzen wollte und den ersten Schluck aus dem Zahnputzbecher nahm.
Er stellte die leere Bierflasche an seinen Füßen ab und überlegte, was für widerliche Typen in diesen Fall verwickelt waren. In der ganzen Mischpoke konnte er nur zwei Personen gut leiden. Pastor Alanen war ein alter Saufkumpan und aufrechter Athe-

ist. Mari Mattson war eine Frau. So ließ es sich wohl am besten ausdrücken. Eine echte, verständnisvolle Frau. So eine konnte man in einer Stadt wie Turku heutzutage lange suchen. Jedenfalls pflegte Leuten wie ihm eine Frau dieser Art nur selten zu begegnen. Für gewöhnlich fiel es den Frauen viel leichter, einem Mann gegenüber echt, verständnisvoll, aufrichtig und zärtlich zu sein, wenn dieser eine Visa-Premier-Card in der Tasche hatte, einen anderen deutschen Wagen fuhr als einen zwanzig Jahre alten Käfer und dessen wohnungseigene Sauna allein größer war als Vares' Mietwohnung.

Jetzt schien zwischen Mari und ihm alles ganz hervorragend zu laufen, aber er wußte aus Erfahrung, daß nichts so leicht vergeht wie das erste Aufblühen einer Verliebtheit. Man mußte dieses zarte Pflänzchen nur wachsen und gedeihen lassen, - so lange, bis es an Kälte und Trockenheit zugrunde gehen würde.

Jussi nahm das Buch in die eine, die leere Bierflasche in die andere Hand und zog sich ins Wohnungsinnere zurück. Er mußte sich jetzt auf das konzentrieren, was er am Abend vorhatte.

Vares kannte Nero zumindest oberflächlich schon seit seiner Studienzeit. Sie pflegten in unterschiedlichen Cliquen zu verkehren, und als Freunde hätte sie man auch nicht bezeichnen können. Aber während der Jahre, die Vares an der juristischen und Nero an der philosophischen Fakultät verbummelte, waren sie einander bei den verschiedensten Gelegenheiten begegnet. So war es zu ihrer Bekanntschaft gekommen.

Gegen Mitte der 80er Jahre hatte Nero eine bessere Beschäftigung gefunden, als Semestergebühren an die Universität zu entrichten. Dieser Umstand hatte jedoch nicht dazu geführt, daß er sich aus den ihm ans Herz gewachsenen Kreisen zurückgezogen hätte, die in den verschiedenen Studentenverbindungen und Lokalen wie *Hämeenportti* und *Haarikka* anzutreffen waren. Nach wie vor verkehrte er unter ewigen Studenten und Angehörigen der Rock-Jugend. Und im Studentendorf fand sich immer wieder mal ein dummes Mädchen, das nichts dagegen hatte, dem Bohemien und Lebenskünstler Unterkunft und Speise - und oft auch Trank - zu verschaffen.

Vares wußte, daß Nero sich nicht nur auf Kosten von Frauen, sondern auch durch kleine Nebenjobs in Warenhäusern und bei Gelegenheit auch anderswo über Wasser hielt. Die letzten zehn Jahre hatte er allen möglichen Stoff geraucht, den man nur mit Zigarettenpapier umwickeln konnte. Soweit Jussi wußte, hatte er jedoch nie gesessen. Dagegen hatten sich Festnahmen und Geldstrafen in beachtlicher Menge auf seinem Konto angesammelt.

Vares hatte sich hin und wieder Neros Wissen zu Nutze machen können. Irgendein Hinweis, ein Name, eine Adresse oder Telefonnummer waren ihm bei passender Gelegenheit durchaus entschlüpft, sofern dabei nur ein Fünfziger, Hunderter oder auch mehr für ihn heraussprang.

Gegen Abend stieg Vares in seine abgenutzte Levis, zog sich ein verwaschenes T-Shirt über und ging auf Jagd. Das *Hämeenportti* wurde gerade renoviert und zu einer Pizzeria umgebaut - sicherlich die tausendste in Turku; und die Studentenverbindungen waren geschlossen. Das dürfte die Zahl der abzuklappernden Lokalitäten erheblich einschränken.

Der Türsteher vom *Pinella* hatte Nero in den letzten zwei Tagen nicht gesehen, und sein Bekannter, der Kellner im *Eerikki*, sogar seit einer Woche nicht mehr. Vares sah auf die Uhr. Es war erst kurz nach sieben, also zu früh. Die Stammbesatzung vom *Green Dog* erwachte wahrscheinlich gerade erst zu einem neuem Tag, aber er entschloß sich trotzdem, an Ort und Stelle nachzuschauen.

Das *Green Dog* lag in einem Innenhof an der Yliopistonkatu und war ein kleiner und verräucherter Music-Pub. Das Publikum dort lief ohne Ausnahme und unabhängig vom Geschlecht in engen schwarzen Hosen und vernieteten Lederjacken herum, auf deren Rückseiten die Kennzeichen ausländischer Gruppen prangten und aussahen, als stammten sie direkt aus der Apokalypse. Seife schienen die Mitglieder dieser verschworenen Heavy-Gemeinschaft genauso zu scheuen wie Vampire den Knoblauch. Einen Friseur hätte ein Blick in diesen Pub für lange Zeit um den Schlaf gebracht.

Vares fühlte sich unter diesen Leuten wie ein aus einem Pflege-

heim entwichener Priester. Zwar sprach man um ihn herum finnisch, aber er verstand von den Gesprächsfetzen, die er aufschnappte, höchstens jedes zweite Wort.
Dieses Milieu war Neros ureigenstes Gebiet. Er färbte sich sein Haar kohlrabenschwarz. Auch alles andere war immer nur schwarz wie Kohle: die lederne Hose, die nietenbeschlagene kurze Lederjacke und darunter ein gleichfarbiges T-Shirt. „Nero“, der selbstgegebene Rufname, war somit Teil seiner äußeren Erscheinung.
Auch im *Green Dog* war Nero nicht.
Am Tresen trank Jussi ein kleines Bier. Da kam jemand hereingeschneit, der von der Stammbesatzung des *Hämeenportti* aus den 70er Jahren noch übriggeblieben war, ein Typ mit rundem Glatzkopf. Vares fragte ihn nach dem verloren Schaf.
„Diese Woche hält Nero sich abends gewöhnlich im *Big Life* oder im *Claudius* auf. Aber wahrscheinlich erst ein bißchen später.“
Vares trank sein Bier aus. Im *Big Life* erzählte ein Typ, dessen Namen Jussi nicht einfallen wollte, er habe Nero erst vor einer halben Stunde gesehen. Wahrscheinlich sei er ins *Claudius*. Vares verließ das Lokal und machte sich auf den Weg.
An der nächsten Kreuzung kam ihm eine Gruppe Frauen entgegen, die einen Junggesellinenabschied feierten, mit der als Biene verkleideten Braut in ihrer Mitte. Sicher schon die Sechste in diesem Sommer, die sich als Biene verkleidet hatte. Fünf beschwipste, kichernde Bürotipsen, die eine Arbeitskollegin durch die Stadt schleppten, der es endlich gelungen war, ein bedauernswertes Opfer in die Fänge zu kriegen. Vares machte, daß er auf die andere Straßenseite kam.
Als man seinerzeit beschlossen hatte, die traditionelle Turkuer Kneipe *Mosel* zu renovieren, leistete man sich einen ordentlichen Umbau. Die alten Stammgäste wurden ausgeräuchert, und am alten Ort entstand ein lauter Music-Pub à la große weite Welt — der erste in Turku. Im neueröffneten *Claudius* verkehrte nun die Jugend aus den besseren Kreisen der Stadt, hockte am Bartresen und zog sich die neuesten Hits rein. Dann schossen ähnliche Modeschuppen mit höherem Niveau und An-

spruch aus dem Boden. Die Sprößlinge der Creme der Stadt, nie um Geld verlegen, begannen, andere Lokale vorzuziehen, wo sie ihre Markenklamotten zur Schau stellen und sich über ihren letzten Skiurlaub auslassen konnten. Der Niedergang des *Claudius* begann. Das Publikum bestand nun aus in Schwarz gekleideten Gangs, Arbeitslosen, die die Zeit totschlugen und Schiebern aus der Unterwelt. Und im Volksmund wurde das Lokal umgetauft: aus *Claudius* wurde *Clamydius.*

Gegen halb neun erklomm er die Stufen zum Kneipeneingang. Es war noch früh, aber der Türhüter, ein Mann vom Kaliber Magnum, begrüßte ihn mit den Worten „Sieh zu, daß du noch 'nen Stehplatz findest."

Im *Clamydius* ging es hoch her. Das bedeutete im Sprachgebrauch der Kneipengäste, daß jeder zweite bereits auf der glücklicheren Seite der Zwei-Promille-Grenze taumelte und die Jukebox dröhnte. Der Rauch hing so dick, daß sich der Raum zum Training für Qualmtaucher eignete.

Vares sah sich um. Es herrschte ein fürchterliches Gedränge. Das hieß drücken, drängeln, stoßen und gestoßen werden. Die schlechte Luft trocknete einem den Hals aus — da half nur ein großes Bier.

Schließlich aber spürte er Nero auf. Der saß ganz allein an einem kleinen Zwei-Mann-Tisch in der hintersten Ecke. Der Stuhl ihm gegenüber war leer, und Vares setzte sich einfach hin, ohne um Erlaubnis zu bitten.

„Tag, Nero. Du siehst gut aus", begrüßte Jussis ihn.

Nero war dünn, sah aber besser aus als gewöhnlich. Das schüttere, bis über die Schultern herabhängende schwarze Haar schien frisch gewaschen, und die schwarzen Ränder unter den Augen waren nicht so ausgeprägt wie sonst. Er trug seine Kleidung nach wie vor im gleichen Stil und so schwarz, als trüge sie der Türsteher vor der Hölle persönlich, doch sie sah recht neu und sauber aus. Im offenen Hemdausschnitt hing eine dicke Kette, die wahrscheinlich aus Gold war, und eine ähnliche trug er am linken Handgelenk. Auch der Schmuck, der ihm an beiden Ohren baumelte, sah nicht nach Modeschmuck aus. Vor sich auf dem Tisch hatte er eine Packung Camel liegen —

nicht den gewohnten Beutel mit Tabak und Drehmachine. Statt einem normalen Bier stand ein Long Drink mit Zitronenscheibe, Olive mit Zahnstocher und buntem Plastikmixlöffel vor ihm. All dies zeigte, daß Nero alles andere als pleite war; es sah so aus, als hätte er gerade einen guten Job hinter sich. „Kondition nicht gerade marathonläufermäßig, aber sie wird immer besser."

Nero hatte eine schrille und piepsige Stimme. Wenn er den Mund öffnete, kamen Zähne zum Vorschein, die ebenfalls schwarz waren.

„Ich mein' nur, daß es dir ganz gut ergangen ist, seit wir uns das letzte Mal sahen." Vares nahm einen kleinen Schluck aus Neros Glas. „Da ist wohl auch ziemlich teurer Rum drin, oder?"

„Die einen trinken Bier, die anderen Ronrico. Ich mag dies hier."

„Das Leben hat's wohl gut mit dir gemeint in letzter Zeit."

„Das Leben meint es gut mit einem, wenn man gut zu sich selber ist. It's so easy."

„Eine schöne Philosophie. Schade nur, daß das zum Beispiel die Leute in Bangla Desh nicht verstehen wollen. Machen sich da ganz umsonst Kummer."

„Seit wann kümmert sich Vares um globale Probleme? Trink dein Bier und konzentrier dich auf Ärsche. Guck dir mal den da am Tresen an. Wie gefällt er dir?"

„Meinst du den da, in den schwarzen Jeans und den braunen Schuhen?"

„Mensch, das ist doch 'n Kerl!"

„So gut kenn' ich dich ja nicht."

Nero stierte Vares unter seinen langen schwarzen Stirnlocken hindurch ein paar Sekunden lang an und brach dann in Lachen aus.

„Du bist ja lustig. Was führt dich denn eigentlich her zu mir?"

„Ich sitz' hier nur so rum. In aller Ruhe."

„Man sieht dich selten hier."

„Ich hab' dich gesucht. Ich dachte, du könntest mir bei einem kleinen Problem helfen."

„Vertrauliche Probleme, ehee?"

„Ja, und ganz besonderer Natur. Die alte Taxe gilt?“
„Mama oder Papa geht wieder fremd, was?“
„Vielleicht.“
„Und der Name?“
„Viivi-Ann Näs“, begann Vares vorsichtig.
„Eine fröhliche Witwe. Ja, die kenn’ ich. Auf die ist schon so mancher Knabe in dieser Stadt hereingefallen. Eine heiße Nummer.“
„Eine fröhliche Witwe?“
„Witwe, genau. Ihr Alter hat an ’nem echt großen Stück Kuchen zu knabbern. Sitzt seit ein paar Jahren im Knast.“
„Viivi-Ann ist wohl nicht der Typ, der zehn Jahre wartet. Was weißt du von ihrem Freund? Er heißt Voitto Fjäder.“
„Ein Zwerg, aber nicht ohne. Ich bin ihm noch nicht begegnet.“ Nero nahm einen großen Schluck aus seinem Glas. Dann begann er langsam mit dem kleinen Plastiklöffel in seinem Drink zu rühren. „Hat der nicht so ’nen Fitneßladen?“
„Ja. Ist dir nicht mal zufällig hier im Sommer ein Typ namens Jesús María Lobo begegnet?“
„Nein. Den Namen hätt’ ich mir gemerkt. Dein Bekanntenkreis scheint ja in letzter Zeit immer interessanter zu werden. Worum geht’s dabei eigentlich?“
„Das ist eben eine Geschichte, die interessanter ist als sonst. Nur scheinst du mir dabei nicht viel helfen zu können.“
„Ich bin eben schlecht in Kirchengeschichte. Frag, was du willst, aber komm mir nicht mit allen möglichen Jesussen und Judassen.“
„Gut. Ist es möglich, daß dieser Fjäder und die Näs was mit Drogenhandel zu tun haben?“
„Kannst du mal ein bißchen genauer sagen, worauf du hinaus willst?“
„Also gut: hast du vielleicht davon gehört, ob Fjäder in seinem Fitneßschuppen berauschende Mittel an Kinder und Säuglinge verteilt?“
„Dazu kann ich nichts sagen. Ich gehe nämlich zum Hantelstemmen nach Kupittaa. Ich hab’ ’ne Monatskarte da.“ Nero zeigte seinen nicht existierenden Bizeps am Ärmel vor und

mühte sich grinsend, ihn anzuspannen.
„Du willst also sagen, daß du keine Ahnung hast?“
„So ist es. In was für eine Sache bist du denn da reingeraten? Das sieht nicht gerade nach einer Geschichte von deinem gewöhnlichen Kaliber aus.“ Nero blickte Vares an und hielt die Augen zwischen den schwarzen Strähnen starr auf ihn gerichtet.
„Du hast recht. Diesmal geht's um Mord“, sagte Vares in betont düsterem Ton.
„Mord!?“
Nero nahm wieder einen schnellen schlürfenden Schluck. Seine Kinnladen begannen die Zitronenscheibe zu kauen, als wäre es Kaugummi. Dann sagte er:
„Das sieht ja wirklich nach was Ernstem aus. Du hast mir immer wieder mal einen ausgegeben, so daß ich jetzt mal dran wäre, dir einen Drink zu spendieren. Komm, laß uns ein bißchen sitzen bleiben und über Angenehmeres quatschen.“
„Du bist wohl richtig zu Geld gekommen, was?“
„Wenn man fleißig ist, bleibt immer was für einen davon über“, brüstete sich Nero stolz. „Ich geh' mal eben pinkeln und bestell' dann 'ne Runde. Lauf mir nicht weg!“
„Du gibst so selten einen aus, daß ich bestimmt nicht abhaue.“
Nero stand auf, zog sich die Hose etwas höher und neigte sich so weit zu Vares hinüber, daß er dessen Mundgeruch riechen konnte. Dabei sagte er augenzwinkernd: „Wenn ich sage, daß sich hier schon ein Arsch finden wird, dann mein' ich es auch so!“
Vares leerte sein Bier mit ein paar Zügen, wartete noch fünf Minuten und beschloß dann, ebenfalls die Toilette aufzusuchen.
Auf dem Weg dorthin sah er, wie Nero im Vorraum telefonierte. Er stand gegen die Wand gelehnt und verdeckte mit seinem mageren Körper den Hörer. Er sagte etwas mit leiser Stimme und gestikulierte dabei heftig mit der Linken.
Vares ging pinkeln, wusch sich die Hände und kehrt an den Tisch zurück. Nero schien immer noch zu telefonieren. Schließlich kam er zurück, schüttete sich die Eiswürfel vom Boden des

Glases in den Rachen und sagte: „Auf die alten Zeiten, Vares. Wie lange mag das schon her sein, als wir mit dem Studium begannen? Mindestens zwölf Jahre, was? Dann muß es etwas sein, was zwölf Jahre alt ist. Wie wär's mit Ballantines?"

28

Eine Viertelstunde später hatte Nero es geschafft, zwei Mädchen an den Tisch zu baggern. Keines von ihnen war auch nur einen Tag älter als zwanzig. Ihre üppigen Haarmähnen waren mit Wasserstoffsuperoxid leblos weiß gefärbt, und die dunkel gebliebenen Haarwurzeln verliehen dem Haar ein schmutziges und fettiges Aussehen. Um die Augen herum waren sie schwarz geschminkt, und der einen war das Mascara schon auf die Wangen gelaufen. Die tief ausgeschnittenen schwarzen Korsetts enthüllten großzügig die etwas unterentwickelten Brüste. Weiter gehörten schwarze Miniröcke und schwarze Netzstrümpfe zu ihrem Outfit. Zwei lasterhafte Engelchen.

„Die Mädels sind ein bißchen down. Caterpillar hat gerade Schluß mit ihnen gemacht", erläuterte Nero Vares, als ob die Mädchen nicht mit am Tisch säßen.

„Die waren beide mit demselben Typen zusammen?"

„Nein. Das ist doch 'ne Band. Eine, von der man sich in Turku sehr viel verspricht."

„Aha. Mit der Band waren sie also zusammen?"

„Genau. Aus fünf Jungs besteht die Band - und dann gab's natürlich noch die Manager."

„Wir waren mit denen fast anderthalb Monate auf Achse", sagte das eine Mädchen.

„Und jetzt sind sie ab nach Keuruu und wollten uns nicht mehr mitnehmen, diese Scheißkerle", ergänzte die andere.

„Junger Leute Liebeskummer", grinste Nero.

* *Möjligheter:* ein Wortspiel, denn im Schwedischen bedeutet *inga möjligheter* „keine Chancen".

„Aber wenn euch eine Band sitzen läßt, dann kommt auch wieder 'ne neue. Wißt ihr, Mädels, wieviel neue Gruppen jedes Jahr in Turku gegründet werden?" versuchte Nero sie zu trösten.
„Aber Caterpillar hat auch schon Aufnahmen gemacht. Und das waren wirklich echt coole Typen." Das eine Mädchen schluckte.
„Echt geil, die Jungs", echote die andere.
„Ja, das tut schon weh. Aber wir leisten euch Mädels jetzt Gesellschaft, als Tröster in der Not. Wie wär's mit 'nem Cidre?"
Beide nickten eifrig.
Nero bestellte die Getränke und ließ auch für sich und Vares neue Drinks kommen.
„Mich kennen hier ja alle, und das hier ist Jussi. Ganz O.K. der Knabe, auch wenn er so ein bißchen was Onkelhaftes an sich hat. Nun stellt euch noch mal brav vor. Ich habe eure Namen schon wieder vergessen."
„Kisu."
„Inga."
Die Getränke kamen, und die Mädchen waren ziemlich schnell im Leeren ihrer Gläser. Kisu saß näher an Nero, der sich eng an das Mädchen anschmiegte. Er legte ihr seine rechte Hand vertraulich aufs strumpfbedeckte Knie. Dann hatten es die beiden Mädchen auf traditionelle Weise plötzlich eilig, die Damentoilette aufzusuchen.
„Geh nur ran, Jussi. Diese Inga heißt nämlich nicht Möjligheter* mit Nachnamen", lächelte Nero aufmunternd.
„Sicher nicht. Wir wollen mal sehen ..."
„Was hast du denn? Mensch, ein knackiger Mädchenarsch ist dir sicher!"
„Ich hab' zur Zeit 'ne feste Freundin." Vares deutete ein Lächeln an.
„Ich doch auch. Aber das darf kein Hindernis fürs Hobby sein."
„Wo pennst du denn zur Zeit?"
„Im Studentendorf, C-Block. Und ob du's glaubst oder nicht, auf dem Namensschild an der Tür steht Virtanen. So wie bei

einem x-beliebigen Betriebswirt oder dem gleichnamigen Fernsehstar.
„Und was sagt die Wohnungsinhaberin zu deinem Lebenswandel?“
„Tagsüber sitzt sie in Vorlesungen und abends büffelt sie in ihrer Bude. Die ist doch dankbar dafür, daß ich zu ihr pennen komme. Außerdem hat sie sich noch nie beschwert. Und das wird sie auch nicht. So vernünftig ist sie schon.“
„Eine tolle Beziehung.“
„Schließlich haben wir beide was davon. Wie heißt es immer so schön in den Frauenzeitschriften? Eine beide Seiten bereichernde Zweierbeziehung. Sieh das doch nicht so eng! Von den Mädels kriegst du so sicher einen hoch wie Strom aus der Steckdose.“
„Daran zweifle ich nicht. Schließlich haben sie auch die fünf Caterpillar-Jungs bedient...“
„Plus Manager.“
„Und als kleines Extra gibt's dann noch 'ne Überweisung zum Lustseuchendoktor.“
„Man muß schon was riskieren im Leben.“
Die Mädchen kamen zurück. Zum Make-up von eben war auch noch neuer Glanz auf die Augenlider gekommen. Die neu bemalten Lippen erstrahlten in voller Röte in den bleichen Kindergesichtern.
„Gute Nacht. Der Onkel muß jetzt schlafen gehen.“ Vares stand auf und trank sein Glas im Stehen leer.
„Bis dann mal. Sorry, daß ich dir diesmal nicht helfen konnte“, nickte Nero ihm zu.
„Trotzdem vielen Dank für die Drinks.“
Als er vom *Clamydius* auf die Straße trat, atmete er in der nächtlichen Luft erst einmal richtig durch. Sie schmeckte süß wie Vogelmilch. Noch immer biß ihm der Rauch in den Augen, und die Kleider stanken nach Qualm.
Von hier aus ließ sich die Kellonsoittajankatu ganz bequem zu Fuß erreichen. Ein Spaziergang von anderthalb Kilometern an der frischen Nachtluft würde Leib und Seele guttun. Vares entschied sich für den kürzesten Weg am Flußufer entlang.

Die Lichter auf der Hotelterrasse des *Marina Palace* und das locker-fröhliche Geplauder der Menschen wirkten auf ihn wie der einladende Ruf der Sirenen. Aber Jussi hielt sich links und ging auf die Aurabrücke zu. Leise plätscherte der Fluß rechts von ihm, und am Ufer gegenüber spazierten engumschlungen einige Paare. Beim Apothekenmuseum saß eine einsame Gestalt auf der steinernen Uferböschung. Sie ließ den Kopf hängen, hatte die Hände in den Hosentaschen vergraben und saß beweg-unslos wie eine Statue da. Auch an so einem schönen Abend ging es nicht allen gut.
Vares überquerte den Fluß auf der Aurabrücke und bog nach links ab. Die Straße war leer. Vares steckte die Hände in die Taschen, bummelte gemächlich weiter und dachte an dieses und jenes. Er war immer noch enttäuscht darüber, daß das Treffen mit Nero nichts gebracht hatte. Er mußte auf der richtigen Spur sein, hatte aber keine Ahnung, wie er Beweise in die Hände kriegen sollte.
Vares setzte seinen gemächlichen Nachtspaziergang an der hohen gelben Mauer des Palais Rettig entlang fort. Der Wind fuhr durch die Bäume jenseits der Mauer, und es hörte sich an, als ob dort ein Tier mit schnellen, nervösen Schritten umherstreichen würde. Vares wußte, daß das Haus leerstand. Dort spukte höchstens ein längst verstorbener Tabakfabrikant umher, dessen Seele von den an Lungenkrebs Zugrundegegangenen nicht in Ruhe gelassen wurde. Ruhig floß der Verkehr auf der Hämeenkatu dahin.
Schräg von hinten näherte sich ein lauter werdendes Motorgeräusch. Ein Wagen kam in schnellem Tempo den Abhang am Palais Rettig in Richtung Uferstraße hinunter. An dieser Stelle führen Jugendliche nachts oft ihre Fahrkünste vor, wenn die Strecke frei ist und im Wagen jemand sitzt, dem man zeigen will, was für ein toller Kerl man ist.
Ärgerlich blickte Vares sich über die Schulter um.
Kein Scheinwerferlicht. Der Wagen fuhr schon halb auf dem Bürgersteig. Die Geschwindigkeit stieg. Das Auto raste direkt auf ihn zu.
Für den Bruchteil einer Sekunde stand Vares starr vor Schreck

da. Dann waren Müdigkeit und Alkoholrausch fortgefegt wie nach einem Stromschlag. Adrenalin befahl dem Körper: Kämpfe! Sieh zu, daß du am Leben bleibst!
Vares preßte sich flach gegen die rauhe gelbe Mauer. Der Wagen kam direkt auf ihn zu, wobei er fast an der Mauer entlang schrammte. Es gab nur eine Chance.
Vares preßte die Hände und die rechte Fußsohle gegen die Mauer. Jetzt! Er stieß sich mit aller Kraft von der Mauer ab und warf sich nach vorn, quer über die Straße.
Der Fahrer sah, wie Vares sprang. Aber es dauerte eine hundertstel Sekunde, ehe die Steuerung ihm gehorchte, und so verfehlte der rechte Rand der Stoßstange sein sich über den Asphalt wälzendes Opfer um zwanzig Zentimeter.
So schnell er konnte, robbte Vares mit letzter Kraft über die ganze Fahrbahn bis unter eine Linde am Straßenrand. Dort setzte er sich mühsam auf. Er spürte stechende Schmerzen an Ellbogen und Knien. Der rauhe Asphalt hatte ihm an verschiedenen Stellen die Haut aufgeschürft, und der zerrissene Jeansstoff über den Knien färbte sich zunehmend rot.
Der schmutzigbraune Toyota war in knapp hundert Metern Entfernung direkt unter einer Straßenlampe stehengeblieben. Der Fahrer überlegte offenbar, ob er einen neuen Versuch starten sollte, jagte dann aber mit kreischenden Reifen in Richtung Vanha Suurtori davon.

29

Auf steifen Beinen stakte Vares los. Bei jedem Schritt rieb der steife Jeansstoff schmerzhaft gegen die blutig aufgeschürfte Haut an den Knien. Trotz der Drinks, die er im *Clamydius* zu sich genommen hatte, fühlte er sich völlig nüchtern. Das Herz klopfte nach wie vor wild, und überall dort, wo die verletzte Hautoberfläche den Stoff berührte oder der Nachtluft ausgesetzt war, war jeder einzelne Herzschlag zu spüren.
Vares versetzte sich in den Moment zurück, bevor er sich vor

dem Auto gerettet hatte. Als er sich über die Schulter umsah, hatte er einen kurzen Blick auf den Fahrer werfen können, als dieser unter einer Straßenlampe hinwegfuhr. Ein schmales bleiches Gesicht, eingerahmt von langem braunem Haar. Die Gesichtszüge hatte er sich nicht einprägen können, aber irgendetwas war ihm an der Gestalt bekannt vorgekommen.

Er überquerte die Uudenmaankatu und ging langsam durch den Dompark. Beim Per Brahe-Denkmal blieb er stehen, sah sich nocheinmal um und versuchte sich zu erinnern. Wo hatte er diesen Mann erst kürzlich gesehen? Oder bildete er sich das nur ein?

An der Ecke beim Gericht kam seine Erinnerung allmählich zurück. Und als er die steil ansteigende Kellonsoittajankatu mühsam hinaufhinkte, war plötzlich alles wieder da. Es schien ihm jedenfalls, daß er den gerade erlebten Augenblick des Entsetzens an der Uferstraße mit einem anderen Bild an einem Abend der vergangenen Woche verknüpfen konnte.

Der junge, hagere Typ mit dem Ring im rechten Ohrläppchen und der schwarzen Lederweste am Tresen der *Pianobar.* Und dann noch einmal derselbe Typ, der zwischen den Musiknummern freundschaftlich mit Lobo geredet hatte.

Vares zerbrach sich den Kopf, aber er war sich nicht hundertprozentig sicher. Doch drängte sich ihm dieses Bild zu stark auf, um nur als reines Phantasieprodukt abgetan zu werden.

Vares läutete lange und geduldig an Mari Mattsons Wohnungstür.

Einen Augenblick lang glaubte er schon, sie sei nicht zu Hause. Dann wurde die Tür geöffnet. Mari stand auf der Fußmatte, das blonde Haar ganz zerwuschelt und mit Schlaf in den Augen.

„Jussi! Was ist passiert?"

„Man hat versucht, mich umzubringen."

„Komm rein. Was redest du da? Du blutest ja am Arm." Sie schien jetzt richtig aufzuwachen.

„Irgend so ein Typ wollte mich überfahren. Hast du eine Wundsalbe und Pflaster?"

„Zieh die Hose aus und komm in die Küche."

Mari wusch Jussi die verletzten Stellen mit warmem Wasser

aus und strich Betadin aus einer grünen Tube darauf. Dann schnitt sie breite Streifen Pflaster ab und legte sie vorsichtig auf. Die ganze Zeit war sie sehr bleich und still. Sie stellte keine Fragen, bevor sie ihn verarztet hatte.

„War der Fahrer der Mörder von Jesús?“

„Möglicherweise. Jedenfalls hat er gezeigt, daß er sich aufs Töten versteht.“

„Ich kriege allmählich Angst.“

„Und ich habe dich überflüssigerweise mit in diese Sache hineingezogen.“

„Vergiß nicht, daß ich was mit Jesús hatte und Gras bei ihm kaufte. Ich hänge schon viel länger als du in dieser Sache mit drin.“

Er sah, daß Maris Unterlippe leicht zitterte. Sie starrte ihn mit ihren weit aufgerissenen blaugrauen Augen an. Vares küßte sie und nahm sie in die Arme. Die Schürfwunden an den Ellenbogen brannten, aber dennoch preßte er sie so stark an sich, daß er sie fast erdrückte. Mari seufzte ein paar Mal und sagte dann mit sehr leiser Stimme, wobei ihre Lippen seine Ohrmuschel berührten:

„Gott sei Dank, du lebst. Aber du mußt die Polizei benachrichtigen.“

„Das überlege ich mir morgen. Lieber würde ich erst zur Polizei gehen, wenn ich die ganze Geschichte aufgeklärt habe“, antwortete Vares.

„Das überleg dir morgen früh noch mal. Und nun ab unter die Decke, neben mir bist du in Sicherheit und weit weg von der bösen Welt.“ Mari nahm seine Hand und führte ihn ins Schlafzimmer.

Das alte österbottnische Bett war herrlich weich und die Dekken angenehm kühl. Vares legte sich so hin, daß sich seine Knie nirgends rieben. Mari schmiegte sich unter der Decke an ihn an und atmete bald tief und ruhig. Doch dann zuckte sie zusammen:

„Hups! Vergiß es! Nicht mit diesen Knien ...“

„Es gibt ja auch noch andere Stellungen ...“

„Werd erst mal gesund. Und wir sind beide müde. Gute Nacht.“

„Du hast Schuld, wenn ich jetzt nicht zu meinem ruhigen und tiefen Gesundheitsschlaf komme."
„Außerdem hab' ich meine Tage."
„Ich mach' dir mit meinen Wunden sowieso das Laken schmutzig."
Mari legte Jussi einen Finger auf die Lippen und gab ihm einen Kuß auf die Wange. Dann drehte sie ihm den Rücken zu, zog die Knie an und begann wieder gleichmäßig zu atmen.
„Du hast noch nichts von deinem Besuch in *Victor's Gym* erzählt." Vares wollte noch nicht schlafen. „Oder warst du noch nicht da?"
„Doch. Das erzähle ich dir morgen früh. Sonst geht die ganze Nacht mit Spekulieren und Theoretisieren drauf."
„Geht sie sowieso. Also: hat es was gebracht?"
„Wie man's nimmt. Sie haben mir jedenfalls nicht direkt über den Tresen Marihuana verkauft. In dieser Beziehung muß ich dich also enttäuschen."
„Wenn sie Profis sind, dann werden sie das nicht einmal bei Bekannten tun. Wem hast du denn von deinem kleinen Problem erzählt, Rönkkö?"
„Ja, und Leevi schien auch durchaus Verständnis zu haben."
„Hat er keinen Verdacht geschöpft?"
„Leevi doch nicht! Ich hab' mich beklagt, jetzt nirgendwo mehr Stoff her zu kriegen. Leevi konnte nicht direkt helfen, aber er sagte, einer seiner Freunde habe da mal Namen fallen lassen, bei denen man sich erkundigen könnte ..."
„Ein Bekannter vom Freund eines Freundes. So ist das immer. Und hat er dir Namen und Orte verraten?"
„Ja. Er erwähnte das *Big Life*, das *Green Dog*, und jetzt im Sommer auch Samppalinna." Nach und nach erinnerte Mari sich.
„Und welche Namen?"
„Es soll da mindestens drei Typen geben. Einer heißt Tanska, der andere tritt unter dem Namen Kierto auf. Am ehesten würde ich aber was von einem Typen namens Nero erfahren ..."

Vierter Teil

„Was soll ich jetzt damit? Magst du Lupinen und Veilchen?“

Jussi Vares,
vertrauliche Ermittlungen

30

KAKOLA: Häftling 283/86

In der Nacht auf Sonntag schlief Rapp nur während der kurzen Zeit des Halbdunkels, die um diese Zeit des Sommers irgendwann gegen Mitternacht eintritt.

Er hatte seit jeher starke Nerven. Das Gutachten des Gefängnispsychologen beschrieb ihn als „in seinem Gefühlsleben unterentwickelt“; der Volksmund hätte ihn einfach als gefühllosen Typen bezeichnet. Kleinigkeiten raubten ihm normalerweise nicht den Schlaf. Jetzt aber stand eine Operation bevor, die er zu lange geplant und vorbereitet hatte, und auf der seine ganze Zukunft beruhen würde. Das brachte auch den abgehärtetsten Typen dazu, sich fast die ganze Nacht lang auf der Pritsche hin und herzuwälzen.

Aber als der Wärter von der Morgenschicht schlüsselklimpernd den Gang heraufkam und die Putzer aus ihren Zellen ließ, war Rapp wieder die Ruhe selbst. Das untätige Herumliegen war jetzt vorbei, und vor ihm lag ein Vormittag, der mit normaler Routine ausgefüllt sein würde. Und dann kämen auch schon die

letzten Vorbereitungen an die Reihe. Jetzt war keine Zeit mehr für langes Überlegen, was zu tun sei. Der Countdown lief bereits.
Rapp teilte das Frühstück vor den Zellen aus und ging anschließend in die Küche, wo er eine Tasse Kaffee trank und ein Käsebrötchen aß. Dann wieder in den Korridor vor den Zellen Geschirr einsammeln und spülen.
Nach dem Spülen hatten die Putzer bis zu den Vorbereitungen für das Mittagessen frei, sofern die Wärter nicht irgendwelche zusätzlichen Programmpunkte ausheckten. Doch dazu hatten sie sonntags selten Lust.
Trotzdem holte Rapp einen Reinigungskarren aus der Kammer und machte sich damit, ohne die Miene zu verziehen, auf den Weg in seinen Trakt. Wärter Lehtola kam ihm auf dem Gang entgegen und sah ihn mißtrauisch an.
„Wie, ein kleiner Sonntagsputz?"
„Da soll irgendein Arschloch auf den Gang gekotzt haben, verdammt noch mal." Rapps Miene drückte beherrschten Ekel aus.
„Lassen Sie das den Verursacher selbst wegwischen. Er wird es sich für das nächste Mal merken", raunzte der Wärter.
„Glaubst du, ich hätte mir selbst die Hände schmutzig gemacht?"
In seinem Trakt angekommen, wischte Rapp mit dem feuchten Putzlappen über eine Stelle im Gang und schlüpfte dann schnell in seine Zelle. Aus dem schwarzen Müllsack am Putzkarren holte er einen Holzstab hervor, der genau die richtige Länge hatte, und schraubte den Eckpfosten seiner Pritsche los. Den Stab setzte er an Stelle des Bettfußes ein und versteckte diesen im Müllsack. Die Auswechselung des Bettpfostens würde niemand bemerken, es sei denn, er kröche extra zur Überprüfung unters Bett.
Langsam und in aller Ruhe kehrte Rapp dann samt Putzkarren ins Putzlager zurück. Nachdem er sich überzeugt hatte, daß alles ruhig war, schloß er die Tür der geräumig en Kammer und blockierte sie mit einem kleinen Holzkeil.
In wenigen Sekunden hatte er dem braunen Metallrohr eine

klobige, aus einer ungehobelten 2x4-Zoll-Planke zurechtgezimmerte Stütze aufgesetzt, und auch die grobschrötige Gewehrpatrone saß bald an Ort und Stelle samt Elektrozünder und glänzenden Kupferdrähten. Bis auf die fehlende Batterie und die zweite Leitung war das Gewehr nun schußbereit.

Sorgfältig untersuchte Rapp seine Konstruktion und konnte keine Mängel feststellen. Für das Gelingen war es äußerst wichtig, daß er sich in allen Einzelheiten auf seinen Plan verlassen konnte. Kämen ihm im entscheidenden Moment Zweifel, ob das Gewehr auch wirklich losgehen würde, hätte er das Spiel schon verloren.

Er versteckte die Waffe in dem großen Stoffsack, der voller schmutziger Bettlaken war. Er wußte, daß die große Wäsche erst am Montag nachmittag in die Wäscherei gebracht würde. Und er brauchte sein Gewehr bereits in zwei Stunden.

Als er das Putzlager verließ, stieß er fast mit einen Gefängniswärter zusammen. Es war derselbe Beamte, der sich schon für seinen morgendlichen Putzauftrag interessiert hatte. Lehtola musterte den Häftling forschend und fragte:

„Was treibt der Rapp denn da so mucksmäuschenstill im Kämmerlein?"

„Jedenfalls hatte ich kein Rendezvous mit meiner Braut", entfuhr es Rapp mit verbitterter Miene.

„Ach nee? Daß Sie mir da nur nicht zusätzlich schmutzige Wäsche fabriziert haben. An so einem schönen Sommersonntag kriegt man ja leicht romantische Anwandlungen", entgegnete Lehtola mit schiefem Grinsen. Ihm kam die Situation recht amüsant vor.

Rapp sagte nichts darauf. Er marschierte demonstrativ und ohne zurückzublicken in Richtung Bibliothek. Innerlich durchfuhr ihn eisiges Frösteln. Ein einziges ungewöhnliche Geräusch in der Kammer, und Lehtolas Neugier wäre ihm zum Verhängnis geworden.

In der Bibliothek las er die aktuelle Tageszeitung, aber die Nachrichten erregten kaum sein Interesse. Die Wettervorhersage für die nächsten Tage schon eher: die Hitze sollte anhalten. Das paßte gut in seinen Plan, denn zuerst einmal mußte er

aus der Stadt verschwinden, und es standen ihm Übernachtungen unter freiem Himmel bevor. Das war bei warmem und trockenem Wetter zumindest angenehmer.
Gegen halb zwölf ging Rapp in den Speisesaal. Zur Feier des Sonntags versprach die Speisekarte Koteletts mit Bratkartoffeln und frischem Salat. Die Häftlinge schlangen das Essen mit gutem Appetit und reichlich Nebengeräuschen herunter, während Rapp seine Portion kaum anrührte. Er wußte, daß er innerhalb der nächsten Stunde buchstäblich um sein Leben würde laufen müssen, und ein satter Wolf ist eine leichte Beute.
Nachdem die Gefangenen gegessen hatten und bis auf die Putzer in ihre Zellen zurückgekehrt waren, begannen die Wärter mit der Mahlzeit. Danach stand für die Putzer wieder Spülen auf dem Programm. Aber erst einmal hatten sie eine halbe Stunde frei, und viele von ihnen verbrachten sie in der Bibliothek oder im allgemeinen Aufenthaltsraum.
Die Wachmannschaft war jetzt auf ihr Minimum zusammengeschrumpft. Am Eingang war zwar ständig ein Wärter im Einsatz, und an ein paar anderen Stellen saß ebenfalls der eine oder andere von ihnen hungrig auf einem Hocker und wartete darauf, essen gehen zu können. Das ganze übrige Personal genoß gerade die Sonntagsmahlzeit.
Das war der Zeitpunkt, den Torsten Rapp für seinen Abgang gewählt hatte.
Durch die offene Tür warf er einen Blick in den Aufenthaltsraum und sah ein halbes Dutzend Schicksalsgenossen in gestreiften Hemden bei verschiedenen Beschäftigungen. Der eine las, ein anderer spielte Billard, andere saßen nach der schweren Mahlzeit nur dösend da.
Ohne stehen zu bleiben, ging er an der Tür vorbei weiter in Richtung Putzlager. Durch die großen Fenster am Gangende schien die Sonne blendend hell herein, und die Gitter warfen ein Schachbrettmuster auf den leeren Gang. Aber Rapp fühlte sich nicht mehr wie ein unbedeutender Bauer auf diesem Schachbrett. Jetzt war er der König. Und falls es schiefgehen sollte, wäre es immer noch besser, die Welt als König zu verlassen, denn als Bauer.

Im Putzlager wühlte er in den Wandschränken nach seinen Sachen. Dann holte er einen Müllsack und packte sein selbstgebasteltes Gewehr sowie seine neue Kluft, das Wärterhemd samt Schlips und Mützenersatz hinein. Darüber kamen als Tarnung ein paar Lumpen, die in der Kammer herumlagen.

Auf dem Gang war es still. Seine einsamen Schritte klangen ihm laut in den Ohren. Links, links, links! Am Ende des Ganges stand er vor der ersten Stahlgittertür.

Rapp blickte nur ein einziges Mal über die Schulter. Er kramte den Dietrich aus der Tasche und steckte dessen Metallspitze ins Schlüsselloch. An diesem Schloß hatte er schon zwei, drei Mal geübt. Die Zuhaltungen gehorchten den minutiösen Bewegungen seiner Finger, und das Schloß sprang klickend auf. Er öffnete die Tür, die hinter ihm sofort wieder zuschlug. Er wußte, daß ab jetzt keine Notlügen mehr helfen würden, wenn er gefragt würde, was er hier zu suchen habe.

Mit katzenhaften, lautlosen Schritten lief er die Steintreppen nach unten. Dann ging es fast im Laufschritt bis zum Anfang des nächsten Gangs. Wieder kam er an eine schwere Stahlgittertür mit fingerdicken Stäben. Wenn er Pech hatte, würde gerade jetzt ein Wärter im Gang auftauchen, der sich die Füße vertreten oder Kaffee aus dem Automaten holten wollte.

Die erste Zuhaltung war für den Dietrich kein Problem, aber dann wurde es schwierig. Rapp spürte, wie er unwillkürlich schneller atmete. Die Finger wurden naß vor Schweiß. Leise fluchte er in Gedanken und schloß die Augen. Dann atmete er ein paar Mal tief durch und hielt die Hände zur Entspannung still. Irgendwo über ihm ging eine Tür, aber nach dem Klang der Schritte war es schwer zu sagen, in welche Richtung sie gingen. Er versuchte es von neuem. In diesem Moment hörte er Schlüsselgeklimper an der Tür, durch die er vor kurzem gekommen war. Die Schritte kamen in seine Richtung. Konzentrier dich! Konzentrier dich! Das Schloß muß dir jetzt gehorchen! Du schaffst es!

Rapp biß sich auf die Lippe. Er bewegte den Dietrich um einen Millimeter. Da, endlich fand er das Hindernis, genau da, wo er es schon ein paar Mal versucht hatte. Klick! Das Schloß öffnete sich mit einem Geräusch, als hätte man den Abzug an einem ungeladenen Gewehr ausgelöst. Im Stockwerk über ihm schloß der Wärter die Tür hinter sich und begann, die Treppe herabzukommen.

Rapp öffnete die Tür, schlüpfte durch sie hinaus und bemühte sich, sie so leise wie möglich zu schließen. Der Zapfen fiel mit so hellem Klang ins Schloß, daß es Rapp vorkam, als hallte der ganze Gang von diesem Geräusch wider. Zügig eilte er um die Ecke und setzte seinen Weg auf dem Gang fort. Die ganze Zeit erwartete er, einen erstaunten Ausruf, vielleicht auch Pfeifengetriller zu hören.

Aber die Schritte, die die Treppe heruntergekommen waren, blieben bei der Tür, die er soeben hinter sich gelassen hatte, nicht einmal stehen; der Wärter ging einfach in die entgegengesetzte Richtung weiter.

Rapp wußte, daß er vor dem Hof und dem entscheidenden Augenblick nur noch eine verschlossene Tür zu knacken hatte. Er verlangsamte seinen Laufschritt zu schnellem, lautlosen Gehen.

Die letzte Tür war eine schwere Stahltür.

Schon nach einem Tag Üben hatte keine neue Tür ihn mehr als fünf Minuten aufhalten können. An dieser Tür aber mühte sich Rapp sieben, acht Minuten ab, bis er völlig in Schweiß gebadet war. Die neunte Minute begann, und er wischte sich den in Strömen fließenden salzigen Schweiß aus den Augen. Seine Nerven schlugen Alarm: der Zeitplan im Arsch! Das Hirn dazu im Takt: Beruhige dich! Ruhig, konzentrier dich! Dies Schloß kann nicht komplizierter sein als all die anderen! Du schaffst es! Nichts als blödes Metall, dieses Schloß!

Aber der Dietrich fand seinen Weg nicht. Die Hand suchte vergeblich, der Verstand begriff es nicht. Zum ersten Mal senkte sich Verzweiflung als drückende Last auf ihn herab.

Dann, plötzlich, die erste Zuhaltung. Und die anderen wie Dominosteine in einer Reihe. Leicht wie ein Kinderspiel! Da waren sie alle. Das Schloß ist auf. Verdammt, wie leicht, wie unerhört leicht!

Aber was sagt die Uhr? Er hatte dreizehn Minuten an diesem

Schloß vergeudet. Das konnte doch nicht wahr sein!
Rapp zog das graue Hemd aus dem Müllsack und zog es über sein Häftlingshemd. Am Kragen war ein fertiger Schlips befestigt. Er zerrte ihn sich über den Kopf und zog ihn am Hals fest. Dann noch die nachgemachte Schirmmütze, mit dem Schirm dicht über die Augen.
Jetzt war das Gewehr dran. Er zog es aus dem Sack und wickelte sich das Kupferdrahtende, das aus dem Schraubenloch des Bettpfosten heraushing, um den rechten Zeigefinger. Er kniete sich hin, stellte das Gewehr neben sich ab und schlang den Kupferdraht, der mit der Batterie in seiner Hosentasche verbunden war, um den rechten Daumen.
Der Auslösemechanismus war bereit. Hoffentlich. Zeit zum Überprüfen gab es nicht mehr. Jetzt kam es auf jede Sekunde an!
Rapp stand auf. Er schob sich den provisorischen Kolben der Waffe unter die linke Achsel und hielt den Lauf ein wenig nach unten. Die Patrone würde schon im Rohr bleiben, schließlich war sie dort mit vier Klebestreifen befestigt. Dann nahm er ein graues Stück Stoff aus dem schwarzen Plastiksack und verbarg die Waffe darunter.
Er stieß die schwere Metalltür auf und trat auf den sonnenbeschienenen Kieshof hinaus. Er zog die Mütze noch ein Stück tiefer über die Augen.
Der Weg über den Hof zum Tor war kaum einige Dutzend Meter lang.
Nirgends schien sich etwas zu regen. Der Torwärter saß in seiner Glashäuschen wie ein Denkmal über eine Zeitung gebeugt. Um diese Tageszeit gab es gewöhnlich nichts zu beobachten oder zu bewachen.
Mit lässigen, ruhigen Schritten überquerte Rapp den in brütender Sonne liegenden Hof.
Jetzt erkannte er auch den Wärter am Tor.
Es war Lehikoinen, einer der jüngsten Wachbeamten. Ein ruhiger, etwas in sich gekehrter Knabe, dessen Mundart auf ostfinnische Herkunft wies. Rapp konnte nichts Schlechtes über ihn sagen. Es hätte genauso gut irgendein anderer da sitzen

können. Man kann sich im Leben eben nicht alles aussuchen.
Rapp winkte ihm freundlich mit der rechten Hand zu.
Lehikoinen hob ebenfalls die Hand, bis er plötzlich zu stocken schien. Er stand auf, wandte sich dem auf ihn zukommenden Mann zu und blinzelte ein paar Mal. Was bedeutete das Lumpenpaket da in der linken Hand? Wer war das überhaupt? Diesen Wärter kannte er nicht.
Lehikoinen fuhr mit der Hand zum Gürtel, wo die Pistolentasche hing.
Im selben Augenblick ließ Rapp das graue Stück Stoff fallen und stürmte los.
Im Laufen hob er das braune Metallrohr in der Linken an und preßte den Holzblock gegen die linke Schulter. Und der Zeigefinger der rechten Hand näherte sich dem Daumen.
Rapp hatte sich dem gläsernen Wachhäuschen bis auf vier Meter genähert, als das Rohrstück in seiner Hand loskrachte wie ein Donnerschlag. Die kleine Bude zerplatzte in einen Regen aus Glassplittern und Blut. Lehikoinen verschwand irgendwohin nach unten.
Doch Rapp sah nichts von der Verwüstung und dem blutgetränkten Boden, als er sich die Schlüssel vom Haken an der Budenrückwand schnappte.
Die eiserne Fußgängertür rechts vom großen Tor ging quietschend auf.
Dahinter die schwindelerregende Aussicht auf einen steil abschüssigen grünen Park.
Rapp warf das schwarz gewordene Metallrohr weg und rannte los.

31

Als er am Morgen, von Mari Mattson kommend, seine Wohnung betrat, sah Vares am Umfang der *Helsingin Sanomat*, daß wirklich Sonntag war. Trotzdem wollte er den Tag nicht der Ruhe widmen. Die ramponierten, schmerzenden Knie und Ellenbogen erinnerten ihn daran, daß er dem Tod schon zum zweiten Mal in kurzer Zeit entkommen war. Der Umzug im Leichenwagen hatte ihm offenbar kein Glück gebracht. Oder war es umgekehrt? Vielleicht sollte er sich lieber einen Glückpilz nennen, weil er noch am Leben war.

Dennoch war er weniger erleichtert, als vielmehr wütend. Er fühlte sich verraten und verkauft. Das einzig Gute war, daß er wußte, auf wen er seine Wut richten und wen er für sein Handeln zur Verantwortung ziehen konnte.

Noch vor zehn Uhr machte er sich auf. Gleich, als er auf die Straße trat, spürte er, daß dies einer der heißesten Tages des Sommers werden würde. Die Luft war stickig und feucht wie in einem kleinen Badezimmer nach einer heißen Dusche. Er kam nicht weiter als bis zur Hämeenkatu, als sein ganzes Hemd schon feucht von Schweiß war.

Die Studentenwohnheime der Universität Turku lagen am Anfang der Hämeenkatu, gegenüber dem gewaltigen Koloß der Uniklinik. Die Wohnheime bildeten eine schmale Reihe hoher grauer Gebäude, die wie eine Mauer auf den Universitätshügel zuläuft. Das A-Gebäude beherbergte auch das traditionelle Studentenrestaurant *Iskeri*, eine zu allen möglichen Veranstaltungen nutzbare Sporthalle und ein kleines Schwimmbad. Die Blöcke B und C dienten den Studenten allein zum Wohnen.

In den letzten Jahren waren die Gebäude innen renoviert worden, aber Vares erinnerte sich noch an die kleinen dunklen Buden im B-Gebäude und das Gemeinschaftsklo am Ende des Ganges, vor dem sich jeden Morgen vor Beginn der Vorlesungen eine lange Schlange von Jungen und Mädchen bildetet. Vares hatte das allerdings nicht weiter gestört. Zu jener Zeit war der Andrang im allgemeinen vorbei, wenn er aufwachte.

Vares hatte bestimmt seit sechs Jahren keines dieser Gebäude mehr betreten. Heute sollte der Komfort ja von ganz anderer Qualität sein. Die Mieten waren ebenfalls gestiegen — aber darüber hatte Nero sich nie Kopfschmerzen zu machen brauchen.

Im Namenstafel des C-Blocks gab es eine Irmeli Virtanen. Ihr Zimmer lag im vierten Stock. Bei genauerem Hinsehen ent-

deckte Vares den Namen Virtanen noch ein zweites Mal. Der trug aber zum Glück den männlichen Vornamen Olli-Pekka.
An Irmeli Virtanens Tür stand kein zweiter Name. Vares glaubte sich zu erinnern, daß Nero mit Nachnamen Metsälampi, Metsäjärvi oder so ähnlich hieß. Ob Nero selbst das noch so genau wußte? Während der letzten zehn Jahre hatte er seinen Familiennamen kaum bei anderen Gelegenheiten gebraucht als vor der Kriegsdienstverweigerungskommission des Kreiswehrersatzamtes.
Vares horchte eine Zeitlang leise an der Tür. Von drinnen war kein Laut zu hören. Im allgemeinen hörte man da, wo Nero sich aufhielt, mehr oder weniger laute Rockmusik.
Er drückte die Türklingel und trat wartend ein wenig zur Seite. Doch nichts rührte sich. In der Nachbarwohnung ging die Klospülung, auf der anderen Seite plärrte Musik los. Vom Flurende her tönten Gesprächsfetzen — es ging um die sexuellen Fähigkeiten eines Mannes, die eine schrille Frauenstimme mit denen einer angefaulten Banane verglich.
Vares stellte fest, daß trotz der Renovierung die Schallisolierung im Haus von altbekannter Qualität war.
In der Eingangshalle kontrollierte er noch Irmeli Virtanens Briefkasten. Er enthielt nichts als die *Kansan Uutiset* vom Sonntag.
Enttäuscht kehrte Vares nach draußen in die Sommerhitze zurück. Er beschloß, morgen wiederzukommen. Vielleicht verlebte das Paar ein schönes Sommerwochenende am Busen der Natur, aber am Montag mußte Irmeli Virtanen wohl wieder in die Hörsäle der Sommeruniversität zurück, und dann dürfte auch Nero wieder anzutreffen sein.
Vares machte einen Abstecher ins *Proffa*, um seinen gröbsten Durst mit einem kleinen Bier zu löschen. Dann ging es nach Hause zurück, wo er Charles Bukowskis *Liebesleben der Hyäne* zu Ende lesen wollte. Bei dieser Hitze war es das Beste, innerhalb der eigenen vier Wände zu bleiben, das heißt im Schatten und möglichst in Kühlschranknähe.
Am Nachmittag trank er gemächlich seinen Biervorrat auf und las dabei das Buch zu Ende. Bukowski war sicher einer der

größten Durstmacher der Welt.
Nachdem er den Bukowski in seinem Regal zwischen Peltonens *Salomo und Ursula* und Kari Levolas *Bananenlader* verstaut hatte, öffnete er seine letzte Flasche, legte sich aufs Sofa und meditierte schläfrig darüber, daß es im Leben vielleicht doch noch Hoffnung gäbe. Er war jetzt in den Dreißigern. In diesem Alter hatte Bukowski in den Slums von Los Angeles die Post ausgetragen und jeden verkaterten Morgen verflucht. Sein Weg zum Erfolg dauerte noch zwanzig Jahre. Es war also noch Zeit, daß auch ihm gegenüber sich das Schicksal wohlwollend zeigen würde.
Er war unentschlossen: sollte er noch auf einen Schluck in *Hasse's Pub* hinunter? Doch schließlich siegte die Müdigkeit. Er sah sich noch die Abendnachrichten an, in denen es hauptsächlich um ein Terrorattentat auf ein Touristenkreuzschiff im Mittelmeer und um einen dreisten Ausbruch aus Kakola ging. Die Terroristen im griechischen Archipel hatten sich nach ihrer Tat mit einem kleinen schnellen Boot davongemacht und waren wie vom Erdboden verschluckt, und genauso verschwunden war auch dieses schmale Verbrechergesicht namens Torsten Rapp. Er hatte den Wachbeamten am Tor von Kakola kaltblütig mit einem selbstgebauten Gewehr umgebracht.
Kurz bevor Vares einschlief, dachte er noch, wie ungerecht doch die Talente verteilt sind. Da gab es jemanden, der es unter strenger Bewachung im Gefängnis fertigbrachte, sich ein Gewehr zusammenzubauen, während es ihm fast übernatürliche Anstrengung abverlangte, ein ganz gewöhnliches Bücherregal zusammenzubauen. Schließlich überfiel ihn doch noch der Schlaf, mit einem Traumbild von einem schwarzgekleideten mageren Burschen, der lächelnd immer aufs neue wiederholte:
„Das Leben meint es gut mit einem, wenn man gut zu sich selber ist ..."

Es war 11.49 Uhr am Montag, als im vierten Stock des C-Blocks in der Studentenwohnheimsiedlung ein mit nicht mehr als einer viel zu großen schlotternden Unterhose bekleideter Nero, das Haar ganz zerwuschelt und mit Schlaf in den Augen,

die Tür einen Spaltbreit öffnete.
Vares zielte direkt auf seine Augen.
Nero stieß einen heulenden Laut aus und stolperte ins Zimmer zurück. Vares trat ein und zog die Tür hinter sich zu. Er durchquerte einen kleinen Flur, in dem Frauen- und Männerschuhe verstreut herumlagen. An der Wohnzimmertür blieb er stehen und zielte von neuem auf die auf dem Fußboden sitzende, den Kopf schüttelnde Gestalt. Die Ladung saß und ging direkt in die Augen und Nasenlöcher.
Vares ging in aller Ruhe zum Lüftungsfenster und öffnete es. Auch er bekam bereits die stechende Wirkung des Tränengases in Hals und Augen zu spüren. Er konnte nur ahnen, wie es Nero ergehen mußte.
„Was zum Teu ..." Nero schnappte nach Luft, als wäre er dabei zu ersticken. Er preßte beide Hände gegen seinen Hals.
„Einen guten Wochenbeginn, Nero."
„Vares?"
„Ja, ich bin's. Lebendig."
„Warum, äähh!"
„Ich komme nur, um mich fürs letzte Mal zu bedanken."
„Waas?"
„Für deine Hilfe, am Samstag."
„Ich sterbe."
„Davon stirbt man nicht. Dafür war ich am Samstag nahe daran, zu sterben. Weißt du das?"
„Ich versteh' nicht ..."
Vares entsicherte die Maze wieder, zielte in aller Ruhe und ließ eine kurze Dusche auf Neros Kinn und Lippen niedergehen. Das tat den Schleimhäuten im Mund nicht gut. Ein Schmerzenslaut blieb Nero im Hals stecken.
„Ich mag es nicht, wenn man mir einen Killer hinterherschickt."
Vares zog sich einen Stuhl heran und setzte sich in zwei Metern Entfernung von Nero, der sich unverständlich lallend auf dem Fußboden wand.
„Und noch mehr bringt es mich in Rage, wenn mir ein Bekannter mit solchen Tricks kommt."
Jetzt fing Nero an, zu weinen und zu wimmern.

„Ich erzähle dir, was ich weiß. Ich habe Beweise dafür, daß du Mitglied einer Bande bist, die die ganze Stadt mit Drogen versorgt. Boß der Kette und Organisator ist Voitto Fjäder. Und Voitto bekam den Stoff über Jesús María Lobo, der inzwischen zu den ewigen Jagdgründen übergewechselt ist. Das wären die wichtigsten Fakten. Nick nur, wenn ich rechthabe."
Nero spuckte Schleim auf den Boden, und soweit man seine Worte verstehen konnte, waren es nichts als Flüche.
„Ich habe gerade wieder entsichert und werde nicht zögern, dir ins linke Auge zu schießen, wenn du nicht mehr Bereitschaft zur Zusammenarbeit zeigst." Vares Stimme unterstrich die Ernsthaftigkeit seiner Drohung.
Nero nahm auf dem Fußboden Embryostellung ein und hielt sich die gekrümmten Finger zum Schutz vors Gesicht.
„Das hilft gar nichts. Zum letzten Mal: hab' ich recht?"
Nero hustete noch mehr Rotz und Schleim auf den Flickenteppich. Dann begann er, im Takt seines Gewimmers mit dem Kopf zu nicken. Vares schob den Sicherungsriegel wieder vor.
„Dann können wir ja endlich loslegen. Ich will dir noch mehr erzählen. Am besten wird es sein, du machst dich nur durch Kopfnicken oder -schütteln verständlich. Daß ich im *Clamydius* auftauchte, war wohl etwas peinlich für dich, oder? All der Schmuck, die Klamotten, die Drinks und das Geld in der Tasche, an das alles bist du nur durch Drogen gekommen. Und dann kommt da ein alter Kumpel und fragt nach diesen Dingen, die deinen Lebensunterhalt ausmachen. Peinlich, peinlich!"
Nero biß sich auf die bleiche, schmale Unterlippe und nickte.
„Also hast du gleich beschlossen, die Sache weiterzumelden. Wen hast du angerufen? Den Knaben, der den japanischen Wagen dann so kamikazemäßig steuerte?"
Nero schüttelte den Kopf.
„Voitto Fjäder?"
Nero hustete einen Augenblick lang und nickte dann langsam.
„Worüber habt ihr gesprochen? Du hast ihn gebeten, mich aus dem Wege zu schaffen, oder?"
Heftiges, energisches Kopfschütteln. Jetzt versuchte er auch zu sprechen:

„Ich hab' nur erzählt ... von dir. Wodde sagte danke und versprach, vorsichtig zu sein."
Wieder hohles Husten.
„Ich wußte nicht ... Ich schwöre, ich hab' nicht gewußt ... ich tu nichts Böses ... ich verkauf' nur. Aber ich wußte nicht, wen ich außer Wodde hätte anrufen sollen..."
„Weißt du, wer die Anweisung gegeben hat, meine ehemalige Wohnung in Brand zu setzen? Auch dieser Wodde höchstpersönlich, was?"
Nero schüttelte kraftlos den Kopf. Die schwarzen schweißigen Haare klebten ihm an der schuppigen Kopfhaut.
„Natürlich hast du auch keine Ahnung, wer Lobo ermordet hat?"
„Nein!"
„Ich glaub' dir nicht. Aus irgendeinem merkwürdigem Grund hab' ich mein Vertrauen verloren. War es Wodde oder Leevi Rönkkö?"
Nero schüttelte den Kopf und schnappte heftig nach Luft. Dann sagte er: „Das kann nicht sein ... Die waren ganz entsetzt, als sie davon hörten. Denn schließlich, was bedeutete das für ihr Geschäft ... Überall liefen die Bullen rum ... Und die sprachen von nichts anderem als: wer kann das getan haben?"
„Hatten sie irgendeinen Verdacht? Wer? Warum?"
„Sie haben auf Geld getippt ..."
„Geld? Was für Geld und wieviel?"
„Geld für den Stoff. Lobo mußte es regelmäßig zu den großen Jungs nach Stockholm rüberbringen." Nero schien schon wieder etwas besser atmen zu können.
„Zu den großen Jungs? Lobo war also nur 'n kleiner Laufbursche?"
„Er hat den Transport nach Finnland organisiert. Er stand bei den Jungs in Stockholm auf der Gehaltsliste. Als 'ne Art Vertreter und Geldeinsammler hier bei uns ... oh verdammt, wie das brennt ..."
„Die ganze Sache läuft also von Schweden aus?"
„Nein. Das sind die Lieferanten. Von Kopenhagen und Amsterdam aus. Das hier in Turku is 'ne eigene Geschichte. Irgendein

Geldgeber steckt dahinter. Wer, weiß ich nicht. Wodde is' nur 'n kleiner Fisch."
„Mit welchem Stoff habt ihr gedealt?"
„Marihuana und Hasch. Manchmal kam auch 'ne Lieferung Heroin oder Amphetamine. Und diesen Sommer haben wir zum ersten Mal Kokain gekriegt."
Nero sang fließend, nachdem er erst einmal in Fahrt gekommen war.
„Die Verteilung geschah in *Victor's Gym*?"
„Ja, an uns, die Weiterverkäufer. Da wird nicht an Endverbraucher verkauft. Das ist eine eiserne Regel."
„Wie lange geht das schon so?"
„Weiß ich nicht genau ... ich bin seit zwei Jahren dabei."
„Und wer ist der Bursche, der mich überfahren wollte? Du hast sicher 'nen guten Tip für mich?"
„Ich bin nicht sicher ... ich glaub', Tanska. Der ist manchmal eingesetzt worden, wenn Geld eingetrieben werden mußte ... wir verkaufen auch auf Kredit."
„So'n heimtückischer, schmalgesichtiger Typ, der gern in Lederweste rumläuft?"
„Ja, der." Nero richtete sich in sitzende Stellung auf und verbarg das Gesicht in den Händen.
„Und Rönkkö ist der zweite Mann der Bande, oder?"
„Der ist zwar nicht von Pappe, aber zu langsam und zu dumm. Der kann böse dreingucken, aber tut einem nichts ... vor Wodde hat er jedenfalls Respekt."
„Noch mal zum Geld. Wieviel hatte Lobo dabei, und wem mußte er es überbringen?"
„Die Summe weiß ich nicht ... wohl ziemlich viel. Selbst ist er nie mit heißer Ware über die Grenze gegangen, das überließ er wohl einem Kurier, der aus Stockholm kam." Nero rieb sich die Augen. „Krieg' ich etwas Wasser?"
Vares stand auf, ging ins Klo, füllte den grünen Plastikeimer, der auf dem Fußboden stand, mit lauwarmem Wasser und stellte ihn vor Nero hin. Der begann eifrig, seine Augen mit dem Wasser auszuspülen. Der Rotz floß immer noch in dicken Strömen über Lippen und Kinn.

„Was wird jetzt mit mir?“ Nero richtete seinen wäßrigen, halbblinden Blick auf Vares.
„Ich bin kein Richter. Wenn du kooperativ bist, kommst du vielleicht mit ’ner geringen Strafe davon. Das hängt ganz von den Herren bei der Polizei ab.“
„Mußt du mich denn auch noch verpfeifen? Ich hab’ dir doch alles erzählt, was ich weiß!“
„Wahrscheinlich. Das wird sich zeigen. Nach dem Samstagabend sind meine Sympathien für dich so ziemlich im Eimer. Bist du ganz sicher, wirklich alles erzählt zu haben? Jetzt hast du die Gelegenheit, dich in aller Ruhe an das, was gewesen ist, zu erinnern. Vor allem an das, was Lobo betrifft. Um dessen Ermordung geht es mir vor allem.“
„Ich hab’ alles erzählt, hundertprozentig!“ Die Tränen rannen ihm in Strömen über die schmalen Wangen. „Was hast du als nächstes vor?“
„Ich werd’ die ganze Bande der Polizei ausliefern. Was sonst? Im Kreuzverhör verliert vielleicht einer die Nerven und beginnt zu singen. Dann ist der Mord an Lobo aufgeklärt. Zwei Wochen Untersuchungshaft wirken auch bei den härtesten Typen Wunder.“
„Aber versteh doch ... Ich glaub’ einfach nicht, daß es einer von uns war. Ohne Lobo haben wir doch nichts zu dealen.“
„Es gibt auch noch andere Motive für Mord als Geld. Wenn es einen Mörder gibt, wird sich auch ein Motiv finden.“ Vares stand auf und machte einen kurzen Rundgang durch die kleine Wohnung, die wie eine typische Studentenbude eingerichtet war. Auf dem Bücherregal stand das Bild eines ganz gewöhnlichen Mädchens mit ernster Miene und Studentenmütze auf dem Kopf.
„Ist das da Irmeli?“
Nero nickte und blickte zu Boden.
„Entschuldige dich bei ihr in meinem Namen für die Sauerei hier in der Wohnung. Weiß sie etwas von deinen Geschäften?“
„Wir rauchen manchmal zusammen einen Joint, aber sie weiß nicht, daß ich auch deale.“
„Eine betrübliche Geschichte. Aber nach dem, was ich von dir

kenne, ist es für sie wohl das beste, wenn eure Beziehung gleich beendet wird. He, was ist denn das hier für ein Zeitungsausschnitt?" Vares trat in die kleine Kochnische. Auf dem Tisch lag die *Turun Sanomat*, deren erste Seite in mehrere Teile zerschnitten war. In einem der ausgeschnittenen Artikel ging es um den gestrigen Ausbruch aus Kakola.

„Bist du beruflich daran interessiert? Kennst du den Ausgebrochenen vielleicht?"

„Ich kenn' ihn nicht, aber ich weiß ..."

„Was weißt du?"

„Er war in der gleichen Branche wie ich, bevor er so vor drei Jahren geschnappt wurde."

„Warst du in der selben Bande wie er?"

„Damals war ich nur ein zufälliger Kunde ... aber Wodde war damals der Laufbursche von Rapp ... sein persönlicher Knecht sozusagen."

„Und was ist damals passiert?"

„Rapp wurde verpfiffen. Irgendwo oben bei Oulu wurde er gestoppt, mit seinem Wagen, der voller Stoff war. Er flüchtete und schaffte es noch, eine motorisierte Polizeistreife umzufahren, bevor er festgenommen wurde. Der Bulle hat eine lebenslange Lähmung vom Hals an abwärts davongetragen. Dafür kriegte Rapp noch ein paar Jahre zusätzlich zu denen für die Drogengeschichte ..."

„Wer hat Rapp verpfiffen, und warum?"

„Schwer zu sagen ... es gibt da so Gerüchte. Fakt ist allerdings auch, daß der Typ völlig abgehoben ist ... größenwahnsinnig, das zeigt ja auch der Ausbruch. Vielleicht wollte ihn jemand beseitigen und neue Männer installieren ..."

„Das würde vielleicht auch erklären, warum Voitto Fjäders wirtschaftliche Lage sich so vor drei Jahren auf einen Schlag verbesserte." Vares mußte an die Kreditauskünfte über Fjäder und dessen Häuserkäufe denken.

„Dafür spricht so einiges. Rapps Ausbruch ist sicherlich keine angenehme Überraschung für Wodde."

„Wirklich nicht, nach dem zu urteilen, was du erzählt hast."

„Und Viivi ist sicher auch nicht außer sich vor Glück."

„Wie hängt die denn mit diesem Kuhhandel zusammen?"
„Viivi war die Lebensgefährtin von Rapp. Und jetzt ist sie Woddes Geliebte. Daran hatte Rapp sicherlich hart zu knabbern, während er im Knast saß."

32

„Danke, Nero. Konntest du mir schließlich doch noch helfen. Ich war wohl ein bißchen brutal. Aber schließlich bringt einen auch schon ein geringerer Anlaß in Rage." Vares steckte die Gaspistole in die Tasche zurück.
„Macht nichts." Nero wischte sich die letzten Tränen aus den Winkeln seiner geröteten Augen, mit denen er allmählich wieder blinzeln konnte. „Und wenn du dann daran denken würdest, bei den Bullen ein gutes Wort für mich einzulegen? Nur so aus alter Freundschaft ..."
„Ich will's zumindest versuchen. Und mach nicht alles nur noch komplizierter für dich, indem du jetzt womöglich abhaust."
„Was glaubst du denn, wo ich hinkönnte? Meinst du, die Jungs streicheln mir den Kopf nach alledem? Ich werd' wohl hier warten. Oder sag ihnen, sie sollen vielleicht auch mal im *Green Dog* nachgucken."
„Auf Wiedersehen. Nichts für ungut."
„Ich versteh' dich schon. Wer von uns bei Kasse ist, gibt das nächste Mal 'n Bier aus, wenn ich aus'm Knast bin."
„Abgemacht."
Auf dem Flur stand niemand, den der Lärm beunruhigt hatte. Die meisten waren jetzt in den Sommerferien, und die wenigen verbliebenen Hausbewohner wußten, daß es klüger war, sich nicht in anderer Leute Streitereien einzumischen.
Vares nahm nicht den Aufzug, sondern stieg nachdenklich die Treppen hinunter. Er beschloß, von zu Hause aus sofort Kommissar Hautavainio anzurufen und ihm alles zu berichten, was er bisher herausgefunden hatte. Bei der Turkuer Kripo gab es sicher auch ein Rauschgiftkommissariat, aber der beleibte

Kommissar von der Mordkommission war für ihn nun einmal die vertraute Kontaktperson. Und vielleicht war ja die Drogendealerbande schuld an Jesús María Lobos Ermordung.
Vares nahm die letzten Stufen mit schnellen Schritten. Das helle Tageslicht schien ihm durch die Fenster der Eingangshalle in die Augen. Er sah eine kleine Gestalt direkt vor der Haustür. Wohl der Zeitungsjunge...
Im selben Moment blieb er wie vom Blitz getroffen stehen. Die Gestalt war niemand anderes als Voitto Fjäder. Er stand gegen den Türrahmen gelehnt. Im Mundwinkel ein schiefes Grinsen. Die rechte Hand steckte in der Tasche seiner weiten Jacke. Vares' erster Gedanke war, daß das Wetter viel zu heiß war, um in einer solchen Jacke herumzulaufen
"Tag, Vares. Schön das ich mich nicht geirrt habe. Irgendwie kam mir die Idee, daß es sich lohnen könnte, dich genau hier zu suchen. Ein Plauderstündchen mit Nero gehalten?" Fjäders Stimme war schrill vor unterdrückter Wut. Seine Hand bewegte sich drohend in der Jackentasche.
„Ich hab' bei ihm vorbeigeschaut, aber er war nicht zu Hause."
Vares beschloß, auf Zeit zu spielen. Oder es wenigstens zu versuchen. Er meinte sich zu erinnern, daß die Tür zum Flur im Erdgeschoß von Block B offenstand. Aber er wollte seine Gedanken nicht dadurch verraten, daß er sich jetzt nach der Tür umblickte.
„Ich glaube dir nicht."
Die Augen des Zwergs waren kalt und starr.
„Das ist keine Sache des Glaubens", sagte Vares so locker wie möglich. Dann drehte er sich blitzartig auf den Fersen um und sah, daß die Tür zum Nachbarflur sperrangelweit offenstand. Mit aller Kraft spurtete er los. Der Zwerg blieb regungslos stehen.
Vares spürte sie mehr als daß er sie sah: eine große Gestalt, die aus der Tür trat, auf die er zurannte. Es war Leevi Rönkkö in einem blauem Trainingsanzug, die Fäuste in Angriffsstellung. Der Schlag traf Vares auf der Stirn. Die Dunkelheit kam schnell, und sie war total.

Als Vares wieder zu sich kam, stellte er fest, daß er in sitzender Stellung in irgendeinem Fahrzeug unterwegs war. Er hielt die Augen geschlossen und atmete tief durch. Es bestand kein Grund, seinen Nachbarn zu zeigen, daß er im Begriff war, an die Erdoberfläche zurückzukehren.

Stück für Stück erkundete er die Lage, in der er sich befand. Die Arme hatte man ihm vorm Körper mit Draht fest zusammengebunden. Seine Hände fühlten sich wie abgestorben an, in den Fingerspitzen kribbelte es. Die Fesseln schnitten tief in die Haut ein. Die Hände freizubekommen war aussichtslos. Vares öffnete die Augen einen winzigen Spalt. Er saß auf dem weichen Rücksitz eines Autos. Abgesehen von den Handfesseln hatte man ihm auch noch den Sicherheitsgurt angelegt, sicherlich nicht aus Gründen der Verkehrssicherheit. Der geräumige Wagen schnurrte sanft dahin. Am Steuer saß Voitto Fjäder wie eine Meerkatze auf einem Zirkusrad. Das Fahrzeug war sein großer BMW, der ein Vermögen gekostet haben mußte. Vares bewegte vorsichtig die Augen unter den Lidern. Auf dem Sitz neben ihm saß Rönkkö in seinem nach Schweiß stinkenden blauen Trainingsanzug. In der Hand hielt er einen Revolver, der in seiner Pranke aussah wie ein ungefährliches Kinderspielzeug. Vares versuchte seine Gedanken zu ordnen. In seinem Kopf sah es wirr aus, so als sei er gerade bei hellichtem Tage aus einem Nickerchen erwacht. Im Mund hatte er einen dumpf-ranzigen Geschmack, in den sich jetzt noch das Aroma von Blut mischte. Er fuhr sich vorsichtig mit der Zungenspitze die Zähne entlang, aber es fehlte keiner. Dagegen bestand die Unterlippe an der Innenseite mehrere Zentimeter lang nur aus blutigem Mus. Ein starker Schmerz strahlte wellenförmig vom Hinterkopf aus. Er nahm an, sich beim Sturz den Kopf angeschlagen zu haben. Das einzige, was ihm jetzt noch fehlte, war eine ordentliche Gehirnerschütterung.

Der Wagen hielt an einer Ampel. Voitto Fjäder fluchte leise und ließ die Kupplung mit einem ekeligen Aufjaulen schleifen.

„Scheiße. Da steht ein Polizeiwagen gegenüber auf der Kreuzung. Wenn der Kerl aufmuckt, dann drück ihm den Revolver an den Kopf! Daß der uns jetzt keine Scherereien macht!"

zischte der Zwerg Rönkkö zu.
Vares hielt den Atem an und versuchte möglichst tot auszusehen. Er hatte keine Lust, den Helden zu spielen.
Die Ampel sprang auf grün, und der Wagen fuhr los. Der Zwerg redete schnell und gereizt weiter:
„Hast du Nero Feuer unterm Hinter gemacht?“
„Ich hab' ihn ein bißchen an den Haaren gezogen“, knurrte Rönkkö mit seiner tiefen Stimme. „Der war von dem Tränengas noch ganz schön fertig.“
„Und was hat er diesem schweigsamen Knaben erzählt?“
„Nichts. Hat er jedenfalls immer wieder behauptet.“
„Dieser Lügner! Ich kenn' diesen Scheißkerl. Aber jetzt haben wir die Sache ja in die Hand genommen. Da brennt jetzt nichts mehr an. Hat er versprochen, endlich zu verschwinden?“
„Ja, hat er. Er wollte nach Hause, nach Kauhava.“
„Hoffentlich erdolcht ihn gleich am Busbahnhof von Kauhava jemand mit einem Puukko, dann brauchen wir uns nicht darum zu kümmern. Wir haben schließlich genug andere Sorgen.“ Der Zwerg blickte in den Rückspiegel. „He, stoß doch mal unsern Gast an! Mir scheint, er wacht bald auf.“
Vares ächzte, als er den Ellenbogen des Gewichthebers in die Seite bekam. Er öffnete die Augen und schloß sie sogleich wieder. Das helle Licht der Mittagssonne ließ in seinem Blickfeld Tausende funkensprühender Sterne einen Tanz aufführen.
„Willkommen zu einer kleinen Spazierfahrt, Vares. Dir scheint's ja nicht besonders gut zu gehen.“ Fjäder warf seinem Fahrgast einen scharfen Blick zu.
„Kein Kommentar.“ Vares spuckte mit Blut vermischten Rotz auf den Boden und schüttelte den Kopf.
„Idiot. Rotzt einem auf das gute Polster. Wirklich schlechte Manieren. Und dabei hab' ich dich doch schon mal vor den Folgen schlechten Benehmens gewarnt.“
„Ist es zu spät, um um Verzeihung zu bitten?“ Vares versuchte, Humor in seine Stimme zu legen. Doch das mißglückte ihm ganz und gar.
„Es ist nie zu spät, für seine Taten Buße zu tun“, bemerkte Voitto Fjäder vieldeutig.

Vares blickte zum ersten Mal zum Fenster hinaus. Rechts sah man das Wärtsilä-Werftgelände und den Stadtteil Korppoolaismäki. Es ging in schnellem Tempo nach Hirvensalo und zu Fjäders bescheidener Residenz.

„Was habe ich überhaupt getan, daß mir diese Aufmerksamkeit zuteil wird?“ versuchte Vares das Gespräch aufrecht zu erhalten.

„Bei mir begannen sofort die Alarmglocken zu läuten, als Leevi von der Tänzerin erzählte, die ihn nach Stoff gefragt hatte. Wir hatten mit Lobo nämlich verabredet, daß niemand von unseren Geschäften erfahren sollte, auch wenn er dealte oder mal mit seinen Freundinnen eine rauchte. Außerdem tauchte sie noch am selben Abend auf, an dem du versucht hast, Nero ausquetschen.“

„Und dann haben wir rausgekriegt, daß ihr auch noch dieselbe Adresse habt“, fuhr Leevi Rönkkö etwas betreten fort. Wahrscheinlich hatte er wegen seiner Redseligkeit einen Anschnauzer bekommen.

„Aber ihr wart in dieser Angelegenheit doch schon bedeutend früher aktiv, oder?“ ließ Vares einen Versuchsballon steigen.

„Was meinst du damit?“

„Ich spreche von dem kleinen Wohnungsbrand im Kurjenkaivonkenttä. Letzte Woche.“

„Red keinen Quatsch. Ich hab' dich erst auf den Kieker genommen, als du ins Studio kamst und dumm rumgequatscht hast. Danach haben die Jungs so allerhand über dich in Erfahrung gebracht.“

„Welche Jungs? Tanska?“

„Ach, Namen weiß er auch schon. Ja, vielleicht auch Tanska.“

Der Wagen schlingerte, und die Reifen quietschten. Sie waren auf der Brücke, die nach Hirvensalo hinüberführte. Rechts ragte die Burg von Turku auf, und zur Linken öffnete sich eine Bucht mit üppig belaubtem Ufer. Das Wasser glitzerte in der Sonne wie Hundertausende von Glasscherben.

„Wenn wir jetzt auf diese Weise Bekanntschaft geschlossen haben, und, wenn ich so sagen darf, das Eis gebrochen ist, dann können wir doch eigentlich von Mann zu Mann miteinander

reden."
Vares versuchte, seinen Mund zu einem Lächeln zu verziehen, auch wenn ihm wirklich nicht nach Lächeln zumute war und ihm das Kinn verdammt wehtat.

„Rede nur. Zuhören können wir ja."

„Ich möchte noch einmal auf Lobos Schicksal zurückkommen. Aus reiner Neugier. Mich würde interessieren, warum ihr ihn um die Ecke gebracht habt."

„Gesunde Neugierde ist ein positiver Zug bei einem jungen Mann. In deinem Fall läßt sich das allerdings nicht sagen. Aber da du immer wieder darauf rumreitest, laß dir ein für allemal gesagt sein, daß wir damit überhaupt nichts zu tun haben. Eigentlich wollen wir auch ganz gerne wissen, wer das getan hat. Und was glaubst du wohl, warum? Nebenbei: du kannst uns ruhig glauben, denn nach all dem, was passiert ist, haben wir vor dir nichts mehr zu verbergen."

In den letzten Worten des Zwerges lag eine unüberhörbare Drohung. Vares wünschte sich, den Mund gehalten zu haben. Hätte er doch nie etwas von Jesús María Lobo, Annika Kontio oder all den anderen gehört, die in diese Geschichte verstrickt waren!

Hinter Lauttaranta gab Fjäder richtig Gas, als er in Richtung Inselmitte fuhr. Die Ziegelhäuser zu beiden Seiten des ansteigenden Toijaistentie flogen nur so vorüber. Als sie das Grundstück, auf dem sich der imposante Bau des Zwerges aus weißem Ziegel befand, erreichten, steigerte der nochmals das Tempo und raste daran vorbei.

Der Asphaltweg schlängelte sich durch die felsige, mit schütterem Fichtenwald bestandene Heide. Vares war nun klar, daß es nach Särkilahti, einer der Buchten der Insel, ging. Er beschränkte sich darauf, wortlos hinauszusehen, denn die Plauderlaune war ihm vergangen. Dafür wurden seine Kopfschmerzen immer stärker.

Der BMW umfuhr die Nordspitze von Särkilahti, und weiter ging es nach Westen.

Nach einer kurzen Strecke bog der Wagen nach links in einen schmalen Kiesweg ein, und nach einem knappen Kilometer ging

es noch einmal nach links, auf einen holperigen Pfad, der kaum breiter als der BMW war und ans Ufer zu führen schien.
„Was hältst du von einer Seereise?“ fragte Fjäder grinsend. Vares verzichtete auf eine Antwort.
Sie kamen auf eine Lichtung, die gerade groß genug für ein Wendemanöver war und direkt am Wasser lag. Am Ufer war ein Pontonsteg befestigt, an dem ein stromlinienförmiges, größeres Motorboot mit Kajüte schaukelte.
Alle drei verließen sie den Wagen. Rönkkö hielt sich so nahe an Vares, daß dieser dessen Knoblauchatem spüren konnte. Fjäder hatte sein Mobira-NMT-Telefon aus dem Auto mitgenommen und ging damit zum Boot. Im selben Augenblick flog die Kajütentür auf, und Viivi-Ann Näs sprang auf den Landungssteg. Zärtlich drückte sie den großen Kopf des Zwerges an ihre Brust und säuselte:
„Liebster, wie schön, daß ihr da seid! Es war hier richtig unheimlich, so alleine. Beim kleinsten Geräusch fürchtete ich einen Verfolger.“
„Wie geht’s denn unserm Gast?“ fragte Fjäder, während er, der stolze Besitzer, ihr von engen Shorts bedecktes Hinterteil umfaßt hielt.
„Hat erst ein bißchen geweint, ist aber jetzt ruhig geworden.“
Rönkkö stieß Vares auf den Landungssteg und dann ins Boot. Fjäder wies mit der Hand auf die Kajütentür. Vares bückte sich, stieß aber dennoch mit dem Kopf an. Der Schmerz verschloß ihm für ein paar Sekunden die Augen.
Unten in der Kajüte war es halbdunkel. Eine kurze Zeitlang sah Vares nichts.
Dann sprach ihn jemand an, rief seinen Namen. Die Stimme klang gedämpft und kraftlos, aber dennoch bekannt.
Als seine Augen sich an das Halbdunkel gewöhnt hatten, erblickte er auf einer kurzen Bank Mari Mattson, die mit angezogenen Knien auf der Seite lag. Ihr Gesicht war tränenüberströmt, und sie versuchte zu lächeln, obwohl die Haut unter ihrem linken Auge zu einer eigroßen blauen Beule angeschwollen war.

33

Das Boot nahm in der leichten Dünung schnell Fahrt auf. Rönkkö saß als Bewachung in der Kajüte, Fjäder und Viivi-Ann standen an Deck hinter dem Steuer. Vares saß auf der Bank und hielt Maris Kopf im Schoß. Sie weinte nicht mehr, aber sie sah mitleiderregend aus. Die beiden unterhielten sich leise. Wie es schien, war der Gewichtheber an ihrer Unterhaltung nicht interessiert.

„Was haben sie mit dir angestellt?“ fragte Vares.

„Sie haben nur einmal zugeschlagen. Sonst nichts. Als sie mich festhielten, trat ich Fjäder vors Knie, daraufhin schlug er einmal zu. Das Ergebnis ist ein blaues Auge.“ Mari biß sich auf die Lippe und war tapfer.

„Wo ist das passiert? Sind sie zu dir gekommen?“

„Am Morgen in der Kellonsoittajankatu, als ich mit dem Rad unterwegs zur Arbeit war. Es passierte so plötzlich, daß ich nichts tun konnte. Und sie hatten sich wohl vorher vergewissert, daß kein Augenzeuge in der Nähe war. Dann haben sie mich hergebracht und diesem Weibsstück übergeben. Sie sagten, sie wollten dich suchen. Und ich hatte solche Angst, daß sie dir wirklich etwas Schreckliches antun würden.“

Sie sprach schnell und abgerissen, so daß sie sich mit den Worten fast verhedderte. Es schien, als hätte Vares' Erscheinen in ihr eine hysterische Zwangsreaktion ausgelöst.

„Um mich mach dir keine Sorgen. Ich habe auch nur einen Schlag abbekommen.“

„Hat diese Bande Lobo ermordet? Hast du's jetzt rausgekriegt?“ In ihrer Stimme schwang nun wieder mehr Furcht mit.

„Es gibt keine Beweise. Ich glaube allerdings nicht, daß sie es waren. Zumindest habe ich starke Zweifel.“

Einerseits wollte Vares sie mit dieser Auskunft beruhigen, andererseits begann er allmählich selbst, an die Unschuld seiner Entführer zu glauben.

„Die haben uns also wegen der Drogen gekidnappt?“

„Ja.“

„Oh, ich Dummkopf! Diese Sache habe ich dir eingebrockt!" Wieder füllte sich ihr heil gebliebenes Auge mit Tränen.
„Ich war ein noch größerer Idiot. Ich hätte wissen müssen, daß jemand wie wir gegen eine Drogendealerbande keine Chancen hat. Schließlich bin ich sogar mehrere Male gewarnt worden ..." Vares verfluchte in Gedanken seine Dickköpfigkeit - ein Erbe aus dem heimischen Satakunta.
„Was wird jetzt mit uns ..."
„Ich weiß nicht. Wir können nichts als nur abwarten. Und hoffen."
Vares hatte keine Ahnung, wie lange die Fahrt dauern würde. Sehr weit konnten sie aber nicht gekommen sein, als nach einiger Zeit das Tempo gedrosselt wurde und man in der Bugkabine spüren konnte, wie der Vordersteven sich senkte. Das Boot näherte sich dem Ufer.
„Wir sind da. Ab nach oben", kommandierte Rönkkö.
„Wo sind wir denn?" erkundigte sich Vares.
„Frag Wodde."
Das Boot hatte in einer kleinen, von Felsen geschützten Bucht Anker geworfen und war an einem recht neu aussehenden Landungssteg angetäut worden. Fjäder und Viivi-Ann waren bereits am Ufer, als Rönkkö die Gäste mit leichten Stößen heraufbrachte.
Vares sah sich um. Vom Bootsdeck aus konnte man sehen, daß es sich um eine kleine, nur ein paar Hektar große Insel handelte. Und wenn man zur Bucht hinaussah, erkannte man einen halben Kilometer weiter eine langgezogene und waldbewachsene Uferlinie. Nicht weit entfernt lag also entweder das Festland oder eine größere Insel.
Auf einem grasbewachsenen Pfad ging es ins Innere der Insel. Hinter dem ersten Felsen kam eine größere Lichtung, die von größerem Bewuchs freigerodet war, und auf der im Schatten dreier mächtiger Föhren eine eindrucksvolle Holzvilla aus Rundbalken stand. Ihre Grundfläche betrug sicher hundert Quadratmeter, und bei näherer Betrachtung sah man, daß sie auch winterfest sein mußte. Vor den Fenstern hingen Gardinen, aber der Rasen vor der Villa sah ungepflegt aus. Offensichtlich hatte

sich Fjäder als vielbeschäftigter Geschäftsmann diesen Sommer nicht oft in seiner Sommerresidenz aufhalten können.
Irgendwo schlug ein Kuckuck an. In der Bucht kam eine Schar von Entenküken unter Führung ihrer Mutter mißtrauisch herangeschwommen, um das komische Ding zu bewundern, das am Landungssteg schaukelte. Die sturmzerzausten Föhren schwankten leicht im Westwind, der von der Ostsee her wehte, und die Bucht zwischen Ufer und Insel funkelte im Sonnenschein. Unter anderen Umständen hätte dieser Ort als Paradies auf Erden gelten können.
„Wo in der Welt allerschönsten Schären sind wir denn hier?“ fragte Vares den Zwerg vor dem Villeneingang.
„Ich weiß nicht, was dir dieses Wissen nützen könnte“, sagte Fjäder und steckte den Schlüssel in das Schloß, das zunächst etwas widerspenstig war. „Aber wenn's dich interessiert, der Wald da hinten jenseits der Bucht gehört zu Rymättylä.“
Vares konnte sich über diese Antwort nicht recht freuen. Es hieß wohl nichts Gutes, wenn Fjäder meinte, vor ihm keine Geheimnisse mehr haben zu müssen.
Zuerst wurde im Kamin des großen Wohnraums Feuer gemacht, obwohl draußen brütende Sommerhitze herrschte. Fjäder überlegte eine Weile, wie er die Gefangenen so unterbringen konnte, daß ihre Bewachung möglichst wenig Mühe machte. Schließlich kam ihm die Idee, den dicken Rundbalken, der mitten im Zimmer als Stütze für die Schlafräume im Obergeschoß diente, dafür zu nutzen.
Vares und Mari wurden mit Ledergürteln und Eisendraht um Hände und Hals in sitzender Stellung an den Balken gefesselt. Das war so unbequem, daß ihnen schon nach wenigen Minuten die Glieder schmerzten, und der Schorf von Vares' Wunden am Ellenbogen losgescheuert wurde.
Mari konnte ihre Hand immerhin noch soweit bewegen, daß sie ihre Finger in Vares' offene Hand legen konnte. Der schloß sie darauf zur Faust und drückte Maris Finger kurz und fest in der Absicht, ihr damit Mut und Hoffnung zu vermitteln. Er selbst empfand jetzt jedoch zum ersten Mal wirkliche Furcht.
Als nächstes brachte Fjäder zur Sprache, daß es in der Villa nur

trockene Nahrung gab. Es sei jetzt noch schwierig abzusehen, wie lange man sich hier aufhalten werde. Es müsse frisches Essen herbeigeschafft werden, und der Zwerg befahl Leevi Rönkkö, das mit dem Boot zu erledigen. Er solle gleich los damit ins Kirchdorf Rymättylä.

Bedächtig schrieb Rönkkö sich die Dinge auf, die Fjäder und Viivi-Ann Näs ihm abwechselnd diktierten. Dann machte er sich in seinem schweren Schaukelgang zum Boot auf.

„Und vergiß die Zeitungen nicht!" rief ihm Fjäder nach.

Dann machten es sich die Gastgeber auf der Insel bequem. Die beiden ließen sich dabei von ihren an den Balken gefesselten Gästen in keiner Weise stören.

Fjäder zog sich das Hemd aus und klemmte sich das Telefon unter den Arm. Er ging ans Ufer und wählte eine Nummer.

Vares sah durchs Fenster, daß Fjäder Schwierigkeiten mit der Verbindung hatte. Die Signalstärke des Funknetzes war hier wohl zu schwach. Der Zwerg fluchte und versuchte es aufs neue. Endlich hellte sich seine Miene auf, und er konzentrierte seine Aufmerksamkeit auf das Telefon. Ein paar Mal schaute er mit so bedeutungsvollem Blick durch das Fenster zu seinen Gefangenen herüber, daß es nicht schwer war zu erraten, worum es ging.

Nach fünf Minuten beendete Fjäder das Gespräch und kam ins Haus zurück. Das Handy baumelte an der linken Hand. Viivi-Ann hatte inzwischen Kaffee aufgesetzt und die Kleider gewechselt.

Jetzt steckte sie in einer äußerst knappen Bluse und einem so kurzen Minirock, daß es geradezu eine Beleidigung für die finnische Textilindustrie war.

„War das Raha?" fragte sie.

„Ja." Fjäder blickte wieder zu Vares herüber.

„Was hat er gesagt?"

„Er will sich's überlegen. Wir sollen warten."

„Das macht ja nichts. Hier sind wir sowieso sicherer als in der Stadt. Kann ich ein bißchen rauchen?"

„Lieber noch nicht. Wir sitzen ganz schön in der Tinte."

„Ich hab' mir 'n paar leichte Joints mitgebracht."

„Vielleicht später am Abend."
Anderthalb Stunden später kehrte Leevi Rönkkö schwer beladen mit mehrere Plastiktüten und zwei zum Bersten gefüllten Pappkartons zurück. Der Riese wischte sich Schweißtropfen von der Stirn, die so groß waren wie Wick-Pastillen.
„Da sind ja auch die Zeitungen!" Fjäder eilte herbei. Die Tageszeitungen schienen ihn mehr als alles andere zu interessieren. Rönkkö hatte die beiden Boulevardblätter *Ilta-Sanomat* und *Iltalehti* mitgebracht. Auf ihren Titelseiten war der gestrige Ausbruch aus Kakola das beherrschende Thema. Der Zwerg las ihnen die Überschriften und das Fettgedruckte vor.
„Augenzeugen haben ihn in Virolahti, Hailuoto, Kajaani und auf der schwedischen Seite der Grenze am Tornio-Fluß gesehen."
„Aber das geht doch gar nicht, an ganz verschiedenen Orten gleichzeitig!" schüttelte Rönkkö den Kopf.
„Die Polizei vermutet, er werde auf Biegen und Brechen versuchen, sich nach Schweden abzusetzen." Fjäder ließ sich durch die Kommentare des Mannes aus Kainuu nicht stören. „Das glauben auch nur die, die ihn nicht kennen."
„Aber wenn er nur versucht, abzuhauen?" warf Viivi-Ann mit zittriger Stimme ein.
„Das bezweifle ich. Er ist ein Verrückter." Fjäder schüttelte den Kopf. „Auf dieser Insel sind wir aber relativ sicher."
„Aber Torsten kennt diesen Ort. Er hat hier sogar mal mit mir gewohnt!" Allmählich zeigte ihre Stimme einen Anflug von Hysterie.
„Ja, ja. Aber für Finnlands meistgesuchten Mann dürfte es nicht so leicht sein, sich ein Boot zu besorgen und hierher zu kommen. Außerdem kann er sich uns hier niemals so unbemerkt nähern wie in der Stadt. Doch, der sicherste Ort für uns ist jetzt hier."
„Alles klar. Keine Panik!" bekräftigte Rönkkö.
Vares beobachtete das Schauspiel und zog dabei seine eigenen Schlüsse. Alle drei waren spürbar nervös und hatten Angst. Vares war sich nicht sicher, ob das von seinem und Maris Standpunkt aus betrachtet gut war. Jemand, dem die Angst im

Nacken sitzt, kann instinktiv und unüberlegt handeln. Und dann helfen keine Appelle an die Vernunft.
„Diese unfähigen Bullen! Sind zu nichts nutze, wenn man sie mal braucht!“ fluchte Fjäder. „Lassen sich von einem Wahnsinnigen aufs Kreuz legen!“
„Torsten ist kein leichter Brocken für die. Das ist so’n verdammt harter Typ wie sonst keiner“, sagte Viivi-Ann mit zitternder Unterlippe.
„Das weiß ich. Aber das hat auch einen Vorteil. Wenn er geschnappt wird, dann wird er sich nicht eher ergeben, als bis man ihm eine Kugel in den Kopf gejagt hat. Eine andere Möglichkeit wird er den Bullen nicht geben.“
„Und die werden auch nichts lieber tun als das“, mischte sich Rönkkö wieder ein. „Schließlich hat er dem Wärter in Kakola auch ’ne Ladung verpaßt. Das mögen die Bullen nicht so gern.“
„Hört mal, hier in der Zeitung schreiben sie noch mehr im Innenteil“, sagte Viivi-Ann. „In Raunistula wurde ein zwielichtiger Waffenschieber tot aufgefunden, ein Zigeuner, wie es heißt. Die Polizei untersucht, ob der Fall in irgendeiner Verbindung mit Torstens Ausbruch steht.“
„Das ist doch Quatsch. Guck dir mal die nächste Meldung an. Da wird Rapp verdächtigt, in Virolahti die Post ausgeraubt zu haben. Wenn in Helsinki in der Straßenbahn ein Schwarzfahrer geschnappt wird, dann schieben die das Rapp auch noch in die Schuhe.“
„Was machen wir jetzt?“ fragte Rönkkö.
„Du kannst ja ans Ufer gehen und gucken, ob du mit deiner Angel was aus der Bucht ziehst. Was sollen wir anderes tun als warten? Und hoffen, daß die Bullen kurzen Prozeß mit ihm machen.“ Fjäder zerknüllte die Zeitungen mit seinen starken Fäusten zu einem unförmigen Ballen und warf ihn ins Kaminfeuer.
„Ich müßte mal pinkeln“, ließ sich Vares vom Balken aus vernehmen.
„Bring ihn raus, Leevi. Und sieh zu, daß du ihn danach wieder ordentlich festbindest“, kommandierte der Zwerg.
Vares verrichtete seine Notdurft hinter der Villa neben einem

Brennesselbusch. Der mürrische Leevi ließ ihn keinen Moment aus den Augen. Vares versuchte es mit ein paar lockeren Bemerkungen, bekam aber nur ein abweisendes Gesicht als Antwort. Leevi führte ihn am Arm zurück und fesselte ihn wieder mit äußerster Sorgfalt an den Balken.

Der Nachmittag verging für die Gefangenen mit quälender Langsamkeit.

Es gelang ihnen, die Hände ein kleines bißchen zu bewegen, so daß die Fesseln nicht mehr ganz so straff saßen. Dadurch floß wenigstens wieder etwas Blut in ihre Finger. Da sie sich kaum unterhalten konnten, versuchten sie sich wenigstens durch Berührungen mit den Fingerspitzen Mut zu machen. Vares bewunderte Maris Selbstbeherrschung. In einer solchen Situation würden wahrscheinlich viele Frauen in Hysterie verfallen. Und auch er selbst war Nahe seiner psychischen Belastbarkeit.

Vares war aufgefallen, daß die Villa ein beträchtliches Arsenal an Waffen barg. Und nicht alle waren für die Jagd auf Seevögel bestimmt. Rönkkö trug die ganze Zeit seinen Revolver mit sich herum, den er sich in den Hosenbund geklemmt hatte, und Fjäder hatte immer ein Gewehr in Reichweite, das im Vergleich zur Größe seines Besitzers etwas überdimensioniert geraten schien.

Mari flüsterte ihm zu, daß Viivi-Ann ebenfalls eine eigene Waffe hatte, die Vares nach ihrer Schilderung als kleinkalibrigen Revolver identifizierte. Laut Mari verwahrte sie ihn in ihrer weißen Chanel-Handtasche.

Zusätzlich zu diesen Waffen hingen in einem Gestell an der Rückwand des großen Wohnraums ein Stutzen, ein Kleinkalibergewehr und ein Luftgewehr. Das waren zwar in erster Linie Jagd- und Übungswaffen, abgesehen vom Luftgewehr, aber im Ernstfall durchaus zu gebrauchen.

Die Hausherren verließen sich darauf, daß die Fesseln, die sie ihren Gefangenen angelegt hatten, ausreichten. Sie organisierten keine Bewachung im Haus. Leevi Rönkkö ließ sich für zwei Stunden überhaupt nicht mehr sehen. Vielleicht war er wirklich Fjäders Aufforderung gefolgt und saß jetzt mit einer Angel zwischen den Steinen am Ufer. Das Paar verbrachte die Zeit in

Liegestühlen, die sie auf der Veranda und auf dem Vorplatz aufgestellt hatten. Obwohl man sich hier in den Schären befand, war die Luft schwül, und die Wärme machte einem das Atmen fast zur Qual. Besonders Voitto Fjäder schüttete ein Bier nach dem anderen in sich hinein. Vares badete am Balken in Schweiß und dachte, daß es hier auch noch andere Leute gab, die jetzt gut ein Bier gebrauchen könnten.

Am späten Nachmittag piepte das Mobira, das auf dem Tisch im Zimmer lag. Fjäder kam auf seinen krummen Beinen hereingelaufen und nahm das Telefon mit auf die Veranda außerhalb Vares' und Maris Hörweite. Diesmal dauerte das Gespräch mehr als zehn Minuten, und der Zwerg brachte das Telefon mit äußerst nachdenklicher Miene wieder herein.

Kurz darauf kam Leevi Rönkkö vom Ufer zurück mit einem Stock in der Hand, auf den er seine kapitale Beute aufgespießt hatte.

„Guckt mal, was ich gefangen habe! Was machen wir jetzt damit?"

„Iß ihn roh, oder wirf ihn auf den Komposthaufen!" ließ sich Viivi-Ann vernehmen und wandte sich wieder ab. „Ich hab' keine Lust, das Ding abzuschuppen und zu kochen."

Die Stunden vergingen; es wurde Abend. Die Hausherren aßen von Viivi aufgewärmte Konserven, ohne ihren Gästen davon anzubieten. Vares und Mari hatten keinen besonders großen Hunger, aber der Durst quälte sie immer mehr, und Vares mußte mehrere Male bitten, ehe Leevi schließlich kaltes Wasser aus der Küche holte und es ihnen zu trinken gab.

Je weiter der Abend voranschritt, desto windiger wurde es. Leevi trat auf die Veranda hinaus, blickte lange zum Himmel, verzog den Mund und verkündete, als er wieder hereinkam:

„Gleich gibt's ein Gewitter."

„Nach dieser langen und drückenden Hitze wird das ein ganz schönen Krach geben", prophezeite Fjäder.

Viivi-Ann sagte nichts, sondern ging nur zur Tür und blickte ängstlich zum Himmel hinauf. Dann kam sie an den Tisch zurück, warf einen kurzen Blick auf den Zwerg und nahm aus ihrer weißen Handtasche ein goldfarbenes Etui. Es enthielt selbstgedrehte Joints. Fjäder kam und nahm sich ebenfalls einen. Sie zündete beide mit demselben Streichholz an. Der Rauch, der von den Joints aufstieg, verbreitete einen fremdartigen Weihrauchduft.

Leevi schloß sich ihnen nicht an. Er holte sich eine Dose Bier aus dem Kühlschrank. Irgendwo in der Ferne hinter Rymättylä war leises, näher kommendes Donnern zu hören.

Anderthalb Stunden später war der Sommerabend so weit fortgeschritten, daß die Mücken auf der Veranda ihren Tanz begannen und die Schatten der großen Kiefern von Minute zu Minute wuchsen. Viivi-Ann zog an ihrem Joint und starrte mit wäßrigen, weit aufgerissenen Augen aufs Meer hinaus. Bei jedem Donnerschlag zuckte sie zusammen, als hätte sie einen Stromschlag bekommen.

Leevi Rönkkö trank unaufhörlich Bier. Offensichtlich konnte er es runterschlucken wie ein Flußpferd den Uferschlamm, wobei der Bierkonsum keinerlei äußerlich sichtbare Wirkung auf ihn auszuüben schien.

Voitto Fjäder hatte eine Flasche Rum aus dem Kühlschrank geholt und goß sich einen knappen Fingerbreit davon ein. Viivis Joints rührte er nicht mehr an. Vares war beunruhigt wegen der ständigen prüfenden Blicke des Zwergs und dessen Gesichtsausdrucks, in dem er sowohl Verärgerung als auch Nervosität zu sehen glaubte.

„Was machen wir mit ihnen?“ Tonlos kamen diese Worte aus Viivi-Anns Kehle. Nicht eine Sekunde wandte sie den Blick vom Horizont, der zwischen den Felsen hindurchschimmerte. Die beiden, die an den Balken gefesselt waren, schien sie gar nicht mehr zu registrieren.

„Raha hat angerufen und gesagt, das sei unsere Entscheidung. Er wolle sich da nicht einmischen.“ Fjäders Stimme klang schon ein wenig angetrunken.

„Bringen wir sie um.“

Nach Viivi-Anns Worten breitete sich Stille im Raum aus. Nur Rönkkö ruckte auf dem Stuhl, und Mari Mattson begann leise zu schluchzen. Vares spürte, wie sie zitterte.

„Die wissen zu viel. Wir dürfen ihnen keine Gelegenheit zum

Reden geben."
„Und danach?" fragte Fjäder.
„Zwei Möglichkeiten. Wir fahren nach Turku zurück, und alles ist wie vorher. Natürlich müssen wir erst abwarten, bis die Bullen Torsten geschnappt haben. Die zweite Möglichkeit: wir holen sämtliches Geld, das wir zu Hause liegen haben, dann ab aufs Boot damit und machen, daß wir fortkommen, von mir aus bis Kopenhagen. Mit diesem Boot dürfte das kein Problem sein."
„Mein Geld steckt vor allem im Haus, im Wagen, in dieser Villa", sagte Fjäder nachdenklich. „Und zu Hause haben wir nicht mehr als ein paar Hunderttausend..."
„Willst du etwa im Fitneßstudio sitzen und warten, bis die Polizei kommt?" fragte sie. „Was wir mit ihnen auch anstellen, das Risiko hierzubleiben ist zu groß. Wir können ja nicht wissen, wer uns gesehen hat, oder was die schon alles erzählt haben."
„Für mich ist eine Flucht nicht so einfach. Du und auch Leevi, ihr könnt in Kopenhagen herumspazieren, ohne erkannt zu werden. Aber ich?" sagte der Zwerg.
Vares hatte Lust, ihnen vorzuschlagen, sie sollten sich einfach einen Kinderwagen klauen.
„Wir haben noch nie jemanden umgebracht. Das ist 'ne schlimme Sache", mischte sich Leevi Rönkkö ein und runzelte die Brauen.
„Dich hat niemand nach deiner Meinung gefragt", entgegnete Viivi-Ann wütend. „Habt ihr beiden Männer nicht genug Mumm, um zu tun, was am vernünftigsten ist?"
Vares räusperte sich. Sein Hals war trocken. Trocken wie Birkenrinde.
„Du hast eine nette Freundin, Voitto", sagte er. „Jetzt will sie auch noch einen Mörder aus dir machen. Davor hat sie ihrem Ex-Freund eine Zelle in Kakola besorgt. Was für Pläne sie wohl noch mit dir hat?"
„Ruhe da!" Fjäders Augen flackerten, als er sich zu Vares umdrehte.
„Weißt du übrigens, daß sie während der Mittagspause Spa-

nisch gelernt hat? Es dürfte sich um einen sogenannten Kurzlehrgang 'Spanisch für die Reise' gehandelt haben." Vares wollte das Eisen schmieden, solange es heiß war.
Viivi-Ann sprach kein Wort. Sie stand auf, kam auf Vares zu und begann, mit ihren kleinen Fäusten auf seinen Kopf einzuhämmern.
„Du Schwein! Lügner! Ich kratz' dir die Augen aus dem Kopf!"
Sie schrie wie besessen und spuckte ihn an. Sie war nicht zu bremsen, und schließlich stand Rönkkö auf, faßte Viivi-Ann bei der Schulter und versuchte sie zum Tisch zurückzubringen.
„Du hirnloses Stück Vieh! Pack mich nicht an! Laß mich los! Wenn ihr keinen Mumm in den Knochen habt, dann bring' ich sie mit bloßen Händen um!"
„Beruhige dich, Viivi. Nun laß sie doch los!" schnauzte Fjäder sie an. Dann wandte er sich an Vares. „Wenn du glaubst, du richtest hier mit solchen Geschichten was aus, dann irrst du dich!"
Vares antwortete nicht. Er rieb sich die Wange, auf der Viivis scharfe Fingernägel eine lange blutige Schramme zurückgelassen hatten, an seiner Schulter.
Viivi-Ann zündete sich mit zitternden Händen einen neuen Joint an und zog so heftig daran, daß ihre Wangen eingefallen aussahen. Rönkkö ging in aller Ruhe zum Kühlschrank und öffnete eine weitere Bierdose.
In diesem Moment ertönte zum ersten Mal ein Donnerschlag ganz in der Nähe. Er war so gewaltig, daß die Gläser erzitterten. Draußen herrschte jetzt eine Dunkelheit, die fast mit den Händen zu greifen war, und der Wind wurde immer stärker. Die Zweige der Föhren neben dem Haus schlugen sturmgepeitscht an die Holzwände. Die ersten vereinzelten Regentropfen fielen auf den Plankenboden der Veranda.
Das Gewitter kam unaufhörlich näher und nach dem nächsten Donnerschlag herrschte draußen die Schwärze einer Herbstnacht, und eine rauschende Wand aus Regen stürzte über die Insel. Das Unwetter nahte schnell und mit einer Wut, die sich in den langen und heißen Sommerwochen angestaut hatte. Die eben noch so ruhige See verriet ihre ursprüngliche, ungezähm-

ten Natur durch ein vom Ufer herkommendes brüllendes Tosen. Die Wassermassen schlugen jetzt aus allen Himmelsrichtungen auf die kleine Insel ein.
Im Raum herrschte ehrfürchtige Stille. Dann sprang Viivi-Ann auf, lief zum Schalter und knipste das Deckenlicht an.
„Bei Gewitter sollte man lieber den Hauptschalter ausstellen", bemerkte Fjäder. Er nahm zur Beruhigung seiner Nerven einen großen Schluck aus dem Glas.
„Halt den Mund! Ich will hier bei so 'nem Wetter nicht im Dunkeln sitzen!" Ihre Stimme klang hysterisch.
Dann fuhr ganz in der Nähe ein Blitz nieder. Mit seinem Licht erleuchtete er die ganze Insel. Vares zählte in Gedanken. Er kam nicht weiter als bis zwei, als ein ohrenbetäubendes Krachen ertönte. Das Gewitter war jetzt fast über ihnen. Viivi-Ann duckte den Kopf über die Tischplatte und schrie.
Mit flatternden Nerven erwarteten alle den nächsten Schlag. Es dauerte nicht lange. Hinter der Villa ein jähes Aufleuchten, und im gleichen Moment ein Knall, der alle Fenster zum Klirren brachte, als bebte die Erde. Gleichzeitig dröhnte der Donner so laut, daß ihnen das Trommelfell schmerzte und ihre Sinne wie betäubt waren.
Alle waren wie erstarrt und hielten den Atem an. Nur Viivi-Ann schluchzte leise.
„Es hat in einen Felsen eingeschlagen" stellte Rönkkö mit ruhiger Stimme fest. Aber die Dose in seiner Hand war völlig zerquetscht.
Bis zum nächsten Blitz schien eine Ewigkeit zu vergehen. Er kam als vielfingriges Blitzgeäst, das den schwarzen Himmel erleuchtete, als wäre es hellichter Tag. Aber man hörte keinen Knall. Die Insel wurde diesmal verschont. Vares zählte wieder mit geschlossenen Augen, und er kam bis vier, bevor es irgendwo über dem Meer losdonnerte.
„Allmählich ist's vorbei", kommentierte Rönkkö wieder die Lage.
Es goß weiterhin in Strömen, und auch der Sturm hatte sich noch nicht gelegt. Aber daß die Gewitterfront weitergezogen war, wurde von allen im Raum mit Erleichterung aufgenom-

men. Viivi-Ann richtete sich wieder auf, wischte sich die feuchten Wangen ab, auf denen das Mascara zerlaufen war, und trat mit etwas unsicheren Schritten an den Kühlschrank. Wieder blitzte es, diesmal in noch größerer Entfernung.
Da ging im ganzen Haus das Licht aus, und der Kühlschrank hörte auf zu surren.
„Dieser verdammte Sturm hat irgendwo die Leitungen unterbrochen. Im Flur sind Leuchten. Leevi, hol sie her!“ kommandierte Fjäder.
Viivi-Ann tastete sich zum Küchenschrank vor und fand ein paar Kerzen. Sie stellte sie in einer Reihe auf dem sonst leeren Tisch und zündete sie an. Auch aus einiger Entfernung konnte man erkennen, wie ihr Körper im flackernden Kerzenlicht zitterte. Dabei sprach sie mehr zu sich selbst:
„Ich hasse diesen Sturm. Und die Dunkelheit. So eine Dunkelheit ist böse. Böse. Hier muß Licht her.“
Leevi Rönkkö tat sein Bestes. Er holte drei große Leuchten aus dem Flur und zündete sie eine nach der andern an. Bald lag der große Raum in blassem Licht.
Die letzte Leuchte war eine jedem Finnen aus der Armee bekannte und wirkungsvolle Tilley. Sie zischelte eine Weile, flammte dann auf und verbreitete ein fast heimeliges Gefühl im Raum. Das starke gelbliche Licht vertrieb die atavistische Furcht vor dem Dunkel, die tief in jedem Menschen sitzt. Rönkkö kletterte auf den Tisch und hängte die Tilley an den Haken, der im mittleren Querbalken saß.
„Wunderbar. Jetzt ist es endlich vorbei.“ Über Viivi-Anns bleiches Gesicht zog ein Lächeln. Sie spielte mit der Flamme einer Kerze und hielt ihre Hand so tief darüber, daß sie es gerade noch aushielt. Mit der anderen zündete sie ihren wer weiß wievielten Joint an diesem Abend an.
„Tja. Es scheint, das hätten wir nun auch überstanden“, konstatierte Voitto Fjäder.
Er hatte seinen Satz gerade beendet, als sich rote Spritzer auf seinen kurzen und breiten Körper ausbreiteten. Er kippte nach vorne und stürzte aufs Gesicht. Seine Arme breiteten sich aus, wie die Flügel einer im Wasser angeschossenen Ente, die ver-

sucht, fliegend zu entkommen.
Erst als Fjäder bereits am Boden lag, begriffen die anderen, aus welcher Richtung der Schuß gekommen war.
Das große Glasfenster war zersplittert, und mitten auf dem Plankenboden der Veranda stand eine dunkle Gestalt, von Wasser triefend, mit einer Waffe in der Hand, die nach einem kurzen abgesägten Gewehr aussah.
Dann bewegte sich die Gestalt. Es war ein großer Mann mit den leichten und elastischen Bewegungen eines trainierten Turners. Mit dem Griff seiner Waffe schlug er das restliche Glas aus dem Rahmen und sprang mit einem Satz herein, noch bevor die letzten Splitter klirrend auf den Boden des Raums gefallen waren.
Viivi-Ann war die einzige, die sich rührte. Fjäder lag, von Schrotkugeln durchsiebt, in einer immer größer werdenden Blutlache tot auf dem Boden, und Leevi Rönkkö stand immer noch auf dem Tisch unter der Leuchte wie eine Statue auf ihrem Sockel. Die junge Frau stand langsam auf. Ihre Augen waren groß und feucht. Sie öffnete den Mund, der sich in ihrem wachsbleichen Gesicht als breiter roter Strich abzeichnete, und sagte mit leiser Stimme:
„Mein Gott, Torsten ..."

34

Der stand jetzt mitten im Raum, klatschnaß, schwarz, hager, und die Augen glommen wie glühende Kohlen. Das Licht der Leuchte zeichnete tiefe Schatten auf seine eingefallenen Wangen. Er sah aus wie jemand, der in den Unterweltstrom Acheron am Eingang zum Hades gefallen war. Nur daß er statt eines Ruders in der Hand eine Waffe hielt, mit der er gerade einen Menschen getötet hatte.
Langsam ließ Torsten Rapp seinen Blick von Gesicht zu Gesicht schweifen. Schließlich blieb sein Blick auf Viivi-Ann haften und durchbohrte sie wie mit Dolchen.

„Viivi. Wie geht es dir?“
Keine Antwort. Nur ein lebloser, glasiger Blick aus den furchtsam geweiteten Augen der jungen Frau.
„Wie waren die drei Jahre und zwei Monate? Hattest du nicht Sehnsucht nach mir?“
„Mein Gott, Torsten ...“ Sie brachte nichts anderes heraus als den gleichen Stoßseufzer wie vorhin.
„Erzähl mir, wieviel Sehnsucht du hattest. Ich bin von weit hergekommen, um das zu hören. Weiter als von jenseits des Meeres.“
Leevi Rönkkö rührte sich auf dem Tisch, und die schwarze Mündung des abgesägten Gewehrs richtete sich so schnell auf ihn wie der aufgerissene Schlund einer Kobra.
„Du großer Affe. Komm runter vom Tisch und rühr dich nicht! Sonst dichte ich mit dir die Wand ab.“
Rönkkö gehorchte. Langsam und steif. Vorsichtig, um nicht mit dem kippeligen Tisch umzufallen. Dann zeigte Rapps Gewehrmündung auf Vares und Mari Mattson.
„Bei euch ist ja eine schöne Party im Gange. Wie nennt man denn dieses Gesellschaftsspiel?“
Niemand antwortete. Draußen hinter dem zersplitterten Fenster rauschte der Regen jetzt etwas leiser, und der Wind heulte auch nicht mehr mit derselben Kraft, sondern war zu einem gleichmäßigen Säuseln geworden. Vom Gewitter war nur noch ein kaum zu hörendes, in weiter Ferne klingendes Grummeln übriggeblieben.
„Warum bist du so still, Viivi? Man sollte doch meinen, daß du mir viel zu erzählen hast nach so vielen Jahren. Zier dich nicht. Du warst doch sonst immer so leicht zum Lachen und Plaudern zu bringen.“
Die junge Frau schluckte, und dicke Tränen flossen ihr die Wangen hinab, über die roten Lippen und das zitternde Kinn.
„Und was ist das da für ein Riesenaffe? Einer von Voittos Spezis? Hast du von ihm was Größeres gekriegt? Hat dir Voitto selig nicht genügt?“
„Torsten ... Torsten ...“ schluchzte sie. „Das war alles so furchtbar für mich. Ich konnte dir nicht helfen. Ich hab’ nur in der

Zeitung gelesen, daß man dich festgenommen hat, und ich wußte, daß das alles erst in zehn Jahren vorbei sein würde. Das war wie ein Alptraum ... glaub mir! Ich ... ich habe nie jemanden außer dir geliebt. Mit Voitto war ich nur zusammen, weil ich irgendwie leben mußte. Und weil du weg warst. Es gab keine andere Möglichkeit für mich ..."
„Du hast allerdings eine sonderbare Art, mir deine Liebe zu beweisen, Viivi. Verpfeifen und im Stich lassen, das find' ich schon sehr seltsam."
„Das ist eine Lüge!" Jetzt wurde Viivi-Anns Stimme schrill. „Die haben dir die Hucke vollgelogen. Das stimmt alles nicht! Nie und nimmer!"
Ein schmales Lächeln zog über das Gesicht von Torsten Rapp, als er sagte: „So ist es gut, Viivi. Davon habe ich unzählige Abende in meiner Einsamkeit geträumt. Du stehst vor mir, windest dich und flehst mich um Gnade an. Was hast du als nächstes vor? Willst du mir deinen Arsch anbieten?"
Wieder stand sie wortlos da, ließ die Schultern hängen. Geschlagen.
„Ich sag's dir gleich: das würde nichts nützen. Eine Natter bist du, eine widerliche falsche Schlange. Du willst sicher wissen, was ich mit dir vorhabe. Interessiert dich das nicht?"
Sie schüttelte langsam den Kopf.
„Ich werde dich töten." Rapp preßte den Mund zu einem Strich zusammen und wartete darauf, wie sie reagieren würde.
Es kam keine Reaktion. Die junge Frau rührte sich nicht.
„Ich wollte es dir nur schon mal ankündigen. Vielleicht töte ich dich noch nicht in ein oder zwei Stunden, vielleicht auch nicht in drei. Ich will, daß du dich an diese Vorstellung gewöhnst. Darüber nachdenkst. Ich habe fast drei Jahre nachgedacht. Es ist nur recht und billig, daß ich auch dir etwas Zeit zum Grübeln gebe."
Langsam ließ sich Viivi-Ann auf den Stuhl am Tischende fallen. Plötzlich sah ihr Gesicht verlebt aus, wie das einer alten Frau.
„Ihr habt da ein tolles seetüchtiges Boot am Landungssteg. Ich setze mich damit ins Ausland ab, sobald sich die See beruhigt hat. Es hängt also ganz vom Wetter ab, wie lange du noch zu

leben hast."
Wieder zog ein Frosthauch durch den Raum.
„Jetzt ist es aber sehr still hier." Rapp legte die Hand hinters Ohr und tat, als horchte er. „Das einzige Geräusch hier ist wohl Voittos Schlagader, die ausläuft — und das ist kaum noch zu hören. Voitto hatte im Vergleich zu dir viel weniger Schuld, so daß ich mich entschlossen habe, ihm sofort den Gnadenstoß zu geben."
„Also — darf ich mal was fragen?" Leevi Rönkkö saß unbeweglich, nur seine Unterlippe bewegte sich etwas. „Wie hast du hierher gefunden?"
„Das war nicht schwer. Voittos Haus war leer. Dann fiel mir der Bootsplatz ein. Dort stand nur ein teurer BMW, mit Fahrzeugpapieren auf den Namen Fjäder. Und dann war es nur noch eine Kleinigkeit, zu folgern, wo ihr euch versteckt haben könntet. Ich habe mich in den BMW gesetzt und bin über Naantali nach Rymättylä gefahren. Dort, wo die Straße am Ufer gegenüber endet, hab' ich den Wagen abgestellt und bin dann mit einem lecken Kahn herübergerudert, kurz bevor das Gewitter losging."
Wieder war es still.
„Ich habe eure Party von draußen beobachtet. Schnaps und Bier gab's bei euch, und für die Dame des Hauses sogar Gras, und das gar nicht so wenig. Auf diese Weise hast du wohl auch die letzten drei Jahre rumgebracht, was, Viivi? Wenn du mich doch so sehr liebst, warum bist du dann nie zu 'ner Besuchszeit erschienen? Der Kakolaberg ist zwar hoch, aber nicht weit."
„Voitto wollte das nicht ... er ließ mich nicht", stöhnte sie.
„Sicher. Weißt du was? Damals, als ich mich mit dir einließ, hat Suke mich gewarnt. Du bist nichts anderes als 'ne gierige Nutte, hat er gesagt. Damals dachte ich, es wäre Neid. Aber wenn ich gewußt hätte, wie recht er hatte ..."
Viivi-Ann fiel immer mehr zusammen.
„Eine Lügnerin und miese Nutte!" Zum ersten Mal wurde Rapps Stimme lauter. Er schien sich in Wut zu steigern. Die häßliche Mündung des Gewehrlaufs bewegte sich unruhig hin und her.

„Nutte! Miese Nutte!“
„Was hast du mit uns vor?“ fragte Leevi Rönkkö vorsichtig. Er bewegte vorsichtig sein breites Hinterteil, weil er unbequem saß.
„Weiß ich nicht. Wird sich zeigen. Die da ist wichtiger.“ Rapp beruhigte sich etwas. „Irgendwas denk’ ich mir schon aus, da seid unbesorgt.“
Mit glasig stierenden Augen öffnete Viivi-Ann ihre Handtasche und holte einen kurzen Joint heraus, den sie sich zwischen die Lippen steckte. Dann nahm sie das zierliche, glänzende Damenfeuerzeug vom Tisch und nahm einen tiefen, verzweifelten Zug, die Augen fest zusammengekniffen. Als sie den Joint in ihre Finger mit den langen rotelackierten Nägeln nahm, zitterte ihre Hand.
„Wer finanziert euch jetzt? Wir wollen uns mal in aller Ruhe darüber unterhalten, solange noch Zeit ist.“ Rapp zog einen Stuhl vom Tisch zu sich heran, und setzte sich im Reitersitz, die Ellenbogen auf die Rückenlehne aufgestützt.
„Das wissen wir nicht.“ Rönkkö ergriff wieder das Wort. „Das hat nur Wodde gewußt. In dieser Hinsicht nahm es Raha äußerst genau.“
„Offensichtlich hat sich das System in den drei Jahren nicht geändert. Raha, der Mann mit dem Geld, sitzt anonym im Hintergrund und macht die dicke Kohle. Und seine Dealer und Laufburschen sterben oder werden verpfiffen. Sowas nennt er dann ein faires Spiel.“
Rapp stand wieder auf und ging mit unruhigen Schritten zum offenen Fenster. Er schnupperte ein paar Mal in der feuchten Nachtluft. Der Regen war in dünnes Nieseln übergegangen.
„Der Wind legt sich, meine Liebste.“ Er blickte sie mit einem schiefem Lächeln auf den Lippen an.
„Tu’s nicht ... Liebster, oh mein Liebster ...“
„Doch, ich tu’s. Aber jetzt noch nicht. Du hast immer noch nicht gelernt zu bereuen, und das ist schlimm. Man sollte nicht ins Grab, ohne vorher seine Sünden bereut zu haben. Gib mir einen anständigen Joint, und zeig endlich Reue.“
Wieder öffnete Viivi-Ann ihre Handtasche und kramte einen

neuen Joint heraus. Sie warf ihn Rapp zu, der ihn geschickt mit der Linken in der Luft auffing.

„Das Feuerzeug auch!"

Sie warf es ihm ebenfalls zu und begann, sich selbst einen neuen Joint zu drehen, obwohl der vorige erst halb aufgeraucht war. Erwartungsvoll steckte Torsten Rapp sich seinen an.

„Das ist endlich mal wieder was Gutes. Wenn du wüßtest, was für einen Scheiß man statt dessen in Kakola kriegt ..."

Viivi-Anns Hand steckte tief in der weißen Tasche. Ihre Augen traten aus den Höhlen wie bei einer Fieberkranken.

Den ersten Schuß gab sie durch die Handtasche ab. Er traf Rapp in die rechte Brust. Der fluchte, ließ das Gewehr fallen und rutschte auf dem blutigen Fußboden aus.

Schreiend sprang Viivi-Ann auf und war mit einem Satz bei ihm. Sie schoß ihren Revolver, den sie fest mit beiden Händen hielt, direkt über seinem Körper leer.

35

Torsten Rapp starb, ohne noch einen Laut von sich gegeben zu haben.

Der letzte Schuß war verhallt, und im Zimmer war es so still, daß man fast die schweren Herzschläge derer, die am Leben geblieben waren, spüren konnte. In der Luft lag scharfer Pulverrauch, der sich allmählich mit dem starken, schweren Geruch von Blut zu vermischen begann.

„Ich hab' ihn! Ich hab' die Bestie kaltgemacht!" Viivi-Ann sprach mit leiser Stimme, so als könnte sie einfach noch nicht glauben, was geschehen war.

„Du hast ihn umgelegt." Auch Leevi Rönkkö schien noch nicht zu begreifen, was er da mit eigenen Worten bestätigte.

„Erst quasselt er davon, ich soll bereuen, und jetzt ist er abgekratzt. Hah hah!" Unvermittelt brach sie in Lachen aus. Offenbar stand sie unter Schock. „Und jetzt vergießt er hier seine letzten Tropfen. Elender Scheißkerl!"

Leevi Rönkkö erhob sich ächzend. Man sah ihm an, daß das, was er erlebt hatte, einfach zu viel für ihn war.
„Hier sieht's aus wie in einem Schlachthaus. Verdammt noch mal!"
„Jetzt müssen wir irgendwie aus diesem Schlamassel rauskommen, Leevi. Weißt du was von dem Geld?"
„Das ist in Woddes Safe. Zuhause am Toijaistentie. Jedenfalls das meiste."
„Verdammte Scheiße. Dieser fiese Zwerg wollte mir nie erklären, wie man das Ding aufkriegt. Natürlich könnten wir in der Stadt Profis finden. Irgendjemand könnte den Safe locker für ein paar Tausender aufbrechen. Besonders, wo das Risiko gleich Null ist. Man braucht keine Angst zu haben, daß der Besitzer auftaucht und einen mitten bei der Arbeit überrascht."
„Ich glaube, Wodde hat auch noch was auf verschiedenen Konten."
„Da kommen wir jetzt nicht ran. Die laufen nur auf seinen Namen." Viivi-Ann biß sich nachdenklich auf die Unterlippe.
„Da wäre noch was, Leevi. Zuerst müssen wir uns noch mit einem kleinen Problem befassen ..."
„Ja ...?"
„Die hier." Die Revolvermündung wies auf die beiden, die am Fuß des Balkens gefesselt waren. „Die haben inzwischen so viel gesehen, daß wir sie auf keinen Fall am Leben lassen können."
„Du meinst ...?"
„Ja. Wir legen sie um. Dann stecken wir diese Holzbude in Brand. So kommen Torsten und Wodde auch noch zu einer vollendeten Einäscherung." Viivi-Ann sagte das so leicht dahin, als ginge es um eine neue Dauerwelle.
Leevi Rönkkö wechselte das Standbein. An seinem Verhalten war abzulesen, daß in ihm ein Kampf tobte. Jussi Vares biß die Zähne zusammen und versuchte, Leevis Blick einzufangen. Dessen kleine Eberaugen trafen seinen Blick, wandten sich aber sofort wieder ab.
„Also, Viivi ... Ich hab' noch nie jemanden umgebracht. Und ich hab' auch nicht vor, es jetzt zu tun."
„Angsthase. Du bist ja kein Mann, sondern ein Nichts. Hirnlo-

ses Viech, du! Überlaß das Denken und Planen denen, die die Voraussetzungen dafür haben!“ Viivi-Ann fuchtelte wütend mit ihrem Revolver in der Luft herum.
Leevi holte tief Atem und sagte dann mit noch mehr Nachdruck als vorhin:
„Ich bringe die jedenfalls nicht um!“
„Du hebst lieber die Hände hoch, was?“
„Hier ist schon genug geschlachtet worden. Ich mach’ so was nicht!“
„Gut.“ Sie sah dem großen Mann aus Kainuu mit stechendem Blick direkt in die Augen und versuchte, ihm so ihren Willen aufzuzwingen. „Wenn du keinen Mumm dazu hat, dann mach’ ich es eben!“
„Leevi!“ Vares spürte, wie ihm die Worte fast im Halse steckenblieben. „Wenn du das zuläßt, machst du dich mitschuldig!“
Viivi-Ann drehte sich schnell um und schlug Vares mit dem Pistolenlauf auf den Kopf. Der Schlag verursachte einen betäubenden Schmerz, aber Vares wußte, daß er nie wieder aufwachen würde, wenn er jetzt das Bewußtsein verlöre. Wieder rief er Leevi zu:
„Diese Frau hat nichts zu verlieren. Sie hat bereits getötet. Sie versucht, dich mit hineinzuziehen. Und was macht sie mit dir, wenn sie dich nicht mehr braucht? Du siehst ja, wie es ihren früheren Freunden ergangen ist! Sieh dir an, wie Voitto und Rapp daliegen!“
Rönkkö wandte seinen Blick zu den Toten, die in ihrem Blut auf dem Boden lagen. Die Blutlache war schon anderthalb Meter breit und verströmte einen spürbaren Todesgeruch.
Vares mußte schlucken, damit ihm die Stimme nicht versagte. Er fuhr fort:
„Du hast außer der Drogengeschichte nichts auf deinem Konto. Beim ersten Mal kommt man mit einer kurzen Haftstrafe davon. Du brauchst nicht zu töten und dir dadurch dein ganzes Leben zu vermasseln! Denk doch mal nach!“
„Also, Leevi. Auf welcher Seite stehst du denn nun?“ Viivi-Ann sah den Gewichtheber fragend an.
Der schüttelte den Kopf. Auf seiner niedrigen, breiten Stirn

standen Schweißperlen. Er versuchte, die Argumente in seinem Hirn zu ordnen, aber das war nicht gerade seine Stärke. Dann richtete er sich entschlossen auf. Er streckte seine Hand zu Viivi-Ann aus und sagte langsam:

„Gib mir die Waffe her, Viivi!"

„Du hirnloser Idiot! Was hast du vor?"

„Her mit der Waffe!"

„Scheißkerl! Du machst mir keine Vorschriften! Das soll niemand mehr wagen!" Sie richtete den stumpfen Revolverlauf entschlossen auf Leevis breite Brust.

Zögernd trat Rönkkö einen Schritt zurück.

„Nimm sie ihr weg, Leevi", sagte Vares. „Sie hat vorhin die ganze Trommel leergeschossen. Bis zur letzten Kugel."

„Hab' ich nicht, verdammt noch mal!"

„Nimm sie ihr weg! Dreh sie ihr aus der Hand!"

Vares hatte unbewußt die Schüsse mitgezählt. Er glaubte sich auch zu erinnern, daß der Schlagbolzen zum Schluß ins Leere schlug. Trotzdem war er sich nicht sicher. Aber in dieser Situation gab es keine andere Möglichkeit, als Leevi davon zu überzeugen.

Leevi Rönkkö schluckte und trat einen Schritt vorwärts.

Mit kreideweißem Gesicht hielt Viivi-Ann die Waffe starr auf ihn gerichtet.

Rönkkö kam einen weiteren kurzen Schritt näher.

Viivi-Ann zog den Abzug durch. KLICK!

„Viivi! Du hättest mich wirklich umgebracht!" Ungläubigkeit klang aus der Stimme des Riesen. Er trat noch zwei weitere Schritte vor und packte sie bei ihrem zierlichen Handgelenk, das er so stark drückte, daß ihm die Ader an der Schläfe hervortrat. Der Mund der jungen Frau öffnete sich zu einem lautlosem Schrei. Die Waffe fiel zu Boden. Leevi drückte weiter zu. Irgendwo im Handgelenk knackte es hörbar. Ihre rot bemalten Lippen stießen einen schrillen Schmerzschrei aus.

Rönkkö ließ los, und Viivi-Ann sackte zu Boden wie ein Sack nasses Korn. Die sich immer noch ausbreitende Blutlache färbte ihr die braungebrannten Schenkel rot.

Mari wimmerte leise wie ein Tier, das in eine Falle geraten ist.

Zum ersten Mal nach langer Zeit sprach sie wieder:
„Oh hilf doch ... hilf mir. Ich halte das nicht mehr aus ..."
„Leevi. Mach uns jetzt hier los. O.K.?" Vares bemühte sich, möglichst ruhig und überzeugend zu sprechen.
Der große Mann stand da wie ein Ölgötze. Er starrte auf die Blutlache und die junge Frau auf dem Fußboden. Dann schien er plötzlich aufzuwachen und begann zu handeln, holte aus der Küche ein großes Messer, das zum Entschuppen von Fischen diente, und kniete sich vor den Balken hin, um die Fesseln der beiden durchzuschneiden.
Jussi Vares schloß die Augen und dachte, wenn er an Gott glaubte, wäre es jetzt Zeit für ein Gebet.
Fünf Minuten später waren sie endlich frei. Mari konnte sich nicht auf den Beinen halten. Jussi trug sie zum Sofa in einer Ecke des Raums und breitete eine warme Decke über sie.
Leevi Rönkkö sagte kein Wort. Er setzte sich auf die Bank vor dem Kamin und starrte ausdruckslos in die Flammen. Viivi-Ann versuchte gar nicht erst, sich vom Fußboden zu erheben, sondern lag nur da, immer noch in der gleichen, zusammengekauerten Haltung. Nur das Zittern ihres Oberkörpers verriet, daß sie weinte.
Voitto Fjäders luxuriöses Boot schaukelte einladend am Landungssteg, aber Vares hatte nicht vor, sich damit über das nächtliche Meer nach Turku zu wagen. Er wäre sich nicht einmal der Richtung sicher gewesen.
Das Mobira des Zwerges lag dagegen funktionsbereit auf einem Schränkchen in einer Ecke des Raums. Nachdem er sich kurz mit der Bedienung des Gerät vertraut gemacht hatte, wählte Vares die Notrufnummer von Turku.
Eine halbe Stunde später tauchten die blauen Lichter eines sich rasch nähernden Bootes auf. Irgendwo im Süden zuckte noch immer der Widerschein der Blitze über den schwarzen Himmel.

36

Im Vernehmungsraum des neuen Polizeipräsidiums von Turku war ein riesiges Gemälde der einzige Schmuck an den sterilen Wänden: das Bild zeigte dunkle und rote Flecken in unbestimmter Anordnung auf hellem Untergrund.
Als Vares früher einmal in diesem Raum gewesen war, hatte er Kommissar Hautavainio nach dem Gemälde gefragt. Es stellte sich heraus, daß es ein Polizist anläßlich seiner Pensionierung seinen Kollegen als Andenken geschenkt hatte. Richtig selbst gemalt. Vares hatte dazu festgestellt, auch die zu Verhörenden hätten ihre Rechte; ob sich eigentlich noch nie jemand wegen dieses Opus bei Amnesty International beschwert habe?
Nun betrachtete Vares erneut die Flecken. Allmählich dämmerte ihm die Bedeutung des Bildes. Der helle Untergrund könnte die menschliche Haut darstellen, - und dann die dunklen Kleckse und blutroten Flecken ...
„Aha, jetzt hab' ich's ..."
„Was?" Kommissar Hautavainio blickte Vares müde über seine Kaffeetasse hinweg an.
„Schraubt ein Bronzeschild an den Rahmen und graviert als Titel ein: *Nach dem Verhör.*"
Dieser Vorschlag fand unter den Anwesenden keine Zustimmung. Außer Vares und Hautavainio waren noch ein junger Polizeiwachtmeister an der Schreibmaschine und Gustavsson, ein hagerer Beamter mit schütterem Haar vom Rauschgiftkommissariat, zugegen. Es war halb neun morgens, und alle waren aus ihren süßesten Morgenträumen geweckt worden. Außer Vares, der die ganze Nacht kein Auge zugetan hatte.
Sie hatten sich vor mehr als einer Stunde in besagtem Raum versammelt und waren die Ereignisse der letzten Tage in allen Einzelheiten durchgegangen, Minute für Minute. Alle waren mehr oder weniger erschöpft, doch Gustavsson ließ sich dadurch in seinem Diensteifer nicht dämpfen. Schließlich handelte es sich hier um den größten Fall in seiner bisherigen Laufbahn:

„Gut! Dieser Voitto Fjäder war also, zusammen mit seine Freundin, der Kopf der finnischen Verteilerkette. Oder glaubst du, daß sie auf eigene Rechnung tätig waren?“
„Turku ist eine eigenständige Organisation. Die Ware wurde bei einer Bande gekauft, auf deren Gehaltsliste Lobo, als Vermittler und um die Kuriere zu instruieren, stand. So hab' ich es jedenfalls verstanden“, erläuterte Vares mit bereits heiserer Stimme. „Aber Fjäder war nicht der alleinige Chef. Hinter ihm stand jemand, der das ganze finanzierte. Nero sprach davon, und auf der Insel hat Fjäder mit seinem Handy zwei Mal mit irgendjemandem Kontakt aufgenommen.“
„Das ist die Regel in diesem Geschäft. Die Ware ins Land zu bringen, das ist das *big business*. Das erfordert Kapital.“ Gustavsson hatte die störende Angewohnheit, beim Sprechen auf einem Streichholz zu kauen, das er im Mundwinkel stecken hatte. Vielleicht hatte er sich das von einem Drogenfahnder in einer amerikanischen Krimiserie abgeguckt. „Du hast natürlich keine Ahnung, wer dieser Herr Geldsack sein könnte?“
„Nein. Ich glaube, der einzige in der ganzen Sippschaft, der es wußte, war Voitto.“
„So ist das immer. Diese Typen pflegen keine Visitenkarten zu verteilen. Nur ein Verbindungsglied zur Verteilerorganisation — das könnte geradezu aus dem Handbuch für Drogenbosse stammen.“
„Und nun ist ausgerechnet dieses einzige Verbindungsglied tot“, bemerkte Hautavainio.
„Genau. Irgendwo in Turku sitzt jetzt bestimmt jemand, der besonders glücklich ist“, nickte Gustavsson. „Aber weiter im Text. Von den Straßendealern kennst du also diesen Veikko Metsälampi alias Nero?“
„Ja. Du könntest dir übrigens eine Randnotiz machen, daß er zu einem bestimmten Zeitpunkt durchaus hilfsbereit war. Sozusagen als mildernden Umstand. In ähnlicher Weise wie auch Leevi Rönkkö ...“
„Wir werden es in Betracht ziehen. Oder sagen wir, darum kümmern wir uns nach den eigentlichen Verhören.“ Gustavsson runzelte die hohe schmale Stirn in vollem Bewußtsein seiner

Amtsgewalt. „Und dann hast du einen Typen erwähnt, den sie Tanska nannten?“

„Ja.“ Ihm begannen Person und Diensteifer des Drogenbullen auf die Nerven zu gehen.

„Ist es dieser hier?“ Gustavsson zog ein Schwarzweißbild in einer Plastikhülle hervor, das eine auf klassische Weise von vorn und von der Seite abgelichtete Person darstellte, die den für diese Fotos typischen düsteren Gesichtsausdruck zeigte.

„Das ist derselbe, der in der *Pianobar* auf einen Plausch mit Lobo vorbeikam“, nickte Vares. „Und wahrscheinlich derselbe, der versucht hat, mich auf der Itäinen Rantakatu zu überfahren. Das sollte man ihm nicht als mildernden Umstand anrechnen.“

„Sein richtiger Name ist Lasse Rintanotko. Hat kurze Haftstrafen in Schweden und Finnland verbüßt. Dürfte als Drogenkurier ganz brauchbar gewesen sein. Kannte seinerzeit Torsten Rapp. Wir werden nach ihm fahnden lassen!“ Gustavsson schien immer bessere Laune zu bekommen.

„Hast du sonst noch was zu fragen?“ Vares fühlte sich allmählich todmüde.

„Für diesmal dürfte es reichen. Aber wir kommen noch auf dich zurück, wenn wir das Material für die Anklageerhebung zusammenstellen.“

„Ich hätte da noch etwas, ehe ich dich endlich schlafen lasse“, sagte Hautavainio und räusperte sich. „Wie du dich vielleicht erinnerst, macht mir diese erste Mordgeschichte noch Kopfschmerzen.“

„Da werde ich dir wohl kaum weiterhelfen können.“

„Das heißt also, daß bei deinen Erlebnissen während der letzten Tage nichts zum Vorschein gekommen ist, was Lobos Schicksal aufhellen könnte?“

„Nein.“

„Was glaubst du selber?“

„Ich hab’ genau aufgepaßt, wie sie reagierten, wenn von Lobos Tod die Rede war. Ich glaube nicht, daß irgendeiner von ihnen etwas damit zu tun hat. Er war lebenswichtig für sie. Denen hat der Mord an ihm genauso viel Kopfzerbrechen verursacht wie dir.“

„O.K. Die Bande hatte kein Motiv. Aber einzelne ihrer Mitglieder? Wenn Fjäder rausgekriegt hat, daß seine Freundin etwas mit Lobo hatte? Wenn Viivi-Ann wegen irgendeiner anderen Frau eifersüchtig geworden war?"
„Viivi ist nicht zimperlich im Töten. Aber ich weiß nichts von möglichen Motiven oder einem Alibi. Das müßt ihr bei den Verhören rauskriegen."
„Das müssen wir wohl", seufzte Hautavainio. „Aber jetzt wollen wir dich ins Bett entlassen. Der Schlaf wird dir guttun."
„Möglicherweise. Wenn ich einen Alptraum wegen dieses Gemäldes habe, kriegt ihr garantiert eine Beschwerde von mir."

Erst nachmittags um fünf wachte Vares in seiner Wohnung wieder auf. Er fühlte sich so verwirrt, daß es fast zehn Minuten dauerte, bis er sich wieder in seiner Welt zurechtfand.
Als erstes mußte er daran denken, daß Mari jetzt in irgendeinem häßlich-weißen, nach Arznei und Desinfektionsmitteln riechenden Zimmer der Uniklinik lag. Und sicherlich immer noch an Alpträumen litt.
Noch in der Nacht hatten sie in der Klinik diagnostiziert, daß sie unter Schockeinwirkung stand und der Schlag, der sie am Kopf getroffen hatte, eine leichte Gehirnerschütterung verursacht hatte. Der Arzt wollte sie zur Sicherheit für ein paar Tage zur Beobachtung im Krankenhaus behalten.
Das Bier, das ihn hinter feucht-kühlem Glas aus dem Kühlschrank anlachte, machte ihn ganz schwach, doch er beherrschte sich wie ein Mann. Er zog sich seine saubersten Kleider an, vergaß nicht einmal das Jackett, und machte sich auf den Weg.
In der Hovioikeudenkatu besorgte er ein Geschenk, das er sich hübsch einpacken ließ. Dann ging er weiter in Richtung Uniklinik und kaufte unterwegs noch einen üppigen Strauß der allerrotesten Rosen. Jussi hatte seit sicher fünf Jahren keine Blumen mehr gekauft und wunderte sich, daß der Strauß fast so viel kostete wie das eigentliche Geschenk.
Das große Krankenhaus mit seinen langen Gängen und den wichtigtuerisch darauf entlangeilenden Menschen ließ ihn frösteln. Er konnte sich nicht vorstellen, wo der Mensch bedeu-

tungsloser, hilfloser und nichtiger war als in dieser gewaltigen desinfizierten Fabrik, wo der Patient auf lautlosen, leicht dahingleitenden Karren zu den verschiedenen Bearbeitungspunkten transportiert wurde. Ein Teil der Behandelten würde wieder an die Räder der Produktion zurückkehren, jene, die ihren Marktwert hatten behalten können, wenn auch vielleicht etwas angeschlagen und gehandicapt, während man die anderen zuerst in den Kühlraum verfrachten würde, von wo aus sie dann ihre Reise zu den Müllgruben menschlichen Lebens anträten, ab in die ummauerten Bezirke zu Füßen hoher Türme.

Vares irrte auf den Gängen umher, stand in Aufzügen und fragte Weißbekittelte nach dem Weg, bevor er endlich vor der richtigen Tür stand. Instinktiv hob er die Hand, um den Schlips zurechtzurücken, den er gar nicht umgebunden hatte. Dann trat er ein.

In einem großen Raum standen sechs Betten mit fünf Patienten. Ganz am Ende des Zimmers, direkt am Fenster, fand er Mari in halb sitzender Stellung. Sie war wach und sah zur Tür hin. Vares kam sich etwas unbeholfen vor, als er auf sie zutrat.

„Hallo, Mari."

„Jussi!"

Mari strich sich eine nicht existierende Strähne aus dem Gesicht und lächelte. Sie sah erschöpft aus, machte aber sonst einen beinahe glücklichen Eindruck.

„Entschuldige dieses alberne Lächeln. Man hat mir irgend so ein Mittel zur Beruhigung gespritzt, und jetzt sitze ich da und grinse."

„Wie geht's dir?" Vares setzte sich neben das Bett auf einen Hocker, mit den Blumen im Schoß und dem Geschenkpaket in der Hand.

„Eben waren fünf Professoren hier. Einer von ihnen war der Meinung, es bestünde Hoffnung", sagte Mari und lächelte immer noch.

„Bist du sicher, daß der eine nicht der Pfleger war?" fragte Jussi mit ernster Miene. „Ich hab' Blumen für dich."

„Tatsächlich, richtige Blumen. Du kannst sie in die Vase dort stellen. Du machst ein Gesicht wie ein frischgebackener Vater,

der gerade erfahren hat, daß er Vierlinge gekriegt hat."
Jussi stand auf und kämpfte mehrere Minuten lang mit den Rosen, ehe sie endlich in der Vase standen.
„Das reicht. Die Schwester wird dann Wasser bringen. Und ein Geschenk hast du auch noch?"
„Ja. Ich dachte, wo du dir nichts aus Schokolade machst, kriegst du was anderes von mir."
Er riß die Packung auf. In den vier Nachbarbetten verfolgte man das Schauspiel mit gespannter Aufmerksamkeit.
„Toll! Königsmosel! Ach, Jussi!"
„Ich hab' nicht vergessen, daß du den gerne trinkst."
„Schade, daß wir hier nicht anstoßen können."
„Nein?" Vares war enttäuscht. „Könnten wir nicht eine Krankenschwester einfach um zwei Plastikbecher bitten?"
In mindestens drei Betten holte man tief und hörbar Luft.
„Das bezweifle ich."
Jetzt schluchzte Mari auf und fuhr mit rechten Hand erst über das linke und dann über das rechte Auge. In beiden glitzerten Tränen. Das zugeschwollene Auge hatte einen Farbwechsel durchgemacht: jetzt leuchtete es schwarz-rot und gelblich.
„Ich schäme mich so, Jussi ..."
„Warum denn das?"
„Ich komme mir so häßlich vor."
Jussi beugte sich zu ihr und gab ihr einen Kuß auf die trockenen Lippen. Das Kreuzfeuer der neugierigen Blicke kümmerte ihn nicht.

37

Am nächsten Nachmittag um halb vier stand Vares in der Linnankatu, unweit der Markthalle in der Nähe des Hafen vor einem Gebäude, und buchstabierte die Firmennamen auf der goldfarbenen Tafel. Das alte Steinhaus in bester Lage war zu einem Bürogebäude umgewandelt worden und genoß in Turku einen gewissen Ruf.

Schon die Firmenlogos verrieten einiges. Die meisten waren Ein- oder Zweimannunternehmen, die von Männern betrieben wurden, die in Vares' Alter oder jünger waren. Das Haus war bekannt dafür, daß gelangweilte Müßiggänger, Sprößlinge des Turkuer Geldadels, sich hier einkauften und so taten, als würden sie richtig arbeiten.
In Wirklichkeit trieben diese „Geschäftsführer" hier genau das, womit sie schon die letzten zehn Jahre verbracht hatten: sie kurvten in ihren schicken Sportwagen durch die Stadt, segelten samt großem Gefolge mit ihren Booten herum und hingen ganze Abende am Bartresen des *Marina Palace* oder der *Börs*. Im Sommer war man in Naantali. Das Büro war natürlich von Nutzen, wenn man spät in der Nacht eine von Geld und teuren Getränken benebelte Tippse auf einen kleinen Mitternachtsimbiß einladen wollte.
Wie es um die wirtschaftliche Lage dieser Agenturen, Consulting- oder Sales-Firmen stand, war nicht so wichtig. Die Alten saßen in ihren eigenen Vorstandsräumen und den wichtigsten Gremien der Stadt, wo sie schon dafür sorgten, daß der Familie nicht das Geld ausging.
Vares hatte beim Näherkommen gleich zwei Porsche bemerkt, deren Parkuhren abgelaufen waren. Aber das war kein Problem. Falschparken war im großen und ganzen der einzige Gesetzesverstoß, für den gewisse Familien sich in den letzten Jahrzehnten in dieser Stadt zu verantworten hatten.
Auf der Tafel in der Vorhalle waren zwei Unternehmen im vierten Stock aufgeführt: RECHTSANWALTSKANZLEI KONTIO KG und ARCOS AG. Vares ging auf dem Marmorboden zum Aufzug, der gerade herunterkam. Ihm entstieg ein junger Mann in Shorts und Sporthemd mit einer Golftasche samt Golfschlägern über der Schulter: ein Geschäftsführer auf dem Weg in den verdienten Feierabend nach hartem und erfolgreichem Arbeitstag.
Vares betrat den Aufzug und drückte auf den Knopf der vierten Etage. In der Luft hing der Geruch eines teuren Aftershaves. Ein kleines Fläschchen davon auf Vares' Badezimmerablage würde den Wert seines gesamten Badezimmers verdoppeln.

Die Tür zur Anwaltskanzlei Kontio war offen. Vares trat ein und wollte sein Anliegen gerade der Schönheit erklären, die, an einem modernen und hellen Arbeitstisch sitzend, einer *Vogue*-Ausgabe entstiegen zu sein schien, als Pauli Kontio zur zweiten Tür hereinkam. Er wollte in sein eigenes Zimmer und hatte einen Stoß Fotokopien in der Hand.

„Ach, Vares! Grüß dich!“ Ein breites Amerikanerlächeln überzog sein Gesicht. Er hatte eine leichte Sommerhose und ein teures hellrotes Hemd an, dessen Ärmel leger bis zu den Ellbogen aufgekrempelt waren. Vervollständigt wurde die Ausstattung von modischen gelben Hosenträgern.

Vares folgte Kontio ins große Eckzimmer, das in italienischem Stil mit Chrom, Silber und Schwarz eingerichtet war. Die Reproduktionen an den Wänden zeigten Meermotive.

„So ein Zufall, daß du mich hier antriffst“, lächelte Pauli Kontio. „Eigentlich bin ich in Urlaub. Aber da ein Unternehmen hier in der Gegend gerade dabei ist, in Konkurs zu gehen, mußte ich natürlich herkommen. Den lieben langen Tag habe ich mir den Schuldnern verhandelt, und jetzt habe ich genug Vollmachten beisammen. Ich kann mich schon fast als Konkursverwalter betrachten.“

„Glückwunsch! Gute Nachrichten hört man nicht allzu oft“, sagte Vares ernst. „Ich komme wohl gerade ungelegen?“

„Nicht doch. Gut, daß du gekommen bist. Die Zeitungen waren ja voll von dieser unglaublichen Geschichte. Da interessiert es einen schon, es sozusagen aus erster Hand zu hören.“

„Ich bin nicht gekommen, um spannende Geschichten zu erzählen. Ich wollte dir nur mitteilen, daß ich mich von deinem Auftrag entbunden fühle.“

„Das ist ganz verständlich nach all dem, was du mitgemacht hast. Du hast Glück, daß du mit heiler Haut davongekommen bist.“

„Das kann man wohl sagen. Ich wollte jetzt bloß um einen Scheck bitten und dann gleich wieder verschwinden.“ Vares fühlte sich in dem Büro äußerst ungemütlich. „Ein Ergebnis gab es ja nicht, also bekomme ich nur den vereinbarten Tagessatz.“

„Einem fähigen Mann sollte man immer etwas Extra geben.

Zumindest ein Schmerzensgeld."
Pauli Kontio war offensichtlich glänzender Laune. Er holte sein in Leder gebundenes Scheckheft hervor, griff nach dem goldenen Stift im Füllhalterständer und zeichnete rasch und routiniert die nötigen Schnörkel auf den Scheckvordruck.
„Bitte sehr."
„Danke." Vares steckte den Scheck in die Brusttasche, ohne einen Blick darauf geworfen zu haben. Er wollte schon aufstehen, als er aus einer plötzlichen Eingebung heraus, noch eine Frage stellte: „Wie klappt's denn in der letzten Zeit zu Hause? Ist eure Krise schon überstanden?"
„Ja, das kann man so sagen", antwortete Kontio, und sein Lächeln wurde noch strahlender. „Annika und ich, wir haben uns wie zwei vernünftige erwachsene Menschen unterhalten; und wenn man das so sagen kann: wir haben wieder zueinander gefunden."
„Das ist ... schön."
Vares überkam allmählich Übelkeit. Kontio sprach, als zitierte er eine Schlagzeile aus einer Frauenillustrierten.
„Heute abend gehen wir zum Essen aus, und dann werde ich ihr eine kleine Überraschung bereiten ..."
Verschone mich mit deinen Überraschungen, dachte Vares bei, nickte aber mit dem Kopf.
„Ich habe für uns eine zweiwöchige Kreuzfahrt in die Karibik gebucht. Das werden sozusagen unsere zweiten Flitterwochen. Anfang nächsten Monats geht's los."
„Bist du sicher, daß Kommissar Hautavainio euch bis dahin eure Pässe zurückgibt? Wenn ich mich recht erinnere, dürft ihr beide das Land nicht verlassen." Vares konnte es sich nicht verkneifen, Öl auf die blau glitzernden Wellen der Karibik zu gießen.
„Aber die Bande ist doch hinter Gittern, in Untersuchungshaft", meinte Kontio und zog erstaunt die Schultern hoch.
„Da sitzen sie wegen Drogendelikten. Die Frau außerdem noch, weil sie ihren ehemaligen Freund erschossen hat. Der Mord an Jesús María Lobo ist noch nicht aufgeklärt." Den letzten Satz sprach Vares mit besonderer Betonung auf jeder Silbe.

„Ja, weil die Verhöre und Ermittlungen noch nicht weit genug gediehen sind. Ich gehe jedenfalls davon aus, daß der Mord im weiteren Verlauf der Untersuchungen aufgeklärt wird."
Davon muß er auch ausgehen, schon wegen seines Images in der Öffentlichkeit, dachte Vares. Jede Minute in diesem Büro, in dem Kontios Geld und Macht förmlich zu riechen waren, widerte ihn an, aber er wollte auch nicht gehen, bevor er nicht noch eine letzte Frage gestellt hatte:
„Diese *Arcos AG*, die da draußen auf der Tafel aufgeführt ist? Gehörst du auch zu den Eigentümern?"
„Ja." Kontio zog erstaunt die Augenbrauen hoch.
„Was für eine Firma ist das?"
„Eine Investmentgesellschaft, spezialisiert auf Immobilienbesitz und Wertpapierhandel. In den letzten Jahre sind ihre Geschäfte besonders gut gelaufen. Der Umsatz übersteigt bereits den meiner Rechtsanwaltskanzlei."
„Und wer genau sind die Eigentümer?"
„Ich besitze vierzig Prozent, die Rechtsanwaltskanzlei *Kontio KG* vierzig und Annika zwanzig Prozent." Kontio sah Vares verwundert an.
„Aha. Weißt du zufällig, daß Voitto Fjäders Firma *Victor's Gym* Mieter in einer Immobilie war, die der *Arcos AG* gehört?
„Ja. Gleich, als ich die Meldung in der Zeitung las, wußte ich, daß es sich um einen unserer Mieter handelte."
„Kanntest du Voitto Fjäder persönlich?"
„Nein." Pauli Kontios blaue Augen hielten dem Blick von Vares ruhig stand.
„Bist du diesem Fjäder je begegnet?"
„Nicht, daß ich mich erinnere. Alle Häuser und Wohnungen im Besitz von *Arcos* werden über eine Maklerfirma vermietet."
Vares lehnte sich auf seinem Stuhl zurück. Ihm ging verschiedenes durch den Kopf.
Was er soeben erfahren hatte, eröffnete interessante Perspektiven. Wenn nun - nur mal angenommen - dieser geachtete und erfolgreiche Spitzenjurist, der ihm da am Tisch gegenüber saß, niemand anders wäre als jener Herr Raha? Wenn er sich nicht damit zufrieden gegeben hatte, auf ehrliche Weise reich zu

werden, sondern dadurch zu seinem Geld gekommen war, indem er andere Menschen ins Unglück trieb?
Aber warum hätte er dann einen Privatdetektiv anheuern sollen, um jemanden beschatten zu lassen, der den Stoff für seine Investitionen in der Unterwelt lieferte? Das schien sinnlos, selbst wenn er aus Eifersucht und Angst, seine Frau zu verlieren, wirklich so verzweifelt gewesen sein sollte.
Dann hatte Vares eine möglicherweise göttliche Erleuchtung. Annika Kontio hatte ihren Mieter unterstützt, indem sie in Voitto Fjäders Laden etwas für ihre Fitneß tat. Zufällig mußte Lobo einmal dort gewesen sein, für den es sicherlich nicht schwierig war, sich an die frustrierte Frau heranzumachen. Ihr Mann konnte ja nicht wissen, daß der Verführer seiner Frau gleichzeitig Voitto Fjäders Lieferant war. Und als Geldgeber hätte er sich auch in keinem Fall in Fjäders Job eingemischt.
Daß es so gewesen sein könnte, lag durchaus im Rahmen des Wahrscheinlichen. Aber wie ließ es sich beweisen? Der einzige, der die Identität des Geldgebers kannte, lag jetzt in einem Kühlfach im Keller des Polizeipräsidiums.
Die endgültige Aufklärung würde in jedem Fall seine Fähigkeiten übersteigen. Die Hintermänner und Financiers des Drogengeschäfts wissen ihre Spuren gut zu verwischen.
Vares blickte auf den glücklichen, etwas befremdet lächelnden Mann hinter dem Schreibtisch. Wenn das Raha war, hatte er allen Grund, mit seinem Leben zufrieden zu sein. Der Drogenhandel hatte ihm im Laufe der Jahre beträchtlichen Wohlstand verschafft, und jetzt waren auf einen Schlag sämtliche Beweise und Mitwisser aus dem Wege geräumt. Es hätte schlimmer enden können.
„Worauf willst du mit deinen Fragen eigentlich hinaus?“ fragte Pauli Kontio mit Verwunderung in der Stimme.
„Auf nichts Besonderes. Ich bin nur neugierig.“
Ein letztes Mal blickte Vares ihm lange und prüfend in die Augen. Kontio behielt seine höfliche Miene bei, ohne mit der Wimper zu zucken.
Nun gut. Wahrscheinlich war er doch unschuldig — so unschuldig wie ein Jurist nun einmal sein konnte. Und schließlich

wäre es nicht seine Aufgabe, in dieser Sache zu ermitteln, selbst wenn Kontio Herr Raha wäre. Er hatte von dieser ganzen Geschichte jetzt wirklich die Schnauze voll.
„Das wäre dann alles. Gute Konkurse!“ Vares stand langsam auf.
„Noch einmal vielen Dank für deine Hilfe.“ Pauli Kontio streckte ihm seine gepflegte Hand über den breiten Schreibtisch entgegen.
„Ja, tschüß dann.“
Vares ergriff die Hand nicht. Er drehte sich um und verließ den Raum.

38

Vares hatte gerade das letzte Band zerschnitten, das zwischen ihm und dem Fall Lobo bestand. Es gab nicht Greifbares mehr, außer dem ganz passablen Scheck in seiner Tasche. Was also tun?
Er wußte die Antwort bereits.
Zuerst rief er von seiner Wohnung aus im Krankenhaus an und plauderte eine Zeitlang mit Mari, die ihm mitteilte, daß sie morgen gegen Abend entlassen würde. Er versprach, sie abzuholen. Zum Abschied gaben sie sich Küßchen durchs Telefon, und Vares wählte die Nummer von Pastor Alanens *Sirkkalan Antikvariaatti.*
Der Pastor war nicht abgeneigt, auf dem alten Galgenhügel von Turku ein paar Drinks zu sich zu nehmen. Vares versprach, im nächsten Alko-Laden das Nötige zu besorgen.
Eine Stunde später saßen sie in Vares Wohnung. Vares konnte es sich nicht verkneifen, dem Pastor seinen Spezialdrink aus Buttermilch und Ein-Stern-Weinbrand zu servieren, den dieser mit Kennermiene probierte.
„Naja, geht so. Was für Buttermilch nimmst du dafür?“
„Die mit dem vollen Fettgehalt. Für die Variante *Light* geht auch fettarme.“

„Ich werd's mir merken."
„Dies hier ist allerdings nicht der originale *Galgenstrick Classic*. Leider hatte ich diesmal keine Buttermilch, deren Haltbarkeitsdatum seit einer Woche abgelaufen ist."
„Na, für heute geht's auch so."
Nachdem sie gemeinsam einen getrunken hatten, gingen sie zum prosaischeren Weinbrand-Cola über. Der Pastor war natürlich an den Ereignissen der letzten Tage interessiert, und als Jussi erst einmal in Schwung gekommen war, berichtete er alles bis in die kleinsten Einzelheiten. Sie stießen auf das Leben an, ein Geschenk, das niemand als Selbstverständlichkeit betrachten dürfe.
Dann sprachen sie über Literatur, vor allem natürlich über Charles Bukowski. Vares hatte das Buch gefallen, und er wollte sich noch mehr von dem Autor besorgen, falls der Pastor noch etwas vorrätig hätte.
Wie von selbst kam das Gespräch als nächstes auf die Frauen. Vares erzählte von Mari, und daß sie morgen aus dem Krankenhaus entlassen würde. Der Pastor wollte wissen, wie es denn nun mit ihnen weiterginge.
„Ich bin Junggeselle", sagte Vares und drehte sein Glas in der Hand. „So wie jetzt ist, ist es ganz gut. Oder noch besser wäre es, wenn sie einen anderen Haus oder in einem anderen Stadtteil wohnen würde. Ich kenne mich und weiß, daß diese Nachbarschaft irgendwann einmal problematisch werden wird."
„Was spricht denn dagegen, daß es diesmal ganz anders kommt?"
„Wir sind so verschieden. Sie mag Theater, ich hocke lieber beim Bier und beim Spiel. Sie ist Tänzerin. Ich kann nicht mal Tango. Da macht es keinen Sinn, längerfristig zu planen."
Darüber brüteten sie noch eine ganze Weile mit gerunzelter Stirn. Dann erzählte der Pastor, daß er nach langer Zeit wieder eine Beziehung habe, eine temperamentvolle Krankenschwester von der Uniklinik, knapp vierzig, geschieden. Sie kam abends recht häufig in *Hasse's Pub*, und seit dem Frühjahr hätte er sich mehrmals mir ihr unterhalten. Letzte Woche sei sie dann schließlich mit zu ihm gegangen.
Jussi freute sich für seinen Freund. Wieder stießen sie an.

Als die Weinbrandflasche leer war, stiegen sie auf Bier um. Schließlich schlug der Pastor vor noch in *Hasse's Pub* vorbeizuschauen, vielleicht träfe man dort ja Bekannte. Wie zu erwarten hatte Vares nichts dagegen.
Es war ein ruhiger Abend in *Hasse's*. Wegen des warmen Wetters saßen die meisten draußen auf der Terrasse. Vares und der Pastor schlossen sich ein paar Dartspielern an, aber schon nach der ersten Runde kam man einmütig zu der Überzeugung, daß die beiden an diesem Abend bereits etwas zuviel intus hatten. So zogen sich die beiden Freunde wieder zum Biertrinken an einen Tisch zurück.
Vares begann, dem Pastor gegenüber sein Herz zu erleichtern. Er klagte darüber, daß die meisten Betrüger und Verbrecher, von wenigen Ausnahmefällen abgesehen, für ihre Taten nicht zur Verantwortung gezogen würden. Als Beispiel führte er, ohne eine Namen zu nennen, einen Juristen an, der sich in den besten Kreisen der Stadt bewegte und möglicherweise als Boß, Hintermann und Geldgeber eines Drogenkartells fungierte. Allmählich habe er auch das Gefühl, daß der Mörder von Jesús María Lobo keiner der üblichen kleinen Fische sei. So einen hätte man schon längst geschnappt.
„Hast du schon die Möglichkeit in Betracht gezogen, daß dieses erfolgreiche Arschloch und Lobos Mörder ein und dieselbe Person sein könnten?“ fragte Pastor Alanen nachdenklich.
„Alles ist möglich, aber jede Spur erweist sich als Sackgasse. Keine Ideen, nicht der geringste Hinweis. Nichts. Und ich glaube auch nicht, daß Hautavainio da bessere Karten hat.“
„Könntest du ihm nicht einen Wink geben, der ihn zu diesem reichen Knaben führt?“
„Die Aufklärung von Rauschgiftdelikten ist nicht seine Sache. Dafür gibt es so einen unangenehmen Drogenbullen namens Gustavsson. Aber dem will ich meinen Verdacht nicht unter die Nase reiben. Ich hab' doch nicht den geringsten Anhaltspunkt. Nur so ein komisches Gefühl irgendwo im Hinterkopf.“
„Mit anderen Worten: sehen wir zu, wie Lug und Trug weiter wuchern.“
„Was können wir schon machen? Das ist wie bei Darwin. Sieh

dich um! Wer sind denn die, die in einem dicken Mercedes sitzen, ein Haus am Ufer haben und sich von Mannequins begleiten lassen? Arschlöcher, die cleverer und rücksichtsloser sind als andere!"

„Denn der Arschlöcher ist das Himmelreich", sagte der Pastor in frömmelndem Ton. „Die Ehrlichen haben garantiert nie das Land geerbt - jedenfalls nicht die guten Grundstücke. Die bekommt nur einer, der seinen Mann im richtigen Gremium sitzen hat. Amen."

Wieder waren ihre Gläser leer und Vares zog los. Er war an der Reihe, Nachschub vom Tresen zu holen.

Als er an den Tisch zurückkam, hatte ihre kleine Runde Zuwachs bekommen.

Dicht neben Alanen saß eine recht modisch geschminkte blonde Frau mittleren Alters, und die Unterhaltung der beiden wirkte sehr persönlich. Vares setzte sich zu ihnen auf die Bank, hielt aber einen gewissen Abstand.

Die Frau war einen resoluten und lebenslustigen Eindruck. Ihre sommerliche Kleidung entblößte an verschiedenen Stellen reichlich braune Haut. Sie hatte ein herzhaftes und ansteckendes Lachen, und auch dem Bier schien sie nicht abgeneigt zu sein. Alles in allem offensichtlich eine Frau nach Pastor Alanens Geschmack.

Alanen stellte Vares Kerttu vor, und es entwickelte sich ein lebhaftes Gespräch. Vares erklärte, für ihn sei heute Zahltag gewesen, und deshalb ginge von nun an alles auf seine Rechnung. Kerttu hatte nichts dagegen einzuwenden. Sie hatte eine lange Schicht im Krankenhaus hinter sich, und morgen war ihr Schlaftag.

Die beiden Männer hatten bereits eine gute Grundlage, und Vares kam kaum nach mit dem Heranschleppen von Nachschub. Nach und nach machte sich die Wirkung auf die Runde bemerkbar. Um halb zehn kam es, wie es kommen mußte. Der Pastor beugte sich zu Kerttu und flüsterte ihr etwas ins Ohr, allerdings laut genug, daß Vares jedes Wort verstand:

„Mein liebes Mädchen! Um einen großen Liebeslyriker zu zitieren: Wenn Gott eine Möse hätte, wärest du Gott." Kerttu blickte Alanen an und zögerte kurz. Dann ergriff sie ihr Glas und schüttete ihm den Inhalt ins Gesicht, der glücklicherweise mehr aus Schaum als Bier bestand. Darauf nahm sie ihre Handtasche und ging auf die Straße hinaus, ohne sich noch einmal umzudrehen.

„Ich verstehe die Frauen nicht." Der Pastor schüttelte den Kopf und wischte sich mit dem Ärmel das Gesicht ab. „Selbst erzählen sie einem alles Mögliche, aber wenn man dann einen hochgeachteten Schriftsteller zitiert, nehmen sie das einem übel."

„Wer soll aus denen schon klug werden?" Vares zuckte mit den Schultern.

„Ich hätte natürlich einen finnischen Klassiker wie Eino Leino zitieren sollen."

„Das wäre vielleicht besser gewesen, bedenkt man das Resultat. Wer hat denn eigentlich diese unsterblichen Zeilen verfaßt?"

„Hast du das nicht erraten? Natürlich unser Freund Charles Bukowski."

„Natürlich. Was machen wir jetzt? Soll ich noch 'ne Runde holen?"

„Nein. Jetzt gehen wir ins Antiquariat. Ich hab' da noch zwei Flaschen stehen. Und dann können wir Bukowskis *Der Mann mit der Ledertasche* suchen. Ich schenk's dir. Du kriegst es umsonst!"

„Bist du sicher, daß du das morgen früh bei klarem Kopf nicht bereust?"

„Wer hat denn morgen früh einen klaren Kopf? Ich bestimmt nicht."

„Los, gehen wir."

Sie traten auf die Straße hinaus, holten nach den dichten Tabakrauchschwaden im Pub tief Luft und bogen in die Sirkkalankatu ein.

Vor ihnen lag der härteste Teil des Weges. Der steile Abhang verlangsamte das Vorankommen der Freunde spürbar. Der Pastor erzählte, daß der Hügel im Winter bei Neuschnee lebensgefährlich sei. Es war mehr als ein oder zweimal vorgekommen, daß er abends nach einem Besuch in *Hasse's Pub* den Weg auf dem Hintern zurückgekommen ist.

„Letztens hätte mich hier fast ein Auto überfahren. Das ist noch gar nicht so lange her. Etwa um die gleiche Zeit, als der Spanier da drüben am Abhang erschossen wurde.“
„Und wie kam das?“
„Ich kam gerade aus *Hasse's Pub* und überquerte hier die Straße, da kam von der Kreuzung da vorne ein Wagen in einem höllischen Tempo herangerast. Ich wäre bestimmt überfahren worden, wenn der Fahrer mir nicht gerade noch ausgewichen wäre. Pech nur, daß die Straßenlampe da etwas im Weg stand. Das knirschte nicht schlecht, kann ich dir sagen. Die Beifahrerseite hat ganz schön was abgekriegt. Ich rechnete schon damit, daß ich mir 'ne Anzeige einhandle und die ganze Reparatur bezahlen müßte. Ich hatte schließlich Schuld. Aber der Typ stieg nicht mal aus dem Wagen, sondern setzte von der Lampe zurück und fuhr sofort weiter.“
„Ein merkwürdiges Benehmen.“
„Ja, denn das muß nicht ganz billig gewesen sein. Wenn's auch nicht gerade ein neuer Wagen war. So ein Mercedes älterer Bauart, und ein bißchen angerostet war er auch schon.“
„War der Wagen etwa rötlich-braun?“
„Ja. Wie hast du denn das erraten?“

39

Es war ein leicht bewölkter Tag, aber Schwüle hielt sich in der stehenden Luft. Das normale Wetter in diesem Sommer.
Vares stand auf der Spitze des Kuuvuori, an der verfallenden Pforte zu Mauno Vasenius' Eigenheim und betrachtete schweigend den Hof.
Der rötlich-braune Mercedes stand, etwas schlampig geparkt, auf der Zufahrt. Das rechte Hinterrad ragte halb in ein Blumenbeet, auf dem langstielige lilafarbene Lupinen und kürzere, blaue und weiße Veilchen kreuz und quer durcheinander wuchsen. Ein Teil der Blumen ging in dem ungeschnittenen und wild wuchernden Rasen des Hofes unter.

Von der Hausecke näherten sich Schritte und Mauno Vasenius erschien. Sein weißer, walroßartiger Oberkörper war unbekleidet. Schmale alte Hosenträger hielten die braune Terylenhose, deren Beine bis kurz unter die Knie aufgerollt waren. Der Mann war barfuß und hielt eine Gartenschere in der Hand.
„Hallo Mauno, ich wollte mal wieder vorbeischauen", rief Vares.
Vasenius zuckte leicht zusammen. Er hatte Vares gar nicht bemerkt. Dann sagte er mit ausdrucksloser Miene:
„Komm ruhig rein. Die Pforte ist offen."
Vares trat auf den Hof. Er ging auf den Mercedes zu und sah ihn sich etwas genauer an, als er rechts an ihm vorbeiging.
„Die Seite hier ist ja jetzt wie neu."
„Profi ist Profi." Vasenius stellte die Gartenschere an der Veranda ab. „Magst du einen Kaffee? Ich hab' gerade die Kaffeemaschine angestellt."
„Kaffee? Gern."
Im Innern des Hauses hatte sich seit seinem letzten Besuch nicht viel geändert. Vares bemerkte neue Videos im Bücherregal neben dem alten Fernseher, und in der Küche stand ein weißer Mikrowellenherd, der noch unbenutzt aussah. Der Stapel von Männermagazinen unten im Bücherregal schien noch höher zu sein als beim letzten Mal.
Sie setzten sich an den Küchentisch. Auf der schrammenübersäten Wachstuchdecke schnitt Vasenius von einem trocken aussehenden Hefezopf ein großes Stück ab und schenkte Vares Kaffee in einen großen Becher mit einem Mickeymausbild darauf ein. Er schlürfte vorsichtig an seinem eigenen Becher und sah seinen Besucher dann erwartungsvoll an.
„Ich hab' heute diesen Soldaten in Pansio angerufen. Der erzählte mir, daß du seine Auftrag schon Anfang Juni erledigt hättest. Trotzdem warst du Lobo noch drei Wochen später auf den Fersen, zur gleichen Zeit wie ich. Ist das nicht etwas sonderbar?" Der Hefekuchen schmeckte wie Holz, und der Kaffee war abgestanden.
Irgend etwas in Mauno Vasenius sackte zusammen, so als hätte er ohne Warnung einen Schlag in den Nacken bekommen. Er

sagte kein Wort. Er starrte nur auf das Wachstuch, auf dem kreuz und quer die Spuren hunderter Messerschnitte unterschiedlicher Länge zu sehen waren.

„Außerdem habe ich einen Zeugen, der aussagt, daß du ihn in der Tähtitorninkatu beinahe überfahren hast, gleich hinter dem Vartiovuori, in derselben Nacht, als Lobo getötet wurde. Du seist gegen eine Straßenlaterne gefahren. Du hast mir wohl damals einen Bären aufgebunden mit den Rowdys auf dem Parkplatz und so?"

Vasenius trank lautlos einen Schluck schwarzen Kaffee. Offensichtlich hatte er aber Schwierigkeiten mit dem Schlucken.

„Es gibt da eine Menge Fakten, mit denen ich dich festnageln kann. Wäre es nicht einfacher, du erzählst mir jetzt, was wirklich geschehen ist?"

Vasenius stellte den Becher zurück auf den Tisch und zwinkerte ein paarmal mit den Augen. Dann sagte er mit etwas belegter, sonst aber ruhiger Stimme:

„Es bleibt mir wohl nichts anderes übrig. Womit soll ich anfangen?"

„Zum Beispiel mit mir. Du hast den Brandanschlag auf meine ehemalige Wohnung am Kurjenkaivonkenttä verübt, nicht wahr?"

„Ja, das war ich." Vasenius fuhr mit seinem schmutzigen Zeigefinger über die zerkratzte Wachstuchdecke.

„Warum?"

„Ich hab' Angst bekommen, nachdem du bei mir warst. Du hast mich beim Reparieren des Autos gesehen und so. Ich war sicher, daß du schon damals Verdacht geschöpft hattest."

„Wolltest du mich umbringen?" fragte Vares scharf.

„Wahrscheinlich. Mir fiel nichts Besseres ein. Ich habe eine ganze Nacht wachgelegen und gegrübelt ..."

„Nun, das wäre das eine. Jedenfalls kann ich meinem ehemaligen Vermieter dankbar sein. Hätte er mich nicht rausgeworfen, wäre ich jetzt tot. Aber zurück zu Lobo. Warum hast du ihn umgebracht?"

„Wegen des Geldes", sagte Vasenius nach kurzem Nachdenken.

„Wegen welchem Geld? Nun red' schon endlich!"
„Ich kann nicht. Ich schaff's nicht." Vasenius seufzte schwer. „Also gut, es war das Geld, das sie für den Stoff kriegten."
„Nun erzähl mal, wie du darauf gekommen bist."
„Ich habe diesen Lobo zwei lange Wochen beschattet, auf Rechnung des Soldaten. Von Anfang an war ich mir sicher, daß dieser Typ irgendwie Dreck am Stecken hatte. Und ich brauchte ihm auch nicht lange auf den Fersen zu bleiben, bis die Sache klar war. Er war derjenige, der den Stoff ins Land brachte, den die Typen im Fitneßstudio dann weiterverkauften. Und dann schickte er einmal im Monat das Geld mit einen Kurier zurück nach Stockholm."
Vasenius atmete tief durch und blickte Vares zum ersten Mal in die Augen.
„Das alles hab' ich auch schon gewußt. Aber was geschah dann weiter?"
„Ich hab' einfach nachgedacht. Eine Möglichkeit bestand darin, die ganze Sippschaft hochgehen zu lassen. Ein ehrlicher Bürger hätte so gehandelt, aber was hätte ich davon gehabt? Die Bullen hätten mich in ihre Kantine zu Kaffee und Kuchen eingeladen und mir auf die Schulter geklopft. Ich habe mir dann einen anderen Plan ausgedacht. Ich dachte mir, jetzt mach' ich den ersten und letzten Coup meines Lebens, indem ich diesen Verbrecher beklaue. Ich nehme ihm ein paar Hunderttausend oder Millionen ab. Er kann ja nicht so einfach ins Polizeipräsidium marschieren und da erzählen, jemand habe ihm so und so viel Drogengelder gestohlen. Auf diese Weise würde ich auf einen Schlag aus dieser Scheißbude rauskommen, und aus allem Sorgen und Schulden dazu. Ohne dabei wirklich ein Verbrechen zu begehen! Solche Gangster auszurauben, ist ja wohl keins. Das schien mir damals eine gute Idee zu sein. Ich hatte wirklich nicht die Absicht, diesen Typen umzubringen. Das ist mir gar nicht in den Sinn gekommen." Den letzten Satz betonte Vasenius besonders.
„Und wie ist das dann gelaufen?"
„Als ich auf dem Vartiovuori mit der Waffe in der Hand vor ihm stand, schien er zunächst ganz gefügig. Aber dann..., ich

weiß nicht, was ihm einfiel, vielleicht dachte er, ich mein's doch nicht so ernst und schieße nicht ... Plötzlich sprintete er los und rannte mit der Mappe unterm Arm die Stufen runter. Ich ihm nach, oben an den Stufen hielt ich an, und dann ... ich hab' einfach auf ihn geschossen. Ich bin nicht mal dazu gekommen, zu überlegen. Irgendwie hab' ich alles erst später begriffen. Tja, so war das ..." In Vasenius' Stimme schwang keinerlei Gemütsbewegung mit.

Auch Vares war eine Weile still. Dann sagte er leise:

„Vielleicht hättest du dich doch für die Kaffee-und-Kuchen-Alternative entscheiden sollen."

„Ich weiß nicht ..." Erneut hob er seinen Blick und sagte entschlossen: „Ich kann das nicht bereuen. Weißt du, ich war schon immer 'ne unbedeutende Niete, einer, der immer nur von allen getreten wurde. Einer, der bei der Bank immer das Konto überzogen hat und im Supermarkt um die Ecke anschreiben läßt. Dann hab' ich mit ansehen müssen, wie die's treiben. Teure Autos, die Klamotten vom Feinsten, Gold am Handgelenk — und so viel tolle Weiber, daß die wahrscheinlich die ganze Zeit mit wundgescheuerten Eiern rumlaufen. Und das alles nur deshalb, weil sie die Behörden und all die anderen so verdammt gut bescheißen können. Als ich erst einmal den Plan gefaßt hatte, dachte ich wirklich nicht daran, daß ich ein Verbrechen begehen würde. Ich wollte mir nur meinen Anteil sichern, wo ich schon einmal die Möglichkeit dazu hatte."

Mauno Vasenius hatte sich so in Rage geredet, daß er sogar selber glaubte, was er sagte. Vares fand es schwer, darauf zu antworten.

„Schau dich doch mal um hier! Dann siehst du, was ich in dieser Welt zu verlieren habe", sagte Vasenius herausfordernd. „Nur Scheiße, sonst nichts."

„Die Freiheit ist aber auch was wert."

„Vielleicht. Für den einen oder andern."

Vasenius biß sich auf seine dicke Unterlippe. Er schüttelte den Kopf. Es schien, als überlege er, ob er reden sollte oder nicht. Schließlich hatte er sich entschieden:

„Ich erzähl' dir jetzt was, was ich noch nie jemandem erzählt habe. Du mußt wissen, ich bin so jemand, der von Frauen nie was anderes gekriegt hat als einen Korb nach dem andern, wenn sie mich nicht sofort weggejagt und ausgelacht haben. Die Weiber stehen auf andere Männer. Ich bin jetzt fünfundvierzig, und ich habe in meinem Leben noch keine einzige Frau gehabt. Und wenn ich in den Knast komme, dann bedeutet das, daß ich auch nie eine kriegen werde, oder?"

Darauf konnte Vares beim besten Willen nichts sagen.

„Du kannst dir sicher vorstellen, wieviel Spaß es gemacht hat, zu sehen, wie der Spanier eine nach der anderen rumgekriegt hat und auch sonst wie ein Fürst lebte, und das nur deshalb, weil er alles mögliche Giftzeug ins Land schmuggelte. Es macht mich rasend, daß auf dieser Welt nur solche Männer zählen wie er. Ich sage ja nicht, daß das alle Drogendealer sind. Bescheißen und Geld zusammenraffen kann man auch auf andere dubiose Weise, und das sogar im Rahmen der Gesetze."

„So ist diese Welt nun mal, Mauno." Vares seufzte tief.

„O.K. Schluß mit dem Gejammere. Was jetzt?"

„Noch eine Frage. Wo hast du die rote Aktenmappe versteckt? Oder mit anderen Worten: wo ist das Geld?"

„Unten im Wagen. Ich war gerade dabei, ein Versteck reinzuschweißen, als du damals aufkreuztest."

„Auf den Gedanken bin ich heute allerdings auch schon gekommen. Ich erinnerte mich, daß du damals mit deinem Schweißbrenner an der falschen Stelle hantiert hast", nickte Vares. „Jetzt ist wohl alles klar. Also laß uns gehen."

„Gut."

Vasenius stand langsam auf und zog sich das karierte Hemd an, das über der Stuhllehne hing. Dann trat er vor das Bücherregal und schob seine Füße in die dort liegenden Turnschuhe. Er blieb eine Weile vor dem Regal stehen, und sein Blick schweifte über den Packen Männermagazine. Dann gab er ein verbittertes Brummen von sich.

Sie traten hintereinander auf den Hof. Vares warf einen Blick auf die Straße. Das Vorderteil von Kommissar Hautavainios Zivil-Volvo lugte hinter der Weißdornhecke des Nachbarhauses hervor. Vares winkte, und die Gestalt im Auto winkte

zurück. Der Volvo fuhr an und hielt vor der Pforte.
„Ich habe mit dem Kommissar abgemacht, daß wir das so machen", sagte Vares fast entschuldigend. „Das schien uns in jeder Hinsicht das Einfachste zu sein."
„Ist schon in Ordnung" sagte Vasenius friedlich.
Hautavainio erhob sich vom Beifahrersitz. Der Fahrer war ein junger Polizeibeamter in Uniform.
„Alles klar?"
„Ja", antwortete Vares kurz.
„Wenn ihr beide in den Wagen steigt, können wir ins Zentrum fahren."
„Ich würde lieber zu Fuß zurückgehen", sagte Vares. „Ich komme dann aufs Präsidium nach, falls ich noch gebraucht werde."
„Wir brauchen dich bestimmt. Wie du weißt, gibt es eine Menge Papierkram zu erledigen. Aber gut, ich rufe dich dann an."
Hautavainio faßte Vasenius leicht bei der Schulter und stieg mit ihm in den Wagen. Am Ende der Straße machte der Volvo eine Kehrtwendung und verschwand zügig und Staub aufwirbelnd in Richtung Zentrum.
Vares sah sich eine Weile auf dem verlassenen Hof um. Dann fiel sein Blick auf das Blumenbeet und er dachte, es sei schade, daß die Blumen jetzt vertrocknen würden.
Fünf Minuten später ging Jussi Vares auf der staubigen Straße in die Stadt. In der Hand hielt er einen blauweißvioletten Blumenstrauß. Mari Mattson würde selbstgepflückte Blumen sicher zu schätzen wissen.

Wieder lange weiße Gänge. Die eine oder andere bleiche bedauernswerte Gestalt schlurfte mit ausdrucksloser Miene oder erstarrter Trauer im Gesicht auf dem glatten Fußboden an ihm vorbei. Wieder spürte Vares, wie ihn eine unbestimmte Beklemmung beschlich.
Auf dem Weg zu der Abteilung, in der Mari lag, kam ihm eine junge Krankenschwester mit Pferdeschwanz entgegen, an die er sich von früheren Besuchen zu erinnerte. Er hatte sie einmal

nach dem Weg gefragt.
Irgend etwas in dem kurzen Blick, den sie ihm zuwarf, bewog ihn, stehenzubleiben.
„Mari Mattson ist doch noch da?“ vergewisserte er sich.
„Ja, aber sie hat gerade Besuch.“ Der Ton ihrer Stimme machte Vares stutzig.
„Ach ja? Wer ist es denn?“ Vares stand direkt an der Schwelle zu Maris Abteilung.
„So ein blonder Junge und ein Mann... Verwandte, soweit ich verstanden habe.“
Vares trat einen kleinen Schritt zurück. Er atmete tief ein. Maris Sohn — und ihr Ex-Mann. Natürlich waren sie sofort aus Helsinki gekommen, als sie gehört hatten, was Mari passiert war.
„Jetzt ist wohl nicht die richtige Zeitpunkt, zu ihr reinzugehen“, sagte er mehr zu sich selbst.
„Ja, das könnte etwas ungelegen sein“, bestätigte das Mädchen und verzog etwas den Mund. Ihr Blick streifte den großen, aber ungeordneten Strauß in Vares' Hand. Er sah nicht gerade wie das Werk eines Floristen aus.
Vares kam sich auf einmal dumm und unbeholfen vor. Er hatte das Bedürfnis, die Blumen irgendwie loszuwerden oder sie hinter seinem Rücken zu verstecken. „Es ist wohl besser, daß ich sie dir gebe. Wenn du sie ihr bringen könntest, sobald der Besuch gegangen ist ...“
„Tja, also ...“ Ihr schien es peinlich zu sein. „Ich habe sie so verstanden, daß sie zusammen mit ihr aufbrechen wollten, um sie nach Hause zu bringen.“
„Ach so ...“ Vares überlegte eine Weile. Dann machte sich auf seinen Lippen ein kleines, müdes Lächeln breit. „Tja, was soll ich jetzt damit? Magst du Lupinen und Veilchen?“
„Ja, aber nur, wenn sie für mich bestimmt sind.“
„Jetzt sind sie für dich“, sagte Vares und drückte ihr den großen Strauß in die Hand.
Sie nahm ihn widerstrebend und etwas peinlich berührt an.
„Soll ich ihr nicht noch etwas ausrichten?“
„Lieber nicht.“

Vares drehte sich um und ging langsam den Gang hinab zu den Aufzügen.

Schluß

„Du bist nur ein Mann, der seinen Weg gefunden und seine Wahl getroffen hat.“

Spiegelbild eines Mannes
in der Kneipe

Vares saß am Tresen, vor sich den vertrauten Weinbrandcola und hinter sich im Nacken, so nah, daß er den Atem spürte, den noch vertrauteren alten Teufel.
Er war bereits betrunken und machte auf dem einmal eingeschlagenen Weg entschlossen weiter. Es würde in einer Sackgasse enden, aber das zu vermeiden, hatte er nie gelernt.
Vares betrachtete sich im Spiegel mit der Bierreklame. Ein Mann in einer Kneipe. Zunehmend betrunken. Ein Glas vor sich.
Und dennoch war ihm vielleicht etwas anderes geboten worden. Etwas Besseres, Dauerhafteres.
Was war bloß los mit ihm?
Vares starrte mehrere Minuten lang so konzentriert auf sein Spiegelbild, daß ihm der Bierzapfer schon mehrmals einen prüfenden Blick zugeworfen hatte.
Schließlich glaubt Jussi, eine Antwort bekommen zu haben.
Er war mit ihr zufrieden. Das Spiegelbild hatte ihm erzählt, daß er nur ein Mann sei, der seinen Weg gefunden und seine Wahl getroffen hat.
Mir einem kräftigen Zug stürzte Vares das halbe Glas hinunter und zwinkerte seinem verständnisvollen Spiegelbild zu.
Es war wirklich toll, daß es wenigstens einen gab, der ihn

verstand.
Er war glücklich und eigentlich ein verdammt harter Bursche.
Selbst mit der Lupe würde man hierzulande keinen härteren Kerl als ihn finden!
Vares bestellte Nachschub, und mit jedem Schluck stieß er auf jemanden an.
Einen Schluck auf einen frustrierten Mann mittleren Alters, der nie im Leben eine Frau bekommen würde.
Einen auf einen Mann, der es fertiggebracht hatte, sich in der Gefängniszelle ein Gewehr zusammenzubauen, aber der es nicht verstand, sich vor dem Biß einer Natter in acht zu nehmen.
Einen auf einen Pianisten.
Und einen auf ihn selbst. Auf einen Mann, der sich für glücklich hielt.
Und Vares schluckte und machte sich etwas unsicheren Schrittes auf zur Männertoilette.
Als er sich drei Minuten später über dem von Kippen übersäten Waschbecken die Hände wusch, kam aus dem Nachbarklo ein hochgewachsener Jugendlicher, dessen teures Outfit die Hauptstadt verriet.
Der Typ stellte sich neben Vares und begann, sich mit einer Haarbürste die von Gel glänzende Mähne zu kämmen.
„He, Meister, eine Frage. Ich komm' aus Helsinki und bin zum ersten Mal hier. Kann man hier tanzen?" Der junge Mann sprach aus dem Mundwinkel und in unverkennbarem Helsinki-Slang, ohne den Blick von seinem Spiegelbild zu wenden.
„Hab' keine Lust. Hier ist überall Pisse auf dem Boden. Da kann man leicht ausrutschen."
Die Faust traf Vares so plötzlich und mit so geballter Kraft am linken Backenknochen, daß er nicht einmal Zeit hatte zu erschrecken. Wie eine Wand kam der buntgemusterte Fußboden auf ihn zu.